I. Reen Bow

PHÖNIXAKADEMIE

(Fantasy-Serie)

Sammelband 2

I. Reen Bow

PHÖNIX AKADEMIE

Fantasy-Serie

sammelband 2

Impressum

Dieses Buch ist auch als eBook erhältlich.

Herausgeber Irina Bolgert
Kontakt: anna.moffey@gmail.com

Covergestaltung und Buchsatz: Bookdresses
Verwendete Stockfotos: bigstockphoto

ISBN-13: 9781549769887

PHÖNIX AKADEMIE

funke 6
windsegler

chest

Die Sirenen der Miliz von *Tirias*, der größten Flughafenstadt der Welt, klangen leise, nicht aufdringlich aber unaufhörlich, so als wollten sie nur ihre Präsenz demonstrieren. Zu der Miliz der Stadt gehörten offensichtlich die geduldigsten Männer dieses Landes, denn sie flogen den lästigen Kids vom Schrottplatz überall durch die Stadt nach, unternahmen aber keine Versuche, die Kleinen zu ergreifen. Kriminalität vorbeugen, nicht bekämpfen, das war das Motto der Tirias-Miliz.

Chest gehörte zu den Jugendlichen, denen die Milizstreife auf den Fersen war. Er liebte es, ein Wettrennen mit den Gesetzesmännern zu veranstalten. Viele ließen sich darauf ein, doch es gab selbstverständlich auch Milizmänner, die keinen Spaß verstanden und Chest und seine Freunde gelegentlich zur Besinnung für eine Nacht in die Zelle steckten.

Heute war einer von den guten Tagen und so schloss Chest seine Augen, breitete seine Arme aus und berührte beinahe die Fensterscheiben der Bürohäuser, an denen er vorbeiflog. In der Flughafenstadt gab es viele hohe Gebäude, in denen internationale Unternehmen ihre Zentralen hatten. Dadurch, dass die Häuser so hochreichten, boten sie eine windsichere Schneise für Chest und seine Freunde, die vor und hinter ihm flogen, jeder auf seinem individuellen und selbstzusammengeschraubten Fluggerät. Und das tollste Gefährt besaß ohne Zweifel Chest selbst: Ein Ganzkörper-Außenskelett, das aus den unterschiedlichsten Schrottteilen bestand. Dieses ermöglichte ihm viel mehr als nur das Fliegen, in der Maschine steckte so viel Energie und Leidenschaft – es war sein Leben, seine Liebe, sein Ein und Alles.

Das Glücksgefühl brachte Chest dazu, schneller durch die Lüfte zu segeln. Sein Haar flatterte ihm ständig in die Augen und manchmal musste er es mit der Hand festhalten, um keine entscheidenden Kurven oder Widerstände nicht zu verpassen. Er tauchte ab und flog sogar ganz knapp über die Köpfe der in Anzügen steckenden Passanten, die gerade ihren Feierabend einläuteten und schläfrig in die Leere starrten – zumindest bis Chest ihnen mit seiner waghalsigen Aktion einen Schreck auf die Gesichter zeichnete.

Die reichen Menschen der Himmelsstadt schimpften und machten drohende Gebärden. Der Junge vom Schrottplatz winkte ihnen nur freundlich zur Begrüßung zu und düste von dannen.

»Lass den Quatsch, Chest«, hörte er seinen Kumpel *Menü* aus dem Lautsprecher, den er in der Höhe des linken Schlüsselbeins angebracht hatte. Er mochte keine Headsets, denn sie nahmen seinen Ohren das tolle

Gefühl des schnellen Windes und das dadurch entstehende Rauschen.

»Was denn, machst du dir gleich wieder in die Hose, Menü? Schnapp dir die anderen und fliegt schon vor, ich mach noch eine kleine Runde.«

»Eines Tages erwischen sie dich. Ich meine so richtig für eine lange Zeit«, meldete sich Menü noch einmal und dann sah Chest, wie sie über ihm beschleunigten und die Häuserschneise verließen.

»In dieser Stadt ist doch sowieso niemand frei«, flüsterte Chest und griff beim Vorbeifliegen an einer Gruppe schickgekleideter Damen nach einem hellgrünen Hut – die Frauen trugen hier fast alle einen Hut, um die dunklen Schatten unter ihren Augen zu kaschieren. Ja, die Bewohner dieser Stadt nahmen sich auf eine andere Weise ihre Freiheit: Sie steckten ihre gesamte Energie in Arbeit und die Verwirklichung ihrer Träume, an denen sie sich im Alter zu freuen erhofften und es doch niemals taten – das sollte Chest nicht so ergehen.

»Na hör mal!«, rief die beklaute Frau entsetzt und Chest grinste, bevor er wieder beschleunigte, rasch an Höhe gewann und gänzlich die Richtung wechselte. Er wollte zum Stadtrand, da war es ruhiger und so konnte er zumindest die Milizmänner abschütteln. Einer der Männer winkte Chest nur freundlich zu und lächelte, was so viel hieß: »Na dann bis zum nächsten Mal, mein Junge.«

Im Grunde verstießen Chest und seine Freunde niemals gegen das Gesetz, man duldete sie auch in der Stadt, es war nur nicht gern gesehen, wenn sie Panik verursachten und das allein machten sie schon mit ihrer schmutzigen, zerlumpten Kleidung und ihren rostigen Flugmaschinen, die nicht so recht in das helle, perfekte Stadtbild im Zentrum passten.

Je weiter Chest an den Rand der Himmelsstadt kam, nahm allerdings die wilde Landschaft immer mehr überhand. Tirias war zwar eine sehr grüne Stadt, doch die kleinen Dachgärten, die Alleen, die Parkanlagen und die Privatgärten waren wie mit dem Lineal gestaltet und zeigten die moderne, organisierte Stadt, durch die sehr viele internationale Gelder flossen. *Tirias* war die Stadt aller Städte: Hier dockten die meisten Handelsschiffe an, viele Banken hatten hier ihren Sitz, und Unternehmen mit einer Zentrale in dieser Flughafenstadt, konnten viel auf sich geben.

Leider waren die Mieten so überteuert, dass selbst die Reichsten, die in einer anderen Himmelsstadt ihren dicken Bauch den ganzen Tag in der Sonne bräunen konnten, in *Tirias* hart für ihren Lebensunterhalt arbeiten mussten. Die Stadt war perfekt, aber auch ausgelaugt.

In den Randgebieten gab es viele Zeltsiedlungen, in denen Menschen lebten, die versuchten, in *Tirias* Fuß zu fassen und noch nicht genug Geld für die Miete hatten. Hier lebten Himmelsstädter ohne Perspektiven. Nur wenige schafften es tatsächlich aus ihrem Zelt in eine der begehrten Wohnungen.

Auch Chest hatte mit seinen Eltern mal in einer dieser Zelte gelebt, aber das war schon einige Jahre her.

Die Siedlungen waren nicht das Ziel des Jungen, er wollte noch weiter hinaus, zu der freien Wiese im Osten der Stadt. Von da aus hatte man einen Wahnsinnsausblick auf die Bodenwelt und dort gab es auch den schönsten Sonnenuntergang.

Doch er kam nicht wegen des Ausblicks beinahe täglich an diesen Ort. Sein Blick galt immer den monströs großen Flugschiffen, die langsam an ihm vorbeiglitten, um zum Flughafen zu gelangen, oder eine Reise antraten. Chest stellte sich vor, eines Tages kehrten seine Eltern zurück und würden ihn wieder bei sich aufnehmen.

Und wenn sie ihn schon nicht holten, würde er eines Tages so ein großes Schiff steuern und in die Welt hinausziehen. Doch noch wollte er warten. *Wo auch immer sie sind, sie werden zurückkehren*, dachte er jedes Mal, wenn er herkam. Allerdings schlichen sich in letzter Zeit Bedenken ein.

Sie werden zurückkehren, danach werde ich in die Welt hinausziehen. Sie werden zurückkehren oder ich werde sie suchen. Vielleicht kehren sie zurück, bevor ich von hier verschwinde.

Manchmal erlaubte er sich einzugestehen, dass seine Eltern womöglich nie wieder einen Fuß in diese Stadt setzen würden, doch er überlagerte die Zweifel ganz schnell mit Hoffnung und Selbstlüge.

Er warf sein lockiges Haar mit einer Kopfbewegung aus dem Gesicht und setzte sich vorsichtig in seinem Maschinenanzug zu Boden. Das Quietschen des Kniegelenks erinnerte ihn daran, dass er es heute Abend noch ölen wollte.

Die Schiffe sahen vor der Sonnenuntergangskulisse aus wie gewaltige Schatten, die an der Stadt vorbeiflogen. Dazwischen waren ein paar kleinere und mittelgroße Schatten von den anderen Fluggeräten, die schneller und flinker waren.

Und ein Punkt zog Chests Aufmerksamkeit komplett auf sich: Es musste ein Ein-Personen-Fluggerät sein und irgendetwas stimmte damit nicht, das sah der Junge sofort: Es machte keine zielgerichteten Bewegungen, sondern schien mehrfach einen ruckartigen Schlenker zu allen Seiten zu machen. Gerade als es nach unten zu stürzen drohte, sprang Chest auf und eilte zum Rand.

Das Fluggerät war außer Kontrolle oder wurde von einem unfähigen Piloten gesteuert. Schon machte sich Chest darauf gefasst, ebenfalls über den Stadtrand zu springen, um der Person zu Hilfe zu eilen, als die defekte Maschine wieder einen Satz nach oben machte und unkontrolliert auf Chest zurauschte. Er schaffte es noch, sich zu Boden zu werfen und sich abzurollen, als ein Gleiter neben ihm eine fiese Bruchlandung hinlegte und Erdbrocken, Grasbüschel und leider auch sämtliche Kleinteile des Fluggeräts Chest bedeckten.

Er verbarg den Kopf mit seinen metallummantelten Armen und schloss die Augen, bis der Gleiter endlich zum Stehen kam. Dann erhob er sich und rannte mit großen Sprüngen zu der Maschine.

»Bist du verletzt?«, rief er zu der Person, die drei Meter von dem Fluggerät lag. Er war schnell bei ihr und bemerkte, dass es sich um eine junge Frau handelte.

Sie war noch am Leben, denn sie erhob ihren Oberkörper, stützte sich an ihren Händen ab, riss den Helm vom Kopf und hustete aus voller Lunge.

»Hey, Lady, alles okay?«

Die junge Frau hatte schwarzes Haar, das ihr ins Gesicht fiel. Sie wischte es mit der staubigen Hand aus der Stirn, wobei sie etwas Schmutz auf ihrer hellen Haut hinterließ und dann Chest aus ihren tiefgrünen Augen ansah. Sie waren leicht gerötet, dennoch strahlte das Grün intensiv wie ein sonnendurchfluteter Wald.

»Du bist ein Phönix, stimmts?«, stellte Chest fest, als er einen kurzen Blick zum Gleiter warf. »Die Dinger können nur von Phönixmagiern geflogen werden.«

Beim Aufstehen musterte die Frau Chests Maschinenanzug. Er nahm eine stolze Haltung an und zog sogar seinen Bauch etwas an, auch wenn er nicht so viel Fleisch auf den Rippen hatte.

»Was hast du da an?«, fragte die Fremde, während sie zu ihrem Gleiter ging und versuchte, ihn aus dem Dreck zu ziehen. Chest kam ihr schnell zu Hilfe und zog problemlos die Maschine aus dem Schutt.

»Das ist mein Fluggerät«, sagte er mit erhobenem Kopf. »Das habe *ich* allein gebaut! Mein Name ist Chest Turbulent, weil ich so turbulent fliege.«

»Ist das ein erfundener Name? Wo sind wir hier überhaupt?«

Die junge Frau schien Chests coolen Namen gar nicht zu würdigen, aber er nahm es ihr nicht übel, denn sie war eindeutig durcheinander, ginge ihm nicht anders, wenn er beinahe in die Tiefe gestürzt wäre.

»Das ist das Randgebiet von *Tirias*, der größten Flughafenstadt der Welt. Ist es die Stadt, in die du wolltest? Alle wollen hierher«, sagte Chest aufgeregt und lief neugierig um die Frau und ihren Phönixgleiter herum – das würden ihm seine Freunde *nie* glauben!

»Flughafenstadt, sagst du?«, erwiderte sie beiläufig und strich grob den Staub von dem Display des Gleiters, wobei sie darauf mehrere Befehlszeichen mit ihrem Finger wischte. Die Maschine reagierte nicht und so schlug Robin mehrmals mit der Faust gegen die tote Anzeige und trat frustriert gegen den Gleiter, sodass er krachend zur Seite kippte.

»Auf dem Schrottplatz finden wir sicher die passenden Ersatzteile. Und wenn du willst, reparieren wir ihn für dich.«

Die grünen Augen trafen Chest skeptisch und die Frau zog ihre Augenbrauen hoch.

»Du kannst das? Entschuldige meine Frage, aber wie alt bist du?«

»In zwei Monaten werde ich dreizehn!«

Das war wohl nicht die Antwort, auf die die Frau gehofft hatte, denn sie schüttelte beinahe verzweifelt mit dem Kopf, eine typische Geste bei Menschen, die Chest und seine Schrottplatzkinder unterschätzten.

»Du scheinst ein Bastler zu sein, aber nimm es mir nicht übel, ich glaube nicht, dass du den Gleiter in Ordnung bringen wirst. Und ...«, sie sah einem vorbeifliegenden Schiff lange nach. »Und Geld für eine Reparatur habe ich leider auch nicht.«

»Du brauchst nichts zu bezahlen. Außerdem hast du doch keine Ahnung, was meine Windsegler und ich alles drauf haben. Komm einfach mit, dann können wir den Schaden erst mal ermitteln.«

»Ich weiß nicht.« Sie machte ein nachdenkliches Gesicht und sah zwischen ihrer Maschine und dem ständigen Flugschiffverkehr hin und her. »Es wäre besser, wenn ich mir ein Ticket hole. Wenn du willst, kannst du den Gleiter behalten, schraub daran und verkaufe ihn, ist mir gleich.«

Für gewöhnlich hätte sich Chest über so eine edle Spende gefreut, aber der Blick, den die Frau dem Gleiter zuwarf, war nicht einfach nur bedauernd, sondern tieftraurig. Ihr schien das Gefährt eine Menge zu bedeuten.

»Ich habe einen anderen Vorschlag«, sagte Chest. »Du übernachtest heute bei den Windseglern und morgen schauen wir uns den Schaden an. Vielleicht dauert die Reparatur nur einen Tag und du kannst weiterziehen. Und wenn sie sich hinzieht, dann zeige ich dir die schöne Stadt.«

Statt zu antworten, holte die junge Frau einen Funkenspiegel aus ihrer Tasche, warf einen prüfenden und gleichzeitig enttäuschten Blick hinein, dann seufzte sie nickend in Chest Richtung.

»Gut, so machen wir das. Es wäre nur gut, wenn du bis morgen nicht erwähnst, dass ich mit einem Gleiter gekommen bin, die Menschen sorgen sich immer unnötig über Dinge, die sie nicht begreifen.«

»Kein Sterbenswörtchen.«

Chest freute sich so sehr über ihre Zusage, dass er in einen Plauderton verfiel. »Bist auf der Flucht, was?« Der Blick, mit dem sie ihn bedachte, war warnend, also ruderte Chest zurück. »Nur ein kleiner Scherz. Wie ist eigentlich dein Name?« Er war sich sicher, sie würde ihn nicht nennen, doch nach einem flüchtigen Zögern, nannte sie ihn doch.

»Ich bin Robin. Turbulent bin ich allerdings nicht.«

»Der Posten ist sowieso längst an mich vergeben. Freut mich, Robin.«

Er reichte ihr seine Hand, sie war das Einzige, das nicht vom Metall umschlossen war. Robin schüttelte sie kurz, holte eine Umhängetasche aus dem Gepäckfach des Gleiters und warf Chest einen auffordernden Blick zu.

robin

Bevor Robin mit dem Jungen zu den besagten Windseglern ging, versteckten sie Lions Gleiter. Robin hoffte wirklich, dass Chest ihr helfen konnte, schließlich trug er da diese seltsame Maschine, die ihm enorme Kraft verlieh und ihn sogar fliegen ließ. Das war sehr beeindruckend. Bei Anbruch der Dunkelheit flog der Junge gemeinsam mit Robin das restliche Stück zum Schrottplatz. Es war nicht gerade bequem: Robin musste sich an Chest festkrallen, damit sie nicht runterfiel und weil der Junge sie mit seinen Metallarmen festhielt, schmerzten ihre Hüfte und ihre Schulter. Das schnelle Vorwärtskommen entschädigte jedoch für die Unbequemlichkeit, denn die Strecke, die sie zurückgelegt hatten, war sehr lang.

»Danke, dass du immer am Randgebiet fliegst«, sagte Robin, als die beiden auf ein Hochhaus zusteuerten und Chest sofort abdrehte und einen Umweg machte.

»Das ist für uns beide gut, ich will die Geduld der Miliz nicht überstrapazieren.«

»Und ich will sie nicht auf mich lenken«, flüsterte sie.

»Du hast doch hoffentlich niemanden getötet«, scherzte Chest und dieser Gedanke erstarrte in Robin.

»Nein«, hauchte sie. Zumindest war das nicht der Grund, warum sie floh.

»Bleib locker, Lady, das war ein Witz. Übrigens, morgen kann dich einer der großen Jungs mitnehmen, sie haben alle ein cooles Gefährt, auf dem mehrere Leute Platz finden.«

»Du, ich habe es ernst gemeint, als ich sagte, mir wäre es lieber, wenn nicht so viele von dem Gleiter erfahren.«

»Schon klar, schon klar. Dann musst du durch meine Metallarme weitere blaue Flecken kassieren.«

Robin strich mit ihrem Finger über das Metall. »Tragen alle deine Freunde so ein Fluggerät?«, fragte sie.

»Nein. Ich bin der Einzige mit einer Ganzkörpermaschine«, erklärte der Junge und Robin nickte anerkennend, was Chest sichtlich stolz auf seine Arbeit machte.

»Und du hast es wirklich selbst gebaut? Wieso kannst du so etwas?«

»Mein Vater hat es mir beigebracht. Er war ein Ingenieur bei der größten Flugschiffswerft in *Tirias* und ich habe ihm oft geholfen, die Bauroboter zu reparieren.«

»War?«, fragte Robin.

Der Junge zuckte nur mit den Achseln und schwieg. Vermutlich war Chests Vater verstorben. Robin empfand Mitleid für den Jungen und bewunderte zur selben Zeit dessen Talent. Vielleicht würde es mit der Gleiterreparatur ja doch noch was werden.

»Windsegler, was?«, fragte Robin nach einer Weile.

»Wir sind gute Menschen, schau nur!«

Chest flog über einen Hügel, der in einem weiten Tal mündete. Von einer Ecke zur nächsten erstreckten sich gewaltige Schrottmassen: Große Flugschiffe fanden hier ihre letzte Ruhe, umgeben von einem Meer aus kleineren Schiffen, Fabrikmaschinen, Fahrzeugen und jeder Menge anderes Gerümpel. Doch es gab nicht nur Metall, sondern auch viele Haufen mit ausrangierten Wohnungseinrichtungen, alten Schirmlampen, Schneiderpuppen und so vieles mehr. In den verbliebenen Sonnenstrahlen wirkte der Schrottplatz wie eine aufregende Stadt und gehörte zu den wohl schönsten Orten, die Robin jemals betreten hatte. Es war der Abenteuerspielplatz, den Frederik und sie sich als Kinder gewünscht hatten.

»Wow«, sagte sie, als Chest sie so nah an eines der gigantischen Schiffswracks heranflog. Durch große Löcher konnte sie in die tiefste Schwärze der alten Schiffe blicken, als wären sie unendlich – Portale zu den Schattenwelten der Angst und Vergänglichkeit.

Hinter einem dieser Wracks erkannte Robin eine kleine, improvisierte Stadt: Aus Schrott gebaute Häuser und Bereiche, wie der Sammelplatz, auf dem Menschen in Gruppen saßen oder an irgendwelchen Schrottteilen herumwerkelten.

»Hier wohnst du«, stellte Robin fest, als Chest mit dem Sinkflug begann.

»Das ist unser eigener kleiner Stadtteil«, bestätigte der Junge.

Das erste, das Robin bei dieser Siedlung auffiel, waren die vielen Kinder und Jugendlichen, weit und breit waren keine Erwachsenen zugegen.

»Hey Chest, was ist denn das für eine Lady?«, fragte ein dickerer Junge, im Alter von schätzungsweise dreizehn oder vierzehn.

Neugierige Blicke gingen in Robins Richtung, was sie unruhig werden ließ, denn die letzten Jugendlichen, die sie anstarrten, waren fiese, verängstigte Schüler der Phönixakademie gewesen, von Kathy aufgehetzt. Die Gesichter der Schrottplatzkinder waren anders, da war ein gewisser Forscherdrang zu erkennen.

»Das ist eine feine Lady«, gab Chest aufgeregt zurück und als er Robin am Boden losließ, nahm er ihre Hand und führte sie in schnellen Schritten am Sammelplatz herum: Er nannte viel zu viele Namen und zeigte ein paar Unterkünfte.

»Jeder von uns hat sein eigenes Haus, das so eingerichtet ist, wie der Bewohner es möchte, in der kreativen Verwirklichung gibt es keine Grenzen.«

Er verfiel in einen seltsamen hochtrabenden Ton, wahrscheinlich sprachen die reichen Einwohner dieser Stadt so.

Kunterbunte Mischung, dachte Robin beim Anblick der Hauseinrichtungen, aber das war keineswegs abwertend, sondern beneidend. Hier war nichts steril, wie die Kindheit, die Robin in Laborräumen verbracht hatte.

»Willst du mein Zimmer sehen?«, fragte ein kleines Mädchen mit kastanienfarbenen Haar, drei fehlenden Vorderzähnen und einer alten, übergroßen Fliegerbrille auf dem Kopf. »Komm, sieh dir an, wo ich wohne!«

»Lucy, hau ab, dein Häuschen kann sie später sehen«, jagte Chest das Kind weg. »Sag den anderen, wir haben einen Gast und sie sollen die Limonadenvorräte holen.«

Die Augen des Mädchens wurden tellergroß, als sie das Wort Limonade hörte.

»Eine Party?«, sagte sie hoffnungsvoll.

»Ganz genau«, sagte Chest mit geschwollener Brust. »Wir feiern für Lady eine Party!«

»Das ist nicht nötig«, warf Robin ein.

Doch Lucy rannte bereits zu den anderen und rief aufgeregt in ihrer Quietschstimme: »Party! Holt die Limonade!«

Ein paar Kids bestiegen ihre Fluggeräte, die allesamt verrückt und ausgefallen aussahen und flogen ein bisschen umher.

»Angeber. Sie wollen bei dir Eindruck schinden«, sagte Chest.

»Das haben sie geschafft«, sagte sie und sah den Kindern in der Luft hinterher.

»Bald gehen sie dir auf die Nerven. Komm!« Er führte sie weiter durch die Schrottsiedlung.

Es war erstaunlich zu sehen, was die Menschen alles wegwarfen. Da war zum Beispiel dieser Vogelkäfig, in dem kaputte Funkenspiegel hingen, die gesplitterten Spiegel reflektierten die Laternenlichter vom Sammelplatz.

Das erinnerte Robin daran, dass sie Lion eine weitere Nachricht zukommen lassen sollte, auch wenn er sich noch immer nicht bei ihr gemeldet hatte.

»Entschuldige, ich will ein paar Schritte allein gehen, da wartet jemand auf einen Funken von mir.«

»Gut. Wir treffen uns bei der Feuertonne dort.«

Er zeigte an ein Plätzchen, das von Sesseln und Sofas umgeben war und auf denen Kinder und Jugendlichen saßen.

Robin nickte zur Bestätigung und schnappte sich ihren Funkenspiegel, mit dem sie etwas abseits der Siedlung ging.

Als sie wiederkehrte, drückte ihr jemand eine kalte Limodose in die Hand.

»Auf dich, Lady!«, prostete ihr ein Junge zu.

Robin senkte nur den Blick und umschloss die Dose mit ihren Händen. Es war so seltsam, so schnell in einer Gruppe aufgenommen worden zu sein. Sie war doch eine Fremde.

Sie huschte zu der verabredeten Feuertonne und nahm gleich neben Chest auf einem großen Sofa Platz, wobei sie nur einen kleinen Teil zum Sitzen bekam, denn der Junge war durch seine Ganzkörpermaschine extrem breit.

Er strich sich über die Stirn, um das lockige Haar, das ihm in die Augen fiel, aus dem Gesicht zu wischen, doch sobald er eine Kopfbewegung machte, fiel es wieder zurück. Das Spiel wiederholte er mehrfach und Robin musste darüber leise lachen, denn offensichtlich war dieser Drang zu einem Reflex geworden. Sie bemerkte noch eine andere Sache: Chest trug als Einziger seine fliegende Rüstung. Sie hatte angenommen, dass er sie auf dem Schrottplatz ausziehen würde. Neben ihm sahen die anderen Kinder winzig, schwächlich und schutzlos aus. Sie erinnerten Robin an sich selbst als Mädchen: Verlorene

Seelen ohne Eltern, ohne Familie, ohne eine helfende Hand, die einem den Weg wies.

Als sich die kleine Lucy an einen breiteren Jungen angelehnt hatte und er sie liebevoll in eine Umarmung bettete, die Gemütlichkeit versprach, fiel Robin ein Unterschied zu ihrer eigenen Kindheit auf: Diese Kids waren nicht einsam. Überall spürte Robin Einheit und Vertrauen.

»Warum schlüpfst du nicht aus deiner Maschine?«, fragte Robin Chest.

»Das geht nicht«, sagte er eine Spur verlegen und fuhr mit seinem schmutzigen Finger über einige Dellen im Brustpanzer.

»Hast du Angst, dadurch kleiner zu wirken?«

»Was? Nein! Aber ich ...«

Der dickere Junge, an den Lucy sich angelehnt hatte meldete sich zu Wort: »Er kann nicht laufen, Lady.« Der Junge war unverkennbar im Stimmbruch, deswegen quietschte seine Stimme und ging am Ende des Satzes schief in die Höhe.

»Halt deine Klappe!« Chest warf eine leere Limodose nach dem Jungen, doch sein metallummantelter Arm gab dem Wurfgeschoss zu viel Energie und so flog die Dose im hohen Bogen in die Dunkelheit.

»Du kannst wirklich nicht laufen?«

Chest sah ihr nicht in die Augen. Robin bemerkte, wie mager seine Beine gegenüber dem restlichen Körper waren. »Deine Beine sind gelähmt, habe ich recht?«

»Ja«, nuschelte Chest und warf nun seinem dickeren Freund einen bösen Blick zu.

»Du bist bewundernswert«, sagte sie überrascht.

Chest sah sie prüfend an, dennoch nahm Robin wahr, wie er eine selbstbewusstere Haltung annahm und sich ihrem Blick nun stellte.

Sie war nicht darüber verwundert, dass ein Junge seine Behinderung auf so eine Weise ausglich, sondern, dass er trotz des Schicksals sein Leben meisterte, während Robin vor ihrem ständig davonlief.

»Seid ihr alle Bodenstädter?«, wollte sie wissen und öffnete zischend ihre Limodose, wobei sie eilig den austretenden Schaum zwischen ihre Lippen leitete und genüsslich das süße Prickeln auf der Zunge spürte.

Lucy, die Robin genau beobachtete, lachte glockenhell auf und zeigte dabei ihre große Zahnlücke.

»Bodenstädter leben nur in den seltensten Fällen in einer Stadt im Himmel«, sagte Chest. »Wir wurden alle in *Tirias* geboren oder sind mit der Familie aus einer anderen Himmelsstadt hergekommen.«

Da wurde Robin klar, dass auch an einem reichen Ort wie diesem Armut herrschte. Doch wenn sie so die Schrottplatzkinder ansah, gab es hier niemanden, der unglücklich über seine Lage wirkte. Die Freude über eine Dose Limonade zeigte jedoch eine ganze Menge über die magere finanzielle Lage der Siedlung.

»Menü, wirf doch noch einen Stuhl ins Feuer«, sagte Chest.

Der dickere Junge schob nur wiederstrebend Lucy zur Seite, stand auf und schlenderte zu einem Holzhaufen direkt bei der Feuertonne. Gemütlich warf er einige Bretter ins Feuer und stocherte mit einem großen Stock in der Kohle herum, woraufhin Funken zum Himmel stiegen und etwas Asche auf Robin und die anderen niedersegelte.

Ein Neubeginn, dachte Robin, als sie etwas Asche von ihrer Hand strich. Lange Zeit starrte sie auf die Spur, die sie dabei hinterließ. Wollte sie wirklich an einen Anfang denken? Nein, es waren noch so viele Dinge nicht geklärt und sie war nicht in Sicherheit, da konnte sie sich solche Wünsche nicht erlauben.

»Danke dir, Menü«, unterbrach Chest ihre Gedanken.

»Warum nennst du den Jungen Menü?«, fragte Robin.

Chest machte ein ungläubiges Gesicht und deutete auf den dicken Bauch von Menü.

»Muss ich dir das wirklich erklären?«

Menü lachte. Offensichtlich schien ihm das nichts auszumachen.

»Ich schleiche oft in die Häuser der Reichen und mampf mich durch, hast du ein Problem damit, Lady?«, fragte er.

»Ich heiße nicht Lady. Nennt mich Robin.«

»Hier trägt keiner seinen richtigen Namen«, erklärte Chest.

»Heißt du deswegen Chest Turbulent?«

Er grinste und sah verträumt in die Flammen.

»An meinen echten Namen erinnere ich mich gar nicht mehr. Oder will es einfach nicht, such dir was aus.«

»Wo sind eure Eltern?«

Menü zuckte mit den Schultern. »Das ist unterschiedlich. Einige arbeiten so lange, dass sie gar nicht mitbekommen, dass ihre Kinder sich den Windseglern angeschlossen haben, viele haben uns weggeschickt, weil sie kein Geld haben, andere sind –«, der Junge sah zu Boden und senkte die Stimme, »tot.«

Robin hatte mit dieser Art Antwort gerechnet, dennoch schwieg sie bei dem Thema Tod lieber.

»Es gibt auch Kinder, die keine Ahnung haben, wo Mutter und Vater sind«, meldete sich Chest und Robin ahnte, dass er von sich selbst sprach. »Sie waren eines Tages einfach verschwunden und hatten einen zurückgelassen, so als wäre man plötzlich unbedeutend für sie.«

Seine Augen glänzten im Schein des Feuers.

»Ich weiß auch nicht, wo meine Eltern sind«, sagte Robin und gewann wieder Chests Interesse.

»Wo hast du sie das letzte Mal gesehen?«

»In einem brennenden Haus.«

Die Kinder, die gerade noch schläfrig wirkten, setzten sich hellwach auf.

»Was ist denn passiert?«, fragte Lucy.

»Ein schwarzer Phönix hatte ihr Haus angegriffen.«

Jetzt klappten einige Münder auf und die Kinder rückten näher zur Feuertonne.

»Erzähl uns alles!«, bat Menü.

»Ähm. Okay.«

Robin erzählte natürlich nicht die Wahrheit über sich, auch wenn ihr klar war, dass Chest genau wusste, dass sie ein Phönix war. Sie hoffte nur, dass er keine Ahnung hatte, dass sie kein normaler Phönixmagier war. Sie wandelte die Geschichte auch stark ab, um niemanden in eine ungemütliche Sache zu verwickeln.

»Und dann haben deine Eltern dich weggegeben, damit du nicht vom schwarzen Phönix geschnappt wirst?«, fragte Chest.

»Alles geschah nur zu meinem Schutz«, log Robin. »Ich verstecke mich hier vor dem dunklen Magier, bis ich weiterfliegen kann.«

»Stellt euch nur vor Leute, ein schwarzer Phönix kommt auf unseren Schrottplatz!«, sagte Lucy aufgeregt und sprang von ihrem Platz auf. »Wir würden ihm den Hintern versohlen!«

Einige Kinder stimmten ein und schon war das traurige Elternthema überwunden und die Kids konnten mit der Fantasie an einen abenteuerlichen Kampf in die Kissen fallen.

»Du schläfst heute bei mir!«, sagte Lucy und packte Robins Hand.

»Ich kann auch hier beim Feuer bleiben, ich brauche kein Bett, dieses Sofa tut es auch«, sagte Robin, die sich keineswegs aufdrängen wollte.

»Aber mein Bett ist super weich und warm.«

Lucy zog und zerrte und Robin lief langsam mit, wobei sie einen fragenden Blick zu den älteren Kinder warf, die diesen mit einem Achselzucken beantworteten.

»Sie hat recht, ihr Bett ist definitiv besser als das Sofa«, sagte Chest. »Ist doch nur für eine Nacht.«

Robin ließ sich überreden und von Lucy in ihr kleines Reich geleiten, das nicht wie Robin angenommen hatte, rosa war, sondern einem Jungszimmer glich: Kleine Flugschiffmodelle hingen von der Decke und anstelle von Bilderrahmen, waren alte Fahrräder an den Wänden angebracht.

Lucy brachte das Hinterrad eines Bikes zum Drehen und die Speichen spiegelten das Licht der Lämpchen, die das Mädchen beim Betreten eingeschalten hatte.

»Wie lange bleibst du hier, Lady?«, fragte Lucy und legte sich samt ihrer Sachen und Schuhe in ihr Bett, wobei sie in die Decken und Kissen einsank, so als bestünde das Bett aus einer Wolke.

Robin setzte sich auf das Bett und konnte gar nicht anders, als sich zurückzulehnen und ebenfalls zu versinken. Lucy zog solange an ihrem Ärmel, bis sie näher an das Mädchen gerückt war.

»Nur diese eine Nacht«, flüsterte Robin.

»Bleib doch bitte länger.«

Es fühlte sich seltsam vertraut an, als Lucy sich an Robin rankuschelte.

»Erzähl mir eine Geschichte, Lady.«

»Ich kenne nicht so viele. Wenn du willst, berichte ich dir von Orten, an denen ich schon war.«

»Ja bitte«, sagte Lucy bereits schläfrig.

Robin deckte beide zu und begann die Wasserfallinseln, die sie mit Lion besucht hatte, zu beschreiben. Als sie fertig war, atmete Lucy langsam und gleichmäßig, doch Robin selbst war nicht müde: Die Geschichte über Lion hatte sie aufgewühlt und sie fragte sich, was da nur los war, dass er ihr nicht antwortete.

Sie hatte mehrfach überlegt, den Knopf zu drücken, der den Gleiter zurück zur Akademie brachte, aber jedes Mal nahmen ihr andere Ereignisse die Entscheidung ab und so entfernte sie sich von Lion, statt zu ihm zurückzukehren.

Das wohl beängstigendste Ereignis hatte sie erst vor kurzem gehabt, als schwarze Phönixmagier sie eine Weile verfolgt hatten. Sie hatte sich aus Versehen in deren Revier verirrt. Tagelang wusste sie nicht, ob die Phönixe mit ihr reden oder sie vertreiben wollten. Die Erfahrung mit dieser Art von Magiern hatte in der Vergangenheit gezeigt, dass ein machtgieriger Geldgeber der Phönixe nicht weit entfernt sein konnte. Bei solchen Männern verzichtete Robin lieber auf eine Begegnung.

frederik

Frederik lebte sein Leben lang im White-Areal der Phönixakademie und hatte schon als Kind begriffen, dass die Farbe für diese Ebene die falsche war. Lügner, Geldgierige und Machtbesessene sollten sich nicht in Weiß kleiden. Die Projekte, an denen sie arbeiteten, waren dunkel und hatten nicht den Hauch von Unschuld. Selbst die vermeintlich Unschuldigen auf dieser Etage – die Kinder – trugen schlimme Geheimnisse in ihren Köpfen oder ihrem Blut und wurden gerade deswegen für die Machenschaften der Erwachsenen ausgenutzt. Das White-Areal müsste grau sein, nein schwarz. Die Wände, die Möbel, die Uniformen, alles sollte vor Schwärze triefen. Asche von verbrannten Opfern müsste überall auf dem Boden liegen, damit die Bewohner dieses Areals sich immer ins Gedächtnis rufen konnten, was sie da taten: Über Leichen gehen.

Deswegen verstreute Frederik auf dem Weg zum Akademieleiter großzügig Dunkens Asche. Eine Hand voll Träume, eine für das Lachen, das niemand jemals wieder hören würde und etwas Asche für seine Eigenarten und Gedanken. Frederik kannte den Schüler nicht, aber er dachte intensiv an ihn, als er seine Überreste auf den Gängen des White-Areals verstreute.

Er erntete dabei nur verwirrte Blicke, doch keiner regte sich auf. Warum auch? Ein schwarzer Phönix drehte durch und verteilte Schmutz auf dem Boden, das war nichts Außergewöhnliches, denn im White-Areal gab es genug Verrückte.

Sie würden Augen machen, wenn sie wüssten, was ich da vor ihre Füße streue, dachte Frederik.

Nur Varus Gettson und er wussten, dass das nicht einfach nur Staub war.

In Frederiks Augen standen Tränen der Wut. Er verstand selbst nicht, warum er so emotional reagierte. Dunken war nicht der erste Tote, den er im Auftrag von Varus beseitigen musste. Der Unterschied bestand darin, dass die anderen den Akademieleiter direkt angegriffen oder verraten hatten, das hatte Dunken nicht getan. Er war einfach nur ein Mittel zur Überbringung einer Botschaft.

»Was machst du nur, Freddy?«, wollte die Vorzimmerdame von Varus Gettson wissen, als er das letzte Häufchen Asche auf ihren Tisch knallte. »Wer soll das jetzt aufräumen?«

»Du räumst das nicht auf!«, sagte er barsch. »Varus soll das sehen. Er steht ja auf kleine Botschaften. Diese wird er verstehen. Sag ihm, dass ich seine Aufräumarbeit erledigt habe.«

Er berührte mit der eingeaschten Hand die Assistentin in ihrem makellosen Gesicht, auch sie sah zu rein aus für diese Etage. Frederik wusste, dass sie eine Affäre mit ihrem Boss hatte. Deswegen hinterließ er eine Spur von Dunken auf ihrer wunderschönen Wange, dann wischte er sich mit seiner sauberen Hand die Zornestränen aus dem Auge.

»Ich werde für eine Weile aus der Akademie verschwinden und suche nach Robin. Ich schätze, es war genug Vorsprung für sie.«

»Du kannst jetzt nicht weg«, sagte die Assistentin. Sie nahm ein Taschentuch aus ihrer Schublade und holte ihren Funkenspiegel heraus, um mit vorsichtigen Wischbewegungen die Asche von der Wange zu wischen und dabei gleichzeitig das Make-Up nicht zu ruinieren. »Robin zu finden hat gerade keine Priorität für die Phönixakademie. Mr. Gettson benötigt dich in anderen Bereichen, aber das weißt du ja.«

»Das kann er sich sonst wohin stecken«, sagte Frederik ruhig. »Für mich hat Robin Vorrang.«

»Du weißt doch nicht einmal, wo du sie suchen sollst, sei vernünftig.«

Er wusste ganz genau, wo sich Robin befand. Vor drei Stunden hatte sie Lion einen Funken geschickt, doch da hatte Frederik noch geschlafen. Die Zeitverschiebung zwischen Robins Ort und der Phönixakademie betrug etwa zwölf oder dreizehn Stunden. Er hatte sie zu weit von sich wegdriften lassen und die Frequenz ihrer Nachrichten wurde auch immer seltener. Wahrscheinlich würde sie bald begreifen, dass es nicht lohnte, Lion weitere

Funken zu senden und so würde Frederik sie nicht mehr aufspüren. Er hoffte, dass ihr Gleiter noch eine Weile repariert werden und er sie noch in *Tirias* antreffen würde.

Bevor er Lions Funkenspiegel gefunden hatte, war seine Strategie, Robin in dem Glauben zu lassen, dass er sie längst verfolgte und sie jederzeit finden konnte. Das hatte in der Vergangenheit gut funktioniert, weil Robin durch den Verfolgungswahn verrückt und unvorsichtig wurde. Aber dass sie Lion so sehr vertraute, machte ihn eifersüchtig. Andererseits vereinfachte ihm das seine Suche.

Warum lasse ich sie nicht endlich ziehen?

Darauf wusste er keine Antwort, außer vielleicht, dass sie mehr als nur eine Freundin aus Kindheitstagen und seine ehemalige Partnerin war – sie war inzwischen wie eine Schwester für ihn, die er beschützen wollte und es nicht ertrug, wenn sie hilflos durch die Weltgeschichte streunte.

»Ich gehe. Sag Varus das«, sagte er zu der Vorzimmerdame. »Die restlichen Aufgaben kann ein anderer Idiot für ihn erledigen. Wie wäre es mit den Schülern der Akademie, die scheinen ihm ja sowieso nicht so am Herzen zu liegen.«

Er hob seine eingeaschte Hand vor die Augen der Assistentin und wartete solange, bis sie begriff, was das war. Sie gab ein Quieken von sich, rückte vom Tisch, auf dem noch viel Asche lag weg und rieb panisch ihre Wange mit dem Taschentuch ab, sodass ihr Gesicht ganz rot und wund wurde. Jetzt standen auch in ihren Augen Tränen der Erkenntnis.

»Ich nehme an, wir sehen uns nie wieder, denn an deiner Stelle würde ich noch heute kündigen.«

Frederik ließ die verstörte Assistentin mit ihren Gedanken und Ängsten zurück und lief auf dem direkten Wege zum Mint-Areal. Er würde nicht alleine gehen.

Als er Annie aus der Entfernung erkannte, sah auch sie ihn, denn sie winkte ihm zum Gruß, bevor sie sich erneut an ihre Gesprächspartnerin wandte. Es war die Krankenschwester Aren. Frederik wollte die beiden nicht stören und blieb in einem respektvollen Abstand. Er wollte das Gespräch nicht belauschen, vor allem, weil er glaubte, es handelte sich um Lions neuen Aufenthalt im Hospital von *Granais*. Es war seine Schuld, dass Annies Cousin in eine so schwere Vereisung geglitten war und auch wenn das Mädchen ihm nie direkte Vorwürfe machte, bemerkte er ihr gelegentliches Zögern, das sie daran erinnerte, mit wem sie da ständig arbeitete.

Annie umarmte Aren zum Abschied und winkte ihr noch lächelnd zu, als sie auf Frederik zukam.

»Ich wollte wissen, ob Aren mir ein paar Nachhilfestunden im Bereich Heilung gibt. Du weißt ja, bald finden die Jahresendprüfungen statt.«

Frederik entspannte seine Haltung, da Annie nicht gleich mit dem Gespräch über Lion kam.

»Du brauchst doch keine Nachhilfe mehr, übe doch weiterhin an mir«, schlug er vor.

»Danke für deine Einschätzung, aber solange ich dich nicht aufschneiden und dir Ansteckungskrankheiten injizieren kann, werde ich das alles wohl mit Aren an Simulationsprogrammen üben.«

»Bei unseren nächsten Missionen kann ich dir vielleicht all das bieten.«

»Mach mir keine falschen Versprechungen«, lachte sie. »Geht es heute wieder zu einer Aufgabe?«

»Du darfst noch ein Mal für kleine Mädchen, danach brechen wir auf.«

»Klingt gut, ich hätte heute sowieso nur schnarchige Fächer. Weißt du schon, welchen Fluch wir dieses Mal einsammeln werden? Der letzte sitzt noch immer tief in meinen Knochen. War nicht so angenehm, in einer Stadt voller Schatten umherzulaufen, die dir zuflüsterten, wie sie dich am liebsten töten würden.«

»Was denn, das war doch ganz harmlos. Sie haben ja nur geflüstert. Es gibt in dieser Welt aber Schatten, die dir die Haut von deinem Körper fressen. Ich weiß selbst noch nicht, was auf uns zukommt. Wir werden besonders vorsichtig sein müssen. Vor allem, wenn wir wandernden Flüchen begegnen, man kann sie nicht immer sehen.«

»Natürlich, Sed.«

Er sah Annie leicht genervt an. Sie konnte seinen falschen Namen einfach nicht vergessen und zog ihn immer wieder damit auf. Aber bis auf diese Namensgeschichte, hatte er sich inzwischen an Annie gewöhnt. Sie machte erstaunliche Heilfortschritte und diese würde Frederik wahrscheinlich benötigen, denn der Weg nach *Tirias* war lang und führte über mehrere verbotene Gebiete der magischen Wesen. Auch wenn sie diese umfliegen konnten, gab es keine Garantie dafür, dass man sie nicht entdeckte, und er wollte sich ungern mit Geisterflüsterern und Schattenbeschwörern anlegen.

Er überlegte kurz, ob er Annie den eigentlichen Grund für ihre Reise sagen sollte, doch er konnte es ihr auch kurz vor *Tirias* erzählen.

»Was ist mit deiner Hand? Versuchst du, aus der Asche aufzuerstehen?«, fragte Annie scherzhaft und suchte in ihrer Tasche nach einem Taschentuch, das sie ihm reichte, doch er nahm es nicht entgegen. Dunken gehörte nicht einfach in ein Tuch gerieben. Ein kleiner Teil sollte mit Frederik und Annie auf die Reise gehen und noch etwas mehr von der Welt abbekommen. Er knöpfte sein Hemd auf, wobei Annie leicht verlegen wegblickte, dann schmierte er die Asche auf seine Brust.

»Ich werde diese Asche nah am Herzen tragen.«

Annie schmunzelte und schüttelte verwirrt mit ihrem Kopf, doch Frederik blieb ernst und knöpfte dann sein Hemd wieder zu.

»Ich bereite meine Tasche für einen Tagesausflug vor«, sagte Annie.

»Nicht nötig, wir reisen mit leichtem Gepäck und holen alles, was wir brauchen, vor Ort. Wir werden einige Tage wegbleiben und buchen alle Kosten auf Varus Gettsons Kreditkarte. Es wird dir gefallen.«

Jetzt nahm er doch ein fieses Lächeln an und freute sich schon auf das wütende Gesicht des Akademieleiters, wenn er die Reisekosten zur Unterschrift vorgelegt bekam.

»Mehrere Tage? Ist der Ort denn so weit entfernt?«

»Tirias«, antwortete Frederik knapp und sah, dass sich Annies Augen vor Verwunderung weiteten.

»Das ist genau auf der anderen Seite der Welt!«

»Deswegen lass uns keine Zeit verlieren, Annie. Willst du mit der Zeit oder gegen die Zeit fliegen? Beides ist möglich und in beiden Richtungen gibt es eher unangenehme Orte, die wir umfliegen müssten.

»Ich stehe nicht so auf die Vergangenheit, also lass uns mit den Zeitzonen reisen«, antwortete Annie.

robin

Lange Zeit gelang es Robin nicht, einzuschlafen und sobald sie endlich kurz eingedöst war, hörte sie von draußen etwas scheppern.

Vorsichtig schob sie Lucy von sich und stand umständlich aus dem weichen Bett auf.

Der Morgen war noch nicht angebrochen, aber es dämmerte bereits und über den Schrottplatz hatte sich eine zarte Nebelschicht gelegt, die die Metallhaufen und die alten Schiffe nun mehr wie eine schlafende Stadt aussehen ließen. Robin ging noch einmal in Lucys Zimmer und nahm eine kleine Steppdecke, die sie um ihre Schultern schmiegte – es war verdammt kalt.

Das Rumpeln hatte noch immer nicht aufgehört und als Robin ihm folgte, erkannte sie Chest, der an einem größeren Flugschiff herumschraubte. Er nutzte keine Leiter und auch keine Absicherungen. Sein Anzug brachte ihn an jede Stelle, die er ansteuerte. Robin lehnte sich an eine verrostete Turbine, die doppelt so hoch war wie sie selbst und beobachtete den Jungen bei der morgendlichen Tätigkeit. Er machte seinem selbstgewählten Namen alle Ehre, denn es war wirklich turbulent, was er da tat: Er flog von einer Stelle des Schiffes zur nächsten, schraubte hier etwas an, schweißte da eine Naht und schliff an einem anderen Punkt wieder etwas ab.

»Kannst du nicht schlafen?«, fragte er dann so plötzlich, dass Robin zusammenzuckte. »Hab schon mitbekommen, dass du da rumstehst. Willst du mir nicht etwas zur Hand gehen?«

»Ich kenne mich mit solchen Dingen nicht aus.«

Chest lachte auf und winkte sie zu sich herüber, wobei er auf dem Boden landete.

»Kannst du diese Verkabelung rausreißen?« Chest zeigte auf einen großen Kasten, der neben dem Schiff lehnte. Es sah aus wie ein Steuerpult, das schon bessere Tage gesehen hatte. »Ich will nur das Gehäuse verwenden, die Innereien wird Menü komplett austauschen.«

»Ihr seid alle sehr talentiert.«

»Wir sind besessen, das ist voll unser Ding.«

»Finde ich gut. Und das alte Zeug muss nur raus?«, fragte Robin, die sich mit Zerstörung bestens auskannte.

Chest nickte und warf Robin ein paar Handschuhe zu.

»Werkzeug liegt dort drüben, nimm dir jede Zange, die du dafür brauchst.«

»Okay.«

Robin machte sich an die Arbeit. Nach einer halben Stunde schmerzten ihr die Hände und sie spürte Übermüdung in ihren Oberarmen. Dennoch wollte sie nicht aufhören, denn es bereitete ihr Vergnügen, Kabel rauszureißen und Platinen und Speichermodule aus ihren Steckplätzen zu entfernen und sie auf einen Haufen zu werfen. Die Decke brauchte sie nicht mehr, die Arbeit hatte sie aufgewärmt.

»Wir machen jetzt eine Pause und gehen frühstücken«, unterbrach Chest sie nach einer weiteren halben Stunde Zerstörungswut. Und als er Essen erwähnte, bemerkte Robin erst ihre Erschöpfung und ihren Hunger.

»Und wo gehen wir hin?«, fragte sie.

clode

»Schatz, würdest du bitte an der Ausgabe mithelfen?«, fragte Mrs. Flander, Clodes Mutter, als sie ihren frischgestylten Kopf durch die Küchentür steckte und ihre juwelenbesetzten Hände schützend über das glatte Haar legte, weil sie es hasste, wenn der Dampf aus den Kochtöpfen ihre Frisur kräuselte.

Clode, der gerade Brombeerwaffeln backte, nickte in ihre Richtung und schon verschwand sie.

»Übernimmst du das hier?«, fragte er einen Kollegen und zog bereits die Schürze aus. Er platzierte das Namensschildchen besser sichtbar auf seinem hellblauen Shirt, das jeder in der Helferorganisation ,*Brot für dich*' tragen musste und eilte aus der Küche.

In der Kantine war noch kein Andrang, da die Türen noch immer geschlossen waren. Beim Vorbeigehen an den Fenstern sah Clode allerdings, dass diesen Morgen wieder sehr viele zum Armenfrühstück kamen. Clode winkte den Schrottplatzkindern zu, die er erblickte und schaltete die Bildschirme an, die die Tagesnachrichten übertrugen.

»Kannst du nicht auf einen schönen Spielfilm schalten, Clode?«, rief ihm ein Tellerjunge zu, der vom Team am müdesten aussah. »Ich kann diese magischen Katastrophen nicht mehr sehen. Wir wissen doch, dass es jeden Tag mehr gibt, muss ich mir denn jeden Morgen damit mein Gehirn zermatschen lassen?«

»Gib Ruhe«, sagte Clode und stellte den Ton lauter. Ihm waren Nachrichten nicht egal, schließlich wollte er helfen, wo auch immer er konnte. »Ich lasse die Hungrigen jetzt rein.«

Seine Kollegen gingen in Position und schon öffnete Clode die Türen.

Früher gab es regelrechte Kämpfe darum, wer als Erster die Kantine betreten durfte, doch die Leute hatten inzwischen begriffen, dass es für alle etwas zu essen gab und so wurden sie höflicher zueinander: Ältere, Kinder und Damen hatten den Vortritt.

»Hallo Mr. Trud«, begrüßte Clode einen Mann, der neben dem Jungen stehen blieb, um ihm die Hand zu reichen. Der seltsame Kerl war vor einer Woche in die Stadt gekommen und hatte schon alle Mitglieder der Helferorganisation auf Schallplatten gekratzt. Er brauchte kein Geld, er hatte sogar eine recht passable Wohnung in der Stadt, deswegen zahlte er auch für sein Essen und er bestand darauf, dass die Organisation sein Geld annahm. Mr. Trud kam selbst aus einer ärmlichen Stadt und er hatte Clode offensichtlich ins Herz geschlossen, denn er kam mehrfach am Tag, um zu reden. Clode mochte den Herrn, weil er stets eine andere Sicht auf die Dinge hatte, nur leider an einer seltsamen Fluchkrankheit litt, bei der er mehrmals die Stunde einen Zeitstopp erlitt und einfach beim Laufen umkippte. So war er auch bei ‚*Brot für dich*' gelandet, denn ein paar Passanten, die ihn aufgelesen hatten, glaubten, er sei ein Bettler, denn seine Kleidung war geflickt und ungewöhnlich zusammengestellt: Gelbes gemustertes Hemd, eine dreiviertel Cordhose und viele Umhängetaschen, in denen er alle seine Habseligkeiten mit sich führte, und nie ablegte, selbst dann nicht, wenn er sich zum Essen hinsetzte.

»Hey Mr. Trud!«, quietschte ein Mädchen vom Schrottplatz und sprang auf den Rücken des Mannes. Es war Lucy, das aufgeweckte Kind der Schrottplatzkinder. »Hallo Clode!«

Clode hob zur Begrüßung seine Hand und ließ die Kinder in die Kantine, damit sie nicht den Durchgang blockierten. An einer Person blieben aber seine Augen hängen, denn es war eine Jugendliche, die er noch nie zuvor mit Chest und Lucy gesehen hatte.

»Das ist Lady«, kommentierte Lucy Clodes Blick.

»Lady?«, flüsterte Clode fragend, doch Lucy war mit ihren Gedanken schon bei einer anderen Sache.

»Mr. Trud, wir haben vor zwei Tagen eine ganze Kiste alter Schallplatten bekommen, da sind ganz coole Farben dabei, türkis und violett, kommen Sie doch vorbei!«

Während Mr. Trud mit Lucy zur Essensausgabe ging und sie über Schallplattenfarben sprachen, beobachtete Clode weiterhin die Neue, die garantiert nicht Lady hieß. Sie wirkte aufgeregt, sah sich oft um, im Gegensatz zu den anderen Besuchern, die es vorzogen, ihre Scham über ihre Armut mit einem Blick gen Boden zu verbergen. Ihm kam das Mädchen bekannt vor, er hatte sie eindeutig schon einmal gesehen, nur erinnerte er sich nicht mehr daran, wo.

Die anderen Gäste zu begrüßen, gehörte aber zu Clodes Aufgabe und so erledigte er diese, bevor er schnell zur Essensausgabe eilte und seinen Kollegen unter die Arme griff.

»Wollen Sie Schokoladenpudding oder ein Pfirsichkompott als Nachspeise, Mr.?«, fragte Clode einen älteren Mann, der in seinem Alter wahrscheinlich gar keinen Zucker mehr zu sich nehmen durfte. Dabei sah Clode nun erneut zum Tisch, um den sich die Schrottplatzkinder versammelt hatten und die einzige lustige Truppe in der Kantine zu sein schienen. Ein Mal bekam er auch das neue Mädchen lächelnd zu Gesicht, als einer der Jungs einen Witz machte und mehrere Tischgruppen zum Lachen brachte.

»Menü, du Witzbold!«, hörte Clode jemanden sagen.

»Den Pudding, mein Lieber«, holte ihn der alte Herr an die Essensausgabe zurück. »Ich möchte den Pudding.«

»Ja, natürlich«, antwortete Clode und reichte dem Mann seinen Nachtisch.

So ging das die nächste Viertelstunde, bis die Nachrichten über die magischen Katastrophen auf ein anderes Thema wechselten, das Clode auch immer interessierte: Neuigkeiten aus der Phönixakademie.

Clode blickte mit einem leichten Herzrasen zu dem nächsten Bildschirm und beobachtete, wie die gewaltige Akademie durch die Lüfte glitt. Sie hatte vor ein paar

Tagen die Stadt *Granais* erreicht und wurde nun öfters gezeigt. Das passierte immer, wenn die Magieschule an einer bedeutenden Himmelsstadt Halt machte.

Die Kamera schwenkte von der Reporterin auf zwei Schülersprecher, ganz typisch in ihrer silbernen Uniform. Das Mädchen kannte er, es war die berühmte Kathy, die bei solchen Interviews fast immer gezeigt wurde. Bevor er seine Ausbildung an der Phönixakademie abgebrochen hatte, war Kathy einige Jahrgänge unter ihm und schon damals eine Nervensäge. Doch da war sie noch keine Schülersprecherin. Der Junge neben ihr kam Clode nicht bekannt vor, aber in einer Grafik, die unter ihm eingeblendet wurde, stand *Aves Punlington*. Vielleicht hatte Clodes Zwillingsschwester Aves mal bei einem ihrer Funkenkespräche erwähnt, aber sie erzählte ihm immer sehr viel, da war es möglich, dass ihm gerade diese Information entfallen war.

Die Reporterin stellte den beiden Schülersprechern gezielte Fragen wegen des Aufenthalts in Granais, es hatte wohl etwas mit einem verletzten Jungen zu tun, der in ein Hospital eingeliefert werden sollte. Der Name wurde nicht genannt. Vermutlich wieder nur jemand, den Clode nicht persönlich kennengelernt hatte – die Akademie war verdammt groß, größer als eine Kleinstadt.

Clode bemerkte, dass die einzige Person, die den Nachrichten ebenfalls lauschte, das neue Mädchen der Schrottplatzkinder war. Wie erstarrt blickte sie auf den Bildschirm und jetzt erkannte er sie.

Bevor sein Kopf Lady richtig einordnen konnte, spürte sein Körper, dass eine negative Erinnerung mit der jungen Frau einherging, auch wenn es nie eine direkte Begegnung mit ihr gab.

»Haben Sie schon nähere Informationen zu dem Verschwinden von Robin Bish, die Sie unseren Zuschauern geben können?«, stellte die Reporterin ihre nächste Frage.

»Robin Bish«, flüsterte Clode und sah Lady dabei zu, wie sie sich langsam vom Tisch erhob und Richtung Ausgang ging, gefolgt von lauten fragenden Rufen ihrer neuen Freunde. »Verdammt, das ist sie.«

Und genau in dem Augenblick wurde Robins Foto eingeblendet, das schon seit mehreren Tagen gelegentlich gezeigt wurde. Keiner der Anwesenden hatte so richtig realisiert, was da gerade geschah, denn entweder aßen sie seelenruhig weiter und achteten nicht auf die Nachrichten oder sie schauten zwar auf den Bildschirm, hatten Robin aber nicht gesehen oder sie nicht als das gesuchte Mädchen erkannt.

»Was ist denn das für eine Unruhe?«, fragte Clodes Mutter, als sie aus ihrem Büro zur Essensausgabe kam und ihren roten Anzug glättete, der ihr wie eine zweite Haut anlag und allen Männern in der Kantine gefiel, bis auf Clode. »War ja klar, dass das wieder die Schrottplatzkinder sind, die hier für Hektik sorgen.«

»Psst!«, sagte Clode zu ihr und sie gab ihm einen kleinen Klaps auf den Hinterkopf für dieses Benehmen.

Er ging ein paar Schritte von ihr weg, direkt zu einem der Bildschirme und rieb sich dabei die Stelle, die sie erwischt hatte.

»Robin ist ein schwarzer Phönix mit einer nicht beendeten Ausbildung«, erklärte Aves Punlington. *»Meine*

Klassenkameraden und ich haben Robin in Loro getroffen und seitdem hatte sie eine mehr oder weniger intensive Anleitung erhalten, die keineswegs ausreicht. Wir wissen nicht, warum Robin die Akademie vorzeitig verlassen hat, aber sie ist gefährlich, weil sie jederzeit ihre Kontrolle verlieren könnte. Und glauben Sie mir, wenn ich ihnen versichere, dass ihr Ausbruch nicht nur Verbrennungen hinterlassen wird.«

»Wenn ich gewusst hätte, dass du die Schule so sehr vermissen würdest, hätten dein Vater und ich niemals einem Abbruch zugestimmt«, sagte seine Mutter. »Aber nun ist es zu spät, kümmere dich jetzt um deine Aufgabe, Clode, das Essen verteilt sich nicht von allein.«

»Mom!«, sagte Clode ergriffen und wandte sich langsam seiner Mutter zu. »Ich weiß, wo dieses Mädchen ist.«

»Sei nicht albern, die Kleine sieht aus wie jedes dritte Gör, das ich kenne. Du hast dir da nur etwas eingebildet.«

»Nein, das war keine Einbildung. Viktoria hat mir ebenfalls das Foto von Robin Bish geschickt, ich habe sie erkannt.«

»Deine Schwester sollte sich lieber um ihre Mitgliedschaft bei der Feuerloge konzentrieren, statt dir Fotos von zweitklassigen Mädchen zu schicken. Die Mutter von Sascha Koppels hatte mir neulich einen verstörenden Funken geschickt, dass Viktoria sich immer mehr benimmt, wie ...« Mrs. Flander machte einen schmalen Mund und schluckte ihre nächste Aussage herunter.

»Was denn, wird sie mehr wie ich? Ein kleiner Rebell, der sich nicht anpassen wollte?«

»Clode, das Essen!«, sagte seine Mutter mit verständnislosen Augen.

Clode wollte noch etwas sagen, doch dann pinnte er sein Namensschild vom Shirt und drückte es dem nächsten Bedürftigen, der in der Essensschlange stand.

»Du vertrittst mich, ich muss was erledigen.«

»Aber ...«, sagte der betroffene Mann und sah zu seinem bärtigen Kumpel, der genauso perplex wirkte.

»Du kannst doch jetzt nicht gehen!«, ermahnte ihn seine Mutter und ja, das gehörte nicht zu seinem Stil, einfach zu gehen und Hilfebedürftige sitzen zu lassen, aber hier ging es doch nur um Pudding ... und um den schwarzen Phönix, der definitiv den Vorrang hatte.

»Bis dann Mom, zur Budgetsitzung bin ich wieder da.«

»Clode!«, rief seine Mutter über die ganze Kantine.

Clode ließ sich nicht aufhalten, sondern schnappte seinen Phönixgleiter, den seine Eltern extra für ihn hatten anfertigen lassen. Es war ihm auch egal, dass es verpönt war, als nicht vollausgebildeter Phönix so ein Gefährt zu besitzen, denn er liebte diese Maschinen, die vom inneren Feuer betrieben wurden. Der Gleiter war auch die einzige Geldverschwendung, die Clode seinetwegen erlaubte, denn er wollte nicht mehr auf die Phönixakademie gehen, weil das Schulgeld so extrem teuer war und er es lieber in den Helferfond von ‚*Brot für dich*' steckte.

In weniger als zehn Minuten hatte er den Schrottplatz erreicht, fast zur selben Zeit wie die Schrottplatzkinder. Robin allerdings fehlte.

»Clode!«, rief Lucy erfreut, als er von seinem Gleiter sprang und auf die Kinder zulief.

»Wo ist die Neue?«, wollte er wissen und sah sich aufgeregt um, denn es gab hier sehr viele Plätze, an denen sich das Mädchen hätte verstecken können.

»Sie ist nicht hier«, erklärte Menü. »Chest und sie arbeiten an einem Projekt am östlichen Randgebiet. Sie werden erst ... hey, wo willst du hin?«

Clode eilte zurück zu seinem Gleiter und machte sich augenblicklich zum besagten Stadtrand auf. Er flog mehrere Runden über das weite Gebiet, bis er Chest und den Phönix entdeckt hatte.

»Chest!«, rief er zur Vorwarnung, dann begann er mit dem Sinkflug.

Als Robin jedoch seinen Gleiter erkannte, rannte sie los.

»Warte!«, rief Clode. »Ich will dir nichts tun!«

Er überholte sie und versperrte ihr den Weg, wobei er sie nun umkreiste und ihr jede Möglichkeit zu fliehen nahm. Doch er hatte nicht damit gerechnet, dass Robin einen schwarzen Feuerball gegen seinen Gleiter schießen und ihn dadurch aus der Flugbahn reißen würde.

Schnell packte er die Steuerung, um die Maschine in den Griff zu bekommen, was er nur mit Mühe und Not schaffte. Er landete sofort und lief nun vorsichtiger auf Robin zu. Währenddessen war Chest zwischen die beiden getreten und hob seine Arme bedrohend, beschwichtigend und beschützend zugleich. Clode erkannte nicht, wen der Junge schützen würde, aber es sah aus, als würde er sich für beide einsetzen.

»Was ist denn los? Lady, du bist ein *schwarzer* Phönix?«, fragte er.

»Ich bin nicht Lady!«

»Sie ist nicht Lady!«, wiederholte Clode und kam näher. »Robin Bish, liege ich mit meiner Annahme richtig?«

»Sonst wärst du nicht hier, vermute ich«, gab Robin zurück und schon bildete sich weiteres Feuer um ihre Hand.

»Warte! Greif mich nicht an, ich bin nicht von der Phönixakademie, ich will dich nicht fangen.«

Robins Gesicht nahm einen fragenden Ausdruck an, doch das Feuer wurde dadurch nur noch größer. Clode wusste, dass er jetzt ganz vorsichtig sein musste.

»Meine Zwillingsschwester geht noch zur Akademie, sie hatte mir erzählt, dass da schräge Sachen passieren und dass sie verstehen kann, dass du einfach abgehauen bist.«

Robin ließ das Feuer los, das weit von ihr im Gras landete. Clode folgte den Flammen mit den Augen, nach wenigen Sekunden verschwand das Feuer.

»Wer ist deine Schwester? Etwa Kathy?«, fragte Robin erbost.

»Nein. Viktoria Flander. Ich bin Clode Flander.«

»Keine Ahnung, die Namen sagen mir gar nichts. Du bist auch ein Phönix, sonst könntest du keinen Gleiter antreiben.«

»Er hat abgebrochen«, meldete sich Chest zu Wort, der immer noch seine schützende Haltung hatte. »Das stimmt doch, Clode?«

»Ja, mich hat da vieles gestört und ich bin nur weg, so schnell ich konnte. Da haben wir wohl einiges gemeinsam.«

»Wir haben absolut gar nichts gemeinsam. Aber ich will es mal mit Reden versuchen. Ich werde hier so schnell wie möglich wieder verschwinden, ich wäre dir verbunden, wenn du mich nicht verrätst. Es ist nicht mein Anliegen, in eurer Stadt Schaden anzurichten.«

»Schon klar, du versteckst dich hier nur, würde ich vermutlich auch machen, aber du solltest lieber an Orte gehen, die noch nie etwas von Nachrichtenübertragungen gehört haben. In *Tirias* sind Nachrichten sehr wichtig, das ist die reichste Stadt der Welt, hier wird ...«

»Ich habe dich verstanden«, unterbrach Robin ihn und verschränkte ihre Arme vor der Brust. »Mir scheint, du warst noch nie in einer Bodenstadt, selbst sie kennen Nachrichten.«

»Jetzt sei nicht eingeschnappt, war doch nicht böse gemeint«, gab Clode von sich und sah sofort zu Robins Händen, in der Erwartung, dass sie wieder schwarze Flammen fangen würden.

»Weißt du was, Chest, ich sollte mir ein Flugticket kaufen und auf meine Art und Weise verschwinden, danke, dass du mir deine Dienste angeboten hast, aber ich glaube nicht, dass ich so lange warten kann.«

»Du hast es mich doch nicht einmal versuchen lassen, Lady.«

»Ich bin nicht Lady!«, sagte sie laut.

»Verzeihung!«

»Was ist denn los?«, wollte Clode wissen, der bei Problemen immer gerne seine Hilfe anbot.

»Entschuldige, aber das geht dich nichts ...«, begann Robin.

»Ihr Gleiter hatte eine schöne Bruchlandung, ist gleich dort vorne hinter der Baumreihe.«

»Chest!«, sagte Robin entsetzt.

»Du bist mit einem Gleiter hier?«

»Ich war es.«

»Kann ich es mir denn mal ansehen?«, fragte er neugierig und schon war die Budgetbesprechung für ‚*Brot für dich*' vergessen.

robin

»Das ist ein Gleiter der Phönixakademie«, hauchte Clode.

»Wirklich? Überrascht dich das jetzt?«, fragte Robin mit einem sarkastischen Unterton.

»Nein, natürlich nicht.« Clode strich den Staub von dem Bedienbildschirm und öffnete ein kleines Fach darunter, in das er etwas von seinem Phönixfeuer gab und es sofort wieder schloss. Das Display leuchtete auf und einige rote Lichter blinkten unaufhörlich. »Hey Chest, schau mal, kannst du damit etwas anfangen?«

Die Jungs führten ein fachmännisches Gespräch, von dem Robin nichts verstand, auf dem Display jedoch interessierte sie nur eine Fläche: Die Aktion, die den Gleiter zurück zur Phönixakademie brachte. Sonst leuchtete sie grün, jetzt war sie allerdings grauunterlegt und deaktiviert.

»Was ist damit?«, fragte sie beinahe verzweifelt und tippte auf die Stelle. »Ist das auch kaputt?«

»Durch den Neustart müssen einige Funktionen neu kalibriert und eingerichtet werden. Für diese Aktion benötigst du den aktuellen Code der Phönixakademie und den habe ich nicht.«

Eiskalt lief es Robin über den gesamten Körper und sie feuerte mehrere schwarze Funken über den Rand der Stadt, um die aufkommende Phönixmagie herauszulassen.

»Warum regt sie sich so auf?«, fragte Chest. »Was ist das für eine Funktion, war sie wichtig?«

Clode antwortete lange nicht, dann wandte er sich direkt an Robin. »Ich dachte, du bist von der Akademie geflohen. Wieso willst du da wieder zurück?«

»Weil ich dahingehöre«, hörte Robin sich sagen und war auf einmal überrascht von ihrer Aussage. Doch warum war sie es? Sie war dort aufgewachsen und konnte dort ihre Fähigkeiten erlernen. Sie hasste es zwar, aber so auf der Flucht war sie immer angespannter und zielloser. Dort hatte sie eine Aufgabe und einen Menschen, dem sie vertraute. »Weil ich dahingehöre«, wiederholte sie leise und sah über den Stadtrand zu den vorbeiziehenden Flugschiffen, in der Erwartung, ein noch gewaltigeres Flugobjekt würde in der Ferne auftauchen und sie einsammeln.

Doch das würde nicht geschehen, denn die Phönixakademie befand sich in der Nähe der Stadt *Granais*. »Um einen schwerverletzten Jungen in das Hospital zu bringen«, flüsterte sie und legte ihre Hand auf ihre Lippen.

Schnell holte sie den Funkenspiegel aus ihrer Tasche und sah nach, wie viele Nachrichten sie Lion geschickt hatte: Achtzehn!

»Clode?«, fragte sie panisch und kam zu den beiden Jungs zurück. »Sagtest du nicht, du stehst mit deiner Schwester in Kontakt? Sie ist doch an der Akademie?«

»Ja, wir funken fast täglich.«

Robin packte Clodes Handgelenk.

»Funke sie auf der Stelle an!«

»Verdammt, du bist eiskalt«, gab er zurück und befreite seine Hand. »Wir sind auf der anderen Seite der Welt, es kann sein, dass sie sich gerade bettfertig macht.«

»Dann schläft sie noch nicht. Ich muss den Namen des Schülers wissen, der nach Granais in das Hospital geschafft wurde. Bitte finde es heraus.«

***

Clode hatte Viktoria einen Funken gesendet, doch sie schlief wohl bereits, also versuchte Robin, sich mit dem kaputten Gleiter abzulenken.

»Die Ersatzteile werden nicht billig«, verkündete Chest nach der ersten Bestandsaufnahme, wobei er wieder mehrere Versuche unternahm, sein langes Haar aus dem Gesicht zu wischen. »Könntest du es für uns beschaffen, Clode?«

»Mann, schneide dir endlich deine Locken ab, das ständige Herumfummeln macht mich ganz verrückt.«

»Das bringt doch nichts. Immer, wenn ich sie abschneide, wuchern sie nach.«

»Dann steck dir Haarspangen rein.«

»Na, klar, so mit Sternchen und Herzchen oder was? Ich bin doch kein Mädchen. Also was ist nun mit den Bauteilen?«

»Das bekomme ich nicht hin. Meine Mutter verweigert mir Geld, damit ich endlich eine Universität wähle. Ich habe solange eine Bedenkzeit, bis meine Schwester ihre Schule beendet. Also nur noch bis zum Sommer.«

»Dann frage ich die Windsegler, wie hoch unser Erspartes ist«, sagte Chest.

»Ich habe noch ein bisschen Geld, vielleicht reicht das schon aus, ich will nicht, dass ihr eure Kasse für mich plündert.«

Da begannen die beiden Jungs plötzlich zu lachen.

»Was ist so witzig?«

»Robin, die Windsegler bauen funktionsfähige Flugschiffe und andere Gerätschaften, die ihnen die mittelständige Bevölkerung aus den Händen reißt. Sie haben sehr viel Geld. Das meiste spenden sie an die Helferorganisation meiner Eltern.«

»Ist das wahr? Das wusste ich nicht.« Robin hatte angenommen, die Schrottplatzkinder seien die Ärmsten in *Tirias*, stattdessen waren sie nur sehr bescheiden und halfen anderen.

»Wir machen das mit den Bauteilen schon, ich rede heute noch mit unserem Schatzmeister«, sagte Chest.

»Danke«, brachte Robin hervor. »Kann ich irgendwie helfen? Kabel rausreißen kann ich schon sehr gut.«

Chest grinste. »Ja, komm, ich zeig dir was.«

Robin musterte Clode mehrfach, während er Chest bei den Reparaturen half. Sie wusste noch immer nicht, ob sie seine Zwillingsschwester kannte. Zuerst dachte sie an die rothaarige Krankenschwester, aber sie war deutlich älter als Clode, der nach Robins Einschätzungen siebzehn, höchstens achtzehn war. Sie kam nicht drauf und der Name Viktoria Flander sagte ihr auch nichts. Vielleicht würde Clode Robin ja auch ein Foto seiner Schwester zeigen, wenn sie ihn darum bat, doch es war wichtiger, dass das Mädchen sich endlich mal meldete. Mit jeder weiteren Stunde wusste Robin, dass erst am nächsten Tag oder erst in einer halben Woche oder noch später eine Aussage kommen würde und solange wollte sie nicht mehr an diesem Ort bleiben.

Sie bemerkte, dass nicht nur sie unruhig wirkte. Chest Blick ging immer wieder in die Ferne und es war nicht der schöne Ausblick, den er bewunderte. Seine sehnsuchtsvollen Augen verrieten ihr auch, dass er auf jemanden wartete. Bis jetzt hatte sie kaum einen so intensiven Kontakt zu Menschen gehabt, sie waren für sie alles nur graue Personen gewesen, eine Hintergrundmusik in ihrem einsamen Leben. Die Schrottplatzkinder haben ihr in den schillerndsten Farben gezeigt, dass sie selbst nur ein kleiner Mikrokosmos in einem gewaltigen Universum war. Und Chest war der hellste Stern darin: Keine Eltern, gehbehindert, ein Teenager, beinahe noch ein Kind mit derart traurigen Augen und einem Kampfgeist, wie Robin ihn noch nie bei jemandem gesehen hatte.

Sie setzte sich näher an ihn heran und strich ihm eine Locke aus dem Gesicht. Er sah sie verwundert an, schenkte ihr aber dann ein Lächeln. Zum allerersten Mal empfand Robin den Wunsch, eine große Schwester für jemanden zu sein.

»Zeigst du mir bitte noch einmal, wie ich das machen soll?«, fragte sie mit einer ruhigen Stimme und fühlte sich so wohl neben den zwei Jungs, als hätte sie wirklich eine Familie gefunden.

Chest nickte, wobei ihm seine Locke wieder in die Augen fiel, weswegen beide grinsten.

Sie half den Jungs zwar bei den Reparaturen, doch sie mussten ihr vieles erklären und so wie die innere Verkabelung überall auf dem Boden verteilt lag, ahnte Robin, dass sie noch für mehrere Tage an diesem Ort festhing. Zum Glück war die Gesellschaft angenehm.

»Wenn die Windsegler so viel Geld besitzen, warum gehen sie in der Armenküche essen?«, fragte Robin.

»Wir können alle nicht kochen und wir haben auf unserem Schrottplatz auch keine Küche«, erklärte Chest.

»Für uns arbeiten ein paar großartige Köche.« Clode lächelte selbstzufrieden.

»Du meinst doch nicht dich selbst«, lachte Chest und Clodes Lächeln erstarb.

»Dein Teller ist immer saubergeleckt«, knurrte Clode leise.

»Ich bin nur höflich. Und ich habe Angst, dass wenn ich nicht aufesse, ihr doch noch die Miliz auf uns hetzt.«

»Das schafft ihr auch ohne uns. So wie ihr durch die Stadt rast, wird euch ‚*Brot für dich*' irgendwann nicht mehr aus der Patsche helfen können. Die Miliz hat gestern Abend erst wieder nach den Windseglern gefragt, eine Dame vermisst ihren Hut, den ihr einer von euch gestohlen haben soll.«

Chest kicherte wissend. »Der stand ihr eh nicht.«

»Ich prophezeie es dir, Chest, mein Guter: Nicht mehr lange und sie schnappen dich.«

»Das musst du mir nicht vorhersagen, passiert doch sowieso jeden dritten Monat. Ich schätze mal, bald ist es wieder soweit.«

Robin schüttelte nur mit dem Kopf. Für sie war es keine Option, hinter Gitter zu gehen, und ihr wurde bei dem Gespräch darüber ganz schwindlig.

»Wie kamen deine Eltern darauf, diese Helferorganisation zu gründen, Clode?«, wechselte sie schnell das Thema. »In den Bodenstädten habe ich noch nie von ‚*Brot für dich*' gehört.«

»Das kommt davon, dass ‚*Brot für dich*' viele kleine Unterorganisationen hat, jede Stadt wählt einen anderen Namen, aber die Kasse ist dieselbe. Mein Vater hat das Unternehmen von seinem Vater übernommen und rate mal, wem sie es vererben wollen. Aber ich bin keine Führungskraft, ich helfe lieber direkt. Manchmal glaube ich auch, dass die Reichen die Helferorganisationen nur gründen, weil sie gegenüber den Bodenstädtern ein schlechtes Gewissen haben. Deswegen spenden sie Gelder, machen aber nur das Nötigste und oft halbherzig und mit der Maske der Wohltätigkeit. Viele Unternehmen erbauen ihre Fabriken auch auf dem Boden, weil es günstiger ist. Sie sagen zwar, dass sie damit den Armen Arbeit geben, aber sie nutzen sie nur aus. Wenn man reich ist, ist das Denken ganz anders.«

»Aber du bist auch reich. Warum denkst du da nicht auch so?«

»Weil ich jeden Sommer als Helfer an verschiedenen Standorten von *‚Brot für dich‘* gearbeitet habe. Ich hatte sehr viel Kontakt zu Bedürftigen und habe mir ihre Schicksale angehört, da lernt man von selbst, ein empathischer Mensch zu sein.«

Robin machte einen anerkennenden Gesichtsausdruck. »Deswegen hast du die Schule geschmissen? Um anderen zu helfen?«

»Ich brauche keinen Hokuspokus, um zu helfen.« Clode zeigte Robin seine ölverschmierten Hände und lachte dabei. »Und sind wir mal ehrlich, ist das als Beweis nicht ausreichend?«

Robin klatschte mit ihrer ebenfalls verschmierten Hand gegen seine und grinste.

Er wischte sich die Hände sauber. »Die Organisation *‚Brot für dich‘* ist die größte Helferorganisation der Welt, die gibt es in fast jeder Himmelsstadt und dient der Unterstützung armer Menschen, vor allem der Bodenstädter. In unserer Stadt muss sie leider auch den Geringverdienern unter die Arme greifen«, erklärte Clode, während er begann, Robin die vielen Kartenfunktionen des Gleitersystems zu zeigen. Dabei schloss er seinen Funkenspiegel an, um eine Kartenaktualisierung vorzunehmen. Robin sah neugierig zu dem Spiegel, doch er schüttelte nur den Kopf. »Sie hat sich noch nicht gemeldet.«

»Schade.«

»Wissen die Windsegler über Robins Identität Bescheid?«, fragte er Chest.

»Nein, ich wusste selbst nur, dass sie ein Phönix sei, aber nicht so einer«, beantwortete Chest die Frage und sah über beide Ohren grinsend zu Robin. Für ihn war das offenbar keine besorgniserregende Erkenntnis. »Es ist schon verrückt: Nach dir wird gefahndet, Lady. Da haben du und ich schon etwas gemeinsam, mein Foto hängt in vielen Milizwachen. Aber erzähl mal, hast du deine Kräfte wirklich nicht unter Kontrolle?«

»Es ist eine Lüge«, antwortete Robin sofort. »Es gibt ein paar Leute, die meine Dienste einfordern wollen.«

»Einfordern? Haben sie dafür bezahlt und du hast deinen Teil nicht erfüllt?«, fragte Clode.

Robin dachte daran, dass ihre Eltern sie an den Akademieleiter verkauft hatten und nickte. »Ja, so könnte man es ausdrücken, nur war das kein fairer Deal.«

»Miese Betrüger, das kenne ich nur zu gut«, seufzte Chest. »Letzte Woche erst hat uns so ein Trottel mit Falschgeld bezahlt. Na, ja, wenigstens gab es bunte Flammen, als wir die Scheine ins Feuer warfen.«

»Apropos Feuer. Die Sonne geht bald unter, wir sollten den Gleiter wieder verstecken und morgen weitermachen.« Clode stand auf und reichte Robin die Hand, um ihr ebenfalls aufzuhelfen. Sie zögerte und überprüfte den Sonnenstand. »Das wird heute nichts mehr, Robin. Ich werde euch aber zum Schrottplatz begleiten, da kann ich dir dann gleich Bescheid geben, wenn sich meine Schwester meldet.«

Robin nahm seine Hand und er zog sie hoch.

»Übernachtest du bei uns, Clode?«, fragte Chest voller Freude in der Stimme.

»Nein, aber ich lasse mich von dir bekochen, Chest. Dann sehen wir mal, ob ich deinen Teller auch sauber lecke.«

»Ich bin mir sicher, diese Mahlzeit überlebst du nicht, lass lieber Menü das Kochen übernehmen, er kann zumindest gut einkaufen.«

»Menü klaut doch nur.«

»Man kann es sehen, wie man will. Menü behauptet, wenn er sein Geld an eine Helferorganisation spendet, kann er sich in den Küchen der anderen bedienen.«

Beide Jungs lachten wieder, doch in Robins Brust breitete sich Unruhe aus und sie blickte erneut zum Horizont. Sie hatte eine seltsame Vorahnung oder gehorchte einer inneren Uhr, die sie sich antrainiert hatte, als sie noch täglich vor Frederik wegrennen musste. Immer, wenn sie sich etwas wohler an einem Platz fühlte, dann kam er und sorgte für Ungemütlichkeit.

***

Erneut bestätigte sich Robins Vermutung, dass die Schrottplatzkinder gerne Gäste beherbergten. Sie sah, dass Lucy mit anderen Kindern dafür gesorgt hatte, dass Robin ihren eigenen Schlaflatz erhielt. Dafür bekam sie ein altes Vierpersonen-Flugschiff, deren Vordersitze hatten sie einfach herausgerissen, die Rückenlehne der Hinterbank horizontal gestellt und darauf eine Matratze gelegt. Lucy hatte es eindeutig in ihrem persönlichen Stil eingerichtet, und sie hatte sich die Zeit genommen, es richtig gemütlich zu gestalten.

»Habe ich den ganzen Tag gemacht«, verkündete das Mädchen stolz. »Wir machen heute bei dir eine Pyjamaparty und morgen schlafen wir wieder bei mir.«

Robin konnte nicht anders, sie hob Lucy auf die Arme und drückte sie dankbar an sich. Fühlte sich das so an, wenn man eine kleine Schwester hatte? Robin hatte keine Ahnung, zudem musste sie bei der Umarmung an Jenny denken. Sie wusste, dass ihre Schwester so hieß und dass sie inzwischen an der Phönixakademie war, schließlich hatte Mr. Gettson das Kind gekauft. Sie fragte sich, ob Jenny und Lucy Gemeinsamkeiten hatten, das Alter vielleicht, aber was war mit dem Verhalten?

»Danke dir«, flüsterte Robin in Lucys Ohr und küsste sie auf ihre Wange.

Mit dieser Güte hatte Robin nicht gerechnet, seit gestern Abend spürte sie diese Freiheit in der Luft. Es gelang ihr allerdings noch immer nicht, diese auch anzunehmen. Robin fühlte sich, als klebte ein Schatten an ihr, den sie einfach nicht loswurde.

Auch am heutigen Abend kam sie nicht umhin, die freundlichen Schrottplatzkinder als potenzielle Verräter anzusehen. Sie schämte sich für diese Gedanken, aber sie schaffte es nicht, sie abzustellen: Bei jedem überlegte sie genau, ob die Person ihr gefährlich werden konnte. Sie hoffte nur, dass Chest und Clode niemandem verrieten, dass sie ein schwarzer Phönix oder überhaupt eine Magierin war. Wenn die Fahndungsaufrufe weiterhin in den Nachrichten Sendeplatz bekämen, würden das sowieso bald alle mitbekommen. Bis dahin wollte sie schon weiter weg sein. Doch was dann? In den Bodenstädten waren die Menschen noch ärmer und nicht so locker und entspannt. Wenn in ihren Reihen ein großer Happen auftauchen würde, der ihnen viel Geld einbrächte, würden sich die meisten darauf stürzen. Sollte sie den Irrsinn am besten sofort beenden und zur Akademie zurückkehren? Oder doch lieber solange an einem Ort bleiben, bis Frederik sie fand?

Als ihr die Nähe seitens der Kinder zu viel wurde und sie ihren eigenen Gedanken nicht mehr folgen konnte, stand sie auf und nahm eine Laterne.

»Ich will meine Beine vertreten«, entschuldigte sie sich und lehnte jede Begleitung ab. »Nein, wirklich, ich will kurz nachdenken.«

Sie kletterte über neuen Schrott, der noch nicht thematisch auf unterschiedliche Haufen und Bereiche sortiert wurde und sah ein glänzendes, rotes Auto, das ganz und gar nicht nach Müll aussah. Bis auf einige Kratzer und Dellen sah das Fahrzeug noch top aus. Robin berührte den glatten Lack und fuhr mit den Fingern die Kurven ab, es fühlte sich wirklich gut an.

Mit geschlossenen Augen glitt ihre Hand weiter über das Auto, bis sie den Seitenspiegel streifte und die Augen wieder öffnete. Sie bückte sich, um hineinzusehen. Als sie sich erblickte, durchzog sie eine Erinnerung: Lion hatte sie aufgefordert, in den Spiegel zu blicken, um die Person zu sehen, die er sah, doch das einzige, was Robin erkannte, war Sorge. Ihr Finger glitt über ihr Spiegelbild. Sie hatte wirklich gedacht, sie hätte sich verändert, wäre mutiger geworden, könnte sich Frederik in den Weg stellen und ihrem Geldgeber trotzen, doch stattdessen war sie genau so ein Feigling wie zuvor.

»Tolles Auto«, meldete sich Clodes Stimme und Robin fuhr herum. »Ich bin es nur! Entschuldige, ich wollte mich nicht heranschleichen.«

»Ich habe nur nicht mit dir gerechnet.«

»Du bist gern allein, was? Robin, wieso kapselst du dich ab?«

»Stimmt nicht, ich vertrete mir nur die Beine.«

Clode sah zu dem Auto und strich ebenfalls über den Lack. »Und was ist der eigentliche Grund?«

Jetzt konnte sie es nicht mehr halten und so sprudelten ihr die Worte aus dem Mund: »Wie schaffen sie es, so locker zu sein und in den Tag hineinzuleben? Wieso kann ich nicht auch Freude empfinden, wenn die Kiste mit der Limonade aus dem Vorrat gebracht wird?« Robin schlug die Hände über dem Kopf zusammen. »Warum bin ich so verdammt angespannt?«

»Weil sie einander haben und du eher so dein Einzelgängerding durchziehst«, antwortete Clode. »Du scheinst auch niemandem so richtig zu vertrauen. Hattest wohl viele Enttäuschungen in deinem langen Leben – ach Moment mal, wie alt bist du? Sechzehn, siebzehn oder so? Ich kann mir nicht vorstellen, dass deine Probleme so ernst sein können, dass du deine Stirn so extrem runzeln musst. Meine Mutter sagt, dass man dadurch schneller Falten bekommt.«

Robin glättete ihre Stirn nicht, denn Falten waren ihr wirklich egal.

»Ich denke, ich bin ein bisschen anders als diese Kinder, ich habe kein normales Leben.«

»Das haben sie auch nicht, keiner von ihnen! Du bist nicht besser oder schlechter als sie, ihr habt einfach alle ein verrücktes Schicksal.«

»Du hast recht«, sagte Robin leise und sah zum Feuerschein der Feuertonne, der den Ort warm und gemütlich machten. »Sie machen das Beste aus ihrem Leben.«

»Was ist schon das Beste? Sie ziehen einfach ihr Ding durch, Robin.« Clode holte seinen Funkenspiegel heraus und sah hinein. »Es tut mir leid, ich muss jetzt los, meine Schwester hat sich noch immer nicht gemeldet. Ich werde aber vorbeikommen, sobald ich mehr weiß.«

»Danke dir.«

»Entspann dich. Du hattest Glück, auf Chest gestoßen zu sein, er ist ein Guter.«

»Ja, das ist er.«

Clode sah Robin noch eine Weile an, dann galt sein Blick wieder dem Fahrzeug und er kam um das Auto herum und öffnete die Motorhaube.

»Typisches Verhalten für Stinkreiche: Das Modell ist lediglich veraltet, da wird es gleich weggeworfen. Menü hatte gerade erst gesagt, dass er das Auto schon getestet habe, es müsste funktionieren.«

»Wirklich?« Robin kam ebenfalls zur geöffneten Motorhaube, doch wieder sah sie nur eine glänzende, verkabelte Welt, die sie nicht verstand.

»Ja, willst du es mal testen?«

Darauf konnte sie nichts antworten, sondern sah Clode hoffnungsvoll und überrascht zugleich an.

»Kannst du fahren?«

Sie schüttelte den Kopf.

»Dann bist du erst einmal meine Beifahrerin, steig ein.«

Robin blieb stehen, weil sie sich nicht sicher war, ob er es ernst meinte, doch er lief zur Fahrertür und sah sie fragend an. »Was ist? Solange du nicht einsteigst, können wir nicht los.«

»Ich dachte, du willst nachhause.«

»Für eine kleine Spritztour bleibe ich. Also, was ist? Kommst du mit?«

»Ja, natürlich«, sagte sie und beeilte sich.

Der Innenraum des Wagens wies einen seltsam süßlichen Geruch auf, so als hätte hier jemand überall Süßigkeiten versteckt. Der Sitz war bequem, aber nicht zu weich, doch das Aufregendste war, als Clode den Motor startete und Robin die Vibration im ganzen Körper spürte.

Er trat in die Pedale und Robin sank in ihren Sitz. Sie glaubte, ihre Gedanken wären an Ort und Stelle hängengeblieben und klatschten ihr wie ein schnappender Gummi nach, was sie spontan auflachen ließ.

»Halte dich gut fest«, sagte Clode ruhig und gab noch mehr Gas.

Sie fuhren über die weiten Straßen des Schrottplatzes, an dem größten Schiff vorbei, bei dem Clode ruckartig abbremste und dann weiterfuhr.

»Nicht so schnell!«, rief Robin, als er wieder mit allem, was das Auto hergab, losdüste und als er langsamer wurde, rief sie: »Schneller!«

Clode und Robin sahen sich grinsend an.

»Danke«, sagte sie und er nickte.

»Ist doch viel besser alle Grübeleien loszulassen, oder?«

»Ja«, hauchte sie zufrieden, bevor Clode wieder beschleunigte und Robin erneut in den Sitz gedrückt wurde.

Und wie das besser ist!

Das nächste Mal, als Robin im roten Auto saß, war bereits Morgen und sie trat selbst auf das Gaspedal. Clode hatte ihr gestern noch erklärt, wie die Kupplung und das Schalten funktionierten und gerade eben hatte Lucy noch einmal alle Schritte wiederholt und schon wirbelten sie den morgendlichen Nebel vom Schrottplatzboden auf.

Die lachende Lucy neben sich und das Brummen des Motors, lösten in Robin einige feste Knoten und sie fühlte endlich, was es hieß, in den Tag hineinzuleben.

Die Reparaturen an ihrem Gleiter gingen noch weitere zwei Tage, doch es war ihr nicht mehr wichtig, sofort wieder aufbrechen. Sie half auf dem Schrottplatz und konnte inzwischen auch mehr, als nur Kabel auszureißen und Schrauben nach der Größe zu sortieren. Sie war lernbegierig und half an jeder Ecke und in den Pausen fuhr sie mit einigen Kindern mit dem Auto zwischen den Flugschiffswracks.

Robin fühlte sich endlich zuhause.

frederik

Wie Frederik geahnt hatte, kamen von Robin keine weiteren Funken auf Lions Funkenspiegel an. Das machte ihn nervös, denn die Wahrscheinlichkeit, dass das Mädchen längst ein Ticket in eine weitentfernte Stadt gekauft hatte, war hoch, schließlich befand es sich in der größten Flughafenstadt, die es gab. Seine Erfahrungen hatten ihm gezeigt, dass Robin nie länger als drei Tage an einem Ort blieb und diese Zeit hatte er auf der Reise nach *Tirias* längst überschritten.

Annie und er schliefen nur ganz kurz, aßen in Schnellrestaurants und nahmen weniger Umwege um gefährliche Orte, als gesund für sie wäre. Das führte zwei Mal zu ungewollten Begegnungen mit magischen Wesen: Das eine Mal, als sie den blauen Sumpf überflogen hatten und ein Schwarm Irrlichter ihre Psyche angegriffen und sie beinahe in den Tod gerissen hatte. Das zweite Aufeinandertreffen war mit einem wilden Drachen, der die beiden Phönixmagier über zwanzig Kilometer gejagt und dann die Lust an ihnen verloren hatte.

Annie, die zu Beginn der Reise noch in Plapperlaune war, hatte seit einem Tag fast gar nichts mehr gesagt. Frederik wusste, dass das nicht nur daran lag, dass sie sich auf eventuelle Gefahren konzentrierte. Sein rascher Zeitplan hatte sie erst unnötig in schwierige Lagen gebracht. Und es graute ihm davor, ihr die Wahrheit über die eigentliche Mission zu beichten.

Erst als beide auf dem Schrottplatz landeten, den Robin in ihrem Funken beschrieben hatte, und Frederik die verdutzten Kinder nach Robin fragte, bedachte Annie ihn mit einem finsteren Blick.

»Robin?«, schrie sie ihn beinahe an. »Sag mir bitte, dass ich mich verhört habe! Wir haben die halbe Welt umflogen, um deine kleine Freundin zu finden?«

Ja, Frederik bereute es, Annie nicht gleich eingeweiht zu haben. Das Wörtchen *Freundin* hatte in den Kindern jedoch das Vertrauen geweckt, denn ein kleines Mädchen löste sich aus der Gruppe und nahm die Hand des schwarzen Phönixes.

»Komm, ich zeige dir, wo sie ist«, sagte das Kind und Frederik hatte das ungute Gefühl, dass das Mädchen sich ebenfalls in seine Gedanken einnistete, wie Jenny es für gewöhnlich tat, wenn sie ihn berührte. Die Begegnung mit Jenny hatte sein Verhältnis zu Kindern irreparabel geschädigt, das wurde ihm nun klar. Nichtsdestotrotz ließ er sich von der Kleinen mit der Zahnlücke und der Fliegerbrille über den Schrottplatz führen, während Annie ihm noch weiter in den Ohren lag, wie schrecklich sie sein Verhalten fand.

»Ich dachte, wir reisen an einen wirklich coolen Ort, um ein paar neue Flüche einzusammeln, stattdessen haben wir die ganze Zeit nach Robin Ausschau gehalten?«, fragte sie empört. »Hättest du mir das nicht eher sagen können?«

»Wärst du dann mitgekommen?«

»Na, vermutlich schon.«

Frederik seufzte. »Wirklich? Ich glaube es nämlich nicht.«

»Natürlich nicht! Wer wäre dir da freiwillig gefolgt?«

»Deswegen habe ich es dir nicht verraten. Und du weißt, dass an den Orten, an denen wir waren, ich deine Hilfe jederzeit hätte gebrauchen können.«

»Hättest können, ja. Aber du hast mich nicht gebraucht, du bist ganz gut da auch ohne heilende Kräfte durchgeflogen. Darum geht es aber nicht, du bist ein Lügner und ein Manipulant! Ich verstehe das nicht! Du hast mich schon mit deinem Namen angelogen und jetzt die Sache mit Robin. Oh, und dass ich dir nach der Sache mit Lion überhaupt traue, ist ein Irrsinn!«

»Da ist sie!«, rief das Mädchen aus und zeigte auf ein rotes Auto, an dem Robin und ein rothaariger junger Mann standen, beide mit einer Atemmaske und Spraydosen. Robins Haar war zu einem Pferdeschwanz zurückgebunden und sie trug eine grüne Latzhose, deren linker Träger, locker von ihrer Schulter hing.

Als Frederik ihrem entsetzten Blick begegnete, wusste er, dass sie Annies Worte gehört haben musste.

Sie riss den Atemschutz von ihrem Gesicht, dort wo er an der Haut auflag, waren leichte, rote Abdrücke.

»Was ist das für eine Sache mit Lion?«, fragte sie halb erstickt und kam langsam auf die beiden zu.

Frederik hatte geglaubt, dass wenn sie sich das nächste Mal sahen, würde sie wieder wegrennen, doch die Angst um Lion zwang Robin offensichtlich, an Ort und Stelle zu bleiben. Wenn er zudem ihre Gelassenheit bedachte, wie sie da mit einem Jungen das Auto dekorierte, war er sich nicht mehr sicher, ob Robin seinetwegen überhaupt Angst empfand.

»Was ist mit Lion?«, schrie sie ihm entgegen und kam so rasch auf ihn zu, dass er ihren Schlag gegen seine Brust nicht kommen sah. »Was hast du mit ihm getan? Sag schon!«

Sie schlug immer wieder zu und er konnte ihre Hand nicht fangen, denn immer, wenn er es versuchte, sprayte sie ihm schwarze Farbe auf die Finger.

»Er ist vereist!«, schrie nun Annie Robin entgegen und brachte sie augenblicklich zur Ruhe.

Robin atmete schnell und wischte sich mit der freien Hand über ihr Gesicht und über ihre locker sitzende Frisur, wobei ihr Blick unruhig alles und jeden ansah.

»Du«, sagte sie zwischen zwei Atemzügen. »Du ...«

Sie warf die Spraydose achtlos von sich. Diese kullerte über den breiten Weg, während Robin beide Handballen an ihre Augen drückte und ihre Lippen kräuselte, so als würde sie ihre Tränen unterdrücken.

»Robin, ich ...«, begann Frederik und kam auf sie zu.

Da warf sie schwarzes Feuer gegen ihn und schleuderte ihn weit von sich. Er landete unsanft in einem Haufen alter Uhren, die tickten, während er sich langsam aufrichtete.

Das kleine Mädchen, das Annie und ihm den Weg gewiesen hatte, kreischte auf und lief zu Robin.

»Lucy, geh bitte zu Clode«, forderte Robin, dann sah sie wieder zu Frederik. Ihre Augen waren gerötet.

Das Kind rannte zu dem rothaarigen Jungen, der es hinter seinen Rücken schob und die Situation äußerst konzentriert beobachtete. Seine Haltung verriet Frederik, dass er jederzeit angreifen würde, sollte die Sache eskalieren.

»Ich habe es geahnt. Irgendetwas hat nicht gestimmt, ich habe es gewusst. Und warum überrascht mich das nicht, dass *du* deine Finger im Spiel hattest?«, brüllte Robin. »Und was macht sie hier?« Sie deutete in Annies Richtung.

Auch Lions Cousine hatte eine vorsichtige, aber auch vorbeugende Kampfhaltung angenommen.

»Ja, was mache ich überhaupt hier, Sed?«

»Sed?«, hakte Robin nach.

»So hat er sich vorgestellt, damit ich ihn wegen Lion nicht umbringe.«

»Okay, es reicht!«, unterbrach Frederik die beiden und kam langsam auf sie zu. »Es bringt recht wenig, wenn wir uns hier anschreien, darf ich mich auch mal erklären?«

Robin starrte ihn entsetzt an.

»Wenn du überlebst«, zischte sie, lief zurück zum Auto und stieg ein. »Clode, bring Lucy weg!«

»Was wird das?«, fragte Frederik Annie.

»Sie fährt weg, was sonst.«

Robin startete den Motor und trat so heftig aufs Gas,

dass die Reifen durchdrehten und Staub und Steine gegen die Phönixe schleuderte.

Frederik bedeckte sein Gesicht und als Robin losfuhr, rannte er ihr noch mehrere Meter hinterher.

»Wo willst du hin? Du weißt, ich finde dich!«, rief er ihr nach.

»Mann, ich weiß nicht, was da zwischen euch vorgefallen ist, aber ich an deiner Stelle würde jetzt wegrennen, denn sie wendet«, riet ihm der Rothaarige.

Zunächst begriff Frederik seine Worte nicht, doch als er die Reifen quietschen hörte und das rote Auto auf sich zurasen sah, begann er zu laufen.

Wo war er da nur hineingeraten? Und die eigentliche Frage war: Warum tat er nichts dagegen? Warum überließ er Robin die Oberhand und rannte wie ein verängstigter Junge?

Er wusste, dass sie immer näher kam und aus der Ferne hörte er Annies Stimme, doch er verstand ihre Worte nicht. Schnell steuerte er ein Flugschiffswrack in der Größe eines Drachen an und kletterte hinauf.

Als Robin zum Bremsen kam, war sie lange Zeit hinter der dichten Staubwolke, die sie aufgewirbelt hatte, verschwunden und sobald sie sich legte, begegnete er ihrem enttäuschten Blick.

***

Er hob seine Hand beschwichtigend.

Robin nickte hastig und rieb ihre Tränen aus den Augen, stieg langsam aus dem Auto und lehnte sich an die Motorhaube.

»Kann ich runterkommen?«

»Du kannst es ja versuchen«, sagte Robin mit belegter Stimme und auf die Gefahr hin, dass sie ihn erneut überfahren wollen würde, stieg er von seiner Rettungsinsel herunter und trat langsam auf Robin zu.

Mach ein Ende, dachte Frederik. *Zeige ihr, dass du stärker bist als sie – so wie immer.*

Er konnte es nicht. Anstatt sie außer Gefecht zu setzen und sie zur Phönixakademie zurückzubringen, setzte er sich neben sie und beobachtete sie eine Weile.

Als sie ihn ansah, waren ihre Augen feucht und die Wimpern verklebt, aber es hatte sich etwas in ihrem Gesicht verändert. Sie war erwachsener geworden. Selbst ihre Tränen ließen sie schön aussehen. Alles Kindliche hatte sie abgelegt und das imponierte ihm.

Robin ließ es tatsächlich zu, dass er ihr die Situation mit Lion erklärte und wie es dem Jungen im Moment ging. In dieser Geschichte war nichts, was er hätte ausschmücken oder zu seinem Vorteil nutzen können.

»Das ist so schlimm, Freddy, ich kann es nicht in Worte fassen!« Robin zog ihre Knie an ihre Brust und schluchzte leise.

Frederik fühlte sich unwohl, Robin so weinen zu sehen und als er sie in den Arm nahm, kämpfte sie nicht gegen ihn, sondern vergrub ihr Gesicht an seiner Brust.

»Warum bist du nur so brutal?«, fragte sie mit belegter Stimme. »Der Junge bedeutet mir wirklich eine ganze Menge und mit deiner Tat stößt du mich immer weiter fort von dir und Mr. Gettson.«

Jetzt schlug sie ihn heftig gegen sein Schlüsselbein,

sodass Frederik den Schmerz mit den Fingern verreiben musste.

Sie sah ihn aus geröteten Augen an. »Ich weiß nicht, wie ich mich deinetwegen fühlen soll. Ich bin wütend, enttäuscht, aber auch so erleichtert, dich zu sehen. Ein Gefühlscocktail, der mir überhaupt nicht schmeckt, Freddy. Und Lion? Verdammt, wieso hast du das getan?«

»Ich war eifersüchtig und wütend.«

»Das entschuldigt gar nichts! Absolut nichts!«

»Ich weiß und ich erwarte auch nicht, dass du mir verzeihst.«

»Dann bist du hier, um mich einfach wieder in die Akademie zu schleppen, um mich mit dunkler Phönixmagie an meine noch unerforschten Grenzen zu treiben? Du weißt, dass du mich dieses Mal nur in einem leblosen Eisklumpen mitnehmen kannst. Freiwillig gehe ich nicht. Und um ehrlich zu sein, habe ich auch keine Lust mehr, wegzulaufen oder mich zu verstecken.« Sie lachte verzweifelt auf. »Du hast es übrigens schon wieder getan!«

»Was meinst du?«

»Du tauchst immer in den Momenten auf, in denen ich glücklich bin und zerstörst alles. Mein Aufenthalt in der Akademie war nicht perfekt, aber es war wie ein Zuhause – dann kamst du. Als ich Lion geküsst habe, kamst du und hast ihn fast umgebracht ...«

»Ihr habt euch geküsst?«, ging Frederik dazwischen und verspürte Wut in sich aufsteigen.

Doch Robin ließ sich von ihm nicht beirren und sprach weiter. »Und diese Kinder und ihr Schrottplatz.

Freddy, das bedeutet mir etwas. Und jetzt bist du wieder da und ich muss weinen.«

So hatte das Frederik noch nie gesehen. Er war immer derjenige, der sich jedes Mal freute, wenn er Robin fand, einfach weil sie zu seinem Leben gehörte und er sie gerne um sich hatte. Natürlich würde er das niemals zugeben.

»Mit dir aufzuwachsen ist ein Fluch, Freddy.«

»Mit dir ist es irgendwie auch so, nur sicher anders, als du es bei mir meinst.«

»Ach, halt endlich die Klappe. Wieso ist dieses Phönixmädchen mit dir unterwegs? Sie schien auch nicht gerade darüber glücklich gewesen zu sein, hierher zu kommen. Hast du sie entführt?«

»Warum sollte ich sie entführen?«

»Wäre nicht das erste Mal.«

»Nein. Annie ist auf dieser Reise meine persönliche Heilerin.«

»Du brauchst tatsächlich einen heilenden Phönix, Frederik? Hast du nicht erzählt, dass schwarze Phönixe ihre Kräfte mit viel Übung umkehren könnten? War das gelogen?«

»Nein, war es nicht. Ich bin nur nicht gut darin, Robin.«

»Niemand ist so gut. Du hast sicher nur wieder irgendetwas im Labor der Akademie aufgeschnappt und wolltest daran glauben.«

»Nein, ich ...«

»Schon gut, Freddy. Ich kann das nachvollziehen. Ich habe früher den Forschern auch so einige Märchen geglaubt, bis ich begriffen habe, dass das deren Wunschvorstellungen waren, in uns etwas zu züchten, was wir niemals erschaffen können.«

Frederik wusste, dass sie recht hatte. Aber er hatte die Hoffnung als Kind gebraucht, dass es neben den Schmerzen und den Aufopferungen noch etwas gab, auf das es sich hinzustreben lohnte, damit er seiner dunklen Natur trotzen konnte. Wenn er Robin so ansah, ihre Augen voller Hoffnung, wusste er, dass dieser Drang nach Gutem noch immer in ihm war. Wahrscheinlich war er deswegen auf die Suche nach Robin aufgebrochen.

»Dann machen wir es eben auf unsere Weise«, sagte er. »Es wird an der Zeit, dass wir unseren eigenen Träumen hinterherjagen und uns nicht denen der anderen beugen.«

»Na klar, als ob man es uns erlauben würde. Wie hast du mich überhaupt gefunden?«

Er seufzte schwer und holte Lions Funkenspiegel aus der Tasche. Robin sah es eine Weile an, dann kam die Erkenntnis. Sie schloss die Augen und atmete scharf ein.

»Du hast jeden Funken gesehen, den ich Lion geschickt habe?«

»Ja.« Frederiks Stimme klang kein Stück bedauernd. »Aber ich habe sie nicht an Varus weitergeleitet. Er weiß nichts von diesen Aufnahmen.«

»Soll ich dir das glauben? Warum solltest du deinem Ziehvater etwas vorenthalten? Das hast du noch nie getan.«

»Doch«, sagte Frederik und musste plötzlich über das ganze Gesicht grinsen. »Ich verheimliche ihm vieles.

Ich werde dich ihm nicht zurückbringen. Ich will dich um Unterstützung bitten.«

»Das ist dasselbe, als würdest du mich an die Akademie mitnehmen, Freddy. Ich arbeite so oder so nicht für Mr. Gettson.«

»Das war auch nicht meine Bitte.« Er sah sich seine vom Spray geschwärzten Hände an und versuchte die Farbe wegzureiben – es würde Wochen dauern, sie abzubekommen. »Mir sind nur Dinge aufgefallen. Dinge, die an der Akademie geschehen und die etwas mit deiner Schwester zu tun haben.«

»Jenny«, sagten Robin und Frederik gleichzeitig.

»Was ist mit ihr? Ist sie auch ein schwarzer Phönix?«

»Wäre sie einer, hätten wir kein Problem. Sie ist anders, sie ist unberechenbar.« Frederik sah Robin direkt in die Augen. »Sie ist verdammt gefährlich.«

»Klar ist sie das, sie gehört ja zu meiner Familie. Was ist denn jetzt deine Bitte?«

»Ich will, dass du mit mir der Sache nachgehst. Wir bleiben noch ein paar Tage, dann können wir alles besprechen.« Er sah auf die Uhranzeige von Lions Funkenspiegel. »Wir müssten ein Hotel finden.«

»Du sitzt in dem schönsten Hotel der Welt«, sagte Robin. Sie legte ihre Hand auf Lions Funkenspiegel und sah Frederik fordernd an, also überließ er ihr den Spiegel. »Danke.«

Sie öffnete es und schreckte auf, als sie ihre verheulten Augen sah, also schloss sie ihn langsam wieder und sah zu Frederik. »Ich meine es ernst, hier gibt es so viel Platz, ihr könnt hier übernachten.«

»Ich denke, Annie ist etwas Luxus gewöhnt.«

»Verdammt, warum glauben das alle?«, erklang die Stimme der Phönixmagierin hinter ihnen.

Frederik sah überrascht zu ihr. Sie war in Begleitung von dem rothaarigen Jungen, dem Mädchen mit der Fliegerbrille und einem anderen Mann, der einen alten Jutebeutel um die Schulter trug, aus dem eine gewaltige Menge Schallplatten lugte.

»Ich kann durchaus auf einem Schrottplatz schlafen, was ist nur los mit euch?«, sprach Annie weiter. »Übrigens das ist Clode Flander, der Zwillingsbruder von Viktoria Flander, ein bekanntes Mitglied des Reiche-Kinder-Clubs namens *Feuerloge* – ihr habt eine totale Ähnlichkeit, habe dich sofort erkannt, Clode.« Dann zeigte sie auf den anderen Mann. »Und das ist Mr. Trud, von dem habe ich dir schon erzählt, Sed.«

»Wieso nennt sie dich Sed?«, wollte Robin von Frederik wissen und musterte gleichzeitig den Mann mit den Schallplatten, der nun auch sie interessiert anstarrte.

»Dumme Geschichte, erzähle ich dir bei Gelegenheit«, nuschelte Frederik.

»Lady, ich habe gedacht, du tust dem Kerl weh!«, rief Lucy und kam dann auf Robin zu.

»Das wird bestimmt noch passieren«, erklärte Robin mit beruhigender Stimme. Frederik rollte hinter ihrem Rücken mit den Augen, was das kleine Mädchen aber sah und ihn lückenhaft anlächelte.

»Hey, warum starrt dich der Typ so an«, fragte Frederik leise. »Kennst du ihn?«

»Nicht wirklich«, antwortete Robin. »Ist wohl ein Kunde der Windsegler.«

»Wie ich schon sagte, das ist Mr. Trud«, sagte Annie, die das leise Gespräch offensichtlich mitbekommen hatte – ebenso wie die anderen, denn sie schmunzelten verlegen.

»Ich bin ein Künstler und verdiene mein Geld mit Radierungen – bevorzugt auf ein paar alten Schallplatten, die ich von diesem Schrottplatz hole«, erklärte Mr. Trud geduldig und mit einem sanften Lächeln. Er machte eine ausladende Bewegung. »Und diese bekomme ich natürlich an so einem Ort. Hier gibt es einfach alles.«

Frederik warf einen Blick auf die gigantische Schrottplatzkulisse: Haufen auf Haufen türmten sich vergangene Träume und Wünsche gen Himmel, bis sie eines Tages zum Ballast geworden waren und hier entsorgt wurden. Es waren Dinge, durch die die Menschen sich verwirklichten, ihre Individualität ausdrückten und für wichtiger erachteten als die eigentliche Persönlichkeit. Frederik war kein Freund von Besitztümern, er war ständig unterwegs und da waren schwere Dinge hinderlich.

»Mr. Trud kommt aus Loro, ich bin ihm im Krankenhaus begegnet, als ...«, sagte Annie und senkte irritiert ihren Blick, so als würde sie Schwierigkeiten haben, sich an etwas zu erinnern.

Bei dem Namen Loro hielten Robin und Frederik die Luft an und blickten zu dem Mann. Annie hatte zwar oft über Mr. Trud erzählt, aber erst jetzt brachte Frederik ihn mit der Blondine in Verbindung. Sie waren sich im

Krankenhaus von Loro begegnet und wenn er sich nicht irrte, war das eine bewegende Begegnung gewesen.

»Es freut mich, dass Sie mit Ihrer Kunst sich ein Leben in Tirias leisten können, ich habe gehört, dass die Mieten hier sehr hoch sind«, sagte Annie. Auf ihrer Oberlippe und Stirn sah Frederik leichte Schweißperlen. Sie hatte wohl die Erlebnisse in Loro noch nicht ganz verkraftet, fiel ihm auf, doch ihr Blick wurde wieder fest und sie hob ihr Haupt.

»Ich bleibe aber nicht mehr lange hier, ich bin jetzt mit genug Schallplatten versorgt und kann weiterziehen.« Zur Verdeutlichung strich Mr. Trud liebevoll über seinen Jutebeutel. »Sie haben sich übrigens sehr verändert, Annie. Ich spüre viel Stärke in Ihnen. Hat Jenny Bish in Ihrem Kopf herumgespielt?«

Sowohl Frederik, wie auch Annie griffen sich gleichzeitig an die Schläfe und das handelte ihnen einen skeptischen Blick von Robin und dem rothaarigen Jungen ein.

»Habt ihr Schmerzen?«, fragte Clode.

»Nein, sie haben keine Schmerzen, mein Junge. Sie haben Sternenlichtmagie geschnuppert. Ganz besonders er.« Mr. Trud zeigte auf Frederik. »Du bist oft von Jenny umgeben, so etwas sehe ich.«

»Woher wissen Sie das?«, fragte Robin.

»Jenny hat mein ganzes Leben auf den Kopf gestellt, da fällt mir so etwas leicht auf. Es ist ein Fluch und Segen zugleich. Aber mit Ihnen hat sie noch nie kommuniziert, habe ich recht? Dabei sind Sie doch ihre Schwester.«

Der Mann schaute zu Robin und Frederik sah, dass sich gerade Gänsehaut auf Robins Oberarmen bildete.

Er strich sanft darüber, doch sie zuckte von ihm zurück. War er wirklich so abstoßend? Hatte sie so eine Angst vor ihm, oder war das ein Reflex, den sie sich in den vielen Jahren mit ihm antrainiert hatte?

»Gut, es war jetzt lange genug gruselig«, meldete sich Annie wieder zu Wort. Dann zeigte sie mit dem Finger zwischen Robin und Frederik hin und her. »Versteht ihr euch jetzt etwa?«

»Garantiert nicht«, sagte Robin mit verärgerter Stimme. »Die Sache mit Lion werde ich ihm nie verzeihen. Aber wir haben uns ausgesprochen.«

»Ausgesprochen?«, fragte Annie irritiert und lachte dann abfällig. »Robin, überall sucht man nach dir. Du wirst als gefährlich eingestuft, was denkst du, wieso wir hier sind? Wir werden sie doch zurück zur Akademie bringen? Oder Sed?«

»Das steht noch nicht fest«, sagten Robin und Frederik mit einer Stimme.

»Wird das jetzt ein Wiedersehen, mit Tee und Kuchen?«, wollte Annie wissen.

»Warum eigentlich nicht? Wo kann man hier schick Kuchen essen?«, fragte Frederik und holte die Kreditkarte der Phönixakademie. »Ich lade euch und eure Freunde ein. Sie sind auch herzlich eingeladen, Mr. Trud, ich will noch ein bisschen mehr über ihre Begegnungen mit Jenny Bish erfahren.«

robin

Das Café, in das die Schrottplatzkinder und die anderen einfielen, war mehrere Stockwerke hoch, hatte große, helle Räume und eine verspielte Einrichtung: Die Stühle und Tische waren winzig und verschnörkelt, so als bestünden sie aus zerbrechlichem Zucker. Da konnte Robin schon verstehen, dass die Gesichter der Cafémitarbeiter blass wurden, als Chest mit seinem Maschinenanzug den Laden betrat, gefolgt von etwa drei Dutzend ungewaschener Kinder.

»Ich regel das«, sagte Frederik und zog gleichzeitig Clode und Annie mit sich. »Ich zahle, aber ihr klärt das«, hörte Robin ihn sagen. Das brachte sie zum Schmunzeln. Ein Mann wie Frederik konnte einschüchternd wirken, Höflichkeit war einfach nicht seine Art. Wenn er mit den Cafébetreibern reden müsste, würden die Windsegler auf der Stelle auf der Straße landen. Sie legte ihren Arm um Lucy und zupfte gedankenverloren an deren grauer Strickmütze herum, die sie unterhalb ihrer Fliegerbrille trug. Das Mädchen war irgendwie ruhiger als sonst, fand Robin, ob dieses feine Café sie einschüchterte?

Annie und Clode konnten die Bedienung tatsächlich dazu überreden, ihnen den Partyraum des Cafés zu geben, denn dort standen mehrere große Tische mit Platz für alle Kinder.

»In der Armenküche hätten wir auch viel Platz gehabt«, sagte Clode.

»Was willst du in einer Armenküche?«, fragte Annie. »Deine Eltern sind doch stinkreich. Hatten sie nicht so eine Organisation?« Sie schnipste mit den Fingern.

»Die Initiative heißt ‚*Brot für dich*' und dazu gehört auch die Armenküche.«

Da hellten sich Annies Augen auf. »Wirklich? Du bist so ein Helferkind?«

»Nur dass ich kein Kind bin«, antwortete Clode. Irrte sich Robin, oder nahm der Junge eine selbstbewusstere Haltung an und sprach tiefer als sonst?

»Ich will alles wissen!«, sagte Annie und hakte sich bei Clode unter. »Ich habe da auch so ein Helferprojekt am Laufen, vielleicht kannst du mir ein paar Tipps geben. Oh, und es wäre toll, wenn ich deine Eltern kennenlernen dürfte.«

»Mein Dad ist so selten in der Stadt, aber ich stelle dir gern meine Mutter vor.«

Clode führte Annie in den Partyraum und der Rest folgte ihnen, wobei einige der Schrottplatzmädchen kicherten und aufgeregt miteinander über Clode und Annie tuschelten.

»So einen leckeren Kuchen gibt es aber nicht in der Armenküche«, stichelte Chest, an Clode gewandt. »Ihr solltet unbedingt den Konditor wechseln.«

»Bei ‚*Brot für dich*' gibt es gar keinen Kuchen«, nuschelte Clode.

»So rum war das also. Danke übrigens für die Einladung, Frederik!« Chest verdrückte noch ein großes Stück Himbeerkuchen und nahm sich eins von der Zitronentorte. Er war der Einzige, der keinen Stuhl benutzte, weil sein Metallaußenskelett jedes Möbelstück wie eine Pappschachtel zerdrücken würde. Robin war über die vielen Funktionen seiner Maschine erstaunt, er war wie ein Multifunktionsmesser, das sie selbst gerne auf Reisen mitnahm. Chests Maschine bot ihm sogar eine eigene Sitzmöglichkeit, dafür rasteten ein paar Gelenke so ein, dass der Junge in einer Sitzposition am Tisch bleiben konnte.

Als Chest wieder einmal sein Haar aus dem Gesicht strich und dabei etwas Kuchen auf der Stirn hinterließ, sagten mehrere Personen gleichzeitig: »Schneid dir endlich die Haare!«

»Aber wozu? Ich mag das so«, empörte Chest sich.

»Hey, Chest«, sagte Robin und lehnte sich etwas über den Tisch. »Hast du es schon mit einer coolen Mütze probiert? Sie würde dein Haar bändigen und stört kein bisschen beim Fliegen.«

»Du kannst meine haben«, schlug Lucy vor, die heute unter ihrer Fliegerbrille eine gestrickte graue Mütze trug, die ihr eindeutig zu groß war. »Sie rutscht mir immer in die Augen.« Lucy zog ihre Mütze vom Kopf, wobei ihre feinen Härchen elektrisiert zu allen Seiten abstanden. »Hier!« Sie ließ die Kopfbedeckung über den Tisch schlittern.

»Ist wenigstens nicht rosa«, sagte Chest zufrieden, bevor er die Mütze über seine Locken zog und einige Strähnen unter den Stoff schob.

Robin fand, dass der Junge damit wirklich gut aussah, also hob sie ihre Daumen und auch die anderen sprachen ihre Komplimente aus.

»Jetzt verstehe ich, warum du dich hier wohlfühlst, Robin«, flüsterte Frederik ihr zu. »Sie haben die unbeschwerte Kindheit, die du so sehr haben wolltest.«

Der Appetit war Robin vergangen. Sie wusste, dass Frederik das nett gemeint hatte, aber jetzt wurde ihr klar, dass das vielleicht wirklich der Grund sein konnte und nicht, weil sie sich hier selbst zuhause fühlte. Es war ein Rausch der Wunschfantasie, der wie der leckere Kuchen irgendwann zerschmelzen würde.

Lange Zeit hatte Robin kein einziges Stück Süßes angerührt, denn Frederik und sie waren lange Zeit in ein Gespräch mit Mr. Trud vertieft, doch jetzt schob sie etwas Apfelstrudel auf ihre Zunge und genoss die leichte Säure auf ihren Geschmacksknospen, während sie über Mr. Truds Worte nachdachte. Er war noch ein Teenager, als er mit seinen Eltern in das Haus neben den Bishs eingezogen war. Da war Robin noch ein kleines Mädchen und ging Mr. Trud gehörig auf die Nerven.

»Du warst ein glückliches Kleinkind«, hatte der Schallplattenkünstler gesagt und allein das war für Robin schwer vorstellbar.

Die weitaus interessantere Tatsache war, als Mr. Trud berichtet hatte, dass Robins Mutter sehr oft schwanger war und dass sie ständig Totgeburten zu beklagen hatte. »Arme Frau, sah immer so traurig aus. Und die drei Kinder, die die Geburt überlebt hatten, musste sie abgeben, warum weiß ich nicht.«

Drei Kinder, dachte Robin nach. Es musste also zwischen ihr und Jenny noch ein Kind gegeben haben. Oder war sie selbst das mittlere Kind?

Nein.

Sie hatte das Gefühl, sie wäre das älteste Kind, doch wo war das andere Geschwisterchen jetzt?

Während Robin an ihrem Kuchen kaute, hatte Mr. Trud von seinem Fluch erzählt. »Das war kurz nach dem großen Brand des Bishhauses. Ich habe den Mann nicht gesehen, der mir den Fluch an den Hals gejagt hatte, aber ich habe gehört, dass er sich mit ein paar Männern über Probeflüche unterhalten hatte.«

»Probeflüche? Was soll das sein?«, wollte Frederik wissen.

»Keine Ahnung, aber ich war wohl ihr Versuchstier.«

»Wieso sollte jemand Flüche ausprobieren? Es gibt so viele auf der Welt, man weiß doch, dass sie immer noch funktionieren«, gab Robin zu bedenken. »Es gibt doch nicht etwa so einen Irren, der noch mehr Flüche aussetzen will?«

»Aber es gibt einen Idioten, der die Aufgabe hat, Flüche zu sammeln«, sagte Frederik zwischen geschlossenen Zähnen. »Damit Jenny sie wieder neutralisiert.«

»Das kann sie?«, fragte Robin.

»Nicht so, wie man sich das vorstellt.«

»Meine Schwester scheint ja eine sehr interessante Persönlichkeit zu sein. Ich bin etwas traurig, dass ich ihr bis jetzt nie begegnet bin.«

»Glaube mir, wenn ich dir sage, dass das nur zu deinem Vorteil ist«, sagte Frederik und wirkte angespannt.

»Ich muss mal ganz dringend«, lenkte Lucy Robins Aufmerksamkeit auf sich und rannte mit stampfenden Schritten durch das ganze Café zur Toilette.

Robin sah ihr nach und da fiel ihr Blick auf ein paar der eingeschalteten Bildschirme, die irgendeine Kindersendung ausstrahlten.

Zum Glück keine Nachrichten, dachte Robin.

»Deine Fahndungsaktion war übrigens eine miese Nummer«, sagte Robin.

»War nicht meine Idee. Du weißt, dass ich solche Hilfsmittel nicht benötige, um dich zu finden.«

»Nicht? Was ist mit Lions Funkenspiegel? Das war eine extreme Abkürzung, findest du nicht?«

Frederik machte eine abwägende Handbewegung.

»Ja gut. Aber das mit der Fahndung war nicht mein Einfall. Varus Gettson hat ein paar fleißige Marionetten gefunden.«

»Ah, so wie dich?« Robin legte ihre Kuchengabel auf den Teller.

»Nein, ich bin nicht so entbehrlich wie die anderen«, antwortete er.

»Ihr redet doch hoffentlich nicht von Aves und Kathy, oder?«, fragte Annie. »Vermutlich auch Berry.«

»Ich rede insbesondere von Berry. Sie weiß nicht, mit wem sie sich da einlässt.«

»Etwa Berry Stilben?«, fragte die Bedienung, die gerade einige Teller vom Tisch abräumte.

Als Robin aufsah, war sie wie erstarrt.

Die Bedienung sah ganz genau aus wie die leblose Frau, die sie im brennenden Haus ihrer Eltern angetroffen hatte.

»Sie sind doch …«, begann Annie, ebenfalls erstickt.

Die Frau blieb ernst, beugte sich über den Tisch und sah sie ganz genau an.

»Mom«, hauchte Robin, als sie die grünen Augen erblickte.

***

»Kommt mit, ihr zwei«, sagte die Frau zu Frederik und Robin, dann führte sie sie in einen kleinen Raum, in dem Putzmittel und Hygieneartikel gelagert wurden. »Ich bin nicht *deine* Mutter. Ich bin Feria Stilben, die Mutter von Berry Stilben.«

»Von diesem Mädchen, das mich nicht an die Akademie mitnehmen wollte und mich andauernd angeschrien hat?«, fragte Robin.

»Sie ist aber auch das Untergrundmagiemädchen, das sich der Akademieleiter jetzt vorgenommen hat«, fügte Frederik hinzu.

»Was weißt du darüber?«, fragte Feria.

»Ich weiß nur, dass die Berry, die wir meinen, keine Mutter mehr hat, sie hat sie verstoßen.« Frederik nahm einen warnenden Gesichtsausdruck an.

»Verstoßen wegen ihrer Tante, die Untergrundmagie beherrscht, zufällig? Das ist alles eine Lüge. Das hat dieser Varus Gettson ihr wohl erzählt, damit er sie besser für seine Experimente benutzen kann. Ich habe sie schon so lange nicht gesehen. Geht es ihr gut?«

Robin war durch diese Frau perplex, denn noch vor ein paar Minuten, war sie sich sicher gewesen, dass diese Person ihre Mutter wäre.

»Aber Berry hatte Sie in dem Haus meiner Eltern gesehen. Sie hatte Sie sogar versorgt. Es hatte nicht den Anschein, dass es da einen Moment des Erkennens gab.«

»Ich bin eine Gestaltwandlerin.«

»Das gehört zur Untergrundmagie«, sagte Frederik abwertend.

»Richtig, du Genie. Es gibt Gerüchte, dass schwarze Phönixmagie bald ebenfalls in diese Kategorie fallen wird, es wird fleißig an einem Gesetzesentwurf gearbeitet. Dann kannst du glücklich sein, wenn du noch eine Freundin wie mich an deiner Seite hast, also pass auf, was du sagst. Ich bin eine gute Gestaltwandlerin, es ist schwer, mich zu fassen, deswegen bin ich so nett und unterstütze dich, du Null. Ich hätte euch auch im Unwissen lassen können.«

»Aber ich bin aus dem Gespräch noch immer nicht schlau geworden, Mrs. Stilben«, ging Robin dazwischen. Sie wollte auf keinen Fall, dass Frederik seine schwarzen Flammen auspackte.

»Aufgrund meiner Fähigkeiten wurde ich damit beauftragt, deine Mutter zu doubeln. Meine Tochter weiß nicht, wie ich wirklich aussehe. Das weiß niemand.«

»Waren Sie es in dem Haus oder nicht?«, erhob Robin ihre Stimme, denn alles wurde nur noch skurriler.

»Ja, mein Kollege und ich waren in dem Haus und wurden vereist.«

»Wie sind Sie die Vereisung losgeworden?«, fragte Frederik.

»Die Untergrundmagie wurde aus einem einzigen Grund verboten: Sie ist genauso stark wie die Macht der magischen Wesen. Somit gibt es Heiler, die mehr drauf haben, als stark ausgebildete Phönixe. Der Angriff auf das Loro-Krankenhaus war ein Vorwand, meinen Kollegen und mich zu holen und von der Vereisung zu befreien.«

»Dabei haben Sie ihre Tochter in Gefahr gebracht«, sagte Frederik beiläufig und Robin hätte ihm gerne gegen das Schienbein getreten.

»Ich glaube nicht, dass sie gewusst hatte, dass sie dort sein würde, sie war *vereist*! Und zwar deinetwegen!«, sagte Robin vorwurfsvoll.

»Dir habe ich also meine Vereisung zu verdanken, Idiot!«

»Wieso waren Sie überhaupt da? Warum haben sie meine Mutter gedoubelt?«

Das Gesicht von Feria Stilben wurde milder und sie berührte liebevoll Robins Wange, doch es fühlte sich nicht nach einer Berührung einer Mutter an.

»Sie ist eine der zwölf Sternenlichter. Die seltensten Magier dieser Welt. Ein Sternenlicht ist ein Wesen, das einmal in hundert oder zweihundert Jahren geboren wird und vom Licht der Sterne lebt, ohne viel zu altern. Deine Mutter ist die zweite ihrer Art, eine mächtige Frau, die in Gefahr ist. Neben ihr gibt es nur noch ein Wesen wie sie.«

»Meine Schwester Jenny?«

»Robin, Jenny gehört nicht dazu, sie wurde von einem scheußlichen Menschen geschaffen. Einige sagen, sie sei das dreizehnte Sternenlicht, aber sie ist anders.« Die Stimme der Frau ging unheimlich nach unten. »Selbst die magischen Wesen fürchten sich vor den Energien, die sie aussendet.«

Lange blieb es in der Kammer still und die Gerüche der Putzmittel brachten Robins Kopf auf eine kurze Karussellfahrt.

»Ist es möglich, dass du mich zu meiner Mutter bringst?«, fragte sie das Double.

»Noch nicht, erst in vier Tagen. Ich habe hier noch eine Aufgabe, ihr seid mir nur zufällig begegnet.«

»Wirklich? Zufällig?«, fragte Frederik skeptisch.

»Schon gut. Ich folge Robin schon seit dem Tag, an dem sie das erste Mal in der Armenküche war. Ich überwache die Leiterin von ‚*Brot für dich*', sie scheint einen engen Kontakt zu Varus Gettson zu haben.«

»Ist es klug, mir das zu sagen? Ich arbeite für Varus. Oder ist es deine Absicht, mir das zu sagen, damit ich genau das weiterleite und er in deine Falle tappt?«

»Ich weiß, dass du mich nicht verrätst, Frederik«, sagte Feria und wurde plötzlich ganz klein und ihr Gesicht und ihre Kleidung begannen sich zu verändern.

Als dann die kleine Lucy vor ihnen stand und ihr zahnloses Lächeln zeigte, wich Robin erschrocken zurück und stützte sich am Regal mit Wischlappen ab.

»Die echte Lucy ist seit ein paar Tagen verschwunden und es ist keinem aufgefallen.«

Robin packte das kleine Mädchen, doch ihr wurde ganz schwindlig dabei. Diese Lucy sah ganz genau aus, wie die, die sie kennengelernt hatte.

»Wo ist sie?«, fragte sie mit einem warnenden Unterton.

»Sie ist in einem der Schiffswracks. Ich habe sie mit einem Schlafzauber belegt, sie wird nicht einmal wissen, dass sie Tage durchgeschlafen hat.« Robin ließ sie los. »Wenn wir dann zurück auf dem Schrottplatz sind, zeige ich euch, wo sie steckt. Und ob du mich begleiten willst, kannst du dir noch überlegen, Robin.«

Die fremde Lucy ergriff Robins Hand und führte Frederik und sie wieder zum Tisch zurück, hob ihre Teetasse demonstrativ in Chests Richtung. »Ich möchte noch mehr Tee, werter Herr.«

»Aber mit Vergnügen, edle Lady«, antwortete Chest nasal.

Robin betrachtete Lucy eine Weile und ließ den Blick über die Kinder am Tisch schweifen: Keinem war es aufgefallen, dass Lucy nicht die echte Lucy war, selbst Chest nicht und er war die erste Bezugsperson des Mädchens.

Robin sah zu Frederik mit dem Wir-müssen-reden-Blick und er nickte und verließ mit ihr erneut den Raum.

»Das ist so eine verzwickte Geschichte«, sagte Robin im Toilettenraum des Cafés. »Ich bin gedanklich etwas überfordert. Ich will unbedingt mit meiner Mutter reden. Glaubst du dieser Frau die Sache mit Loro? Dass die Untergrundmagier das Krankenhaus nur angegriffen hätten, um sie und ihren Kollegen zu holen?«

»Ja, ich glaube ihr das. Varus Gettson hat seine Schüler nur deswegen dahin geschickt, um eine gewisse Präsenz der Akademie vor Ort zu haben. Er hatte gehört, dass die Untergrundmagier das verletzte Bish-Paar entführen wollten. Darum gab er den Vorwand, deine Eltern zu beschützen.«

»Wieso sollte er sie beschützen, wenn er dich damit beauftragt hat, sie zu töten?«

»Das glaubst du, Robin? Dass das meine Aufgabe war?«

»Ja! Ich habe die Flammen gesehen, das hätte keiner überleben dürfen.«

»Hast du nicht gehört? Das waren Magier, die hätten das überlebt. Das Feuer diente nur einer Abschreckung. Die Bishs wollten reden und ich hatte die Pflicht, sie davor zu bewahren. Sie wollte auch nicht mit Jenny rausrücken.«

»Haben meine Eltern überhaupt Geld für Jenny und meine Wenigkeit gesehen?«

»Dazu habe ich keine Informationen! Ich sollte Jenny holen und die Bishs etwas einschüchtern, das ist alles.«

Seine Stimme wurde lauter und so legte sie ihre Hand auf seine Lippen.

»Ich will nicht, dass das ganze Café etwas davon mitbekommt«, zischte sie ihm zu und nahm dann ihre Hand wieder weg.

»Warum will Mr. Gettson meine Eltern überhaupt tot sehen?«

»Nicht tot, nur nicht in den Händen bestimmter Leute. Deine Hand ist übrigens eiskalt, du solltest deine Magie beruhigen. Oder gib sie mir ab.«

Er hob seine Hand, wie sie es oft im Unterricht geübt hatten und Robin berührte sie mit ihrer. Sie sah ihn währenddessen nicht an und spürte, dass Frederik ihre aufgestaute Magie entzog.

»Ich mag es, wenn du dein Haar so zurückgebunden trägst«, sagte er leise, doch Robin warf ihm nur einen gereizten Blick zu.

»Lass es bitte!«, sagte sie.

Frederik in der Nähe zu haben, brachte Robin auf den Gedanken, dass sie doch mehr mit den Schrottplatzkindern gemein hatte: Sie war gar nicht allein, sie hatte ständig ihren Freund um sich. In der Kindheit hatten sie alles geteilt, später war er immer dagewesen und auch wenn er sie ständig zurückholen wollte, hatten sie doch immer wieder Nähe zueinander gesucht. Es war eine seltsame Nähe, ganz anders als sie zu Lion empfand. Zum ersten Mal seit langem war sie glücklich darüber, Frederik an ihrer Seite zu haben, sodass sie den Impuls hatte, ihn zu umarmen, doch sie ließ es und nahm dann ihre Hand von seiner.

»Willst du da wirklich hin, Robin?«, fragte er.

»Mein Gefühl sagt, dass ich schnell das Weite suchen soll, aber das sagt es mir andauernd, mein ganzes Leben schon und jede verdammte Sekunde, als wäre ich ebenfalls einem Zeitfluch unterlegen, wie Mr. Trud, nur dass ich immer auf instinktive Flucht gedrillt wurde. Ich will das nicht mehr, ich will dieses Verhaltensmuster durchbrechen und diese Frau da ist ein Hinweis dafür, dass ich es *jetzt* tun sollte.«

Robin ging zu den Spiegeln und stützte sich am Waschbecken ab, wobei sie ihr Spiegelbild ansah. Lion glaubte, in Robin einen Menschen zu sehen, der in der Lage war, etwas zu bewirken. Und jetzt, da sie wieder mit ihrer Vergangenheit konfrontiert wurde, wusste Robin, dass sie so ein Mensch sein wollte.

»Ich will wissen, welche Geheimnisse meine Eltern in Gefahr bringen. Ich vermute, es hat etwas mit meiner Schwester Jenny zu tun. Und diese Frau, von der ich glaubte, sie sei meine Mutter, sie weiß, wo sie sich befinden.«

Frederik lehnte sich an die Wand neben dem Regal mit flauschigen Handtüchern, die liebevoll aufgestapelt waren.

»Ich gehe mit dir.«

»Und was ist mit Annie?«

Beide sahen sich über den Spiegel in die Augen.

»Ich hatte immer das Gefühl, dass Annie nicht so für die Phönixakademie gemacht ist. Sie ist mehr wie dieser Clode, sie hat einen inneren Drang zu helfen. Ich lehne mich mal aus dem Fenster und behaupte, dass ich ihr damit einen großen Gefallen tue, wenn ich sie von der Schule fernhalte. Vor allem weil ich weiß, dass sie unter strenger Beobachtung von Varus Gettson steht.«

»Sie ist also auch in Gefahr?«

»Alle, die bei der Loro-Katastrophe dabei waren.«

Robin wandte sich Frederik zu. »Du meinst, der Akademieleiter will sie loswerden?«

»Das Gegenteil ist der Fall. Er will sie auf seine Seite ziehen, aber Dunken wurde getötet. Das weiß so gut wie keiner, Varus versucht, es zu vertuschen. Und die anderen, die Loro überlebt haben, könnten folgen, je weiter sie sich in die Dienste dieses grausamen Mannes begeben.«

Robin zog den Träger ihrer Latzhose nach und machte ein nachdenkliches Gesicht. »Ich glaube, du hast mir ein entscheidendes Detail verschwiegen, denn das ergibt keinen Sinn.«

»Die Untergrundmagier haben Dunken getötet. Das sind dieselben Magier, zu denen dich das Double deiner Mutter hinführen will. Du und ich sind die schwarzen Phönixe von Varus Gettson und Annie war bei der Loro-Katastrophe dabei. Wir drei sind bei den Untergrundmagiern nicht sonderlich erwünscht. Also frage ich dich erneut: Willst du da wirklich hin?«

»Ja. Aber dieses Mal solltest du Annie nicht überrumpeln. Sie soll selbst entscheiden, ob sie gehen will. Ich nehme an, auch sie weiß noch nichts von Dunkens Tod?«

Frederik nickte. »Am besten rede ich sofort mit ihr.« Er sah sich in dem Raum um. »An einem schöneren Ort.«

»Ah, für sie gibst du dir sogar Mühe.«

»*Du* hast mich hier reingezogen.«

Robin lächelte. »Stimmt. Kannst du dir das vorstellen? Du und ich machen wieder etwas gemeinsam?«

»Wurde aber auch mal Zeit, Kleines.«

PHÖNIX AKADEMIE

funke 7
das dreizehnte sternenlicht

Lieber Leser, liebe Leserin,

bei dem folgenden Funken, handelt es sich um eine Sonderepisode, weswegen die Erzählerperspektive und die Zeitform von der Gesamtserie abweichen.

Ich wünsche dir viel Spaß, beim Eintauchen in die sonderbare Welt von Jenny Bish.

Deine I. Reen Bow

geburt

Verfall.

Das ist das erste, das ich wahrnehme, als ich das Licht der Welt erblicke. Genaugenommen kann ich das nicht als Licht bezeichnen, hier ist alles trüb und grau. Vor meiner Geburt fühlte ich mich in Licht gehüllt, denn meine Mutter besteht aus purem Licht, das in einem fragilen Menschenkörper gefangen ist, so wie auch ich. Ich bin gerade mal ein paar Minuten auf der Welt und spüre, wie zart meine menschliche Hülle ist – ich bin so zerbrechlich. Und willkommen bin ich auch nicht.

Ich bin kein Wunschkind zweier sich liebender Eltern. Ich bin kein Geschenk, kein Wunder. Ich bin das Wunschkind eines großen Forscherteams, das mich umkreist.

Ich höre, wie Stifte auf Papier kratzen, jemand gibt nüchtern Daten durch: mein Gewicht, meine Vitalfunktionen, mein magisches Potenzial.

Ein Mann sticht eine Nadel in meinen winzigen

Arm, während die anderen wie emotionslose Statuen danebenstehen und auf ihren Klemmbrettern etwas notieren. Niemand ist erfreut, mich auf der Welt zu sehen. Sie sind neugierig und voller Hoffnung, aber diese ist nicht meiner Person gewidmet, sondern einer Sache, die ich mit auf die Welt bringe: meiner einzigartigen Magie.

Keiner sieht mir in die Augen, also schaue ich zur Decke. Das Licht der Lampen ist schmutzig und laut: Die Deckenleuchten summen und geben gelegentlich ein metallisches Klacken von sich. Es stört. Es lenkt mich von anderen Dingen ab, die ich erkunden will.

Meine Eltern. Wo sind sie?

Ich werde lange Zeit nicht in den Arm genommen, liege nur in Decken gewickelt da, bis eine junge Geburtshelferin sich vorsichtig über mich beugt. Ihre Stirn ist mit Schweiß bedeckt. Ich spüre ihre Angst und weil sie mich nur zaghaft berührt, fühle ich mich alleingelassen, wage es aber nicht, zu schreien. Ich spüre, dass wenn ich das mache, etwas Schlimmes passiert. Deswegen schweige ich.

Ich beschließe niemals zu schreien.

Die Geburtshelferin, die mich untersucht, ist erschöpft, man hat sie meinetwegen aus dem Bett geholt und ich spüre in der Frau einen inneren Kampf zwischen Pflichtbewusstsein und Abneigung gegen ihre Tätigkeit. Sie will mich hassen und gleichzeitig lieb haben. Es ist nicht das erste Mal, dass sie so eine Schlacht kämpft. Dabei ist es so leicht. Sieht sie das denn nicht?

Ich streife ihren Arm mit meinem Handrücken und ihr Blick begegnet mir. Er sagt mir argwöhnisch, dass ich gegen die Norm handle. Dann löse ich ihren inneren Knoten und der Blick der Frau verändert sich. Behutsam deckt sie mich mit einer weiteren Decke zu, streicht mir mit einem sanften Lächeln über die Wange und verlässt ohne ein Wort den Raum.

Ratlosigkeit breitet sich bei den Anwesenden aus, ein Mann läuft der Frau nach und andere flüstern aufgeregt miteinander. Dann spüre ich sie: meine Mutter.

Auch wenn sie in einem menschlichen Körper steckt, fühlen sich ihre Hände wundervoll an und als ich ihr Gesicht erblicke, halte ich für einen Moment die Luft an. Hätte ich die anderen Menschen nicht zuvor gesehen, wäre ich jetzt nicht so überwältigt.

Ihre Haut hat ein zartes Leuchten und in ihren Augen sind unzählige, strahlende Sterne eingefangen. Meine Mutter ist nicht von dieser Welt und ich habe das Gefühl, ebenfalls nicht hierherzugehören.

Es ist auch die Anspannung, wegen der ich mich hier fremd fühle: Eine Mischung aus Vorfreude und Skepsis, die von zu vielen Enttäuschungen herrührt. Diese Empfindungen schwingen in dem Raum mit und ich sehe es in den Augen aller Anwesenden. Einige dieser Menschen sehen mich sogar hasserfüllt oder ängstlich an. Ich will nicht auf sie achten, ich sauge das Glück auf, das zwischen meiner Mutter und mir schwingt.

Das erste Mal in ihren Armen zu liegen, erfüllt mich mit Licht und Glück. Ich spüre, dass ihr menschlicher Körper uralt ist, weit über eintausend Jahre, doch ihr magisches Wesen ist um das Vielfache älter. Jede Berührung hinterlässt Spuren des Wissens auf mir und meine Haut giert danach, jede Erfahrung dieser Frau aufzusaugen und zu verinnerlichen.

Umso verstörter bin ich, als ich fühle, wie sich die Hoffnung, mit der mich meine Mutter begrüßt hat, in Enttäuschung und Angst verwandelt. Etwas stimmt mit mir nicht und das äußert meine Mutter, indem sie ihre Gestalt vor mir verbirgt: Ihre leuchtende Haut wird zu einem matten Schatten, ihre Augen voller Sternenlicht sind verschwommen und kaum zu sehen, ihre Emotionen sind aus dem Gesicht gewaschen. Sie wird für mich zu einem ungreifbaren Wesen, das am Rande meiner Wahrnehmung existiert.

Ich will die wundervolle Verbindung, die wir gerade noch hatten, zurück, doch ich fühle nur eine leblose, kalte, emotionslose Substanz, die mir nicht mehr vermittelt als Abweisung.

Ich möchte jetzt wirklich schreien, aber es fühlt sich immer noch nicht gut an, wenn ich daran denke. Das Gefühl, alleingelassen worden zu sein, ist so beengend und wird auch noch durch die lauten Lampen im Raum verschlimmert. Ich sehe energisch zur Decke und schon platzt das Glas. Funken regnen auf die Anwesenden herunter. Einige Frauen kreischen erschrocken auf, dann wird es dunkel und ich sehe die Sterne vor dem Fenster, was mich zur Ruhe kommen und ein wohliges Gefühl um meinen Kopf herum entstehen lässt.

Die Sterne werden ab diesem Augenblick zu meinen Verbündeten. Ich verbringe viele Stunden damit, ihr Licht anzuschauen und dieses in meinem Herzen und meinen Gedanken abzuspeichern – und in meinem

Haar, das das Sternenlicht zu einer sanften Wolke formt, die mir überall hin folgt.

Die Sterne sagen mir aber auch, dass ich nicht in diese Welt gehöre. Sie warnen mich vor den Menschen, die mich fürchten und mein Wesen nicht verstehen.

»Sie nehmen dich als Gefahr wahr und werden zur Gefahr für dich«, fließt es durch meine Gedanken.

1. Lebensjahr

Im Vergleich zu der Zeit der Sterne verfliegt meine eigene viel zu schnell. Wenn ich wüsste, dass ich genauso lange leben würde wie meine Mutter, würde mir das keine Angst machen, aber die Menschen um mich herum sind voller Hektik. Meine Eltern sind nicht die einzigen, die bei mir sind, jeden Tag kommen neue Personen und verschwinden für immer. Einige kehren mehrmals zurück, andere werde ich nie wiedersehen. Diese Unruhe ist entgegengesetzt zu meiner inneren Uhr und so gewöhne ich es mir an, die Uhren der Menschen zum Stillstand zu bringen. Jedes Mal, wenn ich ein Ticken vernehme oder eine digitale Anzeige sehe, wende ich meine Macht darauf an, die Technik zu zerstören. Zu Beginn habe ich es noch mit weniger Feingefühl erledigt, sodass die Uhren an den Handgelenken ihrer Träger explodierten und nicht selten die betroffene Person verletzten. Inzwischen kann ich meine Kräfte minimal einsetzen und niemandem fällt das auf.

Niemandem, außer meinem Vater. Er stellt die Regel auf, dass jeder, der unser Haus betritt, seine Uhr ablegt. Ich könnte sie natürlich trotzdem zerstören, aber ich will den Zorn meines Vaters nicht auf mich ziehen. Er ist ein schwarzer Phönix und er hält mich mit seiner dunklen Kälte unter Kontrolle. Seit er mich zum ersten Mal vereist hat, bin ich in seiner Gegenwart vorsichtiger geworden.

Vor seinen Flammen habe ich keine Angst, es ist die Abweisung, die mich das Fürchten lehrt. Die Menschen, die mir wichtig sind, dermaßen von mir abgeschottet zu sehen, stimmt mich traurig.

Ich schlafe nicht. Es ist mir nicht möglich, Ruhe zu finden, denn die Welt ist so laut. Meine Sinne sind aufs Äußerste geschärft, ich kann das Leid der ganzen Stadt spüren. Es ist schwer zu begreifen, dass ich nun die Schatten der Welt wie einen stickigen Mantel auf meinem Körper aus Licht tragen muss. Meine Nachbarn sind in Sorge um die magischen Katastrophen, die sich immer wieder auf die Stadt *Loro* stürzen und sie nicht nur schwer beschädigen, sondern auch mit der Psyche der Bewohner spielen. Sie haben offensichtlich nicht begriffen, dass die Menschen selber diese Katastrophen mit ihren Gedanken anziehen. So funktionieren sie. Aber das weiß keiner, sonst würden sie anders denken: Sie wären dankbarer, nicht so ängstlich und würden sich mehr in Geduld und Vertrauen üben. Doch sie hetzen ihre Gedanken in die Täler der Angst, peitschen sie mit Missachtung und Hoffnungslosigkeit, bis sie die schwärzesten Grotten erreichen und dort wie ein Magnet für die magischen Flüche wirken. Meine Eltern sind weiser, sie haben solche Gedanken nicht und so erreicht kein Fluch unser Haus. Selbst die Nachbarn werden von ihnen beschützt. Auch das haben die Bewohner von *Loro* nicht verstanden, sonst würden sie ihr primitives Werkzeug erheben und gegen das Haus meiner Eltern vorgehen. Wenn Menschen etwas nicht verstehen, fürchten sie es, das ist mir inzwischen klar. Und ihre Furcht lässt mich nicht schlafen.

Ich ziehe meine Kraft aus den Sternen, daher macht mir der fehlende Schlaf nichts aus, aber ich spüre, wie meine Mutter wachend über meinem Kinderbettchen steht und mich mit einer anderen Furcht betrachtet.

Meine Mutter und ich haben eine besondere Verbindung, das ist mir vom ersten Tag an klar. Nur weiß ich nicht, worum es sich dabei handelt. Sie ist eine ganz andere Art von Mensch, sie ist schwer zu greifen, auch in den Momenten, in denen ich sie ohne einen Schutzzauber erwische. Das passiert nur selten und nur für Millisekunden, aber wenn, dann hüllt mich ihr Licht so intensiv ein, dass ich wie gelähmt bin. Ich will mehr von diesem Licht und bin jedes Mal traurig, wenn sie mir ihre Anwesenheit entzieht.

2. lebensjahr

Manchmal höre ich eine leise Melodie, eine Art Schlaflied. Die Stimme, die dann singt, ist harmonisch und so vollkommen, dass ich glaube, dass sie meiner Mutter gehört. Singt sie für mich? Ich kann es nicht sagen, noch immer verbirgt sie sich vor mir. Sie ist die Einzige, deren Gedankenimpulse ich nicht wahrnehme. Dass ich das bei allen anderen kann, habe ich vor kurzem herausgefunden, als mein Vater mir vorlas, eines der wenigen Zugeständnisse, die er mir als Vater gewährt. Er liest mir immer aus der Tageszeitung vor und auch wenn ich die meisten Zusammenhänge noch nicht verstehe, lausche ich doch gerne seiner Stimme, sie beruhigt mich für gewöhnlich. Doch an einem Nachmittag spüre ich eine Disharmonie: Mein Vater bricht mitten im Satz ab, liest dann an einer anderen Stelle weiter, macht minimale Pausen und stolpert über die Wörter, weswegen er Sätze oft mehrfach liest und dadurch hektischer wird. Sein Lesen bringt mir keine Ruhe, im Gegenteil, ich richte meine Konzentration genau auf ihn, ich will verstehen, was sich verändert hat.

Da spüre ich es zum ersten Mal: Die Gedankenimpulse meines Vaters. Er grübelt über etwas, das er an dem Tag erlebt hat und welche Konsequenzen diese Geschehnisse für ihn und seine Frau haben würden. Ich sehe nicht, worum es sich tatsächlich handelt, doch seine Gedanken bewirken, dass er sich nicht auf das Lesen konzentrieren kann.

In dieser Nacht denke ich über diese seltsamen Schwingungen nach. Ich will verstehen, wie es funktioniert, also werde ich aufmerksamer. Ich betrachte die Menschen in meiner Umgebung, die jungen Forscher, die mich untersuchen und mir Blut abnehmen, sie sind alle nicht bei der Sache, alle haben sie andere Gedanken, mit denen sie sich beschäftigen. Später bemerke ich, dass viele Leute Gedankenimpulse vor ihrer eigentlichen Tat ausstrahlen. Es dauert eine Zeit, bis ich den Unterschied zwischen den gewollten und den ausgeführten Tätigkeiten begreife.

Die Menschen sind verlogen und ich muss sie berichtigen.

Bei den kleinen Entscheidungskämpfen, die die Menschen in ihrem Kopf ausfechten und sich dann doch für die falsche Sache entscheiden, kann ich manchmal helfen, indem ich die Personen berühre und ihr Vorhaben korrigiere. Ich spüre gravierende Gedanken über Zwischenmenschliches und menschliches Fehlverhalten wie Spielsucht, Ehebruch, Alkoholismus und viele andere Dinge, die ich nicht verstehe. Ich weiß noch nicht, was das alles ist, aber ich sehe, dass all dies die Menschen leiden lässt. Je mehr sie über ihre Probleme nachdenken, desto stärker hüllen sich diese Personen in einen grauen Schleier des Verfalls und desto mehr habe ich das Gefühl, dass sie die Krankheit nicht in sich tragen, sondern die Seuche selbst sind.

Je grauer die Leute sind, die an mich herantreten, desto stärker wehre ich mich gegen sie. Treten und Beißen hilft nicht weiter und wenn ich Energieimpulse abgebe, schürt das nur noch mehr Angst. So habe ich keine andere Wahl, als in die Psyche der Grauen einzugreifen. Ich bin wie eine Reinigungskraft: Ich miste in den fremden Gehirnen alle negativbehafteten Erinnerungen aus und das in rasanter Geschwindigkeit. Ich schaue mir nicht genau an, was ich da lösche, vieles ist einfach unvorstellbar grausam, aber ich weiß, dass mir diese Personen nach meiner Behandlung nie wieder zu nahekommen. Niemandem kommen sie je wieder zu nahe. Manche vergessen sogar, wer sie sind, denn sie haben ihr Leben lang schon ihre Existenz und ihre Persönlichkeit geleugnet, haben immer gewünscht, sie wären jemand anderes.

Nun sind sie es.

3. Lebensjahr

Bald kommen keine Fremden mehr zu mir, die mir Blut entnehmen oder überhaupt in meiner Nähe sein wollen.

Niemand kommt mehr.

Nur meine Eltern bleiben mir. Doch auch wenn ich spüre, dass mein Vater über das Wegbleiben der Forscher erfreut ist, bleibt meine Mutter weiter nur eine unergründbare Gestalt für mich.

Das macht nichts, denn ich habe mich längst daran gewöhnt und so verbringe ich viel freie Zeit mit mir selbst.

Ich schreie nicht, nehme die Mahlzeiten, die man mir gibt und verlange nicht mehr. Ich gewöhne mich schnell an das Alleinsein.

Da ich nicht mehr von den verwirrenden Gedanken der Forscher belästigt werde, beginne ich mit meinen Kräften zu experimentieren. Ich sorge dafür, dass meine Eltern davon nichts mitbekommen: Sie haben ihre Geheimnisse und ich habe das Recht auf meine eigenen.

Meine Fähigkeiten der Erinnerungsmanipulation und das Gedankenlesen kann ich nicht erweitern, da mir die Subjekte zum Experimentieren fehlen, aber ich entdecke eine neue Kraft, von der ich schon lange etwas ahne. Niemand muss mir zeigen, wie es funktioniert, denn meine Kommunikation mit den Sternen bewirkt, dass ich instinktiv das Richtige mache.

Ich hebe meine Hände über den Kopf und streichle liebevoll über die Luft, bitte die Zeit und den Raum um Erlaubnis, die Realität zu verändern und die Sterne in diese Dimension zu holen. Viele Male habe ich keinen Erfolg zu verzeichnen, doch ich spüre, dass das Sternentor über meinem Kopf bereit ist, sich für mich zu öffnen.

Ich habe Zeit, ich hetze nicht, mache nur einmal am Tag diese Übung und über mehrere Monate hinweg schaffe ich es lediglich, das Tor stärker zu fühlen. Ich weiß, dass ich es bald aufschieben und die Sterne zu mir holen kann. Ich ärgere mich nicht darüber, dass ich das nicht auf Anhieb hinbekomme, was ich mir wünsche. Für meine Gehversuche habe ich auch eine Weile gebraucht – das sind die Schwächen eines menschlichen Körpers.

Als ich zum ersten Mal das Sternentor öffne, ist es für mich das allerschönste Erlebnis. Es ist anders, als den Sternenhimmel aus unserem Garten oder vom Fenster aus zu beobachten. Die Sterne, die ich jetzt beschworen habe, sind intensiver, heller, näher. Sie werden nicht von der Atmosphäre getrübt und auch nicht vom Licht der Stadt gedämpft.

Der Anblick dieser Gebilde treibt mir die Tränen in die Augen und viele Stunden lasse ich sie über meinem Kopf schweben, bis ich spüre, dass ich immer schlapper werde und das Tor von selbst wieder zugeht.

In dieser Nacht schlafe ich zum ersten Mal intensiv durch und esse am nächsten Morgen mehr als sonst, um meine Energiereserven aufzufüllen. Von da an beschwöre ich jeden Tag das Sternentor und nehme Kontakt zu den Sternen auf. Sie sind im Moment meine besten Freunde und mir mehr Mutter und Vater als meine leiblichen Eltern.

Die Sterne vermitteln mir das Wissen, dass ich mit ihrer Kraft zaubern kann, aber noch nutze ich diese Macht nicht, denn ich möchte das Universum besser kennenlernen: Ich sehe Galaxien, kann zu jedem Sonnensystem springen, mir die einzelnen Planeten betrachten, durch die schwarzen Löcher reisen, einigen Sternengeburten beiwohnen und sterbende Sterne betrauern, als seien sie meine Geschwister.

4. lebensjahr

Bald kehren die Forscher zurück, offensichtlich können sie mich als Forschungssubjekt doch nicht aufgeben. Es sind aber nicht so viele wie früher und sie kommen seltener und bleiben für wenige Stunden und erledigen nur das Nötigste. Ich sehe, dass sie sich gegenseitig hetzen. Keiner will lange Zeit mit mir verbringen.

In meiner Gegenwart wird kaum noch gesprochen, alle flüstern nur, und so ist es für mich wie eine kleine Explosion an Gefühlen, bis jemand wieder mit mir spricht.

Der junge Mann kommt auf mich zu, während ich hinter dem Haus meiner Eltern im Sandkasten sitze und eine hoch komplizierte Festung aus Sand und Magie baue.

»Das sieht aber schön aus«, sagt der Mann und setzt sich auf den Rand des Sandkastens.

Ich bin auf seine melodische Stimme nicht vorbereitet und gebe eine Magiewelle ab. Dabei zerstöre ich die Sandburg und schleudere den Mann gegen unsere Hauswand.

Ich will, dass der Mann noch etwas für mich sagt, also laufe ich auf ihn zu, doch er weicht mit erschrockenem Gesicht von mir weg. Ich lasse es nicht zu, nicht noch einer soll mich so ansehen. Ich hasse diesen Blick. Also umfasse ich sein Gesicht mit meinen sandigen Fingern und lösche seine Angst vor mir aus. Sein Blick wird wieder freundlich.

»Ich bin Mr. Trud, dein Nachbar«, stellt er sich vor.

Namen sind mir nicht wichtig, ich habe das Konstrukt für die Benennung von Dingen und Personen nicht so ganz begriffen, mir reicht es, zu spüren, wer dieser Mann ist – dieser Mr. Trud.

»Willst du mir nicht verraten, wer du bist?«, fragt er, doch ich genieße nur den Klang seiner Stimme.

Mehrmals will er aus dem Garten gehen, doch ich bekomme Panik, dass ich ihn nie wieder sehen werde, also halte ich ihn mit meiner Magie fest. Er gehört mir, er darf nicht gehen, ich brauche ihn. Meine Gefühle spiegeln sich in seinen Augen wieder und ich weiß, dass er mich versteht. Leider weiß ich auch, dass er nicht freiwillig bleibt.

»Lass ihn los!«, schreit mich mein Vater an und scheucht mich mit schwarzen Flammen von unserem Nachbarn fort.

Ich lasse es mir nicht gefallen und öffne das Sternenhimmeltor über meinem Kopf. Ich will bereits nach dem Sternenlicht greifen, doch da stellt sich der Schatten meiner Mutter mir in die Quere. Sie ist stärker als ich, ich kann nichts gegen sie ausrichten, also lasse ich das Licht der Sterne wieder zurück durch das Tor fließen und löse auch meine magische Fessel von Mr. Trud. Er darf gehen, auch wenn ich es nicht will.

»Sie braucht Kontakt zu anderen Kindern«, sagt mein Vater, nachdem Mr. Trud den Garten verlassen hat. Meine Mutter antwortet ihm, aber ich nehme nur wahr, dass sie etwas sagt, nicht, wie sie klingt oder welche Bedeutung ihre Worte haben. Vermutlich stimmt sie meinem Vater zu, denn eine Woche später habe ich meinen ersten Tag in einem Kindergarten – und den letzten.

Kinder sind grausamer als die Erwachsenen. Die Erwachsenen beugen sich wenigstens sozialen Konstrukten, um miteinander auszukommen, Kinder kennen diese Regeln noch nicht. Ich erlebe zum ersten Mal, dass sich jemand über mich lustig macht.

»Du hast keine richtigen Haare!«, schreit ein Junge durch den ganzen Raum, noch ehe ich diesen betreten habe. »Das ist eine Wolke! Du bist so hässlich!«

Mir ist seine Wertung nicht wichtig, doch die Sache mit den Haaren beschäftigt mich. Sobald die Betreuerin nicht hinsieht, gehe ich eigenständig in den Toilettenraum, steige auf den Hocker, der unter dem Waschbecken steht und kleineren Kindern hilft, sich besser die Hände zu waschen. Ich will mir nicht die Hände waschen, ich betrachte nur mein Spiegelbild. Selbstverständlich ist mir meine Andersartigkeit seit meiner Geburt bewusst. Menschen haben andere Haare, meine unterscheiden sich bei der näheren Betrachtung auch nicht, man könnte meinen, ich hätte sehr blondes Haar, aber da es Sternenmagie abspeichert, nimmt es das Leuchten und dieses Aussehen einer Wolke an. Die Magie umschließt jedes Härchen und bringt es um meinen Kopf herum zum Schweben.

Ich sehe mir die fließenden Bewegungen meiner Haare an. Ich betrachte mich nicht oft im Spiegel, deswegen ist dieses Schauspiel hypnotisch für mich.

Neben meinen sonderbaren Haaren mache ich an diesem Tag eine ganz andere Entdeckung: Ich lächle kaum. Ich habe das bei so vielen Kindern heute gesehen, aber ich selbst habe kaum Momente, in denen ich lächle. Ich weiß zwar, wie es erzeugt wird, aber ich muss mich dafür stark konzentrieren und dann kommt es mir so gekünstelt vor. Ich streife etwas Sternenlicht von meinen Haaren auf meinen Finger und zeichne auf dem Spiegel an der Stelle meiner Lippen ein Lächeln. Es leuchtet und es sieht befremdlich aus, es wirkt nicht echt, denn meine Augen lächeln nicht mit.

Ich bin wütend darüber und schnipse Restmagie vom Finger gegen den Spiegel, der dadurch in unzählig viele Splitter zerbricht. Ich atme schnell ein und löse diese aus ihrem Rahmen. Sie fliegen alle in meine Richtung, doch ich verlangsame die Zeit und betrachte mein Spiegelbild in einigen an mir vorbeiziehenden Spiegelteilen.

Ich finde dieses Schauspiel wunderschön und drossle die Geschwindigkeit der Splitter noch stärker, bis sie fast stehenbleiben. Doch da fällt mir eine weitere Person in der Spiegelung auf: ein kleines Mädchen mit rotblondem Haar. Ihre grünen Augen starren mich an. Schnell blicke ich zu ihr und löse den Verlangsamungszauber auf.

Ein Schmerz durchzieht mein Gesicht, als einer der Spiegelsplitter meine Wange streift. Mein Blut fällt mit dem Lärm des zerbrochenen Spiegelglases auf den Kachelboden und gerät in dem Schrei des rotblonden Mädchens in Vergessenheit.

Ich bin schnell bei dem Kind und betrachte es, während es weiterhin schreit. Langsam macht mich auch das Kind nervös, ich halte dem Mädchen den Mund zu und bringe es augenblicklich zum Verstummen. Ich spüre seine Gedanken, es hat Angst vor mir und das verstehe ich nicht. Ich habe ihm nichts getan.

Neben seiner Angst sehe ich noch etwas anderes. Es lügt seine Eltern an, schikaniert seine kleine Schwester und zwingt diese, eklige Sachen zu essen, die die Kleine krank machen.

»Ich mache es sauber«, sage ich, doch das Mädchen versteht mich nicht, seine Augenbrauen gehen wie bei einer Frage hoch und dann verändert sich sein Blick: Er wird teilnahmslos. Ich habe ihm die Erinnerung an seine gesamte Kindheit ausradiert.

Ich lasse seinen Mund wieder los und flüstere ihm ins Ohr: »Das ist dein Neubeginn. Vermassle dein neues Leben nicht, das nächste Mal nehme ich dir sonst die Funktion, Erinnerungen überhaupt abzuspeichern.«

»Was bist du?«, höre ich eine entsetzte Frauenstimme.

Ich blicke in das verstörte Gesicht einer Betreuerin. In ihren Augen stehen Tränen des Entsetzens. Ich sehe, dass sie Angst vor mir hat, also will ich ihr diese nehmen und trete an sie heran, doch sie weicht mir aus, greift nach einem Besen und hält den Stiel in meine Richtung.

»Bleib mir fern!«, schreit sie mich an, dann ruft sie um Hilfe und die gesamte Belegschaft kommt und sperrt mich in eine kleine Kammer mit einer defekten Toilette ein. In diesem Raum gibt es kein Licht und hier riecht es abgestanden.

Ich könnte einfach ausbrechen, aber ich lehne mich an die Wand und sinke an ihr entlang zu Boden, wobei ich versuche, an der Tür zu lauschen. Ich höre nur, dass die Spiegelscherben weggekehrt werden, dann wird der gesamte Toilettenraum mit zweifacher Umdrehung im Schloss abgesperrt. Ich höre keine Gespräche und sicher haben die Betreuer den Kindern verboten, in meine Nähe zu kommen.

Ich denke über das Geschehene nach. Ich wollte doch nur helfen, die Menschen verbessern, doch offensichtlich begreifen sie nicht, dass ihnen das guttut.

Doch ich irre mich. Als mein Vater mich aus dem Kindergarten abholt, spüre ich seine Wut. Er erzählt mir, dass ich nicht mehr wiederkommen darf und dass das Mädchen, dem ich helfen wollte, in ein Hospital eingeliefert wurde – wahrscheinlich ein Schock. Monate später liest mir mein Vater wieder die Tageszeitung vor und es gibt einen Artikel über Lena Shane, das rotblonde Mädchen, das sich nichts merken kann. Ich weiß, dass ich meine Fähigkeiten unterschätzt habe. Das, was ich dem Mädchen angedroht habe, wenn es sich nicht benehmen würde, ist bereits eingetreten und das wollte ich nicht.

Dieses Ereignis verändert die Beziehung zwischen meiner Mutter und mir. Wo sonst immer nur eine Schutzmauer war, befindet sich jetzt eine mörderische Abneigung. Ich spüre, dass sie mich töten will, aber es ist zu spät, ich bin inzwischen so stark mit der Welt verbunden, dass wenn sie mein Leben beendet, ich einen großen Teil mit mir reiße. Ich bin wie eine Naturerscheinung, ich bin kein gewöhnlicher Mensch, ich bin ein magisches Wesen und für uns gelten andere Gesetze. Sie ist meine Mutter, sie weiß das und mir wird bewusst, dass sie meinen Vater zurückhält, etwas Dummes zu tun.

5. lebensjahr

Für mein Alter müsste ich viele Fragen stellen, aber ich will nicht, dass mir andere Leute irgendetwas erklären. Sie verstehen sehr viele Dinge selbst nicht und stellen andauernd Vermutungen an, wie etwas funktioniert. Zudem nehme ich die Dinge in meiner Umgebung anders wahr als die meisten. Und ständig sind alle auf der Suche nach Antworten oder Fragen, am allermeisten nach dem Sinn des Lebens. Ein Herumirrender kann mir keine Antwort auf Fragen geben, wenn er sie selbst kaum versteht. Wenn mich also etwas neugierig macht, untersuche ich es auf meine Weise: Ich entdecke das Wesen des Lebens und die Energien, die an den Gegenständen haften bleiben, so kann ich sehen, wer es alles angefasst hat und wofür es benutzt wird.

Nach meinem fünften Geburtstag verändert sich mein Leben erneut. Zum Frust meiner Eltern ziehen einige Forscher in unser Haus, sie verhalten sich tagsüber vorsichtig und richten im Keller ein Labor ein, um an der Erforschung meiner magischen Fähigkeit zu arbeiten.

Das gefällt besonders meiner Mutter nicht, sie verreist sehr oft und bringt ihrerseits ebenfalls mir völlig fremde Personen ins Haus. Es ist wie auf dem Markt und ich bin der Apfel, um den sich alle streiten.

Hatte ich mir früher noch gewünscht, die Menschen würden mehr mit mir reden, bin ich jetzt von ihren Worten angewidert und ihrer überdrüssig.

Sie reden und reden, aber wichtig scheint das selten zu sein. Sie reden, um einfach etwas zu sagen. Sie lügen ständig und benutzen die Sprache, um andere zu manipulieren, sich selbst in ein gutes Licht zu rücken und sympathisch und vertrauensvoll zu wirken – purer Egoismus. Auch stellen die Menschen viele Fragen, hinterfragen aber nur in den seltensten Fällen etwas. Sie hören nicht zu, sie teilen sich nur mit.

Die Angst, die ich unter den Forschern früher verbreitet habe, ist verschwunden und ich bin noch nicht sicher, aus welchem Grund. Die neuen Wissenschaftler, die mit mir arbeiten, sind zuversichtlich, dass ihnen in meiner Gegenwart nichts Schlimmes passiert. Ist es, weil ich ein bestimmtes Alter erreicht habe? Ich spüre, dass es einen zeitlichen Aspekt hat. Wegen der fehlenden Angst der Forscher ist es ihnen überhaupt erst möglich, sich in unserem Keller ihr Labor einzurichten.

»Es ist ein entscheidendes Jahr«, sagen sie immer wieder, doch was bedeutet das? »Wir bereiten dich für deine Aufgabe vor.«

Der Einblick in ihre Gedanken verrät mir nicht, was genau sie damit meinen und um welche Aufgabe es sich handelt. Dadurch sehe ich, dass man es ihnen nicht gesagt hat. In ihren Gedanken gibt es auch keine Erinnerungen oder Warnungen über mein Wesen, man hat ihnen nicht erklärt, was ich mit ihnen anstellen kann. Deswegen fürchten sie mich nicht. Sie glauben nur, dass ich eine junge Magierin mit viel magischem Potenzial sei, das noch mehr gesteigert werden soll.

Und sie steigern es tatsächlich.

Meine erste Behandlung mit Feenblut ist das Schlimmste, das ich in meinem kurzen Leben aushalten muss. Der Schmerz ist unbeschreiblich und da ich nicht schreien will, zeige ich mein Leid auf eine andere Weise: Ich flute den Raum mit purem Sternenlicht und reinige die sich darin befindenden Menschen. Mir ist es egal, wie intensiv ich es mache und ob diese Personen überleben, ich will nur weg von ihnen.

Ich renne in den Garten von Mr. Trud und hämmere gegen seine Hintertür. Es dauert mir zu lange, bis er mir aufmacht, also kauere ich mich neben seiner Tür zusammen und weine zum ersten Mal in meinem Leben.

Das Feenblut ist noch immer in mir und es wütet durch das Blutsystem und dringt gewaltsam in die Körperzellen ein. Ich habe das Gefühl, von innen zu verbrennen. Aber ich spüre auch, dass ich konzentrierter bin und mächtiger. Diese Behandlung steigert mein magisches Potenzial. Trotzdem will ich diese Art von Schmerz nie wieder spüren.

»Jenny«, sagt Mr. Trud, als er die Tür öffnet.

Ich blicke zu ihm auf und er fragt nicht weiter, sondern hebt mich in seine Arme und bringt mich in sein Haus.

Die nächsten zwei Stunden verbringe ich unter quälenden Schmerzen auf Mr. Truds Couch. Es sind schlimme zwei Stunden, aber gleichzeitig auch meine schönsten. Ich werde von Mr. Trud verwöhnt, er kocht für mich heiße Schokolade und öffnet extra eine Packung Kekse, die er sonst für besondere Anlässe im Küchenschrank aufbewahrt.

Er fragt mich nicht, warum ich so leide, ich verbiete es ihm. Er ist nur für mich da und er spricht mit mir, erzählt mir Geschichten aus Büchern, die er schon gelesen hat. Es sind keine Artikel aus einer Tageszeitung, sondern richtige Abenteuergeschichten. Ich mag Mr. Truds beruhigende Stimme und schlafe sogar in seinen Armen ein. Doch dieser Glücksmoment hält nicht lange an, denn meine Eltern sind bereits auf der Suche nach mir und klopfen auch bei unserem Nachbarn.

Mein Vater nimmt mich mit und ich spüre, dass er zornig ist, nur dieses Mal hat es nicht mit mir zu tun.

»Ich weiß, wie schmerzhaft das ist, Jenny«, sagt er auf dem Weg zum Haus. »Auch ich habe diese Behandlung früher erlebt. Irgendwann wird es vorbeigehen.«

»Ist es notwendig?«, will ich wissen.

»Ich schätze schon, sie wollen aus dir das Beste rausholen und diese Methode hilft.«

»Dann werde ich es aushalten. Ich will nur, dass Mr. Trud mich danach immer besucht.«

»Das halte ich für keine gute Idee, Jenny.«

Mr. Trud ist von mir gezeichnet, auch wenn meine Eltern nicht wollen, dass er zu mir kommt, er hat keine andere Wahl: Seine Gedanken sind auf mich fixiert, ich habe sie so umgeschrieben, dass er den Besuch bei mir genauso als wichtig erachtet, wie das Atmen. Sollten wir uns jemals trennen, wird er freikommen, aber solange er noch in meiner Nähe ist, gehört er mir. Und das stimmt mich fröhlich und gleichzeitig traurig.

»Ich mag dich, Jenny«, sagt Mr. Trud jedes Mal, wenn er mich besuchen kommt. Er muss das sagen, so habe ich es in seinen Gedanken abgespeichert. Doch immer, wenn er diese Worte ausspricht, versetzt es mir einen tiefen Stich. Er meint es nicht ernst, doch ich will, dass er mich wirklich gern hat. Mein Vater sagt mir solche Sachen nicht und meine Mutter ist für mich nicht anwesend genug, um mir überhaupt Zeichen der Nähe zu geben. In der direkten Nachbarschaft sehe ich jeden Abend, wie die Mütter ihre Kinder liebevoll zudecken und ihnen einen Gutenachtkuss geben. Ich will das auch und bin eifersüchtig auf sie.

***

Die hoffnungsvollen Forscher, die nicht vorgewarnt wurden, sind hinüber, denn ich habe es mit meiner Reinigung wieder etwas übertrieben. Wie schlimm genau es um sie steht, erfahre ich nicht. Sie haben mir wehgetan und ich habe sie die Konsequenzen spüren lassen.

Die Konsequenz für mich ist aber eine andere: Ich bekomme freiwillige Männer und Frauen vorgesetzt, die arm und verzweifelt genug sind, sich einer gezüchteten Magierin auszuliefern.

Als ich die erste Frau vor mir sitzen habe, mit verschmutzter Kleidung, fettigem Haar und verfaulten Zähnen, sehe ich an ihrem trüben Blick, dass sie unter Drogen gesetzt wurde – betäubt, damit sie nicht miterleben muss, was mit ihr geschieht.

Bin ich so ein Monster?

Die Frau tut mir nichts, warum soll ich ihr etwas antun? Ich sehe sie lange Zeit nicht an, versuche, mich durch andere Dinge im Labor abzulenken. Raus können wir beide nicht, denn die Forscher haben die Türen von außen abgesperrt und beobachten uns durch eine verspiegelte Scheibe.

»Was wollt ihr von uns?«, frage ich den Spiegel, denn ich spüre zwar, dass dahinter Menschen stehen, aber ich bekomme auf diese Weise keine Gedankenimpulse mit, alles wird überschattet von den lauten Gedanken der sogenannten Freiwilligen.

Von den Forschern erhalte ich keine Antwort, dafür zieht die Frau durch ihr lautes Magenknurren wieder meine Aufmerksamkeit auf sich.

Hunger ist nicht das einzige Problem, das sie hat: Jede Zelle ihres Körpers sendet negative Energien aus. Dieser Mensch hatte schon lange kein Glück mehr gefühlt, nicht einmal die Drogen, unter die sie gesetzt wurde, stimulieren ihre Glückszentren.

Die Frau ist depressiv und auch ihre Physis weist einige Krankheiten auf. Ich umkreise dieses kranke Geschöpf und nehme Anzeichen des nahenden Todes wahr.

»Du wirst sterben«, sage ich zu ihr, doch sie reagiert nicht auf mich.

Ich setze mich ihr gegenüber und will meine Zeit mit ihr einfach nur aussitzen, auch wenn mein Drang, die Frau zu reparieren, sehr hoch ist und mit jedem ihrer Atemzüge noch stärker wird.

Irgendwann kann ich nicht anders und öffne mein Sternentor. Ich will schon nach dem Sternenlicht greifen, doch es fühlt sich nicht richtig an, also wandere ich ein wenig durch die Sonnensysteme und Galaxien, bis ich zu einer blauleuchtenden Sonne gelange, deren kühles Licht sich besser anfühlt. Ich nehme und leite die Energie, die mich durchströmt, zu der kranken Frau, bis sie in diesem blauen Licht eingehüllt ist. Dann habe ich wieder ein inneres Gefühl, dass ich weitersuchen soll, bis ich zu einem violetten Nebel gelange, dessen Energie ich für die Heilung der Frau benötige. Eine Stunde vergeht und ich habe sieben verschiedene Energien zu der Frau geschickt. Etwas in ihr verändert sich dadurch, das spüre ich durch ihre Impulse, die sie ausstrahlt.

Ich betrachte sie noch, da betreten die Forscher wieder den Raum und holen die Frau ab. Ich sehe sie nicht noch einmal, doch mein Vater liest mir eines Tages abermals die Zeitung vor und darin ist ein Bild der Frau abgebildet. Ich bitte ihn darum, den Artikel vorzulesen, und erfahre, dass diese Freiwillige von verschiedenen Krankheiten geheilt wurde, obwohl ihr die Ärzte eine minimale Überlebenschance versprochen hatten. Jetzt ist sie gänzlich genesen.

In mir regt sich etwas: eine Art Hoffnungsschimmer. Ich habe diese Frau von ihren Leiden befreit!

»Hier steht auch, dass sie nicht mehr spricht, etwas sei an ihrem Sprachzentrum geschädigt«, ergänzt mein Vater und nimmt auch mir dadurch die Sprache.

Die Frau ist nicht die einzige, die zu mir gebracht wird, und jedes Mal verläuft eine Sitzung mit mir auf die gleiche Weise: Ich heile die Kranken, nehme ihnen gleichzeitig aber auch einen Teil von ihnen, und zwar den Teil, der sie ausgemacht hat, ihre Persönlichkeit.

Ich kann damit auch nicht mehr aufhören, ich will es mir selbst beweisen, nur wird es jedes Mal schlimmer, ich schaffe es nicht, die Menschen zu heilen, ohne ihnen auch gleichzeitig einen großen Schaden zuzufügen.

***

Eines Tages kommt ein Mann in das Labor, der gar nicht krank aussieht. Auch ist seine Kleidung vornehm und erinnert mich an einen Arzt, nur dass er nicht so erschöpft aussieht, im Gegenteil, er wirkt gepflegt und ausgeruht, so als hätte er viel Geld und genug Mitarbeiter, die ihm viel Arbeit abnehmen. Ich bin von seinem gleichmäßigen Bart fasziniert, der wie ein symmetrisches Kunstwerk rasiert ist.

»Hallo Jenny, ich bin Dr. Tower, der leitende Forscher des Projekts *Renaissance*. Du hast dich mit deinen letzten

Werten dafür qualifiziert, auf die nächste Ebene zu gelangen. Selbstverständlich nur, wenn die heutigen Auswertungen nach meinen Vorstellungen ausfallen. Ich habe schon viele Dinge über dich gehört – viele faszinierende Dinge. Deswegen wollte ich dich persönlich kennenlernen.«

»Was ist das?«, frage ich. »Dieses Renai-«

»*Renaissance?*«, unterbricht er mich und nimmt Platz, so weit von mir entfernt, wie möglich. »Es ist die Wiedergeburt, die wir anstreben – die Wiedergeburt unserer kranken Welt. Du bist doch mit magischen Katastrophen vertraut, hier in *Loro* kommen häufiger welche vorbei und verwüsten die Stadt. Das Haus deiner Eltern liegt im Innenkreis, deswegen bekommt ihr sicher nicht so viel ab, aber dein Vater hat mir gesagt, dass er dir ständig die Zeitung vorliest und-«

»Ich kenne die magischen Katastrophen«, unterbreche ich ihn nun. Ich bin zwar ein Kind, fühle mich aber nicht wie eines und will noch weniger wie eines behandelt werden.

»Sehr gut. Nun, die Menschen hatten nach dem magischen Krieg gehofft, die Flüche würden eines Tages an Intensität verlieren und die Welt würde den Normalzustand wieder annehmen, so wie vor dem Krieg. Aber es ist kein Ende in Sicht und so ist es an uns, die Welt von diesen Katastrophen zu befreien, damit wir ohne Furcht vor Magie leben können. Die *Renaissance* sucht nach der perfekten Lösung, wie wir es hinbekommen und jetzt kommst du ins Spiel. Du wirst die Welt –«

»Aufhören!«, sagt eine bekannte Frauenstimme.

Die Labortür geht auf und eine wunderschöne Frau, umgeben vom zarten Sternenlicht betritt den Raum. Sofort stehe ich auf, denn seit meiner Geburt habe ich meine Mutter nicht mehr so lange in ihrer wahren Gestalt gesehen.

Bei genauerer Betrachtung sehe ich, dass sie keine andauernde Gestalt hat. Jede Sekunde scheint sie etwas anders auszusehen, aber sie ist eindeutig kein Schatten mehr.

»Sie werden Jenny nicht mitnehmen, sie ist nicht das richtige Mädchen für Ihr Vorhaben.«

»Mrs. Bish, Sie irren sich. Jenny ist genau das richtige Mädchen«, sagt Dr. Tower und erhebt sich.

»Nein! Sie glauben, Jenny sei die Erlöserin, die Sie seit Jahrzehnten versuchen zu erschaffen? Aber das ist sie nicht. Forschen Sie weiter, aber setzen Sie das Mädchen nicht für die *Renaissance* ein, das werden Sie bereuen!«

Ich kann dem Gespräch nur schwer folgen, denn ich bin in der Gegenwart meiner Mutter nervös und von ihrem ständigen Gestaltwandlerzauber so ergriffen, dass ich sie nur noch anstarre.

»Wir werden sie holen, Mrs. Bish, seien Sie darauf vorbereitet.«

Nachdem Dr. Tower das Labor verlassen hat, nimmt meine Mutter wieder ihre Schattengestalt an und stürzt mich damit in eine tiefe Traurigkeit, die mehrere Tage lang andauert. Ich wünschte, sie hätte sich mir nicht gezeigt. Die ganze Zeit geht mir aber ihr Zauber der Gestaltveränderung nicht aus dem Kopf, ich frage mich, wie sie es gemacht hat und ob ich ebenfalls so eine Fähigkeit besitze. Also beginne ich, damit zu experimentieren, was zur Folge hat, dass ich das Badezimmer im zweiten Stockwerk des Hauses viele Stunden am Tag blockiere und mich darin im Spiegel betrachte, in der Hoffnung, ich komme hinter das Geheimnis.

Nach etwa zwei Wochen sehe ich im Spiegel die Schattengestalt meiner Mutter, die mich lange ansieht. Dann kommt sie zu mir und schreibt mit ihrem Lippenstift das Wort *Lichteinfall* auf das Spiegelglas und verlässt wieder das Badezimmer.

Lange Zeit starre ich es an, denn dieses Wort ist eine der wenigen direkten Kommunikationen zwischen uns. Ich lege meine Finger auf den Spiegel, verschmiere dabei etwas Lippenstift und bemale meine Lippen.

Mit dem Hinweis fällt es mir leichter zu verstehen, wie meine Mutter ihre Gestalt verändert, also beginne ich damit, die Lichtverhältnisse um mich herum zu manipulieren. Je nachdem wie das Licht auf meinen Körper fällt und wo es Schatten wirft, sehe ich tatsächlich anders aus. Nur gelingt es mir nie, etwas aus meinem Wolkenhaar zu machen, außer es dunkler oder heller wirken zu lassen. Auch mit der Größe und meiner Fülle kann ich nicht allzu viel anstellen, ich bleibe so klein, wie ich bin. Das Aussehen der anderen anzunehmen, ist auch nicht möglich, denn das Licht passt sich immer der vorhandenen Anatomie an.

6. Lebensjahr

An meinem sechsten Geburtstag bin ich mit meinem Vater allein. Selbst der Schatten, den meine Mutter darstellt, taucht nicht auf. Ich bin nicht in Feierlaune, denn es fällt mir schwer zu begreifen, warum meine Mutter nicht einmal meinem Geburtstag beiwohnen will.

»Deine Mutter ist verreist«, erklärt Vater. Es ist die Wahrheit, ich höre es an seiner Stimme. »Wenn du willst, rufe ich Mr. Trud an, ihn magst du doch so sehr.«

Ich nicke.

Mr. Truds Anwesenheit ist wirklich tröstend. Während wir die Geburtstagstorte essen, kratzt er etwas in eine alte Schallplatte.

»Das ist meine neue Beschäftigung«, erklärt er. »Wenn du willst, kann ich dir später meine Galerie zeigen, mein ganzes Haus ist voller Schallplattenkunst.«

»Das will ich sehen«, sage ich und freue mich sogar darauf.

»Sie darf das Haus nicht verlassen«, würgt mein Vater die Idee ab.

»Warum nicht?«, fragt Mr. Trud.

»Weil mich jemand von hier wegbringen will«, antworte ich und sehe meinem Vater direkt in die Augen.

Er hat sein Stück Torte nicht angerührt und wippt die ganze Zeit mit dem Fuß.

»Sie wollen Ihre Tochter aus dem Katastrophengebiet bringen, Mr. Bish?«, fragt Mr. Trud, wobei er nicht von seiner Schallplatte aufsieht.

»Ja«, sagt mein Vater.

Er lügt.

»Nein«, sage ich.

Mein Vater steht auf und beginnt den Tisch abzuräumen.

»Für heute reicht es, Mr. Trud, ich bitte Sie zu gehen. Jenny muss bald ins Bett.«

»Ich bin aber mit ihrem Geschenk noch nicht fertig«, sagt Mr. Trud und pustet den Staub des weggekratzten Schallplattenmaterials vom Tisch.

»Das können Sie ein anderes Mal vorbeibringen.«

Die Stimme meines Vaters ist fordernd und Mr. Trud beugt sich seinem Wunsch. Ich will ihn zur Tür bringen, doch mein Vater verlangt, dass ich im Esszimmer bleibe. Als er wiederkehrt, verhängt er alle Fenster und zündet ein paar Kerzen an.

»Deine Mutter ist in Gefahr«, sagt er dann unvermittelt. »Sie und ich sind es.«

In meinem Kopf spiele ich unzählige Szenarien durch, um zu ergründen, aus welchem Grund meine Eltern in Gefahr sein sollten. Etwa die Hälfte meiner Gedanken hat mit mir zu tun. Ich könnte aus Versehen ihre

Erinnerungen auslöschen oder ihr Inneres sogar zerstören, wie ich es bei der kleinen Lena getan habe.

»Ich muss dir etwas erklären, Jenny. Vielleicht bist du ja schon selbst darauf gekommen, du bist schließlich kein gewöhnliches Kind. Kind ist auch nicht das richtige Wort.« Er formt mit den Händen eine Körperform und zeigt dann auf mich. »Versteh' mich bitte nicht falsch, du bist kein Mensch im eigentlichen Sinne, du bist ein ...«

»Ein Gefäß«, beende ich seinen Satz.

Mein Vater seufzt schwer und vergräbt sein Gesicht in den Händen, bevor er mich wieder ansieht.

»So kann man es auch ausdrücken. Jemand muss es dir erzählen und glaube mir, ich bin ungern derjenige, der diese Aufgabe übernimmt. Bitte reagiere jetzt nicht emotional.«

»Gefäße haben keine Gefühle«, sage ich und spüre bereits einen inneren Schmerz in der Brust.

»Du bestehst nicht aus Lehm, deine Hülle ist menschlich und kann genauso empfinden wie alle anderen auch. Nur dein Bewusstsein ist nicht das eines Menschen. Du bist ein Sternenlicht. Das sind magische Wesen, die vom Licht der Sterne gezeugt werden und die mit ebendiesem Licht zaubern können. Wir wissen, dass du deine Magie bereits nutzt.«

»Dann ist meine Mutter auch ein Sternenlicht«, sage ich. »Vor ihr hat aber niemand Angst.«

»Sie ist eines natürlichen Ursprungs. Du wurdest in einem Labor gezüchtet. Deine Fähigkeiten sind verstärkt und auch noch mit denen des schwarzen Phönixes vermischt. Du vereinst Tod und Leben in einem Körper und das ist eine Mischung, die es niemals geben dürfte.«

»Dann bin ich ein ungewollter Fehler?«

»Du bist ein *gewollter* Fehler.«

Der eisige Hauch, der von meinem Vater ausgeht, erstickt die Kerzenflammen und wir sitzen in der Dunkelheit. Nur das Licht meines Wolkenhaares erhellt diffus den Raum.

»Du wurdest gezüchtet, damit du die magischen Flüche aus dieser Welt bannst. Nur bist du nicht in der Lage dazu. Du kannst nur Heilung bringen, wenn du gleichzeitig etwas zerstörst. Deine Mutter und die anderen Sternenlichter wurden reingelegt. Man hat ihnen gesagt, dass sie an einem Projekt mithelfen, mit dem sie die zerstörte und verseuchte Welt retten. Zehn von den zwölf Sternenlichtern sind bereits tot, weil sie den Tod gebaren.«

Lange Zeit sagen wir beide kein Wort und ich betrachte das Licht meiner Haare in seinen Augen.

»Du wirst bald abgeholt und deine Mutter und ich werden nicht da sein. Wir verstecken uns. Bitte erzähle es niemandem und ich flehe dich an, gib deine Kraft nicht für den Weltuntergang her. Versprich es mir.«

Ich denke darüber nach wie stark meine Kraftwellen mit der Welt verbunden sind, viele gehen sogar durch den Planetenkern hindurch. Wenn er über diese Verwurzelung Bescheid wüsste, würde er mich nicht um so etwas bitten.

»Das werde ich dir nicht versprechen.«

»Ist es, weil ich kein guter Vater bin?«

»Nein. Weil ich ein Gefäß für eine Macht bin, die niemand mehr aufhalten kann.«

***

Am nächsten Tag ist mein Vater fort.

Dafür kommen eine Frau und ein Mann, die genauso aussehen wie meine Eltern. Sie sind Magier und ich sehe, dass sie nur das Äußere meiner Eltern angenommen haben. Das allererste, was ich bemerke als ich sie sehe, ist die interessante Art, ihr Aussehen zu verändern.

Sie geben sich Mühe, wie meine Mutter und mein Vater zu wirken. Die Frau, die einfach nur menschlich rüberkommt und nicht den wundervollen Zauber meiner Mutter besitzt, nimmt mich bei der Begrüßung liebevoll in die Arme. Das hätte meine richtige Mutter niemals getan. Bei der Umarmung spüre ich, dass da eine heftige Schutzschicht zwischen uns besteht, die es mir nicht erlaubt, an ihre Gedanken heranzukommen. Als meine Mutterkopie mich wieder loslässt, sehe ich sie irritiert an. Das sind starke Magier, auch mein falscher Vater. Er gibt mir einen freundschaftlichen Klaps auf meine Schulter, was ich von meinem echten Vater auch noch nie erhalten habe.

»Was machen wir heute, Süße?«, will meine Nichtmutter wissen.

»Ich werde Mr. Trud besuchen«, sage ich.

Die beiden sehen sich fragend an, man hat ihnen wohl nicht erzählt, dass Mr. Trud unser Nachbar ist.

»Wir wollen nicht, dass du das Haus verlässt, aber wir können dein Lieblingsbrettspiel spielen.«

»Gut.«

Wenn drei Magiekundige Brettspiele spielen, dann gilt es, die trügerische Magie der anderen zu entlarven oder zu übertrumpfen. Nach zwanzig Minuten setzen wir das Wohnzimmer in Brand und verbringen den restlichen Tag damit, die Flammen und das Chaos zu beseitigen. Aber genau das sorgt dafür, dass ich mir keine Gedanken über meine Eltern mehr mache. Natürlich vermisse ich sie, auch wenn ich nie viel Zeit mit ihnen verbracht habe. Also beanspruche ich Mr. Trud umso mehr. Ich darf nicht zu ihm, also kommt er wieder zu mir. Doch je länger ich ihn behalte, desto glasiger werden seine Augen. Ich spüre, dass er sich innerlich gegen meine Macht wehrt, aber es ist wie eine Schlinge: Je mehr er zappelt, desto enger wird sie. Als seine Nase beginnt zu bluten, entlasse ich ihn. Wir bekommen keine weitere Gelegenheit für unsere aus dem Gleichgewicht gekommene Freundschaft, denn etwas nähert sich unserer Stadt. Es hat etwas mit mir zu tun und ich werde unruhig. Nur das Gefühl, ich sollte keine Angst haben, bringt mich dazu, in *Loro* zu bleiben und nicht zu fliehen.

Fünf Tage später brennt das Haus erneut, nur dieses Mal steht es in den eisigen Flammen eines schwarzen Phönixes.

Ich habe mir vorgestellt, dass mich Dr. Tower persönlich abholt, aber er schickt lieber einen gefährlichen Phönixmagier zu mir, ein junger Mann namens Frederik.

»Hey, Kleines«, sagt er, als er in meinem Kinderzimmer steht und seine Hand vom dunklen Feuer umgeben ist.

Ich bin überrascht, denn er ist der erste Mensch,

der keine Angst vor mir hat. Genaugenommen lächelt er mich sogar an und wickelt etwas von meinem Wolkenhaar um den Finger.

»So etwas Schönes habe ich ja noch nie gesehen, wie heißt du denn?«, fragt er und ich möchte auf der Stelle seine Gefühle für mich verändern, ich will ihn auf mich fixieren, so wie ich es bei Mr. Trud getan habe, doch ich weiche zurück.

»Ich darf nicht«, sage ich energisch. Auf keinen Fall möchte ich Frederik an mich binden, er lächelt mich aufrichtig an, ich will ihn nicht zwingen, mich zu mögen.

»Du darfst mir deinen Namen nicht verraten?«, fragt er scherzhaft. Natürlich weiß ich, dass er meinen Namen längst weiß, er ist da, um mich mit sich zu nehmen. Wofür genau, kann ich noch nicht sehen, aber ich glaube, der junge Mann weiß es selbst noch nicht, er ist nur der Handlanger einer mächtigen Person.

»Es ist an der Zeit, mit mir mitzukommen. Hat man dir schon gesagt, wohin wir gehen?«

Ich schüttle den Kopf.

Frederik wirft seine Flammen in eine Ecke meines Raumes, hockt sich zu mir hin und berührt mein Gesicht, damit ich ihn und nicht das schwarze Feuer ansehe.

»Ich nehme dich mit zur Phönixakademie. Man wartet schon lange auf dich, du wirst nämlich die Welt heilen. Eine großartige Aufgabe, wenn du mich fragst.«

Ich beschließe, Frederik zu mögen, auch wenn er sich irrt, ich werde die Welt nicht retten. Aber er ist so überzeugt, dass ich seine Hand ergreife und er mich hinaus aus dem Haus führt, vorbei an den vielen eiskalten Flammen, die nach uns züngeln.

»Es tut mir leid wegen deiner Eltern«, sagt er und in diesem Moment geht ein Fenster im Erdgeschoss zu Bruch. »Ein unerwarteter Besuch. Lass uns schnell rausgehen.«

Später finde ich heraus, dass der Besuch meine große Schwester Robin war. Auch sie wurde in die Akademie mitgenommen, allerdings nicht von Frederik.

***

Frederiks Auftauchen verändert mein Leben, denn er nimmt mich an die Phönixakademie. Ich erlebe viele neue Dinge auf einmal: Ich fliege zum ersten Mal mit einem Gleiter, überhaupt fliege ich zum ersten Mal. Dann sehe ich Drachen, viele Menschen, eine fliegende Magieschule voller Phönixe, eine Himmelsstadt und viele andere Dinge. Ich bin von den Erlebnissen überwältigt, es passiert alles auf einmal und ich muss mehrmals mit meinen aufkommenden Kräften kämpfen, um nichts Falsches zu machen.

Mit der Ankunft an die Akademie enden die aufregenden Momente und es folgen verstörende Augenblicke. Vor allem spüre ich, wie stark die Konzentration an Gedankenimpulsen in der Akademie vorherrscht. Hier stoßen extrem viele Interessenskonflikte aufeinander und zwar zwischen unfertigen Menschen, Menschen, die noch den Leichtsinn der Kinder haben und den Drang, erwachsen zu werden, eine explosive Mischung aus Emotionen, aufgestauten Ärger und den Um-jeden-Preis-durch-die-Wand-Gedanken. Hier gibt es eine stärkere Konzentration an Selbsthass und Ungerechtigkeit als ich in *Loro* je gespürt habe. Es liegt an dem geringen Altersunterschied der Bewohner. In *Loro* waren wenigstens alle Altersklassen vertreten, da war es trotz der Armut ausgeglichener. Dafür sind die Gedanken hier alle sehr ähnlich. Es geht um das Vorwärtskommen, die großen Unterschiede zwischen den armen Stipendiaten und den reichen Kindern, die erste Liebe, Eifersucht, Neid und einen ausgeprägten Forscherdrang.

Wenn jemand zu mir spricht, denke ich das Gespräch rasend schnell weiter, auch wenn nicht alle Worte ausgesprochen sind, spüre ich inzwischen noch deutlicher, wenn mich jemand anlügt. Und in dieser Einrichtung wird sehr viel gelogen. Ich spüre die Lüge in jeder Muskelzuckung und spüre die falschen Absichten in jedem noch so klitzekleinen Aufblitzen der Augen meiner Gesprächspartner.

***

Die ersten Tage an der Akademie verbringe ich mit Frederik. Er ist sehr abgelenkt, weil er immerzu an Robin denkt. Sie ist auch auf dieser Schule gelandet und ich spüre, dass Frederik Extra-Aufgaben übernimmt, um nicht der Versuchung zu unterliegen, seine Freundin aus der Kindheit aufzusuchen. Sie haben viel miteinander erlebt und je länger er auf mich aufpasst, desto stärker tauche ich in seine Vergangenheit ab. Er hatte ähnliche Erfahrungen wie ich, nur dass er mehrere Freunde hatte, als er auf die Akademie kam und ich bin in meiner Altersklasse ziemlich allein. Ich bin nicht das einzige Kind, ich spüre die Anwesenheit von anderen magischen Wesen in meinem Alter, aber sie befinden sich hinter dicken Türen und laufen nicht so umher wie ich. Ich darf in den ersten Wochen zwar nicht außerhalb der Krankenstation des White-Areals sein, die mehr eine Forschungsstation ist, aber innerhalb dieser kann ich umherwandern, wie es mir beliebt.

Bei einem meiner Spaziergänge über die Forschungsstation gelange ich in einen Raum, in dem ein blondes Mädchen schläft. Sie ist älter als ich, aber jünger als Frederik und sie kommt mir bekannt vor. Ich habe sie an dem Tag gesehen, als das Haus meiner Eltern gebrannt hat. Sie war eine von den Phönixmagiern, die meine Schwester Robin auf die Phönixakademie gebracht haben. Ich frage mich, was sie in einem der Krankenräume zu suchen hat und trete ein. Sie schläft gerade, auf ihren Wangen sind Spuren von getrockneten Tränen. In ihrem Haar entdecke ich eine bunte Haarsträhne, an der Feenmagie haftet.

Auf dem Nachttisch liegen Bücher und Hefte mit dem Namen *Annie Anderson*. Vermutlich heißt das Mädchen so. Ich setze mich an das Bettende und betrachte Annie eine Weile, bis sie beginnt, im Traum zu weinen und um sich zu schlagen.

Ich will ihre Hand berühren, doch sie schreit los. Ich bekomme Panik, springe vom Bett und renne aus dem

Raum, kurz bevor eine Krankenschwester zu der Schülerin eilt. Im Korridor bleibe ich stehen und höre die entsetzten Schreie der Schülerin. Sie leidet so, dass es mich innerlich trifft. Ich beschließe, Annie am nächsten Tag aufzusuchen, doch ihr Zimmer ist leer, vermutlich ist sie bei einer Untersuchung.

Also komme ich in der Nacht während sie schläft. Ich zögere nicht, denn wenn sie erneut losschreit, muss ich den Raum wieder verlassen. Ich nehme ihre Hand und blicke in ihre Träume.

Es ist ein Albtraum, das erkenne ich sofort an dem vielen Blut, das Annie umgibt, doch sie scheint es gar nicht zu bemerken. Sie ist völlig beschmiert damit. Ihre Augen sind auf ein hübsches Mädchen gerichtet, dessen Blick herablassend auf Annie ruht.

»Du musst hier Laken wechseln? Hast du denn nichts Besseres auf dem Kasten? Wäre ich deine Mutter, ich würde mich für dich schämen«, sagt dieses Mädchen.

»Sarah, du musst mit mir mitgehen, die Männer töten dich sonst! Komm bitte mit mir«, sagt Annie und versucht die Hände von Sarah zu ergreifen, doch diese wehrt sich und sieht pikiert auf das viele Blut, mit dem Annie beschmiert ist. »Ich weiß nicht, wie ich dich sonst retten soll! Du musst endlich mitkommen!«

Eine Tür wird aufgerissen und vermummte Männer betreten den Raum. Annie wirft sich auf Sarah, doch der Zauber, den ein Mann loslässt, geht durch sie hindurch und erwischt das andere Mädchen tödlich. Gemeinsam fallen die Schülerinnen in weiße Bettlaken. Überall breitet sich noch mehr Blut aus und vermischt sich mit Annies Tränen.

Ich lasse Annies Hand los und der Albtraum verschwindet aus meinem Kopf. Noch verstehe ich nicht, was genau ich gesehen habe, aber mit jeder neuen Nacht, die ich an dem Bett des traurigen Mädchens verbringe, wird mir klar, dass Annie Schuldgefühle wegen einer verstorbenen Mitschülerin hat. Sie gibt sich die Schuld, sie nicht gerettet zu haben.

Ich lerne Annie über ihre Träume kennen und jedes Mal, wenn ich die Schülerin am Tag besuchen will, traue ich mich nicht, ihren Raum zu betreten. Ich mag das Mädchen, weil es mir ähnelt: Es fühlt sich genauso unverstanden und einsam wie ich. Ich weiß, dass wenn ich jemanden so sehr mag wie Annie, dann greife ich gerne auch in das Schicksal ein. Ja, es ist falsch. Bei Mr. Trud war es schon verkehrt und bei Frederik reiße ich mich etwas zusammen, doch bei Annie möchte ich helfen und ihr diese Trauer nehmen. Als ich in ihren Geist hineinfließe, bin ich vorsichtig: Ich versuche, nichts zu beschädigen, nichts zu berühren und meine Neugier zurückzustecken. Ich suche nur nach dieser Erinnerung in *Loro* und als ich sie finde, will ich sie mit all ihren Wurzeln herausreißen und vernichten, doch ich halte inne. Das darf ich nicht. Diese Erfahrung hat sie nicht allein gemacht, es wird ihr immer fehlen, wenn andere sie darauf ansprechen und da es ein gravierendes Ereignis war, wird sie sehr oft daran erinnert werden. Also wage ich mich etwas weiter ins Detail: Es ist nicht einmal die Tatsache, dass Sarah gestorben ist, die Annie so viel Kummer bereitet. Es belastet sie, dass *sie* es war, die die Schülerin nicht retten konnte, obwohl sie ein heilender Phönix ist und die Fähigkeiten dazu haben sollte.

Ich muss ihr die Traurigkeit nehmen. Diese und noch die Angst, ungenügend zu sein.

Nur nicht heute.

Ich schleiche mich wieder aus ihrer Persönlichkeit, damit ich überlegen kann, wie ich es anstelle und erst nach drei Tagen habe ich den Einfall: Annie aus der Depression zu holen, ist leicht, ich schwäche die Erlebnisse, die sie so traurig machen ab, in dem ich jeden zweiten Augenblick lösche und die anderen auf die Zeit ausdehne. Das passiert am ersten Tag. Ich mache das etwa eine Woche so weiter, bis sie glaubt, die Trauer auf natürliche Weise überwunden zu haben. Dann mache ich mich an die Sache mit ihren Fähigkeiten. Das ist schwieriger, denn das hat Ursprünge in ihrer gesamten Vergangenheit: die Tochter reicher Eltern, kein Lernzwang, keine eigenen Erwartungen. Ich kann mir ihr Leben gar nicht vorstellen und ich will Annie nicht komplett umkrempeln, deswegen erhöhe ich den inneren Druck, das versäumte Wissen nachholen zu wollen und ich verstärke ihre Neugier und ihren Ehrgeiz. Dann klinke ich mich schnell wieder aus ihr raus.

Es ist schwer, einfach zu gehen, denn auf meiner Forschungsreise durch Annies Gedankenwelt habe ich viele kranke Stellen in ihr gefunden, die ich gerne gereinigt hätte. Aber dann würde ich das Mädchen verlieren und ich möchte, dass sie so bleibt, wie sie ist.

Nachdem ich Annie geheilt habe, verbringe ich viel Zeit vor ihrem Zimmer, schaue durch einen Spalt hinein und beobachte ihre Fortschritte, aber ich gehe nicht hinein.

Erst als ich höre, dass sie entlassen werden soll, warte ich vor ihrem Zimmer und entscheide mich mehrmals, wieder wegzugehen, doch sie öffnet die Tür und tritt hinaus.

Sie trägt ihre Unterlagen, an denen sie in letzter Zeit gearbeitet hat und ich erkenne noch etwas anderes: Mr. Truds Schallplatte. Ich habe sie zuvor nicht gesehen, weil ich nur auf Annie geachtet hatte, aber jetzt sehe ich die Zeichnung, die darauf gekritzelt ist, es ist das Porträt von mir, das er zu meinem Geburtstag begonnen hat.

Sofort habe ich ein schlechtes Gewissen, dass ich Annie vermutlich nicht hätte behandeln dürfen, dass ich mich zu stark in ihr Leben eingemischt habe.

»Jenny«, haucht Annie und ich werde ganz nervös.

Ich trete einen Schritt zur Seite, damit sie ihren Raum verlassen kann.

Annie betrachtet mein Haar, das ist nichts Ungewöhnliches, das machen viele. Aber ich spüre, dass sie mich erkennt, dass sie mich aus ihren Träumen kennt, also ahnt sie, dass ich ihr geholfen habe.

»Was tust du hier?«, fragt Annie wie aus einer Trance heraus.

Ich lächle sie nur an, sage jedoch nichts.

»Du bist Robins Schwester, habe ich recht? Und Mr. Truds Nachbarin.«

Wieder kann ich nur lächeln.

»Kannst du mir sagen, was in *Loro* vor sich geht? Weißt du, was mit deinen Eltern ist?«

Diese Frage überrascht mich, denn ich habe angenommen, dass sie mich auf ihre letzten Begegnungen mit mir ansprechen würde.

»Warum fragen die Menschen nach Dingen, über die sie sowieso bald stolpern?«, frage ich schließlich.

Lange Zeit schweigen wir uns an, dann senke ich den Blick und wende mich von Annie ab, ich muss mich aus ihrem Leben heraushalten.

»Gerngeschehen«, sage ich und sehe, dass Annie dicke Tränen über die Wangen kullern. Ich habe schon Angst, dass ich ihre Traurigkeit wohl doch nicht kuriert habe.

Aber ich darf nicht mehr mit ihren Gedanken herumspielen, ich muss weg, ich muss sie gehen lassen.

»Danke, Jenny«, höre ich Annies Flüstern und zum ersten Mal spüre ich Dankbarkeit.

Ich laufe um die Ecke und beobachte das Mädchen heimlich, bis es den Flur entlang geht und aus der Forschungsstation des White-Areals verschwindet.

***

Diese Begegnung lässt mich die ganze Zeit nicht los, ich habe gesehen, dass die Menschen einander helfen und ich versuche zu ergründen, woran das liegt. Ich bemühe mich im Labor. Wenn mich jemand etwas fragt, versuche ich, wahrheitsgemäß das zu sagen, was ich glaube, was die Wahrheit ist. Dabei ist diese oft eine Frage der Perspektive. Was die einen als schlecht und falsch ansehen, entspricht nicht den Regeln der anderen und ist somit auch nicht für alle wahr.

Ich will helfen, ich möchte die Welt retten, wie man es von mir erwartet. Dr. Tower erklärt mir, dass es bald einen großen Test geben wird, bei dem ich meine heilenden Fähigkeiten beweisen soll. Ich kann nicht verbergen, dass mich dieser bevorstehende Test nervös macht. Ich frage die Sterne, wie ich so etwas machen soll, und erhalte jedes Mal unterschiedliche Vorschläge. Ich schätze, ich muss erst abwarten, bis ich den Fluch, der mir vorgesetzt wird, vor mir habe.

An dem besonderen Tag holt Frederik mich ab. Ich spüre, er ist aufgewühlt, er hatte einen Streit, und da Annies Energie an ihm haftet, bin ich mir sicher, dass er sich mit ihr gestritten hat. Woher kennen sie sich eigentlich?

Ich will ihn gerade fragen, da kommt eine Schülerin angerannt. Sie achtet nicht auf uns und so prallt sie direkt mit Frederik zusammen. Sie sieht ihn erschrocken an und auch er wirkt überrascht. Sie wendet sich aus seinem Griff heraus und umklammert ihre große Tasche, die sehr schwer wirkt.

»Ich kenne dich doch«, sagt Frederik.

»Keine Ahnung, ich glaube, du verwechselst mich wieder mit Robin. Was ist, willst du mich vielleicht auch vereisen?«, faucht sie.

»Beruhige dich, ich tu dir nichts«, sagt er beschwichtigend.

Sie will etwas sagen, doch da trete ich an sie heran. Auch sie kenne ich und sie kommt mir sogar noch bekannter vor als Annie. Ihre Energie hat Ähnlichkeiten mit der Frau, die vor meinem Umzug auf die Phönixakademie meine Mutter kopiert hat. Sie sind womöglich verwandt – Mutter und Tochter?

Das Mädchen starrt mich an und bringt kein Wort hervor, aber ich spüre, wie intensiv ihre Gedankenimpulse sind, ich wundere mich, dass sie außer mir keiner zu sehen scheint. Sie ist beinahe wie ich: eine besondere Magierin mit einer komplizierten Vergangenheit und einer ungewissen Zukunft.

Ich habe das Bedürfnis, auf sie zuzugehen und sie zu umarmen.

»Nein, Jenny, lass sie los«, sagt Frederik und versucht mich von dem Mädchen wegzuziehen.

Doch ich lasse nicht los. Ich erfahre, dass das Mädchen Berry Stilben heißt. Sie hat eine schwere Identitätskrise und Angst vor einer Macht, die in meinen Augen gut ist. Doch da ist auch etwas Dunkles. Ich sehe, dass sie sich in diese dunkle Ecke drängen will, weil sie es für das Richtige hält. Ich muss sie warnen!

Ich versetze ihre Gedanken in einen dichten Wald, diese Umgebung soll Berry beruhigen.

»Du darfst dich nicht verirren«, sage ich mithilfe meiner Gedanken. »Du bist am Scheideweg und schlägst den falschen ein.«

»Einen falschen Weg?«, fragt sie mich, doch der Wald ist bereits verschwunden. Ich lasse sie los und nehme Frederiks Hand. Er muss mich von dieser Person wegbringen, sonst kann ich mich nicht auf meine bevorstehende Aufgabe konzentrieren.

Der Test findet in einem verspiegelten Raum statt, der mich fasziniert. Überall sind Spiegel und dahinter spüre ich einen Zwischenraum, eine Art Gang, in dem man sich verstecken kann. Dahinter scheint jemand zu sein, doch solange Frederik mit in dem Raum bleibt, bin ich deswegen nicht aufgeregt, trotz der vielen anwesenden Forscher.

»Sie ist der aufgehende Stern der Forschung«, flüstert jemand, den ich noch nie gesehen habe. »Was wird das wohl für ein Fluch sein, den sie neutralisieren muss?«

»Ich habe keine Ahnung, aber er kommt gerade erst rein, also ein sehr aktiver Fluch, ich bin schon wahnsinnig gespannt auf die Ergebnisse«, gibt eine Frau zurück.

Dann trägt ein Mann eine Topfpflanze hinein. Sie sieht aus als sei sie versteinert.

»Erstaunlich, wie schnell dieser Zauber greift, ich musste einen Magieblocker benutzen, damit er sich nicht ausbreitet«, sagt der Mann, der die Steinpflanze vor mich stellt.

»Wenn es möglich ist, einen Fluch mit einem Blocker zu stoppen, warum ist noch niemandem in den Sinn gekommen, die Welt auf diese Weise von magischen Katastrophen zu befreien?«, fragt Frederik, doch keiner achtet auf ihn, alle sind auf mich fixiert.

Ich schaue auf die Steinpflanze, dann öffne ich ein Sternentor über dem Kopf.

»Das ist die Kraft der Eizellenspenderin«, sagt ein Forscher entzückt. »Die zusätzlichen Gelder und das Warten haben sich gelohnt, das Kind ist *perfekt.*«

Der Mann stört mich.

Halt endlich die Klappe, denke ich, dann sammle ich etwas Sternenlicht auf meinen Finger und während das Sternentor wieder zugeht, schnipse ich die Magie gegen das versteinerte Gewächs. Dieses glüht auf und ich führe das Licht über die Pflanze, wo es sich wenige Zentimeter darüber zu einem Brocken Erde manifestiert.

»Noch nicht ergiebig, aber keine schlechte Grundlage«, sagt eine Forscherin, bevor alle zu klatschen beginnen.

Ich verstehe nicht, was es da zu beklatschen gibt, denn ich selbst bin mit dem Ergebnis unzufrieden, weil die Pflanze es nicht überlebt hat.

»Das ist aber eine bizarre Art, einen Fluch zu lösen«, sagt Frederik. »Natürlich, der Fluch ist weg und ihr habt ein hübsches Erdklümpchen, wozu auch immer das nutzen mag, aber schaut doch, die Pflanze existiert nicht mehr. Ihr wisst ja, sie symbolisiert hier eine Kleinigkeit oder irre ich mich? Was wird mit der Stadt und deren verfluchten Bewohnern, wenn Jenny erst einmal den Zauber gelöst hat? Die Zerstörung ist ja doch hoffentlich nicht euer Ziel.«

Er stützt sich mit beiden Armen am Tisch ab, beugt sich über die ehemalige Pflanze und pustet die Asche über den weißen Tisch.

Ich beobachte Frederik und fühle mich mies dabei. Ich habe das Gefühl, ihn enttäuscht zu haben.

»Frederik?«, fragt Dr. Tower. »Frederik, hast du etwas von dem Steinfluch abbekommen, als du heute in der Stadt warst? Von dem Zauber? Hast du da etwas abbekommen? Wir sollten dir etwas Blut abnehmen, nur für den Fall, dass Restpartikel des Zaubers in deinen Körper gelangt sind. Gib im Labor eine Blutprobe ab, sobald du Zeit hast, wir kümmern uns um den Rest.«

»Meinetwegen«, sagt Frederik und sieht zu mir.

Er lächelt mich an, doch mir ist nicht nach Lächeln.

»Was den Fluch angeht, sei unbesorgt«, sagt Dr. Tower zu Frederik, doch auch ich spitze meine Ohren, in der Hoffnung, er würde das erläutern. »Jenny Bish ist gerade mal sechs Jahre alt und ihre Kräfte sind noch nicht gut genug entwickelt, um den Zauber schon vollkommen fehlerfrei zu wirken. Selbstverständlich ist die Zerstörung der Städte nicht das Ziel unserer Institution. Wir müssen jetzt einige Dinge besprechen, würdest du Jenny bitte in ihr Zimmer bringen?«

»Natürlich, Dr. Tower«, sagt Frederik und nimmt mich an der Hand.

Wir schweigen lange, dann sage ich: »Ich muss besser werden.«

»Das musst du! Das musst du unbedingt!«

***

Bald darf ich die Forschungsstation verlassen und allein über das White-Areal spazieren. Ich habe nicht das Gefühl, eine Gefangene zu sein, aber immer, wenn ich mich dem Ausgang des Areals nähere, kommen Sicherheitsleute auf mich zu. Dabei ist es nicht nötig, mich zurückzuhalten, denn ich nehme eine magische Barriere wahr, die offensichtlich nur gegen mich errichtet wurde. Solchen Hindernissen begegne ich oft, es gibt viele Räume, die ich nicht betreten soll. Das White-Areal steckt voller Geheimnisse.

Die Sicherheitsmänner führen mich zurück zur Forschungsstation, wobei sie darauf achten, mich nicht zu berühren. Ich bin mir nicht sicher, ob die Mitarbeiter des White-Areals darauf hingewiesen wurden, mich nicht anzufassen, dabei sind meine Fähigkeiten nicht auf Hautkontakt beschränkt.

Ich berichtige aber niemanden, ich habe gern einen Vorteil gegenüber den anderen; ich fühle, dass es besser ist, einen zu haben.

Mir wird schnell klar, dass Dr. Tower nicht der Kopf des Forschungsteams ist, er leitet es zwar, aber es gibt da noch einen anderen Mann, den sie alle nur Mr. Gettson nennen, der Leiter der Phönixakademie. Ich bekomme ihn lange nicht zu Gesicht, aber ich spüre seine Anwesenheit. Wie meine Mutter scheint er einen Zauber auf sich gelegt haben, damit ich ihn nicht direkt orten kann. Er beobachtet mich aus der Ferne und ich weiß nicht, wie ich mich verhalten soll, um sein Wohlwollen zu erhalten.

An einem Nachmittag verstecke ich mich in einem leeren Labor, weil Frederik nach mir sucht. Ihn beschäftigt diese Pflanzen-Fluch-Sache noch immer. Weil die Pflanze meinen Zauber nicht überlebt hat, ist er entsetzt, ich bemerke das an seinen Blicken. Wenn er mir jetzt begegnen würde, dann wäre ich nicht in der Lage, nicht in seinen Kopf einzudringen und seine Gedanken von mir zu überzeugen. Ich will, dass er gut von mir denkt, aber ich schätze an Frederik auch die Ehrlichkeit.

Deswegen verstecke ich mich. Ich sitze in einem leeren Unterschrank, in dem die Laboranten sonst immer ihre Habseligkeiten absperren, damit sie nicht im Weg herumstehen: Taschen, Trinkflaschen und dergleichen. Jemand hat seinen Pullover vergessen und ich falte ihn zusammen, damit ich ein kleines Polster habe, auf dem ich sitzen kann.

Mehrfach höre ich, wie jemand das Labor betritt und wieder verlässt und ich hoffe, dass der Besitzer des Pullovers nicht sein Kleidungsstück holen kommt. Aber es sind wohl andere, die etwas abholen oder zurückbringen.

Doch dann höre ich die Stimme von Dr. Tower und erstarre.

»Wir können hier reden, die Schicht in diesem Labor ist schon durch«, sagt er.

Also ist jemand bei ihm. Ich höre Schritte von mindestens zwei Personen und aufgrund der Gedankenimpulse, die sie ausstrahlen, werde ich noch nervöser. Bei der zweiten Person handelt es sich unmissverständlich um Mr. Gettson, denn ich spüre von ihm ausgehend nur ein sehr dezentes Gedankenecho, das ich nicht weiter ergründen kann, weil ich auf die magische Mauer stoße, die den Mann umgibt.

»Das war ein interessantes Schauspiel, das uns die kleine Jenny vor ein paar Tagen geboten hat«, sagt die tiefe Stimme von Mr. Gettson.

»Es war nicht das, was wir uns erhofft haben, aber wir arbeiten daran«, entgegnet Dr. Tower und es klingt wie eine Rechtfertigung. »Frederik wird uns weitere Flüche sammeln, vielleicht klappt es dann besser. Wir wollen die Zerstörungsrate vom Ausgangsmaterial nur auf den Fluch reduzieren. Unser Ziel ist es, das vom Fluch betroffene Objekt zu mindestens achtzig Prozent zu bewahren. Im Moment beträgt die Rate bei höchstens zwei Prozent.«

»Dann ist da noch sehr viel Luft nach oben, Dr. Tower. Ich muss zugeben, ich habe einen höheren Prozentsatz erwartet. Jenny Bish ist doch ein Sternenlicht mit den Fähigkeiten eines Phönixes, genau das, was wir immer wollten. Wo liegt also das Problem?«

»Da haben Sie recht, Mr. Gettson, sie ist genau das geworden, was wir zu züchten versucht haben. Jenny ist die manifestierte Lebenskraft, ein gefangener Lebensfunke, wie bei einem natürlich gezeugten Sternenlicht. Es geht aber mehr um ihre Phönixmagie, sie funktioniert nicht so, wie wir es uns vorgestellt haben. Wir hätten mit normalen Phönixen als mögliche Väter stärker experimentieren und nicht einfach auf einen schwarzen Phönix umsteigen sollen.«

»Wir hatten mit der Kreuzung vom Sternenlicht und normalen Phönixmagiern immer nur Fehlgeburten, es gab kein einziges Kind, das überlebt hat.«

»Das ist so nicht richtig. Es gab diesen Jungen, er –«

»Diesen Krüppel?«, brüllt der Akademieleiter, so dass die ganzen Reagenzgläser im Labor erzittern. »Er hat keine nennenswerte Kraft, nicht einmal magisches Potenzial, auf das wir hätten aufbauen können. Kommen Sie mir nicht mit den Fehlern dieser Forschung, es gab schon zu viele. Jenny ist ein Erfolg, sie erschafft Neues.«

»Aber nicht, ohne gleichzeitig genauso viel Gesundes

zu zerstören. Sie schenkt keine Energie, sie wandelt bestehende einfach um.«

Lange Zeit schweigen die Männer und ich höre, wie Mr. Gettson schnaubt, dann spricht er wieder.

»Gut, dann beantworten Sie mir eine einfache Frage: Ist Jenny Bish für die *Renaissance* geeignet?«

»Nein«, antwortet Dr. Tower sofort.

»Das ist nicht die Antwort, die ich hören wollte.«

»Ich weiß, wir alle sind enttäuscht, aber –«

»Sie wagen es, ein *Aber* vorzubringen? Nach all der Zeit und den Geldern, die Ihre Forschung verschlungen hat? Ihr Vorgänger, Dr. Hans, hatte wenigstens mehr schwarze Phönixe hervorgebracht, als sie ein perfektes Sternenlicht.«

»Bei allem Respekt, aber Dr. Hans hat nur Wesen verbessert, die es in der Natur bereits gab. Ein Sternenlicht ist ein Wesen, das es sehr selten gibt und wir haben so wenige, die unserer Forschung helfen. Was ich erschaffen will, ist utopisch, aber ich bin mir sicher, ich bekomme das noch hin.«

»Und wie lange soll das dauern? Die Geldgeber setzen alle Hoffnungen in Jenny Bish, sie wollen nicht weiter warten. Ich gebe Ihnen noch so viel Geld, wie Sie dafür benötigen, aus dem vorhandenen Material das rauszuholen, was wir anstreben.«

»Vorhandenes Material? Sie meinen, Jenny Bish?«

»Machen Sie aus ihr das Mädchen, das wir uns ersehnen.«

»Aber sie ist unbrauchbar.«

»Finden Sie eine Lösung, wie wir die *Renaissance* trotzdem durchziehen können.«

»Das wird nicht möglich sein, Mr. Gettson, Jenny wird immer Leben und Tod bringen. Das Mädchen einzusetzen, bedeutet, dass wir über Milliarden Leichen gehen werden. Das kann ich nicht verantworten.«

»Milliarden unbrauchbarer Menschen, Dr. Tower.«

Dr. Tower hält für einen Moment die Luft an und ich spüre sein Entsetzen.

»Mr. Gettson, das können Sie doch nicht ernst meinen. Das sind Menschen, die wir zu retten versuchen.«

»Diese Menschen haben keine Priorität.«

Ich öffne die Schranktür einen Spalt weit auf und sehe mir die beiden Männer an. Mr. Gettson ist größer und breiter als der Forscher und jede Faser seiner Kleidung und jede Zelle seines Körpers strahlt Autorität und Macht aus, wie ich es noch nie gesehen habe.

Beide Männer sehen sich lange Zeit an, dann eilt ein Assistent in das Labor und nimmt den Akademieleiter wegen eines Meetings mit sich.

Dr. Tower bleibt allein in dem Labor und noch immer hat er keine Ahnung, dass ich hier bin.

Er legt seine Stirn an die Glaswand und ignoriert alle Leute, die mit verwunderten Blicken an dem Labor vorbeilaufen.

Lange Zeit betrachte ich nur seinen Rücken und klettere dann aus meinem Versteck.

»Kann ich etwas tun?«, frage ich und erschrecke den Forscher damit.

Nachdem er sich beruhigt hat, sieht er mich direkt an.

»Ja«, sagt er mit tiefer Stimme. »Dort in der Ecke steht ein abgeschlossener Glasschrank mit schädlichen Substanzen.«

Er legt einen kleinen Schlüssel auf den Tisch neben sich. »Bitte brich in den Schrank ein und konsumiere diese Substanzen.«

»Sie wollen, dass ich sterbe?«

Dr. Tower sieht mich weiterhin an und ich sehe, dass er genau das will, doch er sagt nichts und verlässt den Raum.

Ich sehe mir den Schlüssel an, doch ich lasse ihn liegen.

Der Schmerz, den ich fühle, ist schlimmer als der, den ich bei der ersten Behandlung mit Feenblut erlebt habe.

Ich bin unbrauchbar, denke ich. *Und ich soll sterben.*

Am nächsten Tag suche ich Dr. Tower auf. Ich habe in der Nacht viel nachgedacht und frage mich, wie das mit der Züchtung vonstattengeht. Vielleicht kann ich in seinen Gedanken ja wichtige Informationen suchen, die er bereits hat, aber nicht darauf kommt. Ich will nicht unbrauchbar sein, wenn ich schon für die *Renaissance* nicht geeignet bin, helfe ich ihm, das perfekte Kind zu züchten.

»Nie im Leben, lass ich dich an meine Gedanken heran, Jenny. Auch wenn du gute Absichten hast, so wirst du mich stark verändern und das will ich nicht. Da du gestern gelauscht hast, weißt du, was meine Aufgabe ist: Ich werde dich so weit verformen, dass das Projekt

Zukunft hat. Ich habe noch keine Idee, wie wir das machen, aber –«

»Gibt es weitere Züchtungen wie mich?«, unterbreche ich ihn.

Sein Blick verändert sich, er hat Mitleid mit mir und ich spüre, dass er darüber grübelt, ob er mir die Wahrheit erzählen soll.

»Du bist die Einzige, die überlebt hat. Zumindest von den Kindern, die als befruchtete Eizellen eingepflanzt wurden.«

»Gibt es noch welche, die noch keinen Einsatz fanden?«

»Ja. Wir haben immer ein paar Eizellen in der Hinterhand, falls dir etwas zustößt. Aber im Moment ist keines von ihnen verpflanzt.«

»Kann ich sie sehen?«, frage ich nervös.

Dr. Tower sieht sich um und fährt mit der Hand durch seinen Bart.

»Ich halte das für keine so gute Idee, es könnte dich verstören.«

»Zeigen sie es mir«, sage ich fordernd.

Dr. Tower bringt mich in ein Labor, das sich auf der anderen Seite des White-Areals befindet und mehr Sicherheitsprotokolle hat, als jedes andere Labor.

Zunächst unterscheidet es sich nicht von den übrigen Einrichtungen, alles ist steril, hell und riecht nach Desinfektionsmittel. Doch Dr. Tower führt mich weiter in einen Kühlraum. Hier befinden sich nur Regale mit

Chemikalien in großen und kleinen Gefäßen. Alles akkurat beschriftet. In einer Ecke steht ein weißer Schrank, der meine Aufmerksamkeit auf sich zieht. Im Inneren befindet sich etwas, das viel Energie ausstrahlt. Das sind Lebensenergien – starke Lebensenergien! Ich frage nicht um Erlaubnis und ziehe am Griff. Mit einem Zischen und einer ungewöhnlichen Kälte geht die Tür langsam auf und offenbart mir den Blick auf etwa hundert winzige Glaskapseln, die mit Zahlen beschriftet sind. Aus jeder einzelnen Kapsel strahlt mich eine ungeborene Persönlichkeit an und mir wird schlecht.

»Das sind sehr viele Eizellen! Und sie sind befruchtet. Dr. Tower, als Sie sagten, dass Sie immer etwas auf Reserve hätten, haben Sie mir verschwiegen, dass Sie so viele Ersatz-Jennys haben.«

»Wir brauchen so viele, denn auf etwa dreißig Einpflanzungen kommt ein einziges Kind zustande und selbst das hat nicht die Garantie, sehr lange zu überleben. Das Wesen, das wir versuchen zu züchten, ist sehr anspruchsvoll, es gibt kaum Frauen, die diese Eizellen annehmen können.«

»Ich kann sehen, welche überleben werden«, sage ich, nachdem ich mir die Eizellen genauer angeguckt habe.

»Rede keinen Unsinn, das kann niemand.«

»Gibt es eine Kartei mit potenziellen Müttern? Ich könnte sicherlich die Perfekte finden, wenn ich sie mir anschaue. Einige der Eizellen strahlen so eine intensive Stärke aus, die würden nicht nur überleben, sie wären sicher auch für diese *Renaissance* geeignet.«

Dr. Tower schließt den Schrank und schüttelt energisch den Kopf.

»Ich dachte, wenn ich dich herbringe, stellst du Fragen zu deiner Identität oder wirfst mir vor, unethisch zu handeln. Ich habe nicht angenommen, dass du die sinnlose Hoffnung in mir wecken würdest, meine Forschung neu zu beginnen. Selbst wenn ich es wollte – und ja, das will ich unbedingt – so hat meine Abteilung keine Mittel, um von vorn zu beginnen. Du bist unsere *Renaissance*, damit müssen wir uns jetzt alle abfinden.«

»Das ist ein dummes Argument. Mit meiner Hilfe können wir Mr. Gettson überzeugen.«

»Jenny, ich will nichts davon hören! Wir haben kein Budget mehr, versteh das doch.«

»Dann treiben Sie Geld auf«, sage ich gleichgültig. Für mich stellt sich nicht die Frage, was ein größeres Opfer wäre, mehrere Milliarden toter Menschen oder das Beschaffen von etwa genauso vielen Mitteln.

»Du solltest in dein Zimmer gehen«, beendet Dr. Tower das Gespräch.

***

Ich mag die Phönixakademie trotz aller Negativität. Vor allem, da ich im White-Areal gelandet bin, das sich ganz oben befindet und ein gewaltiges Glasdach besitzt. Ich kann jederzeit die Sterne beobachten. Das ist die einzige Konstante, die ich an mich heranlasse. Die meisten Menschen sehe ich inzwischen als Gefahr an, aber da sie mich fürchten, habe ich größtenteils meine Ruhe und kann in der Nacht den Sternenhimmel bewundern.

Manchmal gehe ich auf eine Terrasse, die während des Flugs der Akademie nicht betreten werden darf. Aber ich will das Licht der Sterne auf mir spüren, ohne das Sternentor öffnen zu müssen. Der heftige Wind stört mich nicht, ich sehe oft jemandem auf der Terrasse, obwohl das untersagt ist.

Es war Frederik, der mich zum allerersten Mal hierhergebracht hat. Auch heute in der Nacht findet er mich auf der Terrasse und setzt sich neben mich.

»Kannst du nicht schlafen?«, fragt er und ich sehe ihn an, als sei er total verrückt geworden.

»Die Nacht ist meine Kraftzeit, das weißt du doch inzwischen«, sage ich.

»Wegen der Sterne, ich verstehe.«

Ich merke, dass ihn irgendetwas beschäftigt und ich muss nicht einmal fragen, da erzählt er es mir bereits.

»Ein unschuldiger Junge ist gestorben. Dunken Fields, ein kleiner Angeber, der niemandem etwas getan hat. Und meine Aufgabe ist es, gleich rauszufliegen und ihn zu beseitigen.«

Ich spüre, dass Frederik dieser Schmerz sehr wichtig ist. Es ist der erste Schmerz, den ich bei einem Menschen erlebe, der Gutes bewirken kann. Bei den meisten blockiert das Leid die Gedanken und Handlungen, in Frederiks Fall befreit er ihn von eingestaubten Gedankenmustern. Dieser Schmerz stärkt Frederik und verwandelt die traurigen Gedanken in Wut, die ihn die Dinge klarer sehen lässt, auch wenn es ihm im Moment noch unbewusst ist.

»Ich werde nach meiner Aufgabe für ein Weilchen verschwinden, es ist an der Zeit, nach deiner Schwester zu suchen.«

»Nimm Annie mit dir«, sage ich.

»Nein, das kann ich nicht, ich habe Annie schon zu oft verletzt und angelogen.«

»Es war zu ihrem Besten. Lass sie nicht hier.«

Frederiks irritierter Blick ist mir nicht fremd. Er bedeutet, dass er mir nicht glaubt, aber tief im Inneren weiß er, dass ich recht habe.

»Ich werde sie mitnehmen.«

»Wir werden uns sehr lange nicht sehen«, sage ich und nehme seine Hand. Frederik ist so ein wundervoller Mensch, es fällt mir schwer, ihn gehen zu lassen, aber er muss zu Robin, das spüre ich.

»Spätestens in einer Woche bin ich wieder da, dann ...«

»Nein, bist du nicht«, unterbreche ich ihn. »Glaube mir, es wird eine sehr lange Reise.«

Ich sehe, dass er mir widersprechen will, also lasse ich seine Hand los und gehe wieder rein, ohne mich noch einmal nach ihm umzusehen. Ich kann mit Abschieden nicht umgehen und wenn ich nicht sofort weit weg von Frederik gehe, werde ich ihn an mich binden, wie Mr. Trud, und das darf ich nicht.

***

Ich hätte Dr. Tower niemals auf den Gedanken mit den neuen Eizelleneinpflanzungen bringen dürfen, jetzt nehme ich das Getuschel der Laboranten wahr: Ich höre, dass sie mir den Tod wünschen.

»Erst wenn sie tot ist, wird Mr. Gettson Dr. Tower erlauben, mit der Züchtung eines besseren Subjekts zu beginnen. Habt ihr Ideen?«

Ich lösche die Gedanken dieser Laboranten aus, gnadenlos. Ich wollte helfen, aber nicht sterben. Ich klammere mich ans Leben und beschließe, das zu werden, was man ursprünglich von mir erwartet hat. Ich werde zur Erlöserin, die diese Welt von den magischen Katastrophen heilt, ich werde die *Renaissance* einleiten, aber zuvor muss ich eine andere Sache erledigen: Ich breche in das Züchtungslabor und dringe in den Kühlraum ein. Magie zu beherrschen, erleichtert das Ganze, dennoch bin ich nicht so sicher, ob ich nicht doch einen stillen Alarm ausgelöst habe, also beeile ich mich.

Ich bin kein echter Mensch, ich bin Magie, eingesperrt in einer menschenähnlichen Hülle und in dem Labor sind weitere hundert solcher Hüllen. Sie sind noch nicht entwickelt, nur klitzekleine Eizellen, aber ich spüre die Energie, die in der Luft schwebt. Ich kann jede einzelne Person darin erkennen, meine Geschwister, die ich nicht einmal kennenlernen werde. Die meisten von ihnen werden auch niemals in eine Mutter eingepflanzt, weil sie zu schwach sind oder genauso missraten sind wie ich, ich spüre das. Aber unter ihnen sind auch starke Wesen, stärker als ich, stärker als meine Mutter, stärker als diese Welt und die Sterne. Ich weiß nicht, ob die Forscher genaue Messungen durchführen können, um den Stärksten zu ermitteln, aber ich kann ihn ganz genau erspüren. Als ich vor den Anfängen meines Bruders stehe und spüre, dass er nicht geboren werden darf, nehme ich die Kapsel in meine Hände, in dem eine Eizelle steckt und betrachte es.

»Du wirst dich wie ein Held fühlen«, sage ich zu meinem ungeborenen Bruder. »Sie werden dich mit einem Gott verwechseln. Aber du wirst ihre Bewunderung nie erleben. Ich sorge dafür, dass du niemals existieren wirst. Dein Leben liegt in meiner Hand.« Ich streiche über das Glas. »Wir werden uns niemals kennenlernen.« Ich muss das Glas nicht werfen, ich höre einfach auf, es zu halten: Es rutscht aus meinem Griff und zerschellt neben den Füßen. Ich sehe, wie mein Bruder seine lebensnotwendige Umgebung verlässt und auf den Fliesen stirbt.

Ich sehe mir die anderen Gefäße an. Wenn ich sie alle zerstöre, werden sie mich nicht ersetzen können, dann müssen sie mich behalten, doch schon höre ich den Alarm und ich renne aus dem Raum.

Niemand auf dieser Akademie kann mir wirklich etwas zufügen, aber ich weiß, dass ich keinem mehr vertrauen kann, wenn sie erst erfahren, dass ich eines ihrer Forschungssubjekte auf dem Gewissen habe. Es reicht nur eine falsche Injektion und ich wäre tot.

»Du bist nicht die Erlöserin«, sagt Dr. Tower mir eines Morgens, nachdem ich wieder einmal eine junge Assistentin, die mir ungefragt eine Spritze geben wollte, zu einer leeren Hülle gemacht habe. »Du zerstörst wahllos Existenzen. Es sind intelligente Menschen, denen du die Gedanken auslöschst. Geniale Köpfe, die ihr Leben lang gelernt haben und in der Welt etwas verändern wollten. Du hast nicht das Recht dazu, sie zu zerstören.«

»Sie haben auch nicht das Recht darauf, mir Gifte zu verabreichen. Ich traue hier keinem mehr.«

»Jenny, das war eine Vitaminspritze, wir wollen dich aufbauen, weil du bald deine erste Stadt hast, die du retten sollst. Wir wollen alle nicht, dass du diejenige bist, die den Fluch von der Stadt löst, aber wir haben keine andere Wahl, das Geld steuert uns und inzwischen auch dich.«

»Ich werde meine Aufgabe auch ohne irgendwelche Vitamine erfolgreich meistern und wenn du keine weiteren Mitarbeiter verlieren willst, solltest du sie nicht in meine Nähe bringen. Sollte ich noch ein einziges Mal jemanden von deinen Leuten in meiner Nähe sehen, verliert derjenige ebenfalls seinen Verstand. Ich bin durch mit den Untersuchungen. Und du selbst solltest mir ebenfalls nicht zu nahe kommen, ich habe dich lediglich verschont, weil du hier der große Forscher bist. Aber ich habe gehört, dass Robin als Kind ebenfalls einen Ausraster hatte und einen gewissen Dr. Hans getötet hat. Wenn meine Schwester so etwas schafft, glaubst du nicht, dass ich deinen intelligenten Kopf einfach auf Null stellen kann?«

»Das könntest du. Aber Jenny, ich bin einer der wenigen, der weiß, wer und wie du bist. Ich bin dein Freund und Freunden schadet man nicht.«

Mit diesen Worten lässt er mich stehen.

Freund?

»Ich brauche dich nicht als Freund«, flüstere ich.

Ich sehe ihm lange nach, dann gehe ich zum Seitenfenster und schaue auf die Umgebung, an der wir gerade vorbeifliegen. Ich kann von hier aus noch keine Stadt erkennen, aber wir fliegen tatsächlich meine allererste Stadt an. Die Stadt, die meinetwegen untergehen wird.

7. lebensjahr

Nicht nur ich versuche, etwas Neues zu erschaffen. Meine Schwester ist auf der Suche nach der Wahrheit, ich spüre ihre Träume. Auch die Träume meines Bruders sehe ich ganz deutlich vor meinen Augen. Sie sind einander begegnet, nur weiß ich nicht, ob sie es schon wissen. Sie werden einander unterstützen und sie leiten ihre eigene *Renaissance* ein und sobald sie es schaffen, werde ich sterben.

Ich wurde erschaffen und nun ist es an der Zeit, mich zu vernichten. Ich werde es ihnen aber nicht leicht machen. Ich bin zurecht die neue Krankheit dieser Welt: Ich bin eine Waffe, die andere Gebrechen bekämpfen soll, doch anschließend verschwinde ich nicht einfach. Es wird vieles vonnöten sein, um mich an der Wurzel zu packen und mich zu tilgen. Ich bin die Seuche, die den Kern der Welt mit ihrer Kraft eingenommen und sich über die Gewässer überall verteilt hat.

Meinen siebten Geburtstag werde ich nicht erreichen. Sie werden es verhindern. Doch bis dahin verwebe ich mich so intensiv mit der Welt, dass ich mit meinem Tod so viele mit mir nehmen werde, wie es mir nur möglich ist.

PHÖNIX AKADEMIE

funke 8
renaissance

Viktoria

Eine zarte Parfümwolke hüllte Viktoria ein. Sie trug ihr Schlafkleid und saß in ihre Kissen gekuschelt im Bett. Ihr Blick ruhte auf ihrem Funkenspiegel. Schon zum wiederholten Male lauschte sie dem letzten Funken ihres Zwillingsbruders, dem sie noch immer nicht geantwortet hatte. Obgleich Clodes Frage leicht zu beantworten wäre. Er hatte lediglich den Namen des Schülers, der in das Hospital von *Granais* eingewiesen wurde, erfragt.

»Lion Gravis«, flüsterte Viktoria und konnte ihrem Bruder trotzdem keinen Funken senden.

Sie zögerte, weil sie spürte, dass etwas nicht stimmte. Clode erklärte immer, warum er etwas wissen wollte. Zudem brannte er nie für das innere, kleine Leben der Phönixakademie. Ihn interessierten mehr die allumfassenden Geschehnisse, die die Akademie als Einheit erlebte. Warum wollte er jetzt etwas über Lion wissen? Ein Einzelschicksal.

Vielleicht hatte der vereiste Schüler ein globales Problem ausgelöst, das bis nach *Tirias* durchgesickert war. Clode kannte genug Menschen, die in der Helferorganisation ‚*Brot für dich*‘ vorbeikamen und interessante oder schockierende Geschichten erzählten. Wenn Viktoria von solchen Personen hörte, wünschte sie sich jedes Mal, sie hätte die Schule abgebrochen.

»Tori, du wirst gefälligst dableiben, sonst reißt Mom meinen Kopf ab. Andauernd sagt sie mir, ich würde dich dazu verleiten, dein Leben genauso wegzuwerfen. Du weißt schon, so wie ich es offensichtlich getan habe«, hatte Clode oft gesagt, wenn Viktoria ihren Wunsch laut aussprach.

»Aber nur, weil du meine Neugier stillst und ich weiterhin ausführliche Berichte erhalte.«

Dieses Mal hatte er nicht alles erklärt. Das erweckte einen Verdacht, sie konnte ihn leider noch nicht konkret benennen. Etwas lag in der Luft und Viktorias Detektivglocken standen in Alarmbereitschaft.

Sie schaute vom Funkenspiegel auf und betrachtete ihr gewaltiges Bücherregal, das bis zur Decke mit Kriminalromanen gefüllt war. So viele Bücher. Und es war dennoch nie genug! Jedes Mal wenn die Schule an einer Himmelsstadt vorbeiflog, deckte Viktoria sich mit neuer Lektüre ein und obwohl sie regelmäßig ihre Romane der Schulbibliothek spendete, schaffte sie es nicht, schnell genug Platz für die Neuzugänge freizuräumen. In *Granais* hatte sie sich gleich zehn Romane gegönnt, doch inzwischen schon alle ausgelesen.

Viktorias Quartier im Zimtcreme-Areal war für all ihre Bücher einfach zu klein. Alle Schülerzimmer in der Phönixakademie hatten dieselbe Größe, selbst für die

Mitglieder der Feuerloge. Dass hier niemand bevorzugt wurde, fand Viktoria vernünftig. Durch ihre Eltern, die Gründer der Helferorganisation *‚Brot für dich'*, war das für sie keine gravierende Eingrenzung. Sie konnte schon immer gut teilen, vor allem nachdem ihr Bruder die Schule verlassen hatte, um sein Schulgeld lieber an Bedürftige zu spenden. Das machte Viktoria stolz auf Clode.

Jetzt fühlte sie sich schuldig, dass sie ihm eine Information vorenthielt. Sie wollte erst herausfinden, was ihr an der Sache nicht schmeckte.

Mit einer wischenden Fingerbewegung schloss sie den Funken ihres Bruders und tippte auf ein Ausrufezeichen im unteren Bereich ihres Funkenspiegels. Das stand für die neuen internen Nachrichten der Phönixakademie. Zu Beginn des Tages informiert zu sein, gehörte zu ihrer Morgenroutine. Und so zog sie ihre Schuluniform an, während verschiedene Schülersprecher zusammenfassend berichteten, was am vergangenen Tag passiert war und was heute anstand.

Vor ihrem Schminkspiegel bürstete sie ihre rote Mähne und behielt dabei stets die Hologramme ihres Funkenspiegels im Auge.

»Wir möchten daran erinnern, dass Robin Bish noch immer nicht gefunden wurde«, sagte eine Schülersprecherin des Azur-Areals. *»Es ist äußerst wichtig, dass diese Schülerin ihre Kontrollstunden beendet, sonst ist sie eine Gefahr für jeden, dem sie begegnet. Bitte sendet euren Familien und Freunden außerhalb der Phönixakademie erneut Robins Bild, um zu verdeutlichen, wie ernst die Lage ist.«*

Als Viktoria das eingeblendete Foto sah, ließ sie die Haarbürste auf ihre Kosmetikdöschen und –fläschchen fallen, die von der Schminkkommode fielen und zu Boden kullerten. Eine Puderdose ging dabei auf und verteilte den Inhalt auf dem hellgrünen Teppich. Sie kniete sich auf der Stelle hin und kratzte den Puder grob zurück in die Dose und schraubte den Deckel zu.

Sie nahm ihren Funkenspiegel zur Hand und sah noch immer auf Robins Fotografie, bis diese ausgeblendet wurde und ein pickeliger Schülersprecher das Wort ergriff. Viktoria klappte ihn zu und hielt sich den Klappspiegel an die Stirn. Mit geschlossenen Augen versuchte sie, den Gedanken zurückzuholen. Gerade noch war er blitzschnell durch ihren Kopf geschossen und so flüchtig wie er war, entglitt er ihr bereits. Sie hatte alles richtig kombiniert, das wusste sie, nur jetzt zerfiel das Puzzle wieder in alle Einzelteile.

Also hob Viktoria jedes einzelne Teilchen in ihren Gedanken auf und betrachtete es.

Robin und Lion waren oft zusammen unterwegs.

Lion war Robins Flügelmann.

Lion wurde vereist. Viele denken, Robin hätte es getan, bevor sie die Akademie verließ.

Der neue Schülersprecher Aves und eine andere Freundin von Lion – Berry – behaupteten, Frederik hätte Lion vereist.

Frederik war Robins Lehrer.

Frederik war ein schwarzer Phönix, so wie Robin.

Viktoria öffnete wieder die Augen. Sie glaubte an die Version von Aves und Berry. Sie waren schließlich dabeigewesen, als Lion den schwarzen Zauber abbekommen hatte. Warum sollten sie Robin sonst schützen? So weit, wie Viktoria es mitbekommen hatte, war vor allem Berry gegen die Aufnahme eines schwarzen Phönixes an der Akademie. Selbst Annie hatte die Geschichte mit Frederik als Angreifer auf ihren Cousin akzeptiert, also entsprach das mit großer Sicherheit der Wahrheit.

»*Robin* will wissen, ob Lion in das Hospital eingeliefert wurde«, flüsterte Viktoria überrascht.

Sofort sprang sie auf und rannte aus ihrem Raum. Sie müsste noch vor ihrem Unterricht mit Annie sprechen. Annie war Lions Cousine, sie würde Viktorias Vermutung bestätigen können.

***

Das Zimtcreme-Areal lag direkt ein Stockwerk über dem Mint-Areal. Viktoria musste lediglich den Aufzug nach unten nehmen und schon landete sie neben dem Unterrichtkomplex, in dem sie Annie anzutreffen hoffte.

Schülermassen strömten durch die Flure zur ersten Stunde. Es herrschte eine ausgelassene Stimmung, Viktoria sah nur vereinzelt die mürrischen Gesichter von Morgenmuffeln. Und inmitten dieser Kinder und Jugendlichen erkannte sie Aves und Berry.

Deren Abstand zueinander war groß, aber nicht groß genug, um ihn für einen Gruß nicht mit zwei, drei Schritten zu überwinden. Sie waren schließlich Freunde. Doch sie taten es nicht. Zuerst betrat Aves den Klassenraum und kurz bevor auch Berry hineinging, erreichte

Viktoria die Schülerin und berührte sie am Oberarm. Sie blieb verwundert stehen.

»Du hast Wahnsinnsaugen«, bemerkte Viktoria als erstes.

Das war wohl kein guter Start in ein Gespräch, denn Berry befreite ihren Arm und lief einfach weiter.

»Nein, warte! Berry! Ich muss dich etwas fragen.«

Berry blieb in der Tür stehen und setzte eine geduldige Miene auf.

»Kennen wir uns?«, fragte sie.

»Ich bin Viktoria Flander, eine Schülerin des Zimtcreme-Areals.«

»Ach so, eine von diesem Reiche-Kinder-Club, auf den meine Freundin Annie so steht.«

»Die Feuerloge ist ein bisschen mehr als nur ... egal, ich möchte über Annie sprechen. Gut, dass du sie erwähnst.«

Berry sah in das Klassenzimmer und zuckte leicht mit einer Schulter. »Sie ist nicht da. Ich werde ihr auch keine Nachrichten über eine Aufnahme in die Feuerloge überbringen. Ein Ablehnungsschreiben kannst du genauso steckenlassen, das wird sie von mir nicht erhalten.«

»Berry, vergiss den Club, ich möchte mit Annie sprechen, weißt du, wo sie gerade Unterricht hat?«

»Heute finden keine Spezialisierungsfächer statt, sie müsste also hier sein. Aber das ist sie nicht. Nebenbei gesagt, fehlt sie schon eine Weile.«

»Was? Schwänzt sie etwa?«

»Nein!«, wurde Berry grob. »Ich habe keine Ahnung, wo sie ist und jetzt geh‘ wieder, der Unterricht beginnt gleich.«

»Allerdings«, sagte eine angenehme Männerstimme und Clamentin Fammel tauchte neben den Schülerinnen auf. Mit einem Kopfnicken schickte er Berry in das Klassenzimmer.

»Mir war nicht bewusst, dass in dieser Klasse eine so attraktive Rothaarige sitzt und auch noch so eine Berühmtheit aus der Feuerloge. Ich fühle mich geehrt.« Dann lächelte er. »Warum bist du nicht in deinem Areal? Der Unterricht beginnt gleich.« Er sah auf seine Uhr. »Genau in fünfundvierzig Sekunden.«

Da er recht laut sprach und auf dem Gang keine Schüler mehr unterwegs waren, zog Viktoria die gesamte Aufmerksamkeit der Klasse auf sich. Auch Aves sah zu ihr.

»Ich suche nach einer Schülerin, die offensichtlich schon einige Tage vermisst wird. Wundert das denn niemanden?«

Jetzt sah Aves Viktoria mit einem prüfenden Gesichtsausdruck an. Wusste er vielleicht mehr?

Mr. Fammel schaute über die Köpfe seiner Klasse.

»Um genau zu sein, vermisse ich Miss Anderson auch schon seit einer Woche.

»*Eine Woche*? Ist das Ihr Ernst?«

Mr. Fammel schloss die Klassenzimmertür und führte Viktoria zu einem Fenster, wobei er seine Stimme senkte.

»Annie Anderson ist nicht die einzige Schülerin, die im Augenblick vermisst wird. Dunken Fields fehlt sogar noch ein paar Tage länger.«

In diesem Moment erklang die Unterrichtsglocke.

»Was denn, der Junge, der über Nacht berühmt wurde? Er ist verschwunden?« Mit so einer Information hatte sie wirklich nicht gerechnet. Sie war mit dem Vorsatz hergekommen, Annie wegen ihrem Verdacht Robin betreffend auszufragen, und nun bot das Mint-Areal weitere Nahrung für ihre Detektiv-Sucht.

»Es gibt viele Vermutungen für das Verschwinden der beiden Schüler, du solltest hier keine Panik verbreiten, das Akademiepersonal ist längst an der Sache dran.«

»Warum wird der Fokus so auf Robin Bish gesetzt und keiner erwähnt Annie und Dunken? Ist das nicht verdächtig?«, rief Viktoria und senkte sofort wieder die Stimme. »Zuerst sterben drei Schüler bei der Katastrophe in Loro, dann wird Lion Gravis vereist, anschließend verschwinden Robin Bish, Annie Anderson und Dunken Fields. Was folgt noch? Werden Berry und Aves auch aus dem Weg geräumt?«

»Welchem Weg?«

»Na, *den Weg*. Haben Sie denn noch nie Kriminalromane gelesen? Irgendwem sind diese Schüler nicht gerade willkommen, sehen Sie das nicht?«

Mr. Fammel verschränkte die Arme vor der Brust.

»Genau wegen solcher Gedanken entstehen erst Gerüchte und dann Panik. Ich weiß ja nicht, ob du dich so kurz vor den Abschlussprüfungen langweilst, aber du solltest hier keine Ermittlungen durchführen. Überlasse das den Erwachsenen. Und jetzt ab mit dir in dein Areal.«

Mit diesen Worten ließ er Viktoria stehen und verschwand im Klassenzimmer.

Sie konnte nicht einfach weitergehen. In ihr setzten sich gerade Gedankenfragmente zusammen. Also verbrachte sie fünf Minuten länger in dem leeren Korridor. Als ein Hausmeister mit einer Leiter unter dem Arm und einem Karton neuer Leuchtstoffröhren in seiner freien Hand balancierend vorbeilief und sie finster ansah, kehrte sie wieder in die Realität zurück.

»Ich gehe ja schon«, sagte sie grimmig und setzte sich in Bewegung, wobei sie einen weiteren Blick auf den Hausmeister warf. Sie hatte das Gefühl, dass er sie beobachtete und ihr nachlief.

Als sie zusammen im Fahrstuhl standen, sah er sie sogar direkt an und sie wich dem Blick nicht aus.

Er lehnte die Leiter und die Leuchtstoffröhren vorsichtig an die Fahrstuhlwand an und massierte leicht seine Schulter.

»Hat nicht jedes Areal seinen eigenen Hausmeister?«, fragte sie. »Warum folgen Sie mir?«

»Na, weil du so ein Zuckerstück bist«, sagte er mit einem anzüglichen Lächeln, das an Viktoria abprallte. »Ich werde dich im Auge behalten.«

»Ich habe kein Interesse.«

»Nein, du hast mich nicht verstanden. Ich sagte, ich werde dich im Auge behalten.«

Noch bevor Viktoria reagieren konnte, drückte ihr der Mann seine Hand aufs Gesicht, genau über dem rechten Auge, gleichzeitig legte er seine andere Hand auf sein linkes. Ein stechender Schmerz durchzog Viktorias Kopf und verschwand sofort wieder.

Sie schlug die Hand des Hausmeisters von ihrem

Gesicht und rieb sich das Auge. Es fühlte sich trocken und gereizt an, doch der Mann lachte nur.

»Es wäre zu deiner Sicherheit, wenn du niemandem von dieser Sache erzählst, Schätzchen. Es könnte dir sonst genauso ergehen, wie diesem Jungen, der zu viel herumgetratscht hat.«

Viktorias Unbehagen stieg. Das hier war kein gewöhnlicher Hausmeister, er hatte etwas mit ihr gemacht, das sie noch nicht verstand.

»Wovon sprechen Sie?«, fragte sie.

Der Fahrstuhl erreichte das Zimtcreme-Areal und die Tür glitt auf.

Keiner von ihnen stieg aus.

»Dein Stockwerk, Püppchen«, der Hausmeister winkte sie hinaus. »Ich habe beschlossen, nicht auszusteigen, du musst aber in deinen Unterricht. Du willst doch nicht, dass sich deine Lehrer genauso viele Gedanken um dich machen, wie über die verschwundenen Schüler.«

»Sie haben etwas damit zu tun? Ich könnte das auf der Stelle der Akademieleitung sagen und dann ...«

»Was dann, Püppi? Du kannst mir nicht drohen und Mr. Gettson weiß längst Bescheid. Verwundert dich das? Außerdem – wenn du es jemandem erzählst, werde ich es wissen.« Er deutete auf sein Auge und zeigte auf ihres. »Ich sehe alles, was du siehst. Es wäre vielleicht nicht das Beste, wenn du deinen nackten Körper im Spiegel bewunderst. Nun ja, nicht das Beste für *dich*, Mäuschen.«

Er drückte auf den Knopf, mit der Aufschrift *Mint-Areal.*

»Wenn du es jemandem erzählst, wirst du das nicht überleben.«

Er stieß Viktoria aus dem Fahrstuhl und die Tür glitt wieder zu. Beide sahen sich durch das Glas an, der eine zufrieden, die andere kampflustig.

***

Den ganzen Tag versuchte Viktoria aus den neuesten Erkenntnissen und der Begegnung mit dem seltsamen Hausmeister schlau zu werden. Aber sie bekam nur Kopfschmerzen von dem dauerhaften Grübeln. Und sollte das wirklich stimmen, dass der Hausmeister alles beobachtete, was sie mit ihrem rechten Auge sah, dann war der Mann so etwas wie ein Magier. Etwa ein Untergrundmagier? Konnte das wirklich sein? Viktoria zweifelte natürlich nicht daran, dass es diese Magier im Untergrund gab. Jeder, der nicht an sie glaubte, war schlechtweg naiv.

Ein Untergrundmagier inmitten der Phönixe. Diese Information wäre skandalös! Vor allem, wenn es stimmte, dass der Akademieleiter darüber Bescheid wusste. Doch was sollte ein verbotener Magier hier machen und dann auch noch verdeckt als Hausmeister?

Es ergab alles keinen Sinn!

»Tori!«, schrie Sascha sie an. »Bist du noch bei uns?«

Viktoria sah zu der Präsidentin der Feuerloge und zuckte zusammen, als der wütende Blick sie traf.

»Hast du zu dem Thema Herbstball auch etwas beizutragen? Es war schließlich deine Idee, diesen auszurichten.«

Sascha klatschte ihren rechten Handrücken auf ihre linke Handfläche und zählte dabei auf, wie wichtig es war, dass jedes Mitglied der Feuerloge sich einbrachte.

»Das Geld deiner Familie reicht nicht aus, Tori, um bei uns mitzumachen, das macht die Exklusivität des Clubs aus. Und wenn ich bedenke, dass du in den letzten Monaten andauernd Grenzen überschritten und uns vor den anderen Schülern und unseren Eltern blamiert hast, ist es an der Zeit, ein ernstes Wörtchen mit dir zu sprechen.«

Viktoria richtete sich aus ihrer bequemen Denkerpose auf und setzte sich auf die Kante ihres Sessels. Dabei legte sie ihre Handflächen brav auf die Knie und blickte in die Runde. Alle Blicke der Feuerloge-Mitglieder ruhten auf ihr. In den meisten Gesichtern stand Mitleid und Sorge, die anderen Mädchen waren genauso wütend wie Sascha.

Viktorias Auge begann erneut zu jucken und sie rieb es.

»Und hör auf, dir andauernd ins Auge zu fassen, es ist schon ganz rot!« Sascha erhob sich elegant aus ihrem Präsidentinnensessel und trat in die Runde. »Du bist nicht bei der Sache, dabei ist der heutige Punkt sehr wichtig. Er entscheidet, welche Organisation wir auf dem Herbstball unterstützen werden. Ich hatte dir aufgetragen, eine Liste mit möglichen Projekten zusammenzutragen. Aber das hier …«, sie hielt einen Papierfetzen in die Höhe, auf dem Viktoria vor dem Meeting schnell fünf Unternehmen notiert hatte. »Ich lehne mich wohl nicht zu weit aus dem Fenster, wenn ich behaupte, dass wir alle mehr erwartet haben.«

Ein einstimmiges Gemurmel war zu hören und Viktoria fühlte sich ertappt. Der Herbstball war ihre Idee, doch seit dem Funken ihres Bruders hatte sie sich herzlich wenig um ihre Aufgabe gekümmert.

»Wir können ja verstehen, dass du vielleicht ein paar Tage durch den Wind bist, weil du dich verliebt hast oder Ähnliches. So ergeht es uns allen mal. Aber die Mitglieder der Feuerloge beißen die Zähne zusammen und erledigen die anstehenden Aufgaben gewissenhaft. Das bereitet uns auf das Leben nach der Schule vor. Dann können wir auch nicht verträumt alles stehen und liegen lassen. Es geht um Professionalität, Tori! Um Durchhaltevermögen und Kampfgeist.«

Wieder gab es Zustimmung der anderen Mitglieder.

Sascha hockte sich vor Viktorias Sitz und nahm deren Hände, wobei sie wie eine mitfühlende Schwester in ihr Gesicht blickte.

»Geht es um einen Jungen? Lade ihn auf den Herbstball ein und dann packe dein Leben wieder an.«

Es wirkte so albern, wenn Sascha über Verliebtheit sprach, in Viktorias Augen war das kein Grund, den Kopf zu verlieren. Sie konnte nicht einfach dasitzen und über die Ausrichtung eines Schulballes sprechen, während in der Akademie womöglich etwas Seltsames, vielleicht sogar Gefährliches geschah.

»Entschuldige Sascha, ich bin für so eine Zusammenkunft im Moment nicht offen und werde mich zurückziehen.«

Die Clubpräsidentin sah sie skeptisch an.

»Du willst *jetzt* gehen? Also so richtig aufstehen und diese Versammlung verlassen?«

Eine ungemütliche Stille legte sich über den Raum. Keiner wagte zu sprechen, denn so etwas war in der Geschichte der Feuerloge noch nie vorgekommen – in keiner Amtsperiode.

»Du wirst das jetzt gefälligst aussitzen.« Sascha stand auf und strafte Viktoria mit einem zornigen Blick ab. »Schon dass du es aussprichst, ist eine Beleidigung für jeden hier. Sieh dir Martha an: Sie ist hier, trotz des Fiebers. Und James schwänzt seine Nachsitzstunde, obwohl er weiß, dass er dafür morgen eine Abreibung bekommt. Wir alle haben unsere Probleme und Schwierigkeiten, aber wir sind nicht egoistisch und stellen sie über die Feuerloge, wie du.«

Viktoria hatte vorgehabt, sich bei allen zu entschuldigen, doch unter diesen Umständen stand sie einfach nur auf und verließ den Raum.

Sascha lachte hysterisch, doch sie schien auf diese Aktion nichts mehr sagen zu können. Die anderen hatten allerdings eine Menge zu sagen, natürlich nicht laut, aber laut genug, damit Viktoria alles verstand, was sie hören musste.

»Es gibt so viele Schüler, die ihren letzten Besitz für Toris Platz in der Feuerloge geben würden.«

»Sie ist nur noch dabei, weil ihre Eltern so reich sind.«

»Das ist wohl ihr Rauswurf.«

Dann sei es so, dachte Viktoria. Sie passte sowieso nicht in diesen Exklusivclub. Sie war schon immer anders als die übrigen Mitglieder und das lag eindeutig an dem Einfluss ihres Zwillingsbruders.

Sie ging weiter, mit dem Wissen, dass sie nicht mehr zurückzukommen brauchte. Unwichtig. Sie hatte sowieso ab jetzt eine neue Aufgabe: Sie würde herausfinden, was in der Akademie schief lief. Und ihr erstes Ziel war das Mint-Areal.

aves

Aves gelang es nicht, seine innere Anspannung zu überspielen. Es war eine Mischung aus Vorfreude und Angst. Er befürchtete, die Aufnahmen des neuen Informationsfunken für die internen Abendnachrichten der Phönixakademie würde ihn mehr Zeit kosten und dann könnte er es verpassen: Den richtigen Moment, um die Akademie zu verlassen und die Stadt, in der seine Familie inzwischen lebte, zu besuchen. Er hatte sie ein Jahr lang nicht gesehen und nun flog die Schule daran vorbei. *Jocksess*, eine Stadt mit überteuerten Häusern und Wohnungen. Jeder Bodenstädter sparte, um dorthin zu ziehen, denn dieser Ort war seit Anbeginn der magischen Katastrophen und Flüche sicher. Kein Fünkchen Magie hatte die Bodenstadt jemals berührt, weswegen Aves‘ Eltern viel angespart hatten, um mit den Kindern dorthinzuziehen. Auf den Tagesausflug hatte er sich schon lange gefreut, er hatte alles geplant: Nach der Aufnahme der abendlichen Nachrichten würde er sofort losfliegen und über Nacht bei seiner Familie bleiben und am Nachmittag die Akademie wieder einholen. Die Schule blieb niemals für Bodenstädte stehen. Sicher, er würde einen Schultag versäumen, aber bald standen sowieso die Prüfungen an und der Unterrichtsstoff wurde nur wiederholt, damit die Schüler bestens vorbereitet waren. Annie hatte er letztes Jahr nicht nach *Jocksess* mitnehmen wollen, weil er glaubte, seine armen Eltern und seine reiche Ex-Freundin hätten Verständigungsprobleme. Doch Berry wollte er der Familie umso mehr vorstellen. Leider ging sie ihm wie gehabt aus dem Weg. Je weiter sie sich von ihm zurückzog, desto mehr bedeutete sie ihm. Er wollte es nicht einsehen, dass die Freundschaft vorbei sein könnte und die Liebe nicht einmal begonnen hatte.

Er atmete durch, um die traurigen Gedanken beiseitezuschieben.

»Dein Gesicht glänzt immer noch«, sagte Kathy, die bereits zum dritten Mal Aves‘ Stirn mit einem Puderschwämmchen abtupfte. »Ist das wegen *Jocksess*? Keine Sorge, ich werde dich rechtzeitig aus dem Aufnahmestudio entlassen. Du musst nur die abendliche Ankündigung vorlesen. Wenn ich mich nicht irre, ist sie heute nicht sonderlich lang.«

»Hast du sie nicht vorabgelesen?«, fragte Aves.

»Nein, hast du das nicht gemacht?«

Aves schüttelte den Kopf. Im Grunde war alles immer das Gleiche.

»Na, macht nichts, Jacky hat sie gelesen, werden wohl wieder nur schnarchige Infos sein. Wenn du willst, übernehme ich das für dich und du kannst jetzt schon zu deinen Eltern fliegen.«

»Danke, aber ich bekomme das hin.«

Kathy warf ihr knallrotes Haar mit einer Kopfbewegung zurück und löste dabei eine süßduftende Parfümwolke aus ihrer Mähne.

»Ist das Parfüm in deine neue Haarfarbe integriert?«, fragte Aves irritiert.

»Ja, es ist ein Zauber und er riecht für jeden so, wie es am liebsten mag. Also das, was du gerade wahrnimmst, ist der Duft, den du begehrst.« Sie lachte leise und tupfte noch zwei mal auf seine Stirn. »Das hätten wir.«

Kathy lächelte ihm aufmunternd zu, doch Aves war in Gedanken versunken.

»Was ist los?«, wollte sie wissen.

»Ich habe mir das alles ganz anders vorgestellt. Der Schülersprecherposten bewirkt herzlich wenig. So wenig, dass ich nicht einmal die Nachrichten, die ich meinen Mitschülern vermittle, vorablese. Und dann sind diese Berichterstattungen konstruiert, ohne dass wir unsere Meinung rüberbringen können.«

»Verstehst du jetzt, warum ich meinem Format ‚*Kathy informiert*' so nachtrauere? Es mag zwar nicht allen gefallen haben, aber ich konnte machen, wonach mir der Sinn stand.«

»Kannst du das Format nicht zurückholen?«

»Mit Clamentin Fammel ist nicht zu reden, er ist ein selbstgefälliger Angeber. Ich habe dennoch einen Plan, wie ich ‚*Kathy informiert*' wiederbekomme. Willst du den Plan hören? Ich werde ...«

In diesem Moment klopfte es an der Tür und da sie offen stand, blickte Aves in ein paar bernsteinfarbene

Augen. Das Mädchen mit der natürlichroten Mähne konnte er nicht sofort einordnen, aber etwas klingelte in ihm.

»Aves Punlington? Kann ich kurz mit dir sprechen?«, sagte es.

»Im Moment ist es kein guter Zeitpunkt, wir gehen gleich auf Sendung.«

Aves wusste nicht, worüber er mit dieser Fremden reden sollte. Aber dann fiel es ihm doch ein.

»Du warst heute Morgen in meiner Klasse und hast nach Annie gefragt.«

»Das ist auch der Grund, warum ich dich wirklich ganz kurz gern gesprochen hätte.«

»Ich habe noch etwas vor, können wir das später klären?«

»Bitte, nur ein klitzekleines Gespräch, ich verspreche dir, es dauert nicht lange.«

Kathy ging zwei Schritte auf die Schülerin zu.

»Aves sagte nein. Ihr Fans solltet euch wirklich in Geduld üben, wir können nicht den ganzen Tag für alle Rede und Antwort stehen.«

»Ich bin kein Fan«, sagte das Mädchen.

»Es muss dir doch nicht peinlich sein, Tori. Allerdings hätte ich einem Mitglied der Feuerloge niemals zugetraut, dass er jemandem hinterherrennt. Du gehörst zur Elite dieser Schule und schwärmst für jemanden, der gerade mal berühmt geworden ist?«

Kathy machte ein erstauntes Gesicht. Aves fand, dass sie wieder ihre überhebliche Miene aufsetzte, die sie gar nicht nötig hatte, denn sie war sonst immer eine zuvorkommende junge Frau. Auch wenn sie Recht hatte – seit dem Beginn seines Schülersprecherpostens hatte sich die Aufmerksamkeit der Schülerinnen aus den verschiedenen Arealen tatsächlich verstärkt – er selbst glaubte nicht, dass diese Rothaarige dazuzählte.

»Kathy, ich weiß nicht, was du heute wieder für ein Problem hast, aber könntest du das wo anders austragen?«, fragte sie. »Ich renne niemandem hinterher, ich habe lediglich ein paar Fragen an Aves.«

»Von mir aus, ich bin kurz draußen.« Kathy lief an der Rothaarigen vorbei und warf Aves einen leicht genervten Blick zu.

Obwohl Kathy aus dem Raum verschwunden war, blieb ihr Duft noch immer in der Luft hängen, genauso intensiv wie davor, und das wunderte Aves.

»Du bist also ein Mitglied dieses Exklusivclubs, in den meine Ex-Freundin Annie immer reinwollte?«

»Ich bin Viktoria Flander, auch als Tori bekannt. Ja, Annie hatte sich bei uns sehr oft beworben und ihren letzten Antrag haben wir sogar akzeptiert. Sie hatte abgelehnt.«

Aves hob die Augenbrauen.

»Das klingt nicht nach Annie. Es war ihr großer Traum, bei euch mitzumachen.«

»Sie hat vermutlich erkannt, was für aufgeblasene Idioten dieser Club beherbergt. Aber das ist im Augenblick unwichtig. Hast du eine Ahnung, wo sie sich derzeit aufhält? Ihr wart schließlich sehr lange zusammen und ich habe das Gefühl, du weißt etwas.«

»Was habt ihr Mädchen alle mit euren Gefühlen? Ich kann dir ein paar Fakten nennen, dann musst du dir keine Wunschvorstellungen erfühlen. Fakt eins: Annie ist nicht mehr meine Freundin. Fakt zwei: Seit der Loro-Katastrophe hat sie sich komplett verändert. Fakt drei: Ich mische mich nicht mehr in ihr Leben ein. Und zum Schluss: Unsere gesamte Gruppe ist entzweit. Ich weiß absolut nicht, warum ich all diese Dinge einer Fremden aus einem Luxusclub erzählen sollte, deren Mitglieder sich für etwas Besseres halten. Ihr habt Annie und vermutlich vielen anderen das Gefühl gegeben, unzulänglich zu sein. Du und deinesgleichen tragen einen Teil zu ihrer geistigen Verwirrtheit bei.«

Viktoria ging nicht auf seinen Vorwurf ein, doch sie sah aus, als wäre sie in ihre Gedanken abgetaucht. Und so musste auch er über Annie nachdenken. Schmerzlich wurde ihm erst jetzt bewusst, dass er seine Ex-Freundin schon seit über einer Woche nicht mehr gesehen hatte. Zuvor war ihm aber oft aufgefallen, dass sie mit Frederik auf Außenmissionen war, um ihre Punkte für die Prüfungszulassung zu sammeln.

»Sie war andauernd mit diesem Frederik unterwegs, wobei ich nicht verstehe, warum sie mit dem Idioten abhängt, der ihren Cousin vereist hat. Das ist, als hätte sie mit dem Feind Freundschaft geschlossen. Aber das ist ihre Sache.«

Er roch einen zarten Hauch des Duftes, den er bei Kathy schon wahrgenommen hatte, doch dieses Mal schien er von Viktoria auszugehen. Das ließ ihn stutzig werden. Beide Mädchen hatten zu dem Zeitpunkt rote

Haare und rochen gleich – angeblich nach dem Duft, der Aves am liebsten war.

Er trat näher an Viktoria und schnupperte unauffällig an ihr, doch sie bekam das mit und wich zurück.

»Stinke ich?«, fragte sie.

»Im Gegenteil.«

Ein unangenehmes Schweigen entstand, dann steckte Viktoria die Hände lässig in ihre Rocktaschen.

»Wie auch immer. Du scheinst wegen der Frederik-Sache verbittert zu sein«, sagte sie, doch darauf wollte Aves nicht antworten.

Seine Gedanken drehten sich um jenen Moment, in dem Annie nach der Loro-Katastrophe sich vor versammelter Schülerschaft im Mint-Areal von ihm getrennt hatte.

Kathy kehrte in den Raum zurück und zeigte wortlos auf ihre Armbanduhr.

»Du hast recht, es geht gleich los. Viktoria, es wäre besser, wenn du jetzt gehst. Entschuldige, dass ich dir keine Hilfe bin.«

»Kann ich – kann ich nicht dableiben und bei der Ausstrahlung zuschauen?«, fragte sie.

»Wenn du unbedingt willst«, sagte Aves und nahm seinen Platz vor der Kamera ein.

Viktoria

Viktoria nahm gleich neben Kathy auf einem Stuhl Platz. Während Aves seinen Text von einem Bildschirm vor sich ablas, überlegte sie, was er ihr eben gesagt hatte. Es ließ sie nicht in Ruhe, dass Annie mit Frederik Außenmissionen erledigt hatte. Eine Schülerin in ihrem Jahrgang sollte gar nicht auf so vielen Außeneinsätzen sein, selbst wenn sie Punkte nachzuholen hatte. Und warum ausgerechnet mit Frederik? Keiner in der Schule schien den jungen Lehrer zu kennen. Er war einfach aufgetaucht und hatte so viel Chaos angerichtet. Zumindest hatte er angeblich Lions Krankheit zu verantworten.

Und was war mit Mr. Fammel? Wusste er nichts davon oder wollte er es Viktoria nur nicht verraten?

Das gehört wohl in die interne Abteilung, dachte sie. Wenn das also kein Geheimnis war, warum hatte Mr. Fammel das denn nicht einfach gesagt? Das ergab alles gar keinen Sinn!

Ein anderer Gedanke kam ihr: Was, wenn Annie diejenige war, die Viktorias Bruder gebeten hatte, sich über

Lions Zustand zu erkundigen. Doch das konnte auch nicht sein, schließlich war Annie zu der Zeit der Einlieferung in der Akademie gewesen. Zumindest erinnerte sich Viktoria an eine Funkenausstrahlung, in der man die Schülerin an Lions neuem Hospitalbett gezeigt hatte.

Sie seufzte laut und kassierte von Kathy einen bösen Blick, bevor das Mädchen wieder auf einen größeren Funkenspiegel in seinen Händen blickte. Es überflog den Text, den Aves der Kamera vorlas.

Die Schülersprecherin war dabei wohl schneller, denn plötzlich weitete Kathy ihre Augen und sog die Luft scharf ein.

»Oh nein«, sagte sie und sah dann zu Aves, der gerade über die geplante Route der Akademie sprach.

Sofort begriff Viktoria, dass da etwas nicht stimmte. Denn als Aves plötzlich nicht mehr weitersprach und auf den Bildschirm vor ihm starrte, stand Kathy bereits auf und bedachte ihren Mitschüler mit einem entschuldigenden Gesichtsausdruck.

»Was – was ist passiert?«, fragte Viktoria. Etwas hatte sie nicht mitbekommen, eine wichtige Sache, denn als Aves weitersprach, wirkte er hölzern: Jegliche emotionale Regung war ihm abhandengekommen.

Sein Blick war leer.

»Für heute wird eine Ausgangssperre verhängt. Die Phönixakademie passiert in diesem Moment eine hochverseuchte Stadt namens *Jocksess*. Die Flüche darin haben die Gefahrenstufe zehn.«

Dann sprach er die restlichen Nachrichten schnell runter: Irgendwelche Warnungen, dass die Schüler wegen der hohen Brandgefahr ihre Feuerzauber nicht in Wohnkomplexen üben sollten.

Als die Kamera ausging, lief Kathy zu Aves.

»Aves, ich hatte wirklich keine Ahnung, das musst du mir glauben. Jacky hatte den Text gelesen. Ihr war die Stadt wohl nicht bedeutend vorgekommen, es gibt schließlich jede Woche eine Ausgangssperre wegen verseuchter Gebiete.

»Es ist ein Irrtum, Kathy. Das entspricht nicht der Wahrheit. *Jocksess* ist keine hochgradig verfluchte Stadt. Es gab dort noch nie Flüche!«

»Weißt du das denn wirklich? Vielleicht hat sich im letzten Jahr einiges verändert und –«

»Nein!«, schrie Aves sie an.

»Warum glaubst du, dass nur diese eine Stadt verschont wird? Entschuldige, aber –«

Kathy sprach schnell und entschuldigte sich mehrfach, so als wäre sie für die Fluchausbrüche in *Jocksess* verantwortlich.

Doch Aves verließ den Raum.

Erschrocken und überrascht über diese Wendung, stand Viktoria auf und sah Aves hinterher. Ging es um die Ausgangssperre? Es dauerte, bis sie begriff, was eben geschehen war. Sobald es ihr dämmerte, lief sie dem Schülersprecher nach.

Sie wollte ihn nicht mit einem »Hey, warte« aufhalten, also folgte sie ihm einfach, bis er abrupt stehenblieb und »Was willst du?« blaffte.

»Ich kann dir absolut nichts zu dem Thema Annie erzählen. Wer weiß das schon, warum sie mit Frederik

Ausflüge unternimmt, vielleicht steht sie auf ihn. Keine Ahnung! Und wenn du mehr wissen willst, musst du mit Berry sprechen. Die zwei Mädels haben sich gegen mich verbündet. Falls sie überhaupt noch miteinander reden dann über Themen, die mich ins schlechte Licht rücken. Und weißt du was, Viktoria? Du solltest es ihnen gleich tun. Hör auf, mit mir zu sprechen, als ob wir uns kennen würden, das ist nämlich nicht der Fall. Ich weiß so gut wie nichts über dich und du kennst mich nicht. Und dabei werden wir es belassen. Jetzt verschwinde!«

Doch Viktoria fragte ganz ruhig: »Deine Familie lebt in dieser Stadt, habe ich recht?«

Da veränderte sich Aves‘ Miene, aus Wut wurde pure Verzweiflung. In dem Moment war er nur ein sich sorgender Sohn und Bruder.

»Ich komme mit dir«, sagte Viktoria, denn sie konnte sich vorstellen, wohin er unterwegs war.

»Ich gehe nirgends hin«, sagte er, doch sie wusste, dass er log.

»Das glaube ich dir nicht. Du wirst nicht hier mit uns anderen Schülern sitzenbleiben, während wir an deiner Geburtsstadt vorbeifliegen.«

»Du irrst dich: Ich wurde nicht hier geboren. Es ist die Stadt, in der meine Familie jetzt lebt. Und *Jocksess* zählt als die sicherste Bodenstadt – teuer, aber sicher. Ich will wissen, was da los ist.«

Jenny

Als ich die Dusche verlasse und in mein Zimmer trete, bleibe ich überrascht stehen. Auf dem Bett liegt ein schönes, weißes Kleid und davor warten neue Schuhe auf mich in derselben Farbe. Ich setze mich neben das Kleidungsstück und befühle den Stoff. Es fühlt sich weich und leicht an. Eine kleine Karte steckt im Kragen, auf der ‚*Für die Renaissance*' geschriebensteht. Es gibt keinen Hinweis, von wem das Geschenk stammt, aber ich nehme an, dass Dr. Tower nicht derjenige ist. Vermutlich haben die Assistenten des Akademieleiters das Präsent für mich besorgt. Ich habe noch nie so etwas Schönes getragen, deswegen fühle ich mich seltsam, als ich hineinschlüpfe. Ich betrachte mich in einem mannshohen Spiegel und drehe mich ein paar Mal, sodass der Rock des Kleides hochsteigt und die Beine umweht. Ich wiederhole dieses Schauspiel mehrfach, dann blicke ich meinem Spiegelbild in die Augen und die Laune senkt sich wieder.

Heute ist der Tag, an dem ich den Testlauf mit einer Stadt machen soll. Eine hochverseuchte Gegend, ohne einen einzigen Überlebenden.

An der Tür klopft es und ein Assistent von Dr. Tower holt mich ab. Er trägt eine übergroße Brille und sieht dadurch noch klüger aus. Er ist zumindest so schlau, nicht mit mir zu reden. Er wartet geduldig, bis ich selbst aus dem Raum trete und ihm folge.

Wir gehen auf das Dach der Phönixakademie. Dort gibt es einen separaten Hangar, in den Schüler und Studenten der anderen Areale keinen Zutritt haben. Hier stehen gewaltiggroße Flugschiffe. In eines davon steige ich ein.

Ich habe nicht angenommen, alleine zu meiner Aufgabe zu fliegen, aber ich habe auch nicht mit dem gesamten Forscherteam gerechnet: Alle Assistenten und Studenten warten in dem Schiff auf mich. Ihre Bewegungen in meiner Gegenwart sind vorsichtig, ich spüre eine hohe Konzentration, die bei der Hälfte der Passagiere zu migräneartigen Kopfschmerzen führt. Keiner muss hier dabei sein. Ich weiß, dass sie freiwillig da sind. Da so ein Experiment jedoch noch nie durchgeführt wurde, sind sie selbstverständlich alle ihrem Forscherdrang gefolgt. Nun warten sie – bewaffnet mit Klemmbrettern, Videokameras und Diktiergeräten.

Es dauert nicht lange, da hebt das Schiff schon vom Boden ab. Erst als wir die Akademie weit hinter uns lassen und die störenden Gefühle der Schüler mich nicht mehr ablenken, bemerke ich, dass neben den Forschern auch noch andere Passagiere an Bord sind: Mächtige Zauberer, die einen Mann schützen, der von einer mir längst vertrauten Schutzmauer umgeben ist. Mr. Gettson ist also höchstpersönlich an dem Testlauf interessiert und versteckt sich in einer der hinteren Räumlichkeiten des Flugschiffes.

»*In fünf Minuten erreichen wir Jocksess*«, erklingt die Stimme des Piloten über die Lautsprecher und ich schicke meine Antennen voraus.

Ich schließe die Augen und erspüre die Stadt. Sie ist groß, ihre Grenzen wurden in den letzten Jahren oft erweitert. Viele neue Häuser sind entstanden und ich spüre Leben! Ich konzentriere mich intensiver auf *Jocksess*. Da ist nicht nur ein Hauch von Leben, die Stadt ist überfüllt, und zwar nicht mit Flüchen, denn davon nehme ich keine wahr.

Ich öffne die Augen, behalte meine Gedanken aber noch in der Stadt. Ich suche in der Passagierkabine die Köpfe nach Dr. Tower ab und sehe, wie er sich gerade einen großen Schluck aus einem Flachmann gönnt.

»Die Kapseln sollen vorbereitet werden«, sagt eine Frau in ihren Funkenspiegel und erhält eine kurze Bestätigung.

Ich bin verwirrt und verlasse meinen Sitz, um zu einem großen Fenster zu gehen. Hier habe ich einen guten Ausblick auf die Bodenstadt *Jocksess*, die schneller näherkommt. Es ist noch nicht dunkel, aber in den meisten Gebäuden brennt bereits Licht.

Als das Schiff schwebend direkt über der Stadt zum Halten kommt, erkenne ich Menschen auf den Straßen und in ihren Häusern. Sie scheinen uns nicht zu bemerken.

»Kapseln abwerfen«, sagt die Frau.

Kleine silberne Gefäße werden abgeworfen, ich sehe sie in der untergehenden Sonne aufblitzen.

Noch im Fall geht eine Kapsel nach der anderen auf und geben das frei, was in ihnen gespeichert ist: Flüche!

Ich halte die Luft an und lehne mich so an das Fenster, dass ich sehen kann, wie die Magie die Stadt befällt.

Zunächst legt sich ein blauer, schwerer Rauch auf die Gebäude nieder. Er ändert seine Konsistenz und wird zu einer zähflüssigen klebrigen Masse. Menschen rennen auf die Straßen und bleiben in dieser Substanz hängen oder werden von ihr gänzlich umschlossen.

Die zweite Welle reißt die Häuser aus ihren Fundamenten und lässt sie in die Luft steigen wie Luftballons. Die Bewohner stürzen sich dabei aus Angst in die Tiefe, gleichzeitig gibt es in einigen Teilen der Stadt Explosionen.

Ein Wirbelsturm bricht im Süden aus und lässt dort bereits hochgestiegene Häuser ineinanderkrachen. Sie zerfallen zu Schutt und bröckeln wieder zu Boden.

Gerade noch gingen *Jocksess*' Bewohner ihrem Alltag nach und von einer Sekunde auf die nächste ringen sie um ihr Überleben. Alle!

»Was tut ihr da?«, rufe ich in die versammelte Menge. Viele sind ebenfalls an das Aussichtsfenster getreten und schauen hinaus.

»Die Stadt war nicht verflucht!«, sage ich wütend.

Ich bemerke, dass einigen Zuschauern Tränen in die Augen schießen und sie mit ihren Gefühlen kämpfen. Auch Dr. Towers Blick ist wässrig. Niemand spricht mit mir, die meisten achten nicht einmal auf mich. Ich sehe, dass ich nicht die Einzige bin, die so ein Angriff überrascht.

Die Frau, die für den Kapselabwurf zuständig ist, sieht auf mich herab.

»Das war eine Motivation für dich, Mädchen. Jetzt kannst du die Stadt befreien. Die Flüche haben genug Energie, damit du sie zur Erschaffung eines neuen Landes nutzen kannst. Die Menschen allein hätten niemals genug Energie für unsere Ziele geliefert.«

Ich lehne mich mit dem Rücken an das Fenster und starre die Frau nur an. Ich weiß, dass ich in den Augen der Menschen seltsam bin, eine Ausgeburt mit abnormalen Fähigkeiten, ohne das Gespür für zwischenmenschliche Interaktionen und Gefühle. Aber auch ich finde, dass diese Frau sich eiskalt über viele Tausende Leben hinwegsetzt, um die Aufgabe, die man ihr aufgetragen hat, zu erfüllen.

Ich greife in mein Haar, nehme eine gewaltige Ladung Sternenlicht heraus, und richte es auf den Kopf der Frau.

Licht tritt aus meiner Hand hervor und dient dem Arm als Verlängerung. An der Spitze des Lichtstrahls forme ich ein Gebilde, das aussieht wie eine Hand und die Finger sind mit meinen identisch: Sie machen, was ich ihnen befehle. Diese Lichthand wandert zu der Stirn der Frau. Ehe sie sich versieht, greife ich in ihren Kopf, reiße unwiderruflich alle ihre Gedanken heraus und zerquetsche sie wie eine faule Tomate.

Die Frau bekommt einen glasigen Blick und fällt mit dem Gesicht voran zu Boden.

»Ist sie …?«

»Sie ist tot«, sage ich und trete auf die Person zu, die gesprochen hat. Sie weicht mir mit einer verängstigten Miene aus, so wie auch die anderen einige Schritte zurücktreten.

Alle, bis auf Dr. Tower. Er bleibt stehen und geht sogar auf mich zu.

»Wolltest du mir nicht beweisen, dass du deine Fähigkeiten beherrschst? Lässt du die da unten krepieren?«, fragt er.

»Ich muss raus, ich kann das nicht durch das Glas«, sage ich und klopfe zur Verdeutlichung auf die Scheibe.

»Das Außendeck«, traut sich ein junger Forscher zu sagen und geht dann sofort wieder in Deckung.

»Wo entlang?«, frage ich und setze mich bereits in Bewegung.

Er deutet mir die Richtung und ich laufe so schnell wie meine menschliche Hülle es mir erlaubt. Ich renne an Kabinen vorbei, bis ich eine Treppe erreiche und hochsteige. Hoch, hoch, immer höher, hinaus in die Dämmerung. Der Wind peitscht mir ins Gesicht: Der Wirbelsturm hat inzwischen einen gewaltigen Radius erreicht.

Sobald ich mich mit einer Hand an einem Geländer festhalte, öffne ich das Sternentor über meinem Kopf und flehe zu den Sternen. »Bitte rettet sie!«

Dann greife ich nach einer großen Menge Sternenlicht, die mir helfen soll, so viele zerstörerische Flüche wie nur möglich in lebendige Energie umzuwandeln.

Mein Wolkenhaar weht um mein Gesicht, als der Wirbelsturm ganz nah am Flugschiff vorbeizieht. Dadurch verliere ich die Sicht auf die Stadt und muss meinen sicheren Halt aufgeben, um das Haar aus den Augen zu wischen.

Meine Magie und die Flüche sind starke Kräfte, die da miteinander kollidieren. Ich schaffe es nicht, unter den großen, lauten Mächten die winzigen Energien der Bewohner zu erspüren. Die magischen Flüche und das Sternenlicht überdecken einfach alles.

Ich packe es nicht! Ich kann diese Menschen nicht retten.

robin

Robin blickte auf ihre ölverschmierten Hände und betrachtete die dreckigen Fingernägel. Sie lächelte. Es störte sie auch nicht, dass ihr Haar gerade im Staub lag. Das Leben war viel einfacher, wenn man sich nicht andauernd über Sachen sorgen musste.

Neben ihr lag der Schrottplatzjunge Chest Turbulent. Er pfiff eine schiefe Melodie, bei der Robin am liebsten an einigen Stellen den richtigen Ton gepfiffen hätte. Diese falschen Töne machten sie aber glücklich: Das Leben war nicht perfekt, doch man konnte einen unvollkommenen Moment aus vollem Herzen genießen, anstatt ständig davonzurennen.

Chest und Robin schraubten gemeinsam an dem roten Auto, das jemand weggeworfen hatte. Während Chest herumschraubte und ihr die Funktionsweise der Einzelteile erklärte, lauschte sie dem wilden Leben der Windsegler – einer Gruppe Kinder und Jugendlicher, die auf dem Schrottplatz von *Tirias* lebten und flugtüchtige

Maschinen aus Schrottteilen bauten. Als Lucys durchdringendes Lachen den ganzen Platz erhellte, musste Robin schmunzeln.

Um an dem Wagen zu schrauben, hatte Chest seinen gigantischen Maschinenanzug ausgezogen und war auf einem Brett mit niedrigen Rädern unter das Fahrzeug gerollt. Robin hatte sich in das Auto verliebt und wurde auch mit jeder Fahrstunde besser. Lucy und sie waren damit schon ein paar Mal in der Stadt, um Clode Flander zu besuchen. Einmal hatten sie sogar Frederik und Annie mitgenommen. Das war weniger angenehm, denn das war der Tag, an dem sie erneut mit dem Double ihrer Mutter über weitere Pläne sprechen wollten.

Tirias war die aufregendste Stadt, die Robin jemals betreten hatte. Natürlich konnte das auch täuschen, weil sie in allen anderen Städten immer in einem dunklen Versteck ausgeharrt und gehofft hatte, Frederik würde sie nicht finden. Im Moment wusste sie, wo der schwarze Phönix sich aufhielt, und zwar genau in dem Auto, unter dem sie lag.

Annie hatte ihm eine tiefe Wunde am Knie zugefügt, um ihre Heilfähigkeiten zu trainieren. Wenn sie an die gelegentlichen Schmerzensschreie dachte, ahnte sie, dass das nicht nach dem Plan der jungen Phönixschülerin lief – doch Frederiks Leiden verschaffte Robin eine gewisse Genugtuung. Manchmal feuerte sie Annie sogar an, die Wunden zu Übungszwecken ruhig noch etwas tiefer zu schneiden.

»Du willst ja nicht andauernd nur Anfängerverletzungen heilen«, sagte sie dann bei diesen

Gelegenheiten. »Erweitere deinen Horizont.«

Dabei sah Frederik sie immer warnend an. Der Zauber dieser Blicke war jedoch längst erloschen: Sie fürchtete sich nicht mehr vor dem schwarzen Phönix und er wusste das.

Sie glaubte, dass es ihm schwerer fiel, ein flucht- und jagdfreies Miteinander mit ihr zu genießen. Sie spürte, dass ihm das Spiel und der Nervenkitzel fehlten, doch Robin war im Moment sehr glücklich und ausgelassen. Sie genoß jede Sekunde mit den Schrottplatzkindern.

Und durch ihre Gelassenheit hatte sie nicht ein einziges Mal einen Anfall von dunkler Magie. Die Angst, dass es irgendwo unter ihrer Haut lauerte, war so leise, dass sie nicht darauf hörte.

Auch wenn Robin gerne ihre Zeit außerhalb ihrer Identität als schwarzer Phönix verbrachte und die Vorzüge eines Schrottplatzes liebte, ließ sie die Vorstellung von ihrer leiblichen Mutter nicht los. In den Nächten überlegte sie sich Fragen, die sie ihr stellen wollte, sobald sie ihr begegnete. Wann Robins Nichtmutter aber soweit war, Frederik und sie in das Versteck zu bringen, stand noch nicht fest. Der Abreisetag wurde jedes Mal nach hinten verschoben und Robin wurde langsam ungeduldig. Ganz zu schweigen von Frederik, der die Wartezeit am liebsten damit verbracht hätte, Robin weiter in schwarzer Phönixmagie zu unterrichten. Allerdings weigerte sie sich, vor den Kindern mit dem Tod zu zaubern. Keines der Kleinen durfte mit dieser gefährlichen Magie konfrontiert werden.

Gerade als sie erneut ihre dreckigen Finger betrachtete, bekam sie ein schwummeriges Gefühl und die Hände schienen vor ihr zu verschwimmen. Die Luft um Robin wurde ganz drückend, so als würde sie ihren Körper mit viel Kraft zerquetschen wollen.

Statt ihrer Hände sah sie nun kleine, makellose, blasse Kinderfinger und spürte gewaltige Energie hindurch fließen.

Bilder einer von Flüchen überladenen Stadt schnitten sich rasendschnell und messerscharf in ihre Gedanken, die Robin vor Entsetzen still weinen ließen.

Es ist so tragisch, hörte sie eine traurige Mädchenstimme in ihrem Kopf.

Gingen gerade die Temperaturen drastisch runter, oder wütete Robins schwarzes Feuer durch ihren Körper?

Sie hatte das ungute Gefühl, Jennys Atem im Nacken zu spüren und alle Härchen stellten sich ihr auf. Sie war da, sie war ganz in ihrer Nähe, so als würde für das Mädchen Raum und Zeit nicht existieren.

»Helft mir«, flüsterte Jenny und Robin begann zu zittern.

Es waren nicht ihre Flammen, die in ihr die Kälte erzeugten. Es war etwas anderes, eine Verbindung, eine Brücke zwischen ihrem und Jennys Kopf und es waren keine schönen Gedanken: wirre, groteske Bilder, gemischt von Selbsthass, Unverständnis und Mitleid.

»Helft mir!«, flehte das Mädchen. »Robin!«

Robin starrte auf die winzigen Finger vor ihr und hörte neben ihrem Namen auch einen anderen, doch diesen hauchte Jenny nur, es war nicht einmal ein leises Flüstern.

»Chest – Chest – Chest.«

Gerade als sie nach ihrer Schwester rufen wollte, verschwanden die Bilder aus ihrem Kopf und auch das drückende Gefühl war weg.

»Eben ist etwas Schlimmes geschehen«, sagten Robin und Chest zur selben Zeit.

Sie sahen sich erschrocken an.

»Du hast das gesehen?«, fragte Robin.

»Das war ganz schrecklich. Was war das?« Chest ließ den Schlüssel, den er gerade festhielt, fallen und er landete direkt zwischen ihren Köpfen.

Ungläubig musterten sich die beiden.

»Wer sind oder waren deine Eltern?«, fragte Robin.

»Wer sind *deine* Eltern?«, gab Chest die Frage zurück.

In diesem Moment wusste Robin es und an Chests Blick erkannte sie, dass es ihm ebenso erging.

Noch immer lagen sie unter dem Auto und betrachteten einander. Robin begann Ähnlichkeiten mit ihr in seinem Gesicht zu erkennen: Es waren Kleinigkeiten wie die Lippen, die Augenbrauen oder die Art, wie Chest die Stirn in Falten legte.

»Ich denke, du musst Frederik und mich zu meiner Mutter begleiten – ich glaube, sie ist auch deine Mom.«

Aves

Es war der Untergang!

Aves begriff nicht, was er da sah. Anstelle einer ruhigen, sorgenlosen Stadt hatte er das Gefühl, an den verseuchtesten Ort der Welt gelangt zu sein. Überall waren aktive magische Katastrophen, die die Gebäude regelrecht zerstörten. Noch schlimmer: Die Flüche zielten darauf ab, das Leben auszulöschen. Das konnte nicht der Wohnort seiner Eltern sein. Niemals!

»Die Häuser!«, erklang Viktorias panische Stimme über die Lautsprecher in Aves' Helm. »Sie stürzen wieder ab!«

Aves beschleunigte auf der Stelle den Gleiter und bahnte sich einen Weg durch herunterstürzende Trümmer, schreiende Menschen, durch den Wind, die Leichen und seine Angst. Es gelang ihm nicht, die Hilfeschreie auszublenden, doch er konnte nicht anhalten. Sein Ziel war das Elternhaus, denn dieses stieg ebenfalls in die Luft.

Aves' Gedanken kreisten nur um die Angst, das Haus könnte abstürzen, noch ehe er seine Familie rausgeholt hatte.

An einem Fenster erkannte er seine jüngste Schwester – gerade mal sechs Jahre alt. Ihr Gesicht war gerötet und verzerrt durch die vielen Tränen, die sie vergossen haben musste. Sie war völlig aufgelöst, als Aves sie erreichte.

»Ally!«, rief er. »Wo sind die anderen?«

Aves flog direkt zum Fenster und holte das panisch schluchzende Mädchen mit den langen blonden Seitenzöpfen aus dem Haus. Sie war nicht imstande, nur ein einziges Wort zu sagen. Sie zitterte und klammerte sich an Aves, so als befürchtete sie, in die Tiefe zu stürzen.

»Ally, ich werde dich aus der Stadt bringen und dann die anderen holen«, versuchte Aves, seine Schwester zu beruhigen.

»Lass mich die Kleine nehmen, dann kannst du die anderen suchen«, meldete sich Viktoria und kam angeflogen.

»Süße, das ist Tori. Sie wird dich auf ihren Gleiter holen. Hab bitte keine Angst.«

Es war nicht einfach, die steifen Finger des Mädchens von Aves' Kleidung zu lösen, damit Viktoria es auf ihre Maschine nehmen konnte. Doch sobald Ally sicher vorne auf dem Gleiter saß, klammerte sie sich um die Phönixmagierin.

»Ich mache eine Runde um das Haus, sicher finde ich noch jemanden«, sagte sie.

Aves nickte und schoss bereits Feuermagie gegen das Fenster, aus dem er gerade seine Schwester geholt hatte. Damit riss er ein Stück Wand heraus und beförderte den Gleiter in den Raum dahinter.

Sobald er die Maschine abgestellt hatte, rannte er durch das Haus.

»Mom! Dad! Steven!«, er lief durch die Flure, trat alle Türen ein und wenn er niemanden sah, rannte er weiter. »Elissa? Toby!«

Er atmete schwer und war fokussiert, irgendjemanden zu finden. »Carl! Verdammt, wo seid ihr? Mom?«

Ein Rauschen ließ ihn stehenbleiben. In einer Ecke saß sein kleiner Bruder Carl und sah aus seinen Kulleraugen zu Aves auf.

Mit zwei Schritten war er bei dem Kleinen.

»Bist du verletzt?«, fragte Aves.

»Nein«, sagte Carl zwar verängstigt, aber mit einer klaren Stimme. »Dad ist rausgelaufen. Er wurde von – er ist ...« Er brach ab.

Da nahm Aves ihn die Arme, um ihm Trost zu geben und den aufkommenden Schmerz in seiner Brust zu unterdrücken.

»Schon gut. Schon gut«, flüsterte er Carl zu und streichelte über das Haar des Jungen. »Lauf in Allys Zimmer, da steht mein Gleiter. Warte dort auf mich.«

Aves spürte ein Nicken und schon ließ er seinen Bruder los und wies ihm mit der Hand erneut die Richtung.

»Ich werde gleich nachkommen«, wiederholte er, denn nun blickten Carls verängstigte Augen ihn an. »Versprochen.«

Zögerlich setzte sich der Junge in Bewegung, doch dann rannte er schnell durch den Flur und Aves lief weiter.

»Mom, wo seid ihr?«, rief er dabei.

»Aves?«, hörte er dumpf aus einem Raum, dessen Tür er sofort aufschwingen wollte. Doch sie war abgeschlossen.

»Mom, mach die Tür auf!«, drängte er und rüttelte verzweifelt an der Klinke. »Ich bin es! Ich will dich und die Kinder rausholen.«

»Es geht nicht!«, rief die Mutter nun.

»Was ist los? Geh von der Tür weg, ich trete sie ein.«

»Nein!«

Noch bevor die Mutter das sagte, trat Aves gegen die Tür und ein fieser Schmerz zog durch seine Knochen. Etwas versperrte die Tür. Er versuchte es mit Feuerkraft und zerbarst somit das Holz, um gleich darauf den Mut zu verlieren. Wo war der Raum? Aves sah Schutt! Eingestürzte Balken und große Teile der Decke.

»Mom?«, rief er mit Tränen in den Augen.

Auch seine Mutter schluchzte. Sie war unter diesem Schutt begraben und Aves kam nicht an sie heran.

»Halte durch, ich werde das in Ordnung bringen«, sagte er und setzte bereits seine Phönixkraft für die Reparatur von Dingen ein. Doch er wusste, dass die Zeit gegen ihn arbeitete. Das würde einen ganzen Tag dauern, um die eingestürzten Wände und die Decke zur Seite zu räumen, damit er überhaupt das Zimmer betreten konnte.

»Schatz, bitte. Ich flehe dich an! Nimm deine Geschwister und verschwinde hier. Bring sie in Sicherheit.«

Aves biss sich auf den Handrücken, um nicht loszuschreien, dabei verdeckten die Tränen seinen Blick.

Er schluckte schwer und versuchte, weiterhin mit Phönixkraft etwas zu bewirken.

»Ohne dich gehe ich nicht, ich werde euch alle hier rausschaffen!« Doch da spürte er bereits, wie das Haus seine Richtung änderte und sich abwärts bewegte. Und das viel schneller als es hochstieg.

Ihm wurde bewusst, dass er nicht alle rausholen konnte. Also schrie er verzweifelt und schleuderte mit seiner Magie die Trümmer, die über der Frau, die ihm das Leben geschenkt hatte, lagen aus dem Raum heraus.

Er hörte seine Mutter nur noch weinen.

»Bitte geh, mein Junge«, flehte sie.

»Mom«, sagte er stimmlos.

»Ich liebe dich, Aves. Ich werde immer über dich und deine Geschwister wachen. Dein Dad und ich sind immer bei euch.«

»Mom. Ich liebe dich auch. Hörst du? Ich liebe dich, Mom!«

»Geh!«, rief sie.

Es tat ihm so weh und für einen kurzen Augenblick überlegte er sogar, einfach da zu bleiben. Wäre da nicht Carls Stimme, die aus dem Zimmer seiner Schwester kam.

Aves blinzelte den selbstzerstörerischen Gedanken weg. Er konnte nicht dableiben, jetzt musste er sich um seine Geschwister kümmern.

Sofort rannte er zu seinem Bruder, packte ihn auf den Gleiter und flog mit dem Jungen noch rechtzeitig aus dem in die Tiefe stürzenden Haus.

Während er immer weiter hochstieg, sah er zu, wie das vermeintlich sichere Haus seiner Familie bei dem Aufprall auf dem Boden zerschellte. Innerlich schrie er voller Entsetzen, doch nach außen musste er für den kleinen Bruder stark bleiben. Also ließ er Carl für sie beide schreien, indessen Aves still litt.

Viktorias Gleiter kam angeflogen und gab Aves einen kleinen Hoffnungsschimmer, denn neben Ally saß hinter Viktoria auch noch eine andere Person, die er kannte.

»Therese!«, sagte er überrascht und flog näher an sie heran. Es war die dreizehnjährige Cousine, die ebenfalls im Haus seiner Familie lebte, weil ihre Eltern bei einem Fluch gestorben waren.

Ihre Augen waren leer: Es waren keine Tränen darin, aber auch keine Emotionen. Sie hatte längst resigniert. Sie drückte wortlos Aves‘ Hand, dann vergrub sie ihr Gesicht in Viktorias roter Mähne.

»Wir müssen zum Stadtrand«, sagte Viktoria und flog bereits los. Aves folgte ihr.

***

Doch mit dem Absetzen der Kinder war ihre Aufgabe nicht beendet. Sie nahmen alle Kraft zusammen und flogen mehrfach zwischen der Stadt und dem sicheren

Punkt am Stadtrand hin und her. Sie retteten so viele Bewohner von *Jocksess*, wie sie nur konnten.

Aves stellte sich auf eine lange Nacht ein, denn sicher würden in den Trümmern noch viele Menschen sein, die Viktoria und er retten konnten. Doch die Fluchzauber entschieden anders.

Ein heller Strahl traf die Stadt und breitete sich langsam aus, wobei alles, was er berührte, zu Asche zerfiel. Gebäude, Flüche, Bäume und Menschen.

Aves erkannte in seiner unmittelbaren Nähe einen beleibten Mann, der in einem kleinen Fenster seines Hauses feststeckte und um Hilfe rief. Er klang heiser, vermutlich schrie er schon sehr lange gegen den tosenden Wind an. Aves beeilte sich und versuchte, ihn rauszuziehen. Doch immer wieder zog er sich und den Gleiter an die Hauswand, wodurch er zwei mal das Gleichgewicht verlor und mit dem Gleiter in die Tiefe stürzte. Einmal wäre er beinahe in die zähe, blaue Substanz abgestürzt, wenn er den Gleiter nicht rechtzeitig hochgezogen hätte.

»Bitte hilf mir! Ich stecke fest!«, flehte der Mann die ganze Zeit.

Aves wusste keinen Ausweg. Er versuchte es erneut mit dem Ziehen, doch da sah er aus dem Augenwinkel, dass der Lichtstrahl bereits das Haus erreicht hatte und es in Asche zu verwandeln begann.

Aves legte seine Hand auf die des Mannes.

»Lassen Sie mich los«, sagte Aves hektisch. In den Augen des Mannes stand pure Angst.

»Nein! Nein, bitte nicht! Ich ziehe meinen Bauch ein, das klappt sicher noch. Hilf mir! Geh nicht weg!«

»Ich kann Ihnen nicht helfen. Lassen Sie mich los!«, jetzt schrie Aves gegen das heisere Flehen eines Mannes, der wusste, dass er jeden Moment sterben würde und sich an die letzte Hoffnung klammerte.

Wenn Aves nicht rechtzeitig wegkam, würde er ebenfalls zu Asche zerfallen. Er musste sofort handeln. Und da er bereits sah, wie der Raum, in dem der Mann sich befand, zu Asche zerfiel, gab er Phönixfeuer auf die Hand des Fremden, bis er vor Schmerz losließ.

Gerade noch rechtzeitig, denn schon wurde sein Blick leer und er zerfiel vom Fuß aufwärts zu kleinen Aschewölkchen.

Bei diesem Anblick schrie Aves entsetzlich, dann setzte er den Gleiter wieder in Bewegung und bewegte sich schnell von dem Licht weg.

Er flog augenblicklich zu Viktoria, die selbst bei einem Haus war, das bereits von diesem weißen Strahl erreicht und langsam zerstört wurde.

»Hau ab, Tori!«, rief er in sein Helmmikrofon.

»Ich will diese Frau noch rausholen!«, sagte sie ruhig, also beschleunigte Aves und half ihr, die ältere Frau auf Viktorias Maschine zu setzen.

Danach entfernten sie sich auf dem schnellsten Weg vom Licht.

Sobald sie den Stadtrand erreicht hatten, riefen sie Aves' Geschwistern und den anderen zu, sie sollen weg rennen. Niemand zögerte. Sofort setzten sich alle zügig in Bewegung. Sie blieben erst dann stehen, als sie sicher waren, dass der weiße Lichtzauber die Grenzen von *Jockess* nicht überschritt.

Fassungslos starrten alle zu den Überresten der Stadt. Nur Aves blickte zum Himmel auf, denn von dort kam der weiße Strahl. Und da sah er es: Ein Flugschiff, das nur zu erkennen war, weil das helle Licht sich an den Scheiben spiegelte. Deswegen war es ihm zuvor nicht aufgefallen: Das Schiff hatte eine Tarnvorrichtung, die Aves nun verriet, wem es gehörte.

»Das ist ein Flugschiff der Phönixakademie«, sagte er.

Jenny

Ich bin hochkonzentriert.

Seit ich zwei Schüler der Akademie über der verfluchten Stadt erkannt habe, setze ich alles daran, die Menschen unter mir zu retten und den Zauber, der die Flüche und alles andere auslöscht, aufzuhalten.

Ich habe keine Chance!

Die Verbindung, die ich zwischen der Stadt und den Sternen geschaffen habe, spüre ich nicht mehr. Meine Macht ist so gewaltig, dass meine sterbliche Hülle damit nicht zurechtkommt. Ich weiß nicht, wie ich in meinen eigenen Zauber eingreifen kann. Er hält solange an, bis wirklich das kleinste Fünkchen Energie der Stadt umgewandelt ist. Alles da unten wird zerstört, ob menschlich oder magisch. Mein Sternenlicht ist nun gesättigt mit neuer, frischer, unverbrauchter und unangetasteter Energie. Ich muss sie nur noch zum Himmel leiten und ein neues Land erschaffen, wie man es von mir erwartet.

Sobald das große Stück Erde vor dem Flugschiff

schwebt und ich den fruchtbaren Boden spüre, durchdrungen mit den Energien der Verstorbenen, blinzle ich meine Tränen aus den Augen. Der Blick nach unten offenbart mir ein Bild aus Traurigkeit und Asche. Ich habe die Stadt zerstört und alle Lebewesen darin vernichtet. Nichts, absolut nichts ist in diesem Fleck Asche lebendig geblieben.

Mit zittrigen Fingern wische ich meine Emotionen aus dem Gesicht, doch die Tränen wollen nicht aufhören zu fließen. Mir ist so schwindelig, dass ich mich mehrere Minuten nur an der Reling festhalte und die Augen schließe.

Als ich glaube, mich etwas beruhigt zu haben, renne ich an den Personen, die um mich herum stehen, vorbei. Deren teilweise glücklichen oder entsetzten Gesichter machen mich wieder wütend. Sie beklatschen das Schauspiel und das Resultat, doch ich schäme mich für meine Taten.

Vor einem Mann, der mir den Weg in das Innere des Flugschiffes verwehrt, bleibe ich stehen. Das ist meine erste persönliche Begegnung mit dem Akademieleiter Mr. Gettson.

»Ich nehme an du weißt wer ich bin«, fragt er und ich muss zugeben, seine Ausstrahlung ist berauschend. Er ist geübt, die Menschen für sich einzunehmen, aber gleichzeitig ist da auch eine Distanz, die auf mich gefährlich wirkt. Er ist auf der Lauer. Nicht umsonst hat er so viele Magier mit sich gebracht. Wie würde er reagieren, wenn er wüsste, dass ich ihm bereits schon einmal so nahe war, als ich Dr. Tower und ihn in einem

Labor belauscht habe? Wie gerne würde ich jetzt in seinen Kopf blicken, doch er trägt noch immer diese magische Mauer um sich.

»Ich möchte mich für diesen wundervollen Aufbruch in das Zeitalter der *Renaissance* bedanken«, sagt er.

Diese Worte prallen zunächst an mir ab und ich begegne weiteren Augen, denn Mr. Gettson ist nicht allein: Eine Meute starker Magier steht direkt hinter ihm, darunter sehe ich auch Berry Stilben. Etwas in ihrem Gesicht hat sich verändert. Der Blick ist zwar kühl, doch ich erkenne auch, dass ihre Miene wie erstarrt vor Entsetzen ist und ich sehe ihre stummen Tränen.

Ich spüre, dass der Schülerin diese Stadt auf irgendeine Weise viel bedeutet, obgleich es nicht ihre Heimat ist. Es ist auf eine andere Art für sie wichtig.

Warum ist sie überhaupt hier auf diesem Flugschiff? Sie ist doch nicht wirklich eine von den jungen Leuten, die dem Akademieleiter zum Schutz dienen?

Die übrigen Magier sind keine Schüler, sie sind so wie ich: gezüchtet. Manche sind auch rekrutiert, aber die meisten sind schwarze Phönixe, die ihren Anfang in einem Reagenzglas genommen haben, so wie Frederik und Robin.

Sie sehen mich gleichgültig an, auch wenn ich spüre, wie konzentriert sie mich beobachten. Das sind die Bodyguards von Mr. Gettson und ihre Energien strahlen aus, dass sie sich auf mich stürzen werden, sobald ich nur ansatzweise wage, dem wichtigen Mann zu nahe zu treten.

»Ist das die *Renaissance*?«, frage ich den Akademieleiter und spüre, dass ich nicht so stark bin, wie ich in seinen Augen gerne wirken würde. Ich fühle heiße Tränen und sobald sie über meine Wangen fließen, schluchzt auch Berry laut auf.

Nun liegt alle Aufmerksamkeit auf dem Mädchen mit dem eisblauen Blick.

»Ich wusste es nicht!«, flüstert sie mir zu, doch natürlich hören auch die anderen ihre Worte.

Ich erinnere mich an den Tag, als ich Berry riet, sich nicht für den falschen Weg zu entscheiden. Offensichtlich hat sie nicht auf mich gehört oder mich nicht verstanden. Damals habe ich nicht gewusst, welche Wege ihr zur Wahl standen, ich sah lediglich, dass sie den mit der negativen Energie beschritt. Es hatte also etwas mit Mr. Gettson zu tun.

An diesem Punkt ist es unmöglich, an den Anfang zurückzukehren. Sie hat sich diesem Mann nun verpflichtet – so einfach würde er sie nicht gehen lassen. Auch ich bin gebunden an diesen Wahnsinnigen. Kann ich noch zurück?

Mr. Gettson lässt Berry auf der Stelle wegbringen und in diesem Moment treffen sich unsere Blicke. Ich sehe in Berrys Augen Schuldzuweisung und Schuldbekenntnis zugleich.

An ihre Position treten zwei schwarze Phönixe und schauen mich bedrohlich an. Ich fürchte mich nicht, ich habe vor keinem Angst, nicht einmal vor Mr. Gettson. Ich bin nur von mir selbst enttäuscht.

»Dr. Tower, warum ist das Subjekt so emotional?«, will der Akademieleiter wissen.

Der Forscher tritt an die Gruppe heran und ich rieche eine deutliche Alkoholfahne.

»Weil das Mädchen unbrauchbar ist«, sagt er leicht lallend. »Ich hatte Sie gewarnt, Chef. Ich hatte Sie vorgewarnt.«

»Aber ich bin auch unberechenbar«, sage ich.

»Willst du mir drohen?«, fragt Mr. Gettson. »Siehst du meine vielen Beschützer?«

»Sehe ich. Aber Sie können mir ebenfalls nicht drohen. Ihre Leibwächter werden Ihnen nichts nützen. Ich will Ihnen kein Leid zufügen, Mister. Noch nicht.«

Dann laufe ich an ihm vorbei, wobei diese tollen Beschützer mir aus dem Weg gehen. Niemand hält mich auf.

Ich wage einen kurzen Blick zu Dr. Tower, der mir langsam folgt und mit dem Flachmann zuprostet. Ein eiskaltes Lächeln umspielt dabei seine Lippen.

»Wir sind beide am Ende, Schätzchen. Du bringst es nicht und ich bin für dich verantwortlich. Wir sollten unser mickriges Leben noch genießen, solange es uns erlaubt ist. Unsere Namen stehen bereits auf Grabsteinen, Jenny Bish. Wenn wir Glück haben, liegen wir im Tod Seite an Seite. Wäre das nicht fantastisch?«

Sein Blick wird leer. Er hat mit mir als Subjekt versagt, doch ich werde beweisen, dass ich nicht einfach ein Versuchskaninchen bin. Ich werde bald die Kräfte der Menschen von den Energien der Flüche unterscheiden können.

»Ich sorge dafür, dass Sie noch ein paar Jahre weiterleben, Dr. Tower. Ich bin kein Fehlgriff, ich werde es Ihnen beweisen.«

Da lacht Dr. Tower. Er fasst sich an den Kopf und da ihm offensichtlich schwindelig wird, lehnt er sich umständlich gegen eine Wand.

»Ich kann es kaum erwarten, Jenny!«, ruft er mir nach.

Viktoria

Langsam rieselte die Asche zu Boden. Das Licht, das das Leben zerstört hatte, um ein Stück Erde zu erschaffen, war verschwunden.

Was war hier nur geschehen? Aus welchem Grund sollte jemand eine Stadt mit mehreren tausend Menschen darin auslöschen, um dieses monströse Gebilde zu schaffen? War das so etwas wie ein Stück Land, auf dem man etwas erbauen konnte – eine Art Fundament für eine Himmelsstadt?

Nein! Auf keinen Fall. Einige Freunde von Viktorias Eltern waren Architekten, die auf die Konstruktion von Himmelsstädten spezialisiert waren. Eine Stadt im Himmel wurde niemals so erbaut. Im Leben nicht! Man arbeitete mit Bodenstädtern zusammen, man tötete sie nicht grundlos.

Sie seufzte laut auf. Es war ein seltsamer und schrecklicher Tag. Zu viele Fragezeichen kreisten um Viktorias Kopf. Dieses Ereignis passte absolut nicht zu den Dingen, die sie zuvor bedacht hatte. Wie konnte sie sich heute überhaupt mit der Planung eines Herbstballs befassen? Es war doch ein dämlicher Schulball!

Eines stand fest. Sobald Viktoria zurück in der Phönixakademie war, würde sie sofort Saschas Quartier aufsuchen und aus der Feuerloge austreten. Ja, sogar mitten in der Nacht und gegen die gewohnte Etikette. Um es amtlich zu machen und noch bevor sie vor ein Untersuchungsverfahren der Feuerloge treten und somit weitere Zeit vergeuden musste. Sie wollte sich nicht mehr mit den Oberflächlichkeiten von Sascha und ihren Ja-Sagern befassen, wenn solche Dinge in der Welt geschahen.

Aves brauchte jetzt Viktorias Unterstützung und sie würde sie ihm geben. Wenn es wahr war, dass der Angriff etwas mit der Phönixakademie zu tun hatte, dann hatte der wunderliche Hausmeister von heute Morgen vermutlich seine Finger im Spiel. Ihn würde sie sich als erstes vornehmen.

Sie bedeckte ihr rechtes Auge mit ihrer Handfläche. Es schmerzte nicht mehr, doch was, wenn der Untergrundmagier die Wahrheit über ihre Verbindung erzählt hatte? Sah er tatsächlich das, was sie betrachtete? Dann wusste er längst über die Ereignisse bescheid. Nur drängte sich die Frage auf: War der Mann besorgt über die Asche von *Jocksess* oder hocherfreut?

Kurz überlegte sie, Aves etwas über den Hausmeister des Mint-Areals zu erzählen, entschied aber anders. Im Moment war einfach nicht der richtige Zeitpunkt. Aves hatte seine Eltern und drei Geschwister verloren.

Viktoria hielt die kleine Ally in den Armen, während sie untröstlich weinte. Die vielen Tränen machten ihre Schuluniform nass und so fröstelte sie ein wenig und umarmte das Kind um so mehr, um Trost und Wärme auszutauschen.

Alle Überlebenden – und es waren nicht viele – saßen auf einem Hügel und sahen auf die ehemalige Stadt herunter. Bei den meisten waren die Tränen längst versiegt, doch die Augen waren leer. Keiner begriff, was da passiert war.

Neunzehn Bewohner. Viel zu wenige hatten sie rausholen können und Viktoria tadelte sich innerlich für den kaum nennenswerten Erfolg. Dieser Angriff war überraschend gekommen und er war effektiv und extrem schnell gewesen. »Wir müssen Hilfe holen«, sagte sie zu Aves. »Soll ich jemanden anfunken?«

»Ich mache das«, sagte Aves und ging etwas abseits der Gruppe.

Viktoria musterte den Jungen. Er sah so fertig aus.

Sein kleiner Bruder kam zu ihm geeilt und klammerte sich an ihm fest, während Aves mit jemandem über einen silbernen Schülersprecher-Funkenspiegel redete.

Nach dem Gespräch setzte er sich neben Viktoria und nahm Ally in den Arm.

»Danke«, sagte er.

Viktoria wusste nicht, was sie sagen sollte. Sie fühlte sich, als hätten sie nicht genug getan. »Warum ist das hier geschehen?«

Aves küsste Ally am Kopf und sah zum schwebenden Land über der zerstörten Stadt. »Die Antwort liegt in der Phönixakademie. Wir werden es rauskriegen.«

Kathy

»Beeile dich bitte«, waren Aves' letzte Worte, bevor er aus Kathys Funkenspiegel verschwand.

Sie ging zwei mal die Informationen durch, die er ihr durchgegeben hatte, und eilte dann aus ihrem Quartier.

Es war kaum vorstellbar, was Aves da erzählt hatte. War das wirklich passiert? Das würde die Welt auf den Kopf stellen.

Was für eine Sensation, dachte sie und biss sich gleichzeitig auf die Lippe, da sie ein schlechtes Gewissen verspürte, schließlich hatte Aves gerade einen Großteil seiner Familie verloren. Und dennoch: Wäre es nicht perfekt, wenn sie ausgerechnet *jetzt* ihr Format *,Kathy informiert'* erhalten könnte?

Mit einem schwermütigen Seufzer und einem neugierigen Pochen ihres Herzens betrat sie den Hangar. Durch die Ausgangssperre war hier niemand unterwegs. Die meisten Schüler hielten sich daran und die wenigen, die das Verbot ignorierten, waren eh längst ausgeflogen und wären die Letzten, die Kathy jetzt aufhalten würden.

Es war gespenstig still und so konnte sich die Schülersprecherin das beste Flugschiff für ihre Mission aussuchen. Jeder Phönixmagier, der begriffen hatte, wie man ein Gerät mit der Phönixkraft bedient, konnte alle diese Schiffe theoretisch fliegen. Nur war das Problem die Größe: Je größer, desto schwerer war die Kontrolle darüber. Es kam für Kathy also nicht in Frage, das größte der Flugschiffe zu nehmen. Sie nahm sich eines der kleineren Transporterschiffe. Aves hatte von ungefähr zwanzig Leuten gesprochen und sollten sie zusammenrücken, gäbe es keinerlei Platzprobleme. Also hüpfte sie hinein und gab fluchend ihren Autorisierungscode ein. Wenn sie das Schiff zu Bruch flog, wäre sie im System verzeichnet und müsste dafür geradestehen.

Kurz überlegte sie, wieder auszusteigen.

Es sind Menschen in Not, ermahnte sie sich selbst und startete die Maschine mit ihrem inneren Phönixfeuer.

Schnell wurde ihr klar, dass das größere Schiff sich anders bewegte als die Gleiter, an die sie gewöhnt war. Als sie aus dem Hangar raus war und der Dunkelheit entgegenflog, atmete sie erleichtert auf.

Sie orientierte sich an den integrierten Karten, denn in der Dunkelheit hatte sie nicht sehr viel Sicht. Immer schneller kam sie dem roten Punkt, den sie als Ziel eingegeben hatte, näher, doch sie hatte ein mieses Gefühl. Wenn der Ort wirklich verflucht war, wäre es clever, nicht direkt darauf zuzusteuern. Nah an *Jocksess* drosselte sie die Geschwindigkeit und ihr klappte die Kinnlade herunter. Ein gewaltiges Objekt hing viele Meter über der Stadt oder dem, was von ihr noch übrig war. Es war wenig zu sehen, aber die Tatsache, dass kein einziges Licht brannte und sie auch keine Umrisse von Häusern erkannte, bestätigte Aves‘ Bericht: *Jocksess* wurde ausgelöscht.

Sie ging in Sinkflug und hielt am Stadtrand Ausschau. Ein feiner Aschefilm legte sich auf das Cockpitfenster. Kathy bekam Gänsehaut, wenn sie nur darüber nachdachte, was oder wer diese Asche noch vor einer Stunde gewesen war.

Ein zartes Flämmchen tauchte in ihrem Blickfeld auf und sie steuerte darauf zu. Das Feuer stammte von Viktoria. Wegen der Bilder, die Kathy gerade gesehen hatte, konnte sie nicht einmal wegen des klettenhaften Verhaltens des Mädchen der Feuerloge mit den Augen rollen.

Sie landete und stieg aus.

Es war unmöglich, Worte zu finden. Trauernde Gesichter begegneten ihr und auch Aves‘ Züge hatten sich verändert. Er sah aus, als wäre er in den letzten Stunden sehr schnell erwachsen geworden. Sie war ihm nicht mehr ebenbürtig, das spürte sie. Das machte sie ganz nervös.

»Nimm meinen Gleiter, Kathy, und flieg mit Viktoria zurück zur Akademie«, sagte er.

»Was ist mit dir?«

»Ich werde meine Familie und die Überlebenden dieser Stadt in Sicherheit bringen, dann komme ich nach.«

»Aves, ich weiß, wohin du sie fliegen kannst«, sagte Viktoria und trat zu den beiden Schülersprechern. »Meine Eltern haben in vielen Städten Helferstationen. Am besten ihr fliegt nach *Tirias*, dort sind meine Mutter und mein Bruder, Clode. Sie werden sich gut um diese Menschen kümmern.«

»Das ist verdammt weit weg von hier«, sagte Kathy, die nicht wollte, dass Aves überhaupt wegflog.

»Ja, am besten begleite ich dich«, gab Viktoria zu bedenken.

Kathy erstarrte innerlich. Wieso wollte jetzt die andere Aves begleiten? Fast hätte sie sich selbst als Begleiterin angeboten, aber jemand musste diese Geschichte in der Akademie verbreiten und wenn sie es nicht tat, würde ein anderer Schülersprecher eingreifen und ihr die großartige Gelegenheit stehlen.

Aves schüttelte den Kopf und sah zu den untröstlichen Gesichtern seiner Geschwister.

»Ich werde sie dorthin bringen. Gibst du mir die Kontakt-ID deiner Mutter?«

Viktoria holte aus ihrer Tasche ihren Funkenspiegel und suchte nach der ID.

»Das ist die meines Bruders, ich werde ihm einen Funken vorabsenden und euch ankündigen, dann weiß er Bescheid. Er wird euch auf halben Wege entgegenkommen und Nahrungsmittel bringen. Er geleitet euch bis nach *Tirias*. Clode kennt sich gut aus, er wird euch an gefährlichen Orten vorbeibringen.«

»Warum kommen diese Menschen nicht erst einmal in die Phönixakademie?«, fragte Kathy hoffnungsvoll, denn dann könnte sie jeden Einzelnen befragen. »Wir haben Quartiere für Gäste und man wird sie ärztlich versorgen.«

»Das geht nicht«, blaffte Aves Kathy an und sie verstummte beim Anblick seines wütenden Gesichtes. »Wir haben etwas gesehen. Es sind Dinge passiert, die passen nicht zusammen. Viktoria, du hältst das bis dahin alles geheim.«

»Was für Dinge?«

Aves und Viktoria tauschten einen verschwörerischen Blick untereinander aus, der Kathy eifersüchtig und rasend machte.

»Wieso geheimhalten? Jeder muss wissen, was hier geschehen ist. Ich habe Beziehungen bis nach ganz oben. Die Akademieleitung muss hiervon erfahren!«

Wieder ging ein vielsagender Blick zwischen Viktoria und Aves hin und her. Sie verheimlichten Kathy etwas und das missfiel ihr.

»Ich habe dir doch heute erzählt, dass Schülersprecher nichts bewirken?«, fragte Aves.

Sie zuckte mit den Achseln. Hatte er so etwas wirklich gesagt? Sie tat so, als wüsste sie genau, wovon er sprach.

»Ja, worauf willst du hinaus?«

»Es wird Zeit, dass sich das ändert. Sobald ich wieder da bin, will ich Dinge in Bewegung setzen.«

Kathy sah fragend zu Viktoria, die ihrerseits nur Augen für Aves zu haben schien.

»Bitte, steigt alle ein, wir machen uns sofort auf den Weg. Tori, vergiss nicht, uns anzukündigen.«

»Werde ich nicht, Aves.«

Er trat an Viktoria heran und berührte ihre Schulter. »Ich danke dir für deine Hilfe.«

Sie umarmte ihn und für Kathys Verhältnisse gehörte das zu einer der langen, emotionalen Umarmungen, die in die Richtung tiefe Freundschaft oder Beziehung gingen.

»Es ist also dein Parfum«, sagte Aves noch.

»Wie bitte?«, fragte Viktoria.

»Ach, nicht so wichtig.«

Doch Kathy hatte eine Vermutung, was er meinte, band verärgert ihr Haar schnell zu einem Zopf zusammen und sah lieber zu den Überresten der ehemaligen Stadt.

Sie durfte nicht an Jungs denken, ihr waren so starke Geschichten wie die, die hier stattgefunden hatte, wichtiger. Sie musste ganz dringend über eine Möglichkeit nachdenken, wie sie es schaffen konnte, Clamentin Fammel dazu zu bringen, ihr das Funkenformat zu genehmigen. Wenn sie ihm nur über dies hier berichtete, würde er ihr schon seine Erlaubnis erteilen. Das wäre ihre nächste große Aufgabe.

Kathy sah wieder zu den beiden. Aves Arme lagen weiterhin auf Viktorias Rücken: So dankbar, so vertraut und verschwörerisch. So hatte er sich bei Kathy noch niemals bedankt, dabei hatte sie ihm bei so vielen Dingen geholfen.

»Mach es gut, Kathy«, sagte Aves knapp in ihre Richtung, als er sich endlich von Viktoria löste und in das Flugschiff stieg.

Das war alles: Ein einfaches »Mach es gut.«

Sie fühlte sich übergangen.

dr. tiberius tower

Alle Meetings am Nachmittag und Abend hatte Dr. Tiberus Tower gestrichen. Niemand würde sich ohne seine Genehmigung bezüglich Jenny Bish treffen. Und solange er nicht klar bei Verstand war, würde er auch keine erteilen. Er versprach sich, erst wieder eine gewisse Nüchternheit zu erreichen, sobald er sich etwas ausgedacht hatte, wie er diese Katastrophe abwenden konnte. Es durfte nicht noch mehr Opfer geben. Er musste sich schnell Lösungen überlegen. Denn die Geldgeber waren ungeduldig und wenn er alle zu lange warten ließ, würden sie über seinen Kopf hinweg entscheiden. Diese Entschlüsse wären der Untergang.

Ein paar Tage nur, vielleicht eine Woche, so lange würde man seine Abwesenheit tolerieren und das Projekt *Jenny Bish* auf Eis legen. Dieses Recht hatte er und nicht einmal die Geldgeber oder Mr. Gettson konnten dagegen etwas machen.

Höchstens eine Woche, dachte Tiberus nach. Zu wenig, um eine gute Alternative zu bieten, aber lang genug, um die Investoren vor vollendete Tatsachen zu stellen.

Er nahm einen großen Schluck Gin und hasste sich noch mehr als im nüchternen Zustand. Ohne Alkohol ertrug er die Welt im Moment jedoch nicht.

Er lief durch das White-Areal und ignorierte die Anwesenden, die ihn ansprachen. Ihm war jeder egal: Alle waren sie nur lästige Fliegen, die um seine Anerkennung buhlten. Es gab nichts, was sie für ihn nicht tun würden, Hauptsache, er erinnerte sich an sie, wenn er neue Projekte anging und Betreuer benötigte. Und diese brauchte Tiberus immer. Zu Beginn seiner Karriere war das aufregend, er konnte von den Assistenten und vor allem den weiblichen Kollegen alles verlangen, sie taten es. Ohne Wenn und Aber. Er liebte es anfänglich, sich für deren Dienste zu bedanken und er war dabei wirklich sehr großzügig. Das hatte sich herumgesprochen und irgendwann war es für Tiberus nur noch lästig gewesen. Er hasste jeden einzelnen Speichellecker. Er respektierte den Verstand einiger Kollegen, aber die menschliche Gier widerte ihn an. Auch seine eigene. *Besonders* seine eigene! Oh, nein, er war kein Vorzeigewissenschaftler, schon gar nicht ein Vorzeigemensch. Er war schlecht, er war verdorben und ging sehr oft über Leichen. Doch Jenny war sein größter Misserfolg.

Sie trieb ihn dazu, ohne Authorisierung das Züchtungslabor zu betreten. Das dreizehnte Sternenlicht war seine Niederlage und Motivation zugleich. Durch ihr Unvermögen würde er sich mehr anstrengen müssen, nach Lösungen zu suchen.

Seine Hand legte sich auf den Türöffner des Kühlraumes. Kurz überlegte er, ob sein Vorhaben richtig war, doch seine Gedanken waren benebelt: Er empfand kein Gefühl der Reue, also betrat er den Raum und ging gezielt zum Kühlschrank, in dem die befruchteten Eizellen mit potentiellen Renaissance-Kandidaten lagerten. Gefährlicher als Jenny, besser als Jenny und noch unbrauchbarer als das Mädchen mit dem Wolkenhaar.

Er betrachtete die Eizellen in ihren winzigen Gefäßen. Was könnte man damit alles anrichten? Dann holte er aus einer Akkuladestation einen der drei Kühl-Transportcontainer und lagerte so viele Gefäße aus dem Kühlschrank in den Container um, wie hineinpassten. Die Kühlkapazität so einer Transporteinheit war für mehrere Wochen ausgelegt – reichlich, um in das Außenlabor zu gelangen.

Erst nachdem er den Kühl-Transportcontainer luftdicht verschlossen hatte, öffnete er seinen Funkenspiegel und wählte die ID seines Assistenten.

»Oh, Dr. Tower«, sagte das Hologramm des jungen Mannes.

»Daniel, ich hoffe, ich hole Sie nicht aus dem Bett«, lallte Tiberus.

»Nein, ich gehe nie so früh schlafen. Dr. Tower, geht es Ihnen gut, soll ich vorbeikommen und –«

»Hören Sie, Daniel, ich fasse mich kurz. Suchen Sie die Liste mit allen Renaissance-Probanden heraus und funken Sie alle infrage kommenden Mütter an.«

»Haben Sie etwa die Gelegenheit erhalten, die

Forschung an einem neuen Subjekt zu beginnen?«, fragte Daniel hocherfreut.

»Unterbrechen Sie mich gefälligst nicht«, blaffte Tiberus. »Kontaktieren Sie alle möglichen Mütter und laden Sie sie in das Außenlabor ein. Wer nicht kommen kann, dem bestellen Sie einen Express-Shuttle. Ich will jede morgen dort sehen. Und kommen Sie mit einem verschwiegenen Team nach. Und ich meine wirklich verschwiegen. Wenn davon nur eine falsche Person erfährt, wird es Ihnen und Ihrer Familie nicht gut ergehen. Sie kennen mich.«

Tiberus' Augen sahen nicht mehr alles deutlich, aber er glaubte, Daniels eingeschüchterten Blick zu sehen.

»Natürlich, Dr. Tower. Ich werde niemanden etwas davon berichten und stelle das Team zusammen, ohne sie über Details zu infor-«

Tiberus klappte Daniels Hologramm mitten im Satz zu und strich liebevoll über den Deckel des Kühl-Transportcontainers.

»Wenn ich Jenny schon nicht töten kann, wird es eines ihrer Geschwister tun.«

PHÖNIX AKADEMIE

funke 9
der rekrut

Hornelius

Hornelius schleuderte seine verrußten, feuerfesten Handschuhe in die Ecke und stützte sich mit beiden Armen erschöpft an seinem Schreibtisch ab. Sofort wurde ihm bewusst, dass er so seine Ausrüstung beim nächsten Einsatz mühselig zusammensuchen müsste. Also holte er die Handschuhe zurück, klopfte den Ruß an seiner Hose ab und legte sie in seinen Schrank. Der Helm und die dicke, schwere Feuerschutzjacke folgten gleich darauf.

Ausgerechnet heute früh musste ein Drittklässler in seinem Zimmer des Himbeerrot-Areals Feuerzauber für die anstehenden Prüfungen üben. Dabei hatte sich Hornelius ein Aufstehen ohne Feueralarm gewünscht. Freunde am Bett, die einen Geburtstagskuchen brachten, wären ihm lieber gewesen.

Freunde, dachte er und schnaubte schwer.

Der Gang zum Frühstück zeigte ihm wieder einmal, dass seine Vorstellung von Freundschaft seit Jahren nicht mehr erfüllt wurde. Für seine Arbeitsstelle bei der Feuerwache war er nach der Schulzeit einfach an der Phönixakademie geblieben und seine Schulkameraden hatten eigene Wege angetreten. Sie waren überall auf der Welt verteilt. Der Altersunterschied zwischen ihm und seinen neuen Freunden wurde mit jedem Jahr an der Akademie immer größer. Tage wie heute zeigten Hornelius deutlich, dass er für die Schüler lediglich jemand vom Personal war, den die Kleinen zwar cool fanden, ihn aber nicht als Freund ansahen.

»Hey Horn!«, riefen ihm im Speisesaal mehrere Leute zu. Einige winkten aufgeregt in seine Richtung oder klatschten seine zum Gruß erhobene Hand ab. Niemand blieb stehen, um ihm zum Geburtstag zu gratulieren.

»Haferschleim«, brummte Hornelius geknickt in seine Frühstücksschüssel.

Er sah sich rasch am Frühstückstisch um und entdeckte ein paar bunte Cornflakes, die er sich großzügig auf die graue Pampe in seinem Teller streute.

»Fast schon ein Festessen«, sagte er zufriedener.

Die Mädchengruppe, die in der Nähe saß, kicherte daraufhin, doch da schob Hornelius bereits den bunten Schleim in seinen Mund und versuchte währenddessen nicht zu atmen. Der schleimige Geschmack blieb aber weiterhin intensiv.

Er beeilte sich mit dem Essen, denn wie der Morgen gezeigt hatte, wurde eine neue Zeit eingeleitet: Die Vorbereitung für die praktischen Prüfungen stand an. Das war stets der brandaktivste Abschnitt des Jahres. In Hornelius‘ Schulzeit hatte es sein Kumpel sogar geschafft, das gesamte Wohnhaus in seinem Areal abzubrennen. Sollte die Feuerwache weiterhin unterbesetzt bleiben, könnte sich das dieses Jahr wiederholen.

Hornelius‘ Funkenspiegel machte einen nervigen Signalton und zeigte eine Nachricht von der Poststelle der Akademie.

Geehrter Mr. Larsen,

wir teilen Ihnen mit, dass ein Paket für Sie bei uns hinterlegt wurde. Bitte holen Sie es zeitnah im Honiggold-Areal ab.

Mit freundlichen Grüßen
Lilia Drusk

Hornelius bekam selten Pakete, die an ihn persönlich adressiert waren. Meist kamen Lieferungen an die Feuerwache und diese wurden direkt dorthin gebracht.

Schnell schaufelte Hornelius seinen Haferschleim herunter – Frühstück war schließlich die wichtigste Mahlzeit des Tages – und eilte zum Honiggold-Areal. Dieses befand sich in der unmittelbaren Nähe des Hangars, weswegen dort auch die Poststelle ihren Sitz hatte, um die Logistik zu vereinfachen.

Er hatte keine Vorstellung, wer ihm etwas schicken konnte. Und das an seinem Geburtstag. Seine Eltern gaben ihm die Geschenke immer dann, wenn er sie im Urlaub besuchen kam. Somit sparten sie sich die enormen Lieferkosten, die variierten, je nachdem wo sich die Akademie momentan befand.

»Mr. Larsen, wir haben schon seit einer Weile ein terminiertes Paket für Sie«, begrüßte ihn die junge Angestellte der Poststabteilung. »Es wurde für das heutige Datum hinterlegt. Sie haben Geburtstag, steht in meinen Unterlagen, dann gratuliere ich Ihnen herzlichst.«

Sie schenkte ihm ein freundliches Lächeln, das sich wie eine heiße Nadel sofort in sein Herz bohrte. Er sah sich die junge Frau genauer an: Sie sah aus, als hätte sie gerade erst die Schule beendet. Vielleicht arbeitete sie zur Überbrückung an der Poststelle, bis ihr Studium begann oder sie eine geeignete Stelle außerhalb der Akademie fand. Ihre goldblonden Locken, die auf ihre schmalen Schultern fielen, waren eine sensationelle Unterstreichung des goldenen Lichts im Honiggold-Areal.

»Nenn mich doch Hornelius«, sagte er lächelnd. Er fragte sich, wo dieses Wesen all die Jahre nur versteckt gewesen war. Und auch wenn er sonst eine große Klappe hatte, raubte ihm diese junge Frau die Sprache.

»Freut mich, ich bin Lilia.«

»Dann hast du mir diesen Funken geschrieben.«

Sie lächelte zur Bestätigung und holte aus einem Regal eine kleine Schachtel heraus, die sie ihm über den Tresen schob.

»Dieses Päckchen kommt von einem Schüler. Er heißt Lion Gravis.« Bei dem Namen wurde ihr Blick mitfühlend und auch Hornelius‘ Brust schnürte sich zu.

Seit Lions Überführung in das Hospital in *Granais*, schien der Junge über Nacht einen Berühmtheitsstatus errungen zu haben. Alle kannten ihn und jeder reagierte mit einem traurigen Blick, wenn sein Name fiel, so als wäre er bereits verstorben. Hornelius wollte es nicht einsehen. Deswegen hatte er auch Lions Stelle bei der Feuerwache noch nicht umbesetzt.

»Von Lion?«, fragte er mehr sich selbst.

Er öffnete die Schachtel und bemerkte aus dem Augenwinkel, dass Lilia ebenfalls einen Blick riskierte.

Darin lagen eine Notiz und eine Chipkarte. Hornelius sah auf den Zettel.

Ich halte meine Versprechen. Alles Gute zum Geburtstag, Horn.

Lion.

Hornelius blickte wie erstarrt auf die wenigen Worte. Nach und nach erinnerte er sich an das Gespräch zwischen ihnen beiden. Damals hatte Hornelius nur im Scherz gesagt, Lion könnte ihm ein Geburtstagsgeschenk kaufen. Das war kurz vor dem Unfall, der Lion in den Zustand der Vereisung versetzt hatte. Es kam Hornelius so unwirklich vor. Er steckte den Zettel in seine Hosentasche und warf Lilia einen überraschten Blick zu, dann nahm er die Chipkarte. Es war ein Zugangsschlüssel zu einem bestimmten Bereich irgendwo auf der Phönixakademie. In der oberen rechten Ecke war ein brennender Flügel abgebildet.

»Wohin kann ich damit gehen?«, fragte er und betrachtete die Seriennummer darauf.

Lilia beugte sich über den Tresen und sah sich die Nummer ebenfalls an.

»Die 16 am Ende steht für das White-Areal«, sagte sie ergriffen. »Vielleicht kannst du ja in ein geheimes Labor.«

»Nein, warte. HA in der Nummer bedeutet Hangar. Ich darf den Hangar des White-Areals betreten.«

Hornelius und Lilia sahen sich erstaunt an, denn dieser Bereich war nur den Bewohnern des Areals vorbehalten. Dort standen die teuersten und coolsten Flugschiffe. Aber warum schenkte Lion ihm so einen Zugang?

»Reich müsste man sein«, seufzte Lilia. »Du hast so ein Glück, dein Freund hat dir garantiert deinen eigenen Gleiter geschenkt. Private Flugmaschinen werden im Hangar des White-Areals bewahrt.«

»Natürlich!«, rief Hornelius aus. »Wie konnte ich das vergessen? Lion, du Hund.«

Er lachte und rannte bereits aus der Poststelle, bis ihm das blonde Mädchen wieder einfiel und er sich zu ihr umdrehte.

»Ich –«

Er hätte sie gerne wiedergesehen, doch er war so sehr mit Euphorie und Adrenalin vollgepumpt, dass er keinen Ton mehr rausbrachte. Seine Hand ging wie automatisch in die Höhe und er winkte lediglich.

»Mach es gut«, gab sie ihm zur Antwort. »Und viel Spaß!«

Den würde er haben, denn auf der Stelle nahm er Kurs Richtung White-Areal auf.

Allein das Betrachten der Maschinen versetzte Hornelius in Hochstimmung. Der Haferschleim und die fehlenden Freunde waren sofort vergessen, als er aufgeregt den Hangar betrat. Er war kleiner als der Haupthangar der Akademie, aber die Flugschiffe und Gleiter, die hier standen, waren erstklassig. Und natürlich waren alle gesichert. Hornelius konnte sich nicht einfach irgendein Fluggerät leihen, wie er es gewohnt war. Ein zartgelbes Netz war wie ein Zaun um jeden noch so kleinen Gleiter gespannt. Nur mit der richtigen Chipkarte gelangte man an die wundervollen Schätze.

Sein Herz schlug schneller, als er seinen Namen auf einem Schild vor einer der schönsten Maschinen entdeckte, die er je gesehen hatte. Der Korpus war aerodynamisch perfektioniert und glänzte silbern wie ein polierter Spiegel.

Er zog seine Chipkarte durch den Sicherungskasten des gelben Zauns. Nach kurzem Flackern verschwand dieser und Hornelius stürzte sich voller Freude auf seinen neuen Gleiter.

Die Sitzposition war stark nach vorn geneigt, sodass er sich fühlte, als würde er liegen. Die Maschine passte sich seiner Körperform an. Der Motor war so leise, dass Hornelius laut auflachte und dabei die Blicke der wenigen Personen im Hangar auf sich zog.

Eines stand fest: Wenn er schon mal hier war und dieses Geschenk unter sich spürte, würde er nicht einfach zu seinem Dienst zurückkehren können, ohne sich eine Kostprobe zu genehmigen.

Mit einem lauten Freudenschrei verließ er den Hangar und genoss die Kontrolle über den neuen Gleiter. Jede noch so kleinste Bewegung nach links oder rechts, sorgte für die präzise Steuerung der Maschine. Hornelius fühlte sich, als würde er mittels eigener Kraft durch die Lüfte fliegen und nicht von dem Gleiter getragen werden.

»Lion, wenn du aufwachst, werde ich dich abknutschen, egal ob du willst oder nicht!«

Der Flug um die Akademie war fantastisch und Hornelius fühlte sich frei wie noch nie. Er umkreiste geschmeidig die Drachen, die ihm sogar neugierig hinterherblickten, bevor sie ihre erhabene Haltung annahmen und ihre Patrouille um die Schule fortführten.

Immer wieder drifteten Hornelius' Gedanken zu Lion ab. Er war ein verdammt guter Feuerwachmann. Er hatte mehr gearbeitet als die anderen Freiwilligen. Selbst wenn er keinen Dienst aber freie Zeit hatte, kam er in die Feuerwache und half aus.

»Es trifft immer die Falschen«, sagte Hornelius bedauernd.

Es wäre schwer, einen Ersatz für Lion zu finden, deswegen hoffte Hornelius, dass der Schüler bald aufwachen würde. Allerdings bedeutete die Verlegung des Jungen in das Hospital von *Granais*, dass es schlimm um ihn stand. Hornelius gestand sich ein, dass er neue Rekruten für die Feuerwache brauchte.

Mit einer kleineren Besatzung zu arbeiten, brachte seine Besatzung an ihre Grenzen. Und da bald die Prüfungen anstanden, würden seine Männer häufiger ausfallen. Es wäre eine Katastrophe, wenn genau diesen Momenten irgendwo ein Brand ausbrechen sollte. Es war jetzt schon schwer, die vielen Brandherde der Phönixakademie im Auge zu behalten. Er durfte nicht mehr auf Lion warten.

Annie

»Und dann bin ich so schnell durch die River-Passage geflogen, dass jede reiche Dame nach Luft ringen musste!«, sagte Chest voller Stolz. Dabei zeigte er mit einem Apfelviertel und ein paar Salzstreuern, wie nahe er an den erschrockenen Damen in der edlen Einkaufspassage vorbeigeflogen war. »Ich habe alles aufgewirbelt. Einige Herrschaften mussten sich ducken, um mir auszuweichen. Ein Kerl ist sogar fast in einen Zierbrunnen gestolpert, aber seine Frau hat ihn noch am Jackett festgehalten. Unglaublich, dass diese Reichen schon am frühen Morgen ihre pompösen Klamotten kaufen. Ich wette, sie haben einen Wecker, der sie mit dem Klimpern von Münzen weckt. Wenn dieser Klang nicht gereicht hat, meine Flugkünste haben jeden Hauch von Müdigkeit aus ihren Gesichter gewischt.«

Chest machte eine kurze Pause und sah Annie mit wilden Augen an. »Das war toll! Wenn wir wieder zurück zum Schrottplatz fliegen, will ich da noch einmal durch.«

»Ich werde das Frühstück ausfallen lassen. Mir vergeht der Appetit, wenn du über solche gefährlichen Manöver spricht, Chest«, sagte Annie und schob ihre Cornflakesschüssel beiseite. »Ich wundere mich, dass die Miliz dich noch nicht geschnappt hat.«

»Oh, aber das hat sie doch!«, rief Lucy aus.

Die drei waren extra zum Frühstück in die Armenküche von ‚*Brot für dich*' rausgeflogen, weil Clode versprochen hatte, Annie endlich seiner Mutter persönlich vorzustellen. Doch er schien sich in der Küche herumzutreiben, zumindest war er nirgends zu sehen. Annie wurde langsam nervös, denn aus ihrer Sitzposition hatte sie Mrs. Flander genau im Blick und die Frau sah nicht so aus, als wäre sie gerade auf dem Sprung.

»Du wurdest schon mal verhaftet?«, fragte Annie und beobachtete dabei die pikierte Haltung von Clodes Mutter.

»Sehr oft! Sie stecken mich hinter Gitter, wenn ich ihnen unangenehm auffalle, aber nach ein paar Tagen bin ich dann meist raus.«

»Auf solche Sachen solltest du nicht stolz sein, Chest.«

»Ich mache ja nie etwas Verbotenes. Ich bin in solchen edlen Einkaufsecken nicht erwünscht. Ein verlorenes Kind mit einer übergroßen Maschine am Körper, die das feine Kristall zerbrechen könnte.«

Chest grinste und zupfte an einer seiner Locken, die aus der Mütze hervorlugte.

»Irgendetwas sagt mir, dass du darauf aus bist, für dein Verhalten getadelt zu werden.«

»Es liegt wohl daran, dass meine Eltern nicht da sind, um mir Hausarrest aufzudrücken.«

»Chest«, sagte Annie bedauernd. Annie fühlte sich wie eine Mama. Für gewöhnlich war sie es, die verspielt und leidenschaftlich war. »Es tut mir leid.«

»Es hat auch Vorteile, keine Eltern zu haben. Die Miliz kann einem dann nichts anhaben. Sie wissen, dass sie mich nicht in ein Kinderheim stecken können. Nicht ohne viel Aufwand. Ich würde ihnen mehr Arbeit bereiten, als dass sie einen Nutzen von mir hätten.«

»Chest, das funktioniert nur, solange du noch so jung bist. Irgendwann werden aus den ein paar Tagen hinter Gittern vielleicht schon Monate oder ganze Jahre. Ich bin die Ältere von uns und ich habe Robin versprochen, auf dich aufzupassen. Ich glaube, ihre Schwesterninstinkte sind jetzt wohl geweckt. Ich will keinen Ärger mit dem schwarzen Phönix haben, also werden wir uns alle auf dem Rückweg benehmen.«

»Dafür, dass ich dich mag, Annie, bist du eine ganz schöne Spaßbremse! Ich dachte, du wärst lockerer.«

»Das war ich mal«, sagte sie leise.

Chest berührte eine Ausbuchtung an seinem Maschinenarm.

»Ich wollte mich benehmen. Aber im Moment bin ich wegen Robin so glücklich und wenn alles klappt, fliegen wir heute gemeinsam raus, um unsere Eltern kennenzulernen. So viel hoffnungsvolle Energie habe ich schon lange nicht in mir gespürt. Deswegen musste ich sie rauslassen.«

Annie stützte ihre Ellenbogen am Tisch ab.

»Am liebsten würde ich mit euch mitgehen«, sagte sie. »Wie oft kommt man schon dazu, Untergrundmagier kennenzulernen?«

Chest beugte sich zu ihr über den Tisch und senkte die Stimme.

»Darüber solltest du nicht so laut sprechen.«

»Ich mag die Frau nicht, die Chest von hier wegbringt«, sagte Lucy und verschränkte ihre Arme vor der Brust. »Sie hat dafür gesorgt, dass ich ewig schlafen musste. Und die anderen waren Kuchen essen.«

»Robin hatte für dich doch extra viel Kuchen mitgebracht«, erinnerte Annie das Mädchen.

»Das ist etwas ganz anderes!«, schmollte Lucy. Dann zuckte sie mit den Achseln. »War trotzdem lecker.«

Annie nahm einen Schluck Wasser und schaute wieder zu Clodes Mutter.

»Ich habe das Gefühl, Clode ist krank oder so. Sonst wäre er ja längst bei uns. Wisst ihr was, ich werde Mrs. Flander auch ohne ihn ansprechen.«

»Mrs. Flander«, begann Annie, als sie auf Clodes Mutter zuging.

»Du musst der Sprössling des Anderson-Imperiums sein, Annie«, begrüßte Mrs. Flander Annie.

Ihre Lippen waren in ein kokettes Rot geschminkt und ihr Anzug war so enganliegend, dass ihre weiblichen Kurven gut zur Geltung kamen. Mit ihrer schicken Kleidung wirkte sie in der Kantine deplatziert.

»Mein Sohn spricht seit Tagen nur von dir, meine Liebe. Entschuldige, dass ich dich in diesem Chaos begrüße.«

Sie runzelte missvergnügt ihre Nase und warf einen flüchtigen Blick über die Tische mit den vielen Obdachlosen.

»Es hätte keinen besseren Ort dafür geben können, Mrs. Flander. Ich bewundere Ihre Arbeit und die Ihres Mannes. Sie haben Ihr Leben denjenigen gewidmet, die Hilfe benötigen. Das ist bewundernswert.«

»Man tut, was man kann, Liebes.«

Die Stimme von Mrs. Flander ging ein wenig in die Höhe, so als bereue sie ihre Situation. Gleichzeitig klang sie, als würde sie jeden anklagen, der nicht so hilfsbereit war, wie ihre Familie.

»Deswegen wollte ich Sie unbedingt kennenlernen. Ich selbst möchte nach der Schule eine Helferorganisation unterstützen, mit allem, was ich habe. Ich hatte gehofft, Sie würden mir für meinen zukünftigen Weg ein paar weise Ratschläge geben.«

Da lachte Mrs. Flander laut auf und legte ihren Arm um Annies Schulter.

»Du erinnerst mich an mich selbst, als ich in deinem Alter war. Ich hatte gerade die Schule beendet und wollte die Welt verbessern. Aber ich verrate dir eine Sache: Du kannst sie nicht retten. Sie will untergehen und wir sollten ihr helfen, sich endlich zu zerstören.«

»Wie bitte?«, fragte Annie skeptisch. Das waren keine Worte einer intelligenten Frau, für die sie Mrs. Flander gehalten hatte. Da sprach der Wahnsinn aus ihr. Doch aus irgendeinem Grund glaubte Annie, dass die Frau Recht haben könnte.

»Merkst du das denn nicht? Immer, wenn wir eine gute Tat vollbringen, begehen wir zehn Abscheulichkeiten. Die Welt hat uns einfach satt. Wir haben ihre Güte und ihre Fruchtbarkeit nicht verdient. Wir sollten den Anstand haben und endlich verschwinden und dem Planeten die Ruhe geben, die er braucht.«

Mrs. Flanders Augen wurden glasig und sie starrte auf einen Bildschirm, der Nachrichten zeigte.

»Ich habe es satt zu helfen. Doch ich kann nicht anders. Man erwartet das von mir.«

»Mrs. Flander«, sagte Annie ruhig.

Die Frau blinzelte die Tränen weg und holte ein Seidentuch aus ihrer Tasche.

»Oh, entschuldige, Annie. Ich bin heute nur ein wenig durcheinander.«

Sie trocknete sich ihr Gesicht und sah Annie nun wieder mit diesem typischen, einstudierten Lächeln an, das jede dieser mächtigen Frauen im Repertoire hatte. Es wirkte nicht echt, aber auch nicht aufgesetzt. Mit den Jahren, in denen Mrs. Flander falsch lächeln musste, hatte sie wohl das ehrliche Lächeln schlicht verlernt.

»Eine Sache kannst du gewiss machen, um der Welt zu helfen. Überrede deine Eltern, aktiv und regelmäßig ‚*Brot für dich*' zu unterstützen. Mit einer gelegentlichen Mindestspende ist es leider nicht getan, mein Schatz.«

»Ich –«, Annie wusste nicht, was sie darauf antworten sollte.

»Mach dir mal keinen Vorwurf, Kindchen. Die reichen Familien investieren gern ihr Geld, aber sie stecken das stets in ihr Imperium, an die Hilfsbedürftigen erinnert man sich nur um den Jahreswechsel. Dann wird noch schnell ein Scheck ausgestellt und damit hat es sich für ein Jährchen erledigt.«

»Verstehen Sie mich nicht falsch, Mrs. Flander. Ich halte nichts von Geldspenden. Ja, man braucht sie auch, aber mich hat ein wundervoller Mensch gelehrt, dass ich mehr Bezug hätte, wenn ich vor Ort helfe.«

Mrs. Flanders Augenbrauen gingen überrascht hoch. »Du kannst nicht überall sein. Aber dein Einsatz gefällt mir. Wären doch nur mehr Phönixe so engagiert wie du, am besten die ganze Akademie, dann würde ich endlich mein geplantes Helferprojekt bei der Akademieleitung durchsetzen. Ich versuche schon seit Jahren, meine Tochter Viktoria dazu zu bewegen, dass die *Feuerloge* Mr. Gettson in dieser Sache bearbeitet. Aber er will wohl nichts davon hören.«

»Mir scheint, die Phönixakademie veranstaltet nicht genügend Helferveranstaltungen. Euch ist hoffentlich klar, dass nicht jeder eine Anstellung in einer Himmelsstadt finden wird. In der Zeit des stetigen Anstiegs der Fluchfrequenz werden viele Phönixe in den Bodenstädten gebraucht.«

»Der Reiche-Kinder-Club *Feuerloge* versucht, solche Aktionen zu organisieren, aber diese beißen sich mit den Regeln der Phönixakademie. Nicht alle Schüler dürfen rausfliegen, es sei denn, wir docken an einer Himmelsstadt an.«

»Das ist unbegreiflich. Da habt ihr eine gewaltige Menge an Helfern, doch ihr genießt euren Luxus in eurer sicheren Akademie.«

Das Gesicht von Mrs. Flander wurde rot und ihre Nasenflügel flatterten, bevor sie tief durchatmete und ihren Anzug mit einer Handbewegung am Bauch glättete.

»Hätten wir dieses Gespräch vor ein paar Monaten geführt, ich hätte Sie nur entsetzt angeschaut. Denn Sie verlangen, dass die Schüler an gefährliche Orte reisen, um zu helfen. Doch heute bin ich ganz Ihrer Meinung, Mrs. Flander.«

»Es freut mich, dass du mich verstehst. Hach, die Akademie fliegt sowieso an Bodenstädten vorbei. Warum kann sie nicht gleich diese Städte mit Medikamenten von ‚*Brot für dich*' beliefern? Das ist kein Mehraufwand, allerdings wäre die Reichweite umso gewaltiger. Ihr müsstet euch nur auf einen Gleiter setzen und die Lieferung in die betroffenen Städte bringen. Dann würde gar nicht erst ein Notstand ausbrechen, wie er heutzutage überall herrscht. Unsere Organisation hat nicht genug Transporter, alle Städte zu beliefern und ich will nicht an die hohen Treibstoffkosten denken. Ich würde mit meinem Mann ja eine eigene Flotte gründen. Aber die benötigten Flugschiffe sind teuer, selbst wenn man sie regelmäßig mietet. Man bräuchte in jeder einzelnen Himmelsstadt ein paar davon, die in Dauerauslastung wären. Deswegen können wir im Moment nur Orte anfliegen, die nah genug bei der Organisation ‚*Brot für dich*' oder den Tochterorganisationen liegen. Aber das sind leider zu wenige.«

Mrs. Flander legte elegant zwei Finger an ihre Stirn und verdrehte leicht die Augen.

»Entschuldige, aber wenn ich an die verpassten Möglichkeiten denke, die aufgrund der fehlenden

Mitarbeit der Akademie an der weltlichen Misere verstreichen, wird mir immer ganz schwindelig.«

Annie konnte die Argumente der Frau gut nachvollziehen. Sie fühlte sich selbst in einer Welt der Stagnation gefangen. Schlimmer noch, die Welt kippte ins Negative, denn es gab mehr magische Flüche und weniger hilfsbereite Menschen. Alle hatten Angst um ihr eigenes Leben. Die Welt ging wirklich unter, zumindest war da eine gewisse Spannung in der Luft. Allein die Tatsache, dass Frederik Robin nicht einfach in die Akademie zurückbringen wollte, zeigte, dass auch er sich seine Gedanken über das Chaos machte.

»Es ist wirklich nicht einfach, den Akademieleiter zu erreichen«, sagte Annie. »Er hat so viele Assistenten, die Angelegenheiten an ihm vorbeischleusen, wenn sie der Meinung sind, sie seien belanglos. Meine Freundin nimmt Privatunterricht bei ihm und sie muss um jede Stunde kämpfen. Immer wieder aufs Neue. Sie brauchen nur einen sehr guten Grund, dann wird er Ihnen auch zuhören, da bin ich mir sicher.«

»Einen guten Grund«, wiederholte Mrs. Flander nachdenklich und dabei sah sie wieder zu dem nächsthängenden Nachrichtenbildschirm.

Auch Annies Blick ging zu den flimmernden Bildern und da blieb ihr beinahe das Herz stehen. Sie sah das Fahndungsfoto von Robin, das eine Ewigkeit eingeblendet zu sein schien.

»Ähm ... Mrs. Flander? Wissen Sie, wo Clode abgeblieben ist?«, versuchte sie, die Frau abzulenken, doch ihre Augen waren auf den Bildschirm mit dem Suchspot fixiert.

»Clode?«, fragte sie abwesend.

»Ihr Sohn?«

»Clode. Er ist … Er wollte jemanden abholen. Ist sehr früh mit einem unserer Versorgungstransporter losgeflogen.«

»Hat er etwa die Stadt verlassen? Mrs. Flander, können Sie mir sagen, wann er wieder zurück ist?«

Es half nichts, selbst als Annie sich zwischen Mrs. Flander und dem Bildschirm stellte, neigte die Frau ihren Kopf und sah sich weiterhin den Fahndungsaufruf an.

»Schätzchen, ist das nicht das Mädchen, dass immer mit Clode und dir unterwegs ist?«

Annies Herz raste. Nicht, weil Clodes Mutter Robin erkannt hatte, sondern weil Annie bereits eine Idee hinter Mrs. Flanders Stirn entstehen sah.

Die Frau blickte zum Tisch, an dem Annie gerade noch mit Chest und Lucy gefrühstückt hatte. Die zwei saßen immer noch da und machten irgendwelche Albernheiten.

»Hieß sie auch Robin? Wir wurden einander nicht vorgestellt, aber natürlich schaue ich mir die Personen an, mit denen mein Junge seine Zeit verbringt. Wo ist das Mädchen heute? Hatte sie keinen Hunger?«

»Ich fürchte, ich kenne nicht alle Freunde Ihres Sohnes, Mrs. Flander. Robin Bish ist mir aber noch nicht in *Tirias* begegnet. Das wäre mir aufgefallen, da ich den schwarzen Phönix persönlich kenne. Seien Sie sich versichert, Sie würden mich nicht so entspannt sehen, wenn Robin wirklich in der Stadt wäre.«

Mrs. Flander legte diesen Blick auf, der Annie unmissverständlich zeigte, dass sie nicht dumm war.

»Annie, was glaubst du, hat mich meine Hingabe an die Organisation ‚*Brot für dich*' in den vielen Jahren gelehrt?«

Annie schwieg.

»Ich bin rund um die Uhr von Menschen umgeben. Ich kenne sie alle. Die Arroganten. Die Loyalen. Die Lügner. Ich weiß nicht, warum du dich für Robin Bish aussprichst, ist mir auch egal. Aber du solltest mich nicht für dumm verkaufen. Ich denke, du hast nun genug meiner kostbaren Zeit in Anspruch genommen. Geh zu deinen Freunden und genieß das Frühstück. Ich muss ungestört einen Funken versenden.«

Mrs. Flander sah auf Annie herab, wandte sich ohne ein weiteres Wort um und lief Richtung Tür, die zur Küche und zu den Büros führte.

Annie wartete darauf, bis sie dahinter verschwand, dann eilte sie zu Chest und Lucy zurück.

»Sie weiß jetzt, wer Robin ist. Ich glaube, sie will die Phönixakademie anfunken. Ich gehe auf den Schrottplatz, ich muss das Mädchen warnen.«

Chest und Lucy sahen sie mit offenen Mündern an, wobei Annie das zerkaute Brötchen auf Lucys Zunge sehen konnte und sich deswegen leicht angeekelt abwandte.

»Gut, geh vor, Lucy und ich prüfen noch etwas.«

»Aber stellt keinen Unsinn an. Beeilt euch.«

Annie sah beide skeptisch an. Dann ging sie.

chest

»Mir kam Mrs. Flander heute auch etwas komisch vor«, sagte Chest und schraubte bereits seine Kameraeinheit von der Schulter seiner Körpermaschine ab. Er reichte sie Lucy. »Du weißt, was zu tun ist.«

Das Mädchen biss noch einmal in ihr Brötchen und griff gleichzeitig nach der Kamera. Ohne ein weiteres Wort eilte sie zu der Tür, hinter der Mrs. Flander gerade verschwunden war.

Sobald Lucy ebenfalls dahinter war, klappte Chest den kleinen Bildschirm aus, der in dem Brustmodul seiner Maschine eingebaut war und schaltete ihn an.

Sofort sah er den wilden Gang des Mädchens, denn die Kamera schwenkte schwindelerregend hin und her. Lucy rannte an Mitarbeitern von ‚*Brot für dich*' vorbei, die in der Küche gerade damit begonnen haben, die Teller abzuwaschen. Lucy blieb plötzlich stehen und da Chest nicht dabei war, konnte er nicht alles sehen, was die Kleine sah. Ihm wurde ganz heiß. Hoffentlich hatte sie keiner gesehen. Dann sah er, wie Lucys winzige Kinderfinger nach Schokokeksen grabschten, die auf einem Tablett abkühlten.

»Lucy!«, zischte er dem Bildschirm zu. Leider hatten sie keine Möglichkeit der Kommunikation. Abgesehen von einem kleinen Elektrostoß, den Chest dem Mädchen aus der Ferne über die Kamera verpassen konnte, aber das war das Zeichen für das Beenden der Aufnahmen. Und bis dahin war Lucy praktisch auf sich selbst gestellt. »Geh weiter!«

Als hätte Lucy ihn gehört, setzte sie sich wieder in Bewegung und steuerte direkt auf das Büro von Mrs. Flander zu. Da Chest und seine Freunde das nicht zum ersten Mal machten, wussten sie inzwischen, wo sich alles befand. Nicht zuletzt weil Clode sie mehrmals herumgeführt hatte.

Die Tür stand halb offen. Lucy schlich in das Büro und versteckte sich hinter dem Aktenschrank. Dabei hielt sie die Kamera so, dass Chest nur den Kopf von Mrs. Flander auf seinem Bildschirm erkannte.

»Sie sollten mich zu Mr. Gettson durchstellen, meine Liebe. Es kann sonst passieren, dass Sie bald ihren Job los sind«, sprach sie.

Chest sah ihren Funkenspiegel nicht, also wusste er auch nicht, mit wem sie einen Direktfunk führte. Lucy hatte nicht die Möglichkeit, den Bereich, den sie filmte, genau zu ermitteln.

»Lucy, schwenk ein wenig nach unten«, flüsterte Chest und sah sich flüchtig in der Kantine um – überall die gleichen trostlosen Gesichter.

»Ich habe Informationen betreffend Robin Bish. Diese gebe ich nur an den Akademieleiter weiter, also ersparen Sie uns die Höflichkeitsfloskeln. Ich kenne sie zur Genüge«, ertönte die Stimme von Mrs. Flander und Chest sah wieder gebannt auf den Bildschirm, auf dem kurz das entsetzte Gesicht von Lucy auftauchte, das Chest Bestürzung mitteilen wollte. Als Lucy wieder auf Mrs. Flander schwenkte, konnte Chest nun auch deren Funkenspiegel erkennen. Darin saß eine junge Frau mit einer übergroßen Brille und feuerroten Lippen. Sie grübelte offensichtlich darüber nach, ob sie Clodes Mutter durchstellen sollte.

»Bitte nicht, bitte wimmel sie ab«, fieberte Chest mit.

»Mrs. Flander, Sie können mir diese Informationen ebenfalls mitteilen, ich bin die persönliche Assistentin des –«

»Kommen Sie mir nicht damit, Kindchen! Ich weiß, dass Sie nicht einmal in die Nähe des Akademieleiters herankommen können. Von den persönlichen Assistenten hat er eine ganze Menge, aber irgendetwas sagt mir, dass Sie noch zu grün hinter den Ohren sind, um direkten Kontakt zu Mr. Gettson zu haben.«

»Mrs. Flander, ich –«, die Assistentin schien für kurze Zeit die Fassung verloren zu haben, denn ihre vollen Lippen waren leicht geöffnet. Es kam keine Erwiderung auf den Vorwurf. »Ich werde versuchen, was ich kann.«

Die Frau im Funkenspiegel verschwand. Stattdessen folgte ein Warteschleifen-Hologramm, bei dem eine zarte Melodie erklang und ein kleiner brennender Phönix zur Musik um den Spiegel herumflog.

Das Warten machte Chest nervös. Und offensichtlich wurde auch Lucys Arm, der die Kamera hielt, müde, denn bald sah Chest nur noch die Stöckelschuhe der Leiterin von ‚*Brot für dich*'. Die Frau war unruhig, denn sie wippte zittrig mit dem Fuß.

Nach weiteren quälenden Minuten verschwand die Warteschleifenmelodie und auch Lucy hob die Kamera zurück auf die Frau. Im Funkenspiegel erschien das Hologramm der jungen Assistentin, die sich für die Unannehmlichkeiten entschuldigte und dann Mrs. Flander tatsächlich zum Akademieleiter durchstellte.

»Mrs. Flander«, sagte die tiefe Stimme eines bärtigen, stattlichen Mannes. Auf seinem Gesicht spiegelte sich eine autoritäre Geduld wieder, auch wenn seine Augen deutlich ausdrückten, dass er gerade nicht seine eigenen Spielregeln befolgte. Seine Kiefermuskulatur spannte sich mehrmals an. Chest war dieser Mann nicht geheuer.

»Mr. Gettson, es ist mir eine Ehre, endlich persönlich mit Ihnen sprechen zu dürfen.«

»Machen Sie es kurz, Mrs. Flander. Dieses Gespräch dürfte gar nicht stattfinden. Sie haben Informationen bezüglich Robin Bish? Ist sie in *Tirias* gesichtet worden? Deswegen wollten Sie mich sprechen, nehme ich an.«

»Die Organisation ‚*Brot für dich*' ist auf der ganzen Welt verteilt. Nur weil ich in *Tirias* sitze, bedeutet es nicht, dass Robin Bish auch hier bemerkt wurde.«

Mr. Gettson straffte seine Haltung und atmete tief durch.

»Sie verstehen offensichtlich nicht, mit wem Sie es zu tun haben, sonst würden sie Robin Bish auf der Stelle in ein Flugschiff packen und sie Richtung Phönixakademie schicken. Wenn Sie sich von dieser Funkenkorrespondenz etwas versprochen haben, sind Sie lebensmüde.«

»Ist das eine Drohung, Mr. Gettson?«, fragte Mrs. Flander langgezogen und leicht kokett.

»Eher eine Weissagung. Einen schwarzen Phönix ohne Kontrolle zu beherbergen, wird Sie mehr als ihr Leben kosten. Aber nur zu, wenn wir schon persönlich sprechen, dürfen Sie mir auch Ihr Geschäft vorschlagen.«

»Endlich gefällt mir die Richtung, die unser Gespräch angenommen hat. Ich werde Ihnen gleich einen Vertrag funken, den Sie unterschreiben. Ihre Phönixakademie soll ‚*Brot für dich*' dabei unterstützen, Medikamente an die Bodenstädte zu verteilen, an der die Akademie sowieso ständig vorbeifliegt. Nachdem die Papiere unterschieben sind, werde ich Ihnen mitteilen, wo das gesuchte Mädchen sich befindet und Sie können Sie meinetwegen persönlich aus ihrem Versteck abholen.«

Das Gesicht von Mrs. Flander sah bereits siegessicher aus. Sie lehnte sich mehr zum Funkenspiegel vor und wickelte eine ihrer Haarsträhnen um ihren Finger.

»Steht unser Deal?«, fragte sie süßlich.

Ein seltsames Lächeln stahl sich auf die Lippen des Akademieleiters und Chest bekam plötzlich Angst, Robin *und* Clodes Mutter könnte etwas zustoßen.

»Das klingt alles machbar. Senden Sie mir die Papiere zu. Ich werde sie persönlich unterzeichnen und sofort eine Gruppe zusammenstellen lassen, die Ihr glorreiches Projekt realisiert.«

»Das sind erstaunlich gute Nachrichten, Mr. Gettson«, sagte Mrs. Flander nach Luft schnappend und legte ihre Hand auf die Brust. »Ich bin Ihnen äußerst dankbar. Ich bin überwältigt und weiß nicht, was ich sagen soll.«

Ihre Worte klangen sarkastisch, fand Chest.

»Ich sagte doch, das Gespräch muss kurzgehalten werden. Aber denken Sie daran, die Informationen bezüglich Robin nicht zu lange für sich zu behalten. Der schwarze Phönix ist unberechenbar. Wenn Sie zögern, könnte es passieren, dass es keine Organisation mehr gibt, die den armen Menschen in den Bodenstädten helfen kann.«

»Selbstverständlich. Ich werde auch gleich veranlassen, dass die erste Ladung Medikamente Ihre Akademie ansteuert.«

»Tun Sie das. Besprechen Sie die restlichen Dinge mit meiner Assistenz.«

Damit verschwand Mr. Gettson und stattdessen sprang der Funke auf eine Gruppe aus fünf taff aussehenden Personen über, die sich als weitere Assistenten des Akademieleiters vorstellten.

Als Chest erneut vom Bildschirm aufsah und einen Blick in die Kantine warf, fielen ihm am Eingang Männer auf. Sie ließen sein Herz schneller schlagen. Das waren Gesetzesmänner, die Miliz. Einer dieser Männer war derjenige, der ihm andauernd alles durchgehen ließ und schließlich doch immer verhaftete. Wieder hatte er einen Gesichtsausdruck angenommen, der verdeutlichte, wie sehr er die Angelegenheit um Chest bedauerte.

Chest drückte mehrmals einen Knopf neben dem Bildschirm. Dieser gab einen leichten Elektroimpuls an die Kamera ab. Sofort sah er, dass Lucy aus dem Büro flüchtete und die Kamera ausschaltete. Chest erhob sich langsam und klappte mit einem Herzrasen den Bildschirm ein.

Jetzt bereute er seine wilden Flugkünste durch die edle Einkaufspassage am frühen Morgen. Nicht weil er verhaftet werden könnte, sondern weil heute der Tag war, an dem er sich zu seinen richtigen Eltern aufmachen würde.

»Hey, Kleiner«, sagte Mr. Grown, der Milizmann, der ihn immer wieder entkommen ließ. »Chest, du weißt, warum wir hier sind.«

»Das war doch nur Spaß«, versuchte Chest mit einem reuevollen Blick. Ihm wurde bewusst, wie ungern er *heute* hinter Gittern landen wollte. »Es ergeben sich Möglichkeiten, Mr. Grown und ich war deswegen euphorisch. Bitte nehmen Sie mich nicht mit. Nicht *heute*! Es kann sein, dass ich meinen Dad kennenlerne. Meinen *echten* Dad. Und meine *Mom*!«

Der Gesichtsausdruck von Mr. Grown zeigte Überraschung und ehrliche Freude. Doch dann runzelte der Mann die Stirn und blickte kurz zu seinen Kollegen.

»Hör zu Junge, wenn es nach mir ginge, würde ich dich wieder rausboxen«, sagte er mit gesenkter Stimme.

Chest sah Lucy aus dem Blickwinkel und machte eine leichte Handbewegung, um ihr zu bedeuten, mit dem Videomaterial von hier zu verschwinden.

Sie legte die Hände auf ihren Kopf und sah entsetzt zu den Milizmännern. Doch sie machte keinen Ärger und schlängelte sich an Tischen mit Essenden vorbei zur Tür und verschwand auf der Stelle. Sie konnte ihm eh nicht helfen und wenn die Miliz auch noch sie mitnehmen würde, würde Robin nichts vom Verrat durch Mrs. Flander erfahren.

»Ich tue mal so, als hätte ich die Kleine gerade nicht gesehen, Chest«, sagte Mr. Grown. »Was denkst du? Erhöhen wir die Haftstrafe von sieben auf neun Tage? Ich habe das Gefühl, dass du sonst keinen Lerneffekt hast.«

Chest wurde es ganz heiß. Er ärgerte sich darüber, seine Eltern durch sein Verhalten jetzt doch nicht kennenlernen zu dürfen.

»Aber Mr. Grown!«, flüsterte Chest flehend. »Mein Dad!«

»Dein Dad sollte dadurch begreifen, was er angerichtet hat, weil er nicht bei dir war. Und wenn er ein guter Vater ist, wird er auf dich warten.«

»Sie verstehen nicht, er ist nicht hier, er ist ...« Chest hatte keine Ahnung, wo sich seine richtige Familie befand, also schwieg er und ließ Mr. Growns bedauerndes Kopfschütteln über sich ergehen. Chest verletzte diese Geste mehr als seine eigene Enttäuschung, die seine Eltern betraf. Mr. Growns Gesicht zeigte eindeutig, dass auch andere Menschen von Chests Vater enttäuscht waren.

»Sie haben Recht, Mr. Grown. Neun Tage wären inzwischen angemessener als sieben.«

Chest streckte seine Arme dem Milizmann entgegen und wartete darauf, Handschellen angelegt zu bekommen, doch Mr. Grown winkte nur ab.

»Ich weiß, du wirst nicht weglaufen. Komm mein Junge.«

Chest senkte die Arme und folgte dem Milizmann, der ihm all die Jahre mehr Vater war gewesen als sein Pflegevater oder sein echter Dad. Ihm kam sogar der Gedanke, dass er das geplante Treffen womöglich selbst sabotiert hatte, um sich nicht den großen Fragen stellen zu müssen.

robin

Robin räumte gerade gemeinsam mit Frederik und dem fülligen Jungen namens Menü das Frühstück ab, das sie für die Windsegler vorbereitet hatten. Robin befürchtete, wegen ihrer Aufregung aufgrund der bevorstehenden Reise in der Öffentlichkeit zu viel Aufmerksamkeit zu erwecken, weswegen sie die Kinder zu einem Essen auf dem Schrottplatz überredet hatte. Nur Annie, Chest und Lucy waren in die Armenküche von ‚*Brot für dich*' gegangen, weil Annie Clodes Mutter kennenlernen wollte.

Robins Finger zitterten schon seit gestern Abend. Sie war nervös wegen des Treffens mit ihren Eltern. Sie hatte so viele Fragen, doch immer wenn sie an diese dachte, hatte sie das Gefühl, alles vergessen zu haben, sogar wer sie war.

»Ich übernehme das«, sagte Frederik und nahm Robin den Tellerberg ab.

Dass Frederik überhaupt so etwas wie den Abwasch übernahm, ließ Robin noch immer staunen. Es lag womöglich an dem Schrottplatz, der auf alle eine entspannende Wirkung zu haben schien.

»Was ist?«, fragte er, als er Robins Blick bemerkte.

»Ich warte immer noch auf den Augenblick, in dem du mich vereist und zu unserem Ziehvater bringst.«

»Ich will dich nicht anlügen. Das ist ein Szenario, das ich jede Nacht vor dem Schlafen durchspiele.« Er stellte die Teller auf dem Tisch ab und versenkte seine Hände in den Hosentaschen. »Varus Gettson ist ein sehr manipulativer und besitzergreifender Mann, er ist zu tief in unsere Gedanken und in unser Leben eingedrungen. Wir werden noch jahrelang gegen sein Flüstern in unseren Köpfen ankämpfen. Aber ich habe mich dazu entschlossen, die Machenschaften, die das Projekt Renaissance angehen, aufzudecken.«

Robin senkte den Blick. Sie ahnte, worum es sich dabei handelte. Sie hatte diese Vision von Jenny, wobei es sich so anfühlte, als hätte sie einen direkten Kontakt zu ihr gehabt. Auch Chest hatte das erlebt. Er und Robin hatten beschlossen, dieses Ereignis für sich zu behalten. Das war nicht leicht, denn zu erklären, warum Robin plötzlich glaubte, Chest sei ihr Bruder, war eine besondere Herausforderung. Sie hatten Frederik und Feria Stilben, die Frau, die sich in Robins Mutter verwandeln konnte, die Lüge aufgetischt, sie würden die gleichen Träume haben. Es war schließlich schwer einzuschätzen, ob Frederik wirklich auf Robins Seite war und nicht einfach nur eine Rolle einnahm, um weiterhin für Mr. Gettson Informationen zu sammeln.

»Danke, dass du uns hilfst«, sagte Robin lediglich und nahm sich ein paar schmutzige Tassen, um weiterem Gespräch zu entkommen. Doch das war gar nicht nötig. Frederik war bereits abgelenkt, er rannte ohne einen triftigen Grund einfach los.

»Komm mit!«, rief er ihr zu.

Robin ließ alles stehen und rannte ihm hinterher.

Sofort erkannte sie, weswegen Frederik losgestürmt war: Annies Gleiter raste mit hohem Tempo auf den Schrottplatz zu. Und sie war allein. Nirgends waren Chest oder Lucy zu sehen.

Annie vollzog beinahe eine Bruchlandung, doch sie schaffte es, ihre Maschine noch rechtzeitig hochzuziehen und zehn Meter vor Frederik und Robin zu landen.

Die junge Phönixmagierin war kaum vom Gleiter gestiegen, da eilte sie bereits auf Robin zu, wobei sie ihren Schutzhelm vom Kopf riss und einfach in den Staub fallen ließ. Sie packte Robin an den Trägern ihrer Latzhose und redete schnell auf sie ein.

»Clodes Mutter weiß, wer du bist. Glaube mir, das ist kein Vorteil«, schrie die Blondine.

Nur einmal hatte Robin Annie so panisch gesehen und das war kurz nach der Loro-Katastrophe gewesen, bei der das Mädchen zusammengebrochen war. Ihr Haar, das sonst schön frisiert war, stand zu allen Seiten ab.

Robin befreite sich von Annies Griff und sah sie verwundert an. Dann stieg die Angst in ihr hoch. Wiedereinmal würde sie fliehen oder zumindest sich verstecken müssen.

»Aber Clode ist doch in Ordnung, was ist so verkehrt an der Mutter?«, wollte Frederik wissen. »Können wir ihr nicht vertrauen?«

»Du hättest ihren Blick sehen sollen, Sed!«, sagte Annie. Robin konnte sich noch immer nicht an den seltsamen Spitznamen für Frederik gewöhnen.

»Sie wollte mich gar nicht mehr anhören«, sprach die Blondine weiter. »Ich kenne die Art von Mensch, viele Freunde und Geschäftspartner meiner Eltern sind so. Sie wittern ihre Chance und nutzen sie um jeden Preis.«

Am Himmel erschien ein weiteres Fluggerät – ein kleines, das Lucy gehörte. Robin suchte den Himmel ab, in der Hoffnung, sie würde auch Chest erblicken, doch das panische Gesicht des Mädchens, das gerade neben ihnen gelandet war – eleganter als Annie – verriet Robin, dass etwas passiert sein musste.

»Hey, Menü!«, rief Lucy dem Jungen zu, der ebenfalls zu der Gruppe kam. Er hielt seine Seite fest und war ganz außer Atem. »Bring sofort einen Monitor her!«

Als Menü sich lieber auf seinen Knien abstützte, kam Lucy zu ihm und trat ihm leicht gegen das Schienbein. »Sofort! Das ist super wichtig!«

»Was ist geschehen?«, fragte Robin und nahm die panisch wirkende Lucy kurz in den Arm. Die Kleine befreite sich aus der Umarmung und hielt eine Kugel hoch.

»Chest wurde verhaftet und das hier ist seine Kamera. Ich habe ein Gespräch zwischen Clodes Mutter und so einem komischen Typen aus deiner Zauberschule aufgenommen. Das wird dich interessieren.«

»Ein Mann aus der Akademie?«, fragte Robin und spürte, wie ihre Arme eiskalt wurden. »Etwa Varus Gettson? Der Leiter der Phönixakademie?«

Lucy zuckte nur bedauernd mit den Schultern.

»Ich habe es nicht so mit Namen. Ein Mann in Anzug und mit Bart. Er sah böse aus.«

Frederik und Robin tauschten Blicke aus. Jetzt kroch die Angst noch stärker in ihre Glieder und sie begann, die enorme Kälte in Dampfwölkchen aus ihrer Lunge zu husten.

»Verdammt, komm her!«, forderte Frederik sie auf und nahm sie ganz fest in die Arme.

In diesem Moment drehte sich alles um Robin. Sie spürte, wie schwarze Feuerzungen eiskalt ihre Haut peitschten. Sie hörte, wie Frederik die Kinder aufforderte, wegzurennen, bevor er Robin noch fester in den Arm nahm und ihr beruhigend zuflüsterte.

»Gib deine Flammen an mich ab.«

Robin schloss die Augen und spürte den enormen Druck, der auf ihr lastete. Die Aufforderung von Frederik überforderte sie.

»Ich kann nicht, ich spüre, dass ich gleich explodiere«, schrie sie ihn an.

Frederik strich Robin über den Rücken und legte seine Wange an ihre.

»Ich bin da und ich lasse nicht zu, dass du die Kontrolle verlierst. Nicht hier, Robin. Nicht in meinen Armen. Und nicht in Gegenwart deiner Freunde. Du liebst sie zu sehr, als dass du ihnen ein Leid zufügen könntest.«

»Ja, sie sind mir wichtig«, hauchte sie. Vor ihrem inneren Auge erschienen die einzelnen lächelnden Gesichter der Schrottplatzkinder. Keinen Einzigen von ihnen wollte sie verletzen.

»Dieser Mann kann dich nicht dazu zwingen, diese wundervollen Kinder in Lebensgefahr zu bringen, Robin. Gib mir deine Energie, ich werde sie umwandeln.

Robin spürte das heftige Zittern, als sie die Kraft aufbrachte, die ausgestaute Energie festzuhalten und sie gezielt an Frederik abzugeben.

»Noch ein bisschen«, sagte er mit eiskaltem Atem. Es war auch für ihn nicht ungefährlich, die zusätzliche schwarze Phönixmagie in sich aufzunehmen. Doch er war erfahrener als sie und er schaffte es, den Überschuss an die Umgebung abzugeben, ohne die Entstehung schwarzer Flammen oder ungewollter Energieschübe.

»Ich lasse dich jetzt los, Robin«, flüsterte er ihr ins Ohr und küsste sie auf die Wange, nahe ihrer Lippen. Ein wohliges Gefühl schob alle Kälte aus ihrer Brust und sie klammerte sich an sein Jackett, um die Nähe zwischen ihnen länger zu genießen.

Robin bewegte ihr Gesicht leicht von Frederiks weg und beide sahen sich lange an, bevor Robin den jungen Mann losließ und auch er die Umarmung löstc.

»Danke«, hauchte sie, wobei sie noch immer die Augen nicht von ihm abwandte.

Frederik schwieg. Deswegen senkte Robin den Blick und sah sich gleich darauf nach den anderen um. Die erste, die Robin sah, war Annie, die als einzige scheinbar keinen Schutz gesucht hatte. Ihr Blick war durchdringend. Gleichzeitig aber verletzt und kämpferisch.

»Annie«, sagte Robin und es war Frederik, der auf sie zuging.

»Geht es dir gut?«, fragte er sie und nahm sie zu Robins Überraschung in den Arm.

Sie sprachen leise miteinander und so wie Frederik die Blondine ansah, wusste Robin, dass die zwei mehr verband, als nur die gleiche Schule.

Doch das sollte im Moment nicht Robins Problem sein. Sie lief zu Menü, der gerade einen Bildschirm zu dem Sammelplatz trug und ihn auf die Feuertonne stellte, die ausschließlich in der Nacht brannte.

***

Das Video, das Lucy aufgenommen hatte, war eindeutig. Robin wurde verkauft. Sie wusste, dass sie nicht ewig unentdeckt bleiben würde. Es grenzte an ein Wunder, dass sie so lange in einer Stadt hatte verweilen können, ohne sich wirklich zu verstecken.

»Das ist ein guter Moment, *Tirias* zu verlassen«, sagte Feria, die Frederik sofort informiert hatte. Auch sie hatte sich die Aufnahmen angesehen. »Ich habe genug Informationen, um diesem Miststück einiges anzuhängen. Mrs. Flander dreht krumme Dinger und das hinter dem Rücken ihres Mannes. Die Sache mit Robin, das ist ein reinstes Zuckerschlecken. Sie würde ihre Kinder verkaufen, um endlich aus der Helferorganisation auszusteigen und andere Geschäftsmodelle anzugehen.«

»Welche Geschäfte meinst du?«, wollte Annie

wissen, die sanftmütiger wirkte, seit Frederik ihr mehr Nähe schenkte.

»Diese Frau ist in die Ausbeutung vieler magischer Lebewesen verwickelt. Das Feenblut und der Feenstaub sind zwar überall erhältlich, aber das spenden die Feen nicht freiwillig. Da finden brutale Raubmorde statt und kaum einer weiß davon, weil es in den verbotenen Bereichen geschieht. Und das ist nur ein winziger Teil der Grausamkeiten, die diese Frau im Schatten ausübt. Dinge, für die die magischen Wesen wieder einen Krieg anfangen könnten. Mr. Gettson ist demnach nicht der einzige Krisenherd. Bereitet euch vor, wir reisen in einer Viertelstunde ab.«

»Was ist mit Chest? Er muss mit mir mitkommen«, sagte Robin.

»Nein, du lässt ihn hier. Er hat seine Chance für heute verspielt. Wer so einen Ausflug antreten will, sollte sich nicht von der Miliz gefangennehmen lassen. Er stellt ein Risiko dar. Wir werden ihn weder aus dem Gefängnis befreien, noch auf ihn warten.«

Robins Mutterdouble nahm flackernd die Gestalt eines Milizmannes an, dann wechselte sie wieder zurück.

»Vielleicht kommt er heute noch raus, bis morgen können wir warten.«

Seit Jennys Erscheinung in ihren Köpfen waren Chest und sie unzertrennlich. Sie hatten beinahe jede freie Minute miteinander verbracht, um sich besser kennenzulernen und über die jüngste Schwester zu sprechen, die offensichtlich viel Macht besaß.

»Seltsam, dass ich keine Kräfte aufweise«, hatte Chest mehrmals gesagt. »Ob mich deswegen niemand haben wollte?«

Robin wusste darauf nichts zu antworten, denn auch sie wurde weggegeben, nur nicht an so einen schönen Ort wie *Tirias*. Sicher, hier gab es neben dem extremen Reichtum viel Armut, aber was die Windsegler hier aufgebaut hatten, war beneidenswert.

»Die Akademie ist weit entfernt von hier. Bis jemand Leute nach mir schickt, sind wir weg«, versuchte Robin Feria zu überzeugen.

»Er ist immer so eine Woche im Gefängnis«, meldete sich Lucy zu Wort, die hinter einem Sofa saß und dem Gespräch lauschte, aus dem sie eigentlich ausgeschlossen war. »Sie wollen ihn nur diszi... deszip... Sie wollen ihn erziehen.«

»Lucy«, sagte Robin warnend, doch das Mädchen blieb auf seinem Posten. Die Windsegler waren zwar alles Kinder, aber der Schrottplatz war ihre Welt und niemand, selbst dunkle Magier konnten sie von so einem Gespräch nicht vertreiben.

»Das sind zu viele Tage. Außerdem können wir nicht sicher sein, dass jemand von Mrs. Flanders Leuten nicht bereits auf dem Weg zu uns ist. Steigt in mein Flugschiff. Und zwar sofort! Ihr braucht kein Gepäck, ich habe alles Wichtige an Bord«, sagte Feria.

»Ich weiß nicht«, sagte Robin.

»Du brauchst dir keine Sorgen zu machen«, beruhigte Annie sie. »Ich werde hierbleiben und passe auf Chest auf.«

»Chest wurde verhaftet, weil du auf ihn aufgepasst hast!« Robin zog den Haargummi aus ihrem Zopf und zupfte die schwarzen Haare, die daran geblieben waren, heraus, während sie zu Boden sah. »Entschuldige, es ist natürlich nicht deine Schuld.«

»So ist es! Nicht *meine* Schuld, dass er wie ein Wilder durch irgendeine Einkaufspassage düst. Ich habe ihn vorgewarnt. Und jetzt haut schon ab, denn ich glaube auch, dass Mrs. Flander irgendjemanden herschickt, der zumindest nachsieht, ob du da bist. Wenn etwas Wichtiges geschieht, werde ich Frederik funken. Die Gelegenheit mit deiner Mutter darfst du nicht verstreichen lassen. Ich würde ja auch gerne mitkommen, aber ich darf ja nicht.«

»Genau, du darfst nicht«, bestätigte Feria bestimmt und stand auf. »Abmarsch!«

Robin hatte keine Wahl. Sie wollte, dass Chest dabei war, wenn sie ihre Eltern kennenlernte, aber unter diesen Umständen kam Warten nicht infrage. Das sah sie nun ein.

Auch wenn keiner es aussprach, hatte Robin das Gefühl, nicht so bald nach *Tirias* zurückzukehren. Aber da sie es nicht zugeben wollte, verzichtete sie auf eine lange Verabschiedung der Kinder. Sie warf ihnen nur ein liebevolles Lächeln zu und prägte sich alle Gesichter ein.

»Du kannst jederzeit wiederkommen«, sagte Lucy plötzlich.

Es war keine einzige Träne in ihren Augen, doch Robin spürte, dass das Mädchen verstand, was Robin nicht aussprechen wollte. »Du hast ja jetzt dein eigenes Zimmer.«

»Ich komme wie-« Ihre Stimme brach und sie fragte sich, warum das Kind denn so viel taffer war, als sie selbst. Sie schluckte schwer und wandte sich von Lucy ab. »Ich komme wieder, Lucy.«

»Ich weiß«, sagte das Mädchen.

»Natürlich kommt sie wieder«, ging Annie dazwischen. »Ihr lasst mich hier, schon vergessen? Ich erwarte euch recht bald. Ja? Sed?«

»Klar, Annie. Bald«, sagte Frederik und die Blondine lächelte. »Und wenn alle Stricke reißen, werden wir dich benachrichtigen, wo du uns findest«, fügte er schnell hinzu.

»Nein! Das lasst ihr gefälligst. Ich erwarte euch hier.«

Annies Gesicht sah fordernd und verunsichert aus. Da beugte sich Frederik zu ihr herunter und küsste sie auf die Lippen.

Robin machte große Augen, bevor sie sich ganz von den Zweien wegdrehte. Sie hatte es doch gewusst.

»Schluss mit der Liebelei, steigt ein«, meldete sich Feria über die Lautsprecher des Flugschiffs, das sie bereits gestartet hatte.

»Machs‘s gut, Annie«, hörte Robin Frederik flüstern.

»Bis bald«, gab die Phönixmagierin zurück. »Wenn ihr Nachrichten sendet, meldet euch gleichzeitig auch bei Clode, ja? Vergesst mich nicht. Ich meine, vergiss mich nicht.«

Das war Robin zu viel, sie lief zum Flugschiff und stieg ein. Sie musste sich eingestehen, dass sie ein wenig eifersüchtig war. Aber mehr deswegen, weil Frederik Lion vereist hatte und nun dessen Cousine küsste.

Verdrossen setzte sie sich in einen Sitz und schnallte sich an. Gleich darauf nahm Frederik neben ihr Platz und aus dem Augenwinkel heraus sah sie ihn über das ganze Gesicht grinsen.

»Das ist nicht fair«, sagte sie leise und blickte aus dem Fenster, um sich vom Schrottplatz zu verabschieden.

clode

Zum wiederholten Male griff Clode zur Thermoskanne und nippte an dem starken Tee, der ihn wachhielt. Es war wirklich sehr früh, als er mit dem Versorgungstransporter *Tirias* verlassen hatte. Er konnte immer noch nicht glauben, was seine Schwester Viktoria ihm Schreckliches erzählt hatte. Eine Bodenstadt war ausradiert worden. Jetzt war er unterwegs, um Aves, einem Schülersprecher der Phönixakademie, entgegenzukommen, um die wenigen Überlebenden aus jener unglücklichen Stadt mit Nahrung und Medikamenten zu versorgen.

»Die ganze Stadt ist zerstört?«, fragte Clode Aves über den Funkspiegel, während er die Koordinaten des Flugschiffes abglich, in dem die Betroffenen sich befanden und auf *Tirias* zuflogen.

»Es ist nichts als Asche übriggeblieben«, sagte der erschöpft aussehende junge Phönixmagier.

»Und Viktoria war ebenfalls bei der Katastrophe dabei? In ihrem Funken klang sie kraftlos, ihr geht es doch gut?«

»Sie ist wohlauf. Du kannst dich glücklich schätzen, so eine engagierte und mutige Schwester zu haben.«

Clode warf einen prüfenden Blick zum Funken, denn Aves Stimme hatte sich verändert. Ein leises Lächeln umspielte seine Lippen.

»Ja – ähm, ja, sie ist großartig, stets eine Wahnsinnshilfe. Hör mal Aves, ich sehe gerade, dass uns etwa drei Stunden voneinander trennen. In der Mitte der Strecke ist eine kleinere Stadt mit einem großen Feld außerhalb. Da sollten wir landen. Der Ort heißt *Wiesentor*, siehst du es auf deiner Karte? Das Ackerfeld nördlich, dort treffen wir uns.«

»Ich sehe es.«

Viel mehr zu sagen hatten die beiden sich nicht. Der eine war noch gelähmt von den Ereignissen und der andere zu müde und brachte seine gesamte Konzentration auf, um nicht einzuschlafen.

»Hast du flugerfahrene Männer bei dir, Aves?«, fragte Clode nach einer Weile.

»Ja, ich habe hier drei Leute, die ein Flugschiff fliegen können, ich werde dir zwei davon überlassen.«

»Klingt gut.«

Clode sah die Stadt schon von weitem. Sie war nicht sonderlich groß. Sicher war den Bewohnern nicht entgangen, dass zwei Flugschiffe gleichzeitig aus verschiedenen Richtungen sich auf das freie Feld zubewegten. Wenn er an die Güter dachte, die er transportierte, wurde es Clode ganz mulmig. Für so eine kleine Stadt wäre das ein willkommener Schatz.

Schon als Clode aus dem Flugschiff stieg und auf Aves und die Überlebenden zueilte, hoffte er, dass alles schnell ablaufen würde.

»Hallo Aves«, sagte er und schüttelte dem blonden Jungen die Hand.

»Danke, dass du uns entgegengekommen bist.«

»Wir müssen schnell machen, ich weiß nicht, wie sicher wir hier sind. Ich meine nicht die Flüche.« Clode zeigte mit dem Daumen Richtung Stadt. »Jeder soll sich ein paar Sachen aus dem Transporterschiff schnappen. Essen könnt ihr unterwegs und wenn ihr keine Schwerverletzten habt, schlage ich vor, ihr reinigt eure Wunden und verbindet sie provisorisch. Wenn wir erst in *Tirias* sind, wird man sich um euch intensiv kümmern, versprochen.«

»Ich wollte eigentlich mein Schiff nehmen und wieder zur Akademie zurückkehren. Dort gehen schräge Dinge ab, die ich untersuchen möchte«, sagte Aves.

Clode sah zu den Leuten, die Aves mitgebracht hatte.

»Das wäre kein Problem, ich könnte sie alle bei mir unterbringen. Bist du dir sicher, dass du nicht mit nach *Tirias* kommen willst?«

Aves blickte zu ein paar Kindern und kratzte sich am Kinn.

»Weißt du was, ich will sehen, wie meine Geschwister und Cousine untergebracht werden, bevor ich wieder den Rückweg antrete.«

»Gute Entscheidung.«

»Wir sollten die Leute auf beide Flugschiffe verteilen,

dann sind wir besser ausgewogen und schneller«, sagte Aves.

»Erzähl den anderen deinen Plan«, sagte Clode beim Betrachten der Stadt Wiesentor. »Sie sollen keine lange Pause machen.«

Nicht, dass Clode den Leuten die Vorräte nicht gönnte. Aber meist nahmen sich verzweifelte Menschen nicht nur die Lebensmittel. Es hatte genug Vorfälle gegeben, bei denen die Flugeinheiten von ‚*Brot für dich*' unfreiwillig den Besitzer gewechselt hatten. Aves und Clode waren zwar Phönixmagier, aber das reichte nicht, um sich gegen eine ganze Stadt zu verteidigen.

Außerdem war Viktoria ganz deutlich gewesen: *»Aves und seiner Familie darf auf keinen Fall etwas geschehen, Clode.«*

Hornelius

Hornelius besah sich die lange Liste an Bewerbern, die seinem Ruf nach neuen Rekruten für die Feuerwache gefolgt waren und schüttelte den Kopf. Warum musste er ausgerechnet so kurz vor der Prüfungszeit eine Hilfsstelle ausschreiben? Er wünschte, zu normalen Bewerbungszeiten würden sich auch immer so viele Freiwillige finden. Niemand von diesen Bewerbern würde nur ansatzweise Lions Engagement und Kampfgeist mitbringen, das sah Hornelius den Schülern sofort an. Sie waren alle da, weil sie sonst die Klassenstufe wiederholen müssten und solche Teenager waren seiner Erfahrung nach meist faul und unzuverlässig.

An einigen Gesichtern sah Hornelius die Verzweiflung. Sicher standen enttäuschte Eltern als Schatten hinter diesen Schülern und machten Druck, doch noch zu den Prüfungen zugelassen zu werden. Am Ende eines Schuljahres waren Helfer überall in der Akademie überschüssig – für viele die letzte Chance, ihr Punktekonto aufzufüllen. Wer reiche Eltern hatte, konnte die Lehrer bestechen und so ebenfalls die Punkte erhalten. Aber es gab Lehrer, die sich nicht bestechen ließen. Andere nahmen nur hohe Summen, weswegen die Eltern lieber ihre Kinder durchfallen sahen oder sie dazu zwangen, ehrenamtliche Arbeiten an der Akademie anzunehmen. Solche Stellen gab es zu Genüge. Zum Beispiel in der Putzkolonne, der Pausenaufsicht, der Bibliothek, der Küche oder beim Einkauf, wobei man da eher schleppte, als einkaufte. Doch nur an einer Stelle gab es für die Ehrenamtler auch Geld und das war die Feuerwache. Die Akademie sorgte mit der Entlohnung für Motivation, denn die Arbeit war teilweise lebensgefährlich. Im Normalfall wollte dennoch kaum einer bei der Feuerwache aushelfen.

Heute war es anders.

»Gibt es hier jemanden, der *nicht* wegen der Zusatzpunkte für seine Prüfungszulassung gekommen ist?«, fragte er in die Runde schmächtiger Schüler und Schülerinnen, die sich peinlich berührt gegenseitig ansahen. Niemand meldete sich.

»Dachte ich es mir! Nun, es ist so, dass ich mich auf keinen von euch verlassen kann, sobald die Prüfungen vorbei sind. Und das bedeutet, dass keiner von euch –«

In diesem Moment betrat Kathy Silberstein die Feuerwache und zog mit ihrem goldenen, metallischglänzenden Haar alle Aufmerksamkeit auf sich.

Mit so einer Helferkraft hatte Hornelius nicht gerechnet. Kathy stellte sich auch nicht zu den anderen, sondern lief direkt auf ihn zu.

»Das sind ja viele Bewerber«, kommentierte sie die Schülerschar, die sie nur anstarrte.

»Welch Ehre« sagte Hornelius und musterte Kathy gründlich. »Willst du das Feuer bekämpfen?«

»Ganz und gar nicht. Ich habe einen Auftrag von der Akademieleitung.« Kathy stellte sich direkt vor Hornelius und wandte sich seinen Anwärtern zu. »Das betrifft euch alle. Heute werden leider keine Feuerwach-Rekruten gewählt, sondern Helfer für ein neues Projekt.«

»Was?«, fragte Hornelius entrüstet. »Wir sind unterbesetzt! Außerdem hatte ich die Ausschreibung aufgesetzt, die Schwächlinge hier gehören mir.«

Hornelius schob Kathy aus seinem Sichtfeld und trat nun auf die Schüler zu.

»Gibt es hier jemanden, der gerne bei der Feuerwache anfangen würde?«, fragte er.

Es gab einige zögerliche Handzeichen und Hornelius deutete mit dem Kopf in eine Ecke.

»Stellt euch dahin. Der Rest kann sich ja anhören, was das Goldstück hier zu sagen hat.«

Er schnipste gegen eine von Kathys Haarsträhnen, die daraufhin in ihr Gesicht flog. Die Schülersprecherin glättete ihr Haar lediglich und besah sich Hornelius geduldig.

»Wie erwachsen. Bist du fertig?«, wollte sie wissen.

»Nein, ich habe hier noch ein Rekrutengespräch zu führen mit den drei Anwärtern da. Du verschwindest mit deiner neuen Meute lieber gleich.«

»Das geht nicht. Du bist ein Teil des Projektes und diese drei Rekruten ebenfalls. Wie gesagt, Befehl von oben.«

Das machte Hornelius stutzig. Warum sollte eine Schülersprecherin so etwas vortragen? Wenn es eine Anweisung von oben zu verkünden gab, dann meist direkt durch einen Assistenten der Akademieleitung oder in dem ein Personalmeeting ausgerufen wurde. Aber Kathys Projekt betraf wohl mehr die Schüler und nicht das Personal.

»Gut, beeil dich und erzähl, was du zu sagen hast«, sagte er.

»Ich fürchte, das ist nicht schnell geklärt.« Kathy warf mit einer Handbewegung ihr goldenes Haar über die Schulter. »Seit heute arbeitet die Phönixakademie bei einem Projekt der Helferorganisation ‚*Brot für dich*' mit. Dabei geht es um die Auslieferung von Medikamenten an bedürftige Bodenstädte. Da wir in ständiger Bewegung sind und wir an vielen von Flüchen betroffenen Städten vorbeifliegen, ist es nur logisch, diese Aufgabe zu übernehmen.«

Ein zustimmendes, jedoch nicht ganz überzeugtes Gemurmel erfüllte den Raum und Kathy wartete, bis es abebbte, bevor sie weitersprach.

»Dieses Programm sorgt für eure Prüfungszulassung, verpflichtet euch aber gleichzeitig für ein weiteres Jahr, dabeizubleiben. Da wir viele von euch brauchen, soll ich euch ausrichten, dass jeder, der nicht mitmacht, obwohl er noch Punkte benötigt, automatisch durchfällt. Ihr werdet in keiner anderen ehrenamtlicher Position euer Punktekonto aufstocken können, denn niemand braucht euch *nur* in der Prüfungszeit. Ihr wart nicht fleißig genug, euch in der Schule anzustrengen, und keiner will

Helfer haben, die auf den letzten Drücker noch etwas nachholen wollen.«

Hart, aber wahr, dachte Hornelius und betrachtete dabei die entsetzten Gesichter der Schüler. Da wurden einmal eine Bodenstadt und ein paar Flüche erwähnt, schon machen sich viele in die Hose, fand er.

Hornelius hätte gedacht, das Projekt, das Kathy vorstellen würde, wäre ein Reinfall, aber soweit klang es ganz einleuchtend. Er überdachte sogar seine Vorbehalte gegenüber der Schülersprecherin – vorerst.

»Wir können nicht immer abschätzen, wie hoch der Grad der Flüche in den einzelnen Gegenden ist, deswegen wird keiner von euch in diesen Städten landen. Die Pakete, die ihr mit euch führt, werden einfach abgeworfen und dann fliegt ihr sofort zurück zur Akademie. Ihr dürft nicht riskieren, dass ihr bei einem Stadtspaziergang verflucht werdet.«

Kathy holte eine dicke Mappe heraus und begann Infomäppchen an die Schüler zu verteilen. Am Ende gab sie Hornelius ebenfalls eins.

»Hier drin findet ihr alle Anweisungen, die euch betreffen. Ihr könnt sie anschließend durchlesen und Fragen gleich an mich richten. Ich bin eure betreuende Ansprechpartnerin, was das Organisatorische angeht. Hornelius Larsen wird die Missionen durchführen und euch auf die zu beliefernden Städte einteilen.«

»Klingt doch vielversprechend«, sagte Hornelius. »Aber was ist mit der Feuerwache?«

Kathy musterte Hornelius‘ Uniform.

»Tut mir leid, auf dich wartet mehr Arbeit. Aber wenn

es dich beruhigt, der Akademieleiter höchstpersönlich hat das Verbot von Feuerzaubern in den nicht dafür vorgesehenen Bereichen ausgesprochen.«

»Daran hält sich nie einer.«

»Diesmal werden sie es, denn wer gegen diese Regel verstößt, wird der Schule verwiesen. Heute Abend wird es amtlich gemacht. Da Aves im Moment außerhalb der Akademie ist, übernehme ich die derzeitigen Durchsagen. Für die Anwesenden gilt dieses Verbot ab sofort.«

Stille legte sich über den Raum. Ertappte Schüler warfen betretene Blicke zu Kathy und Hornelius.

»Echt jetzt?«, fragte er. »Ihr zaubert alle in verbotenen Bereichen? Wisst ihr nicht, wie gefährlich das ist?«

Einige Blicke wanderten betroffen zu Boden.

»Ich fasse es nicht«, murmelte Hornelius.

»Diese neue Regel sollte dir und deinen Jungs etwas Arbeit abnehmen. Ich finde, das hätte schon viel eher passieren sollen. Wenn ich nur daran denke, wie oft ich Lion in seiner Einsatzuniform gesehen habe.«

»Das lag daran, dass Lion der beste Mann in diesem Laden hier ist.«

Kathy schenkte Hornelius einen Schmunzler, dann nahm sie wieder einen ernsten Gesichtsausdruck an und wandte sich den Schülern zu. Er betrachtete dabei ihr Gesicht und erst jetzt fielen ihm die dunklen Schatten unter ihren Augen auf. Er sah, dass sie versucht hatte, diese zu überschminken, aber das war ihr nicht gelungen. Das goldene Haar lenkte ganz gut vom Gesicht ab, aber wenn man sie genauer betrachtete, wirkte Kathy alles andere als taff. Die Schülersprecherin, die von so vielen geliebt oder gehasst wurde, war auch nur ein zerbrechliches Mädchen. Hornelius fragte sich, warum sie so fertig aussah. Machte sie sich Sorgen um irgendetwas?

Sie fing seinen Blick auf und deutete auf das Infomäppchen, das sie ihm gegeben hatte.

»Du bist auch eingeladen, mitzulesen«, sagte sie und erst jetzt bemerkte Hornelius, dass die anderen bereits in die Anweisungen vertieft waren.

»Die Auslieferung soll morgen beginnen?«, fragte Hornelius. »Wurden die Medikamente denn schon geliefert?«

Kathy prüfte ebenfalls den Terminplan.

»Ja, die erste Lieferung wird von der Akademie selbst gestellt. Im White-Areal sind Jahresrationen an Gesundheitskram für eine heftige Epidemie vorrätig. Reine Vorsichtsmaßnahme, aber einen Teil können wir für die Aktion nutzen und wir füllen den Bestand auf, sobald die Lieferung von ‚*Brot für dich*' eintrifft.«

»Klingt einleuchtend. Moment! Hier steht, wir dürfen weder Flugschiffe, noch Gleiter oder Drachen für diese Mission benutzen? Was bleibt uns übrig? Sollen wir selbst fliegen? Ich weiß nicht, ob ich das hinbekomme, aber wenn ich mir die Tröten da anschaue, zweifle ich daran, dass sie so viel Phönixkraft aufbringen würden.«

»Die Akademieleitung findet, dass die Längus schon lange keine Einsätze hatten«, gab Kathy zurück.

Pures Entsetzen stand in den Gesichtern der nicht ganz freiwilligen Helfer.

»Aber das sind irre Bestien!«, sagte ein Schüler. »Die werfen uns mit den Medikamenten ab.«

»Die Dinger sehen aus wie dicke Bären mit Flügel! Das ist gruselig«, sagte eine Schülerin.

»Ihr werdet euch schon mit ihnen arrangieren! Drachen dürft ihr nicht nehmen, weil sie zum Schutz der Schule immer in der Nähe bleiben müssen. Und Gleiter oder Flugschiffe sind vollgestopft mit Technik, die bei Kontakt mit hochkonzentrierten Flüchen ausfallen könnte. Ein Längu hingegen ist ein zähes Geschöpf. Der kann sich in Magie suhlen, ihm macht das nichts aus.«

»Dann suhlt er sich aber mit uns in den Flüchen«, gab Hornelius zu bedenken und Kathy warf ihm einen vernichtenden Blick zu.

»Du sollst sie ermutigen und nicht verängstigen!«

»Mutig ist man, obwohl man Angst hat, Kathy. Ich will lieber eine Meute vorsichtiger Schüler, die wissen, worauf sie sich da einlassen, anstatt unbekümmerter Hosenscheißer, die nur mal so nebenbei ein paar Punkte gutmachen wollen.«

»Wenn sie alle abspringen, wirst du die Mission mit deinen Feuerwachmännern machen«, zischte Kathy.

Und das war der Punkt, an dem Hornelius Lion Recht geben musste: Kathy war ein Biest.

Annie

Ein ganzer Tag verging, ohne dass Annie eine Nachricht von Frederik, Robin oder Clode erhielt. Wie es Chest ging, wusste auch niemand. Er durfte keinen Besuch empfangen.

»Damit die pädagogische Wirkung endlich einsetzt«, meinten die Milizmänner, die Lucy und Annie daran gehindert hatten, den Jungen im Gefängnis zu sehen.

»Ich werde noch wahnsinnig ohne eine Nachricht«, sagte Annie, als Lucy und sie auf ihrem Gleiter zurück zum Schrottplatz flogen.

»Du hast doch uns zur Ablenkung«, sagte Lucy und schmiegte sich ganz eng an Annie.

»Im Moment geschehen seltsame Dinge und es fühlt sich an wie die Ruhe vor dem Sturm. Dagegen kann es nicht genug Unterhaltung geben.«

Eine negative Ablenkung erwartete die Mädchen bereits auf dem Schrottplatz, denn schon aus der Ferne konnte Annie zwei Flugschiffe landen sehen. Das eine gehörte eindeutig der Phönixakademie und das andere der Helferorganisation ‚*Brot für dich*'.

»Lucy, sie sind wegen Robin da«, sagte Annie panisch und flog tiefer über dem Boden, damit sie keiner aus der Ferne erkannte. »Clodes Mutter will sie abholen. Ich darf nicht gesehen werden, ich bin ein Phönix. Sie werden sich wundern, was ich so weit weg von der Akademie zu suchen habe.«

Sie landeten hinter einem der gewaltigen Flugschiffwracks und schlichen sich an den zentralen Punkt des Schrottplatzes heran, um aus der Ferne die Flugschiffe zu beobachten.

»Menü und die anderen scheinen entspannt zu sein«, sagte Annie.

»Ich glaube, es ist nicht Clodes Mutter, die angekommen ist«, flüsterte Lucy. »Schau mal, da sind ganz viele unbekannte Menschen. Und da ist auch Clode!«

»Wo?«, fragte Annie und suchte die neue Gruppe ab. »Ich sehe ihn nicht. Warum ist das Schiff aus der Phönixakademie da? Hat Clode es etwa –«

Und da sah sie ihn. Nicht Clode, aber jemanden, den sie hier nicht erwartet hätte.

»Das ist Aves«, sagte sie stimmlos. »Aves!«, rief sie dann überrascht aus. Annie lief auf ihn zu.

»Aves!«, wiederholte sie. In ihrer Stimme klang pures Entsetzen, nicht weil sie es unerträglich fand, ihrem Ex-Freund zu begegnen, sondern weil dessen Gesichtsausdruck sich verändert hatte. Darin war nichts Jungenhaftes geblieben. Er sah auch nicht mehr wie ein

Streber aus. Er wirkte um Jahre gealtert und schien seine Lebensfreude, die er sonst ausstrahlte, verloren zu haben.

Ihn hier zu sehen, war unerwartet.

»Was ist mit dir passiert?«

Statt ihr zu antworten, nahm er sie in den Arm und sie fühlte, dass er ihren Beistand brauchte. Etwas Schlimmes war geschehen, das spürte sie. Sie hielt ihn fest, als würde er zu Staub zerfallen, wenn sie ihn losließe.

»*Jocksess* wurde vernichtet«, flüsterte er.

***

Annie hatte eine Decke um ihre Schultern gewickelt, denn trotz des abendlichen Lagerfeuers fror sie. Sie versuchte, die schrecklichen Bilder der Ereignisse, von denen Aves berichtet hatte, zu verdrängen. Jeder Gedanke an die zerstörte Stadt trieb ihr Kälte in die Knochen. Es war ihr unmöglich, die Gründe für diese Tat nachzuvollziehen. Dass die Phönixakademie etwas damit zu tun haben sollte, wollte sie nicht glauben. Sie dachte an die Kapseln, die Frederik und sie in verfluchten Städten eingesammelt hatten. Konnten das die Gefäße sein, die auf *Jocksess* abgeworfen wurden? Annie schnappte nach Luft, ihre Atmung zitterte, sobald sie sich vorstellte, eine ihrer Kapseln hätte möglicherweise die Eltern von Aves getötet.

Aves setzte sich zu ihr und starrte ins Feuer. Lange Zeit sprachen sie nicht, es fühlte sich für Annie auch seltsam an. Die Zeit, in der sie wildknutschend mit ihm im Freizeitraum des Mint-Areals gesessen hatte und die Welt um sie herum vergaß, lag lange zurück. Seitdem war so viel geschehen und allein der Gedanke daran ließ sie mit den Augen über ihr eigenes Verhalten rollen.

Auch Aves hatte sich verändert, das sah sie an seinen harten Zügen. Er sah aus, als wäre er in kürzester Zeit viel zu schnell gealtert.

»Ich möchte mich nochmals dafür entschuldigen, was für ein Egozentriker ich in unserer Beziehung war. Dass du hier bist und nicht in einem Luxushotel, zeigt mir, dass ich immer falsch lag, was dich angeht, Annie.«

»Das ist nicht nötig, Aves. Ich bin nicht mehr beleidigt. Entschuldige dich nicht dafür. Mir tut das mit deiner Familie sehr leid.«

Annie Stimme wurde leiser und sie blickte zu dem Sofa, auf dem Aves' kleine Geschwister saßen und an deren Cousine Theres lehnten. Sie sahen erschöpft aus und betrachteten ebenfalls nur das Feuer. Auf den Wangen des Mädchens – Ally – erkannte Annie getrocknete Spuren von Tränen. Für Ally musste der Verlust der Eltern wohl am schlimmsten sein.

»Ich hatte immer Angst, dich meiner Familie vorzustellen«, sprach Aves. »Ich dachte, wenn sie jemand jemals kennenlernen würde, dann wäre es Berry. Aber inzwischen habe ich das Gefühl, Berry ahnte mehr von der Katastrophe in *Jocksess* als wir alle.«

Gänsehaut kroch über Annies Rücken. Wusste Aves, dass sie die Fluchkapseln für die Akademie gesammelt hatte?

»Sie ist unsere Freundin, sie würde uns nicht im Dunkeln lassen, wenn sie davon wüsste, Aves.«

Tränen stiegen in ihre Augen. Was war sie selbst für eine schlechte Verbündete, dass sie Aves nicht die Wahrheit sagen konnte?

Aves sah Annie direkt an.

»Wir sind alle keine Freunde mehr. Jeder geht seinen eigenen Weg voller Bürden. Oder warum bist du hier? Es gibt Gerüchte, du seist mit dem schwarzen Phönix unterwegs, der deinen Cousin vereist hat. Dazu hast du sicherlich eine nachvollziehbare Geschichte. Auch du lässt uns im Dunkeln.«

Das war der Moment, ihm von der Aufgabe, die Frederik und sie erfüllen mussten zu erzählen, doch sie hatte Angst. Angst und Schuldgefühle.

»Das macht nichts«, sprach Aves weiter. »Wir alle reden inzwischen nicht mehr so miteinander wie früher. Und weißt du warum?«

Annie schluckte schwer. Eine Träne löste sich aus ihrem Auge und floss ihr direkt auf die Lippen.

»Weil Lion nicht mehr da ist«, sagte sie mit belegter Stimme. »Er war das Bindeglied unserer Gruppe. Er war der beste Freund von Berry, mein Cousin und dein bester Freund. Wir anderen hatten nur durch ihn Berührungspunkte und jetzt treiben wir einsam durch die Welt.«

»Stell dir vor, er würde gleich um die Ecke kommen, dort hinter dieser Schrottkiste hervor«, sagte Aves und zeigte auf ein rostiges Cockpit. Durch das Feuer warf der Schrottplatz so viele Schatten, dass Annie sich ganz gut vorstellen konnte, wie Lion sich dahinter versteckte und im nächsten Moment mit seiner coolen Miene herauskommen würde.

»Er würde uns allen den Kopf waschen und die Welt verändern«, sagte Aves kaum hörbar.

»Wenn nicht er, wer dann?«, gab Annie zurück und vergrub ihr Gesicht in die Decke, mit der sie nun ihre Tränen trocknete.

Annie konnte Aves im Moment nicht einmal etwas über Robin erzählen. Dass er es heute Abend oder morgen früh von einem der Windsegler erfahren würde, war ihr bewusst. Sie hatte keinen vorgewarnt, Robin nicht zu erwähnen und einer würde unbewusst etwas verraten. Wann war sie so verschwiegen geworden? Seit wann vertraute sie ihren engsten Freunden nicht mehr? Seit wann war sie ungewollt eine Marionette der Phönixakademie geworden?

Seitdem sie Robin begegnet war.

Der schwarze Phönix hatte ihr Leben und das ihrer Freunde umgekrempelt. Da hatte Annie sich nun so lange Zeit Sorgen um die Prüfungszulassung gemacht und jetzt steckte sie gemeinsam mit den anderen in einer Tragödie, die viele Menschenleben gekostet hatte. Und das waren garantiert noch nicht die letzten Opfer.

Das lebensfrohe, unbekümmerte Mädchen, das Annie noch vor wenigen Monaten gewesen war, war im Loro-Krankenhaus gestorben: Arm in Arm mit Sarah Brais.

Am nächsten Morgen beobachtete Annie Aves, wie er seine Sachen packte. Dabei fiel sein Pullover auf den staubigen Schrottplatzboden und der Phönixmagier hatte es nicht bemerkt. Sie trat an ihn heran und hob das Kleidungsstück auf, um den Staub abzuklopfen.

»Du gehst schon?«, fragte sie.

Er sah gar nicht auf und packte seine Tasche.

»Die Akademie fliegt immer weiter, ich werde lange brauchen, um sie einzuholen. Man wundert sich bestimmt über meinen Verbleib. Viktoria und Kathy werden mich nicht ewig decken können.«

»Viktoria? Clodes Schwester? Das Mitglied der *Feuerloge*?«

Jetzt hielt Aves inne und blickte auf.

»Sie hat nach dir gesucht, Annie. Du solltest auch zur Phönixakademie zurückkehren. Ich verstehe noch immer nicht, was du hier verloren hast. Was tust du hier überhaupt?«

Auf Robin und Frederik warten, lag ihr auf der Zunge, doch sie reichte Aves lieber den Pullover.

Dabei hielt Aves Annie plötzlich am Handgelenk fest und sie musste ihm in die Augen sehen.

»Du versteckst dich von der Akademie, oder? Was weißt du?«

Lange konnte Annie nichts darauf antworten. Sie fand keinen Mut zu sagen, was sie glaubte.

»Du solltest nicht zurückfliegen, Aves«, sagte sie schließlich. »Deine Geschwister brauchen dich hier.«

Aves ließ sie wieder los und musterte sie eine Weile wachsam.

»Sie haben hier genug Unterstützung. Clode hat mir versprochen, auf sie aufzupassen. Und solange nicht geklärt ist, was in *Jocksess* passiert ist, könnte es jederzeit auch einen anderen Ort treffen, vielleicht ja sogar diese Stadt hier. Dann wären meine Geschwister nicht mehr in Sicherheit.«

Er packte weiter und Annie hatte sich bereits zum Gehen abgewandt.

»Du solltest zurückkommen«, sagte er und Annie blieb stehen. »Ich könnte jetzt eine Freundin an meiner Seite gebrauchen, der ich vertraue.«

Diese Worte brannten eiskalt wie schwarzes Feuer in ihrer Brust. Im Moment konnte sie selbst nicht auf sich zählen oder allein mit ihren quälenden Gedanken sein.

»Ich glaube, es war nicht Lions Vereisung, die uns alle auseinandergebracht hat«, sagte sie dann leise, ohne sich zu Aves umzudrehen. »Mr. Gettson hat unsere Gruppe zersplittert. Dir hat er einen Posten als Schülersprecher gegeben, Berry unterrichtet er in den höchsten Phönixkräften, die man haben kann und mich –«, Annie hielt inne. Über das angebliche Geschenk des Akademieleiters an sie musste sie kurz nachdenken. »Mir hat er Selbstvertrauen geschenkt.«

Annie hörte, dass Aves auf sie zuging und sie spürte seine warmen Hände auf ihren Schultern.

»Und jetzt spielt er diese Gaben für sich persönlich aus«, beendete Aves ihre Vermutung.

Sie löste sich von ihm.

»Ich werde hierbleiben, Aves«, sagte sie über ihre Schulter, als sie ging.

***

Obwohl Aves wieder abgereist war und Chest, Robin und Frederik fehlten, war das Frühstück in der Armenküche von den Windseglern so gut besucht, wie lange nicht mehr. Zudem gesellten sich die Überlebenden aus *Jocksess* dazu und so mussten weitere Tische zusammengeschoben werden.

Annie hatte keinen Hunger, doch sie fühlte sich so einsam, dass sie nicht auf dem Schrottplatz zurückbleiben wollte.

»Annie, meine Mutter möchte mit dir sprechen«, erklang Clodes Stimme hinter ihr.

»Was will sie?«, fragte sie, als sie aufstand.

»Keine Ahnung, aber sie sieht verdammt glücklich aus.«

Clodes Gesichtsausdruck wirkte nicht so erfreut, also war das Glück seiner Mutter nicht übertragbar auf ihn.

Er führte sie in Mrs. Flanders Büro und blieb in der Tür stehen.

»Du kannst ruhig gehen, Clode«, sagte Mrs. Flander, als sie auf Annie zuging. »Wir Frauen müssen uns mal unterhalten.«

Clode trat einen einzigen Schritt zurück und blieb dort stehen, wobei er seine Mutter mürrisch ansah.

»Ist er nicht süß?«, fragte Mrs. Flander. »Er glaubt, ich würde dich mit ihm verkuppeln wollen, weil ich, seit er wieder da ist, nur von dir schwärme. Seltsam, noch gestern war es anders herum, nicht wahr?«

Annie sah über ihre Schulter zu Clode, der mit den Augen rollte. Ihm schien dieses Gespräch unangenehm zu sein.

»Nur mal nebenbei erwähnt, ich finde, dass du und mein Sohn Clode ein super Pärchen abgeben würdet. Ihr beide stammt aus vorzeigbaren Elternhäusern und habt ein Herz für die Hilfebedürftigen. Vielleicht schaffst du es ja, ihn dazu zu bringen, sich endlich für einen guten Ausbildungsplatz zu entscheiden. Und mit gut meine ich mindestens eine Uni.«

Annie blickte Clodes Mutter leicht verstört an. Versuchte sie gerade, ihren Sohn mit ihr zu verkuppeln?

»Nun, das ist wohl die Sache Ihres Sohnes, was, wo und ob überhaupt er studiert. Ich mische mich da lieber nicht ein.«

»Na meinetwegen! Ich wollte dich wegen einer anderen Sache sprechen. Ich habe eine tolle Neuigkeit für dich.«

Annie ahnte bereits, um welche Neuigkeit es sich handelte, schließlich hatte sie das Video, das Lucy mit Chests Kamera aufgenommen hatte, gesehen. Sie tat aber so, als wäre sie ahnungslos.

»Dann erzählen Sie, Mrs. Flander.«

»Ich habe mit Mr. Gettson einen Handel ausgemacht. Er hat zugestimmt, seine Schüler Medikamente an Bodenstädte ausliefern zu lassen.«

Annie seufzte. Sie konnte einfach nicht so tun, als hätte sie davon keine Ahnung.

»Mrs. Flander, warum verschwenden Sie die Phönixmagier an Lieferdienste? Da haben Sie den Zugriff auf eine so mächtige Einheit und Sie unterschätzen deren Talente. Phönixmagier stehen nicht allen zur Verfügung. So wie ein Zimmermann nicht dazu verpflichtet ist, jedem kostenlos ein Haus zu bauen oder ein Bauer nicht auf seine Kosten alle ernähren muss, haben auch wir das Recht, zu entscheiden, wo wir später arbeiten.

Dabei ist es nebensächlich, dass wir auf eine Zeit zusteuern, die unser aller Opfer fordert. Ich war in einigen Bodenstädten. Und selbst wenn nicht jeder über unsere Anwesenheit erfreut ist, sind die Phönixmagier an vielen Orten so etwas wie ein Hoffnungsschimmer. Es gibt viele Menschen, die auf unsere Hilfe bestehen, so als wären wir nur deswegen auf der Welt und hätten keine anderen Rechte. Aus diesem Grund werden Schüler nicht grundlos in eine Bodenstadt gesandt, erst recht nicht, um irgendwelche Güter auszuliefern. Dafür sind wir zu kostbar.«

»Du maßt dich an –«

Annie machte einen Schritt auf Mrs. Flander zu.

»Ein ausgebildeter Phönixmagier hat so viel Wert in dieser kaputten Welt, die repariert und neuerschaffen werden muss. Sie sagen, wir sollen der Welt die Möglichkeit geben, unterzugehen. Als Sie das sagten, wollte ich es Ihnen glauben. Ich habe sogar gedanklich zugestimmt, doch inzwischen bin ich einer anderen Meinung. Die Welt schreit nach Hilfe. Sie will gerettet werden. Und wir Phönixe sind in der Lage, dies zu tun. Deshalb sind wir so viele und darum beschützt uns die Akademie, die stets in Bewegung ist und von Drachen und Schutzbannen umgeben wird. Und deswegen sorgt die Akademieleitung dafür, dass wir keiner unnötigen Gefahr ausgesetzt werden, bis wir soweit ausgebildet sind, mit diesem Risiko umzugehen, beziehungsweise unsere erschöpfenden Kräfte besser einteilen zu können. Egal was Sie da mit Mr. Gettson ausgemacht haben, denken Sie darüber nach, ob Ihr Deal wirklich so gut war oder ob Sie nicht hinters Licht geführt wurden.«

Wenn Annie nur daran dachte, welche schrecklichen Dinge sich die Phönixakademie in letzter Zeit geleistet hatte, wurde ihr schlecht. Trotzdem wollte sie dieser Frau ihr Grinsen nehmen.

Und sie hatte es geschafft. Das Gesicht von Mrs. Flander erschlaffte. Sicher dachte sie gerade darüber nach, wie einfach es gewesen war, etwas durchzusetzen, obwohl sie seit Jahren nicht einmal die nötige Nähe zum Akademieleiter erreichen konnte.

Zu einfach …

Annie schüttelte den Kopf und wollte bereits das Büro verlassen. Dann blieb sie jedoch wieder stehen und wandte sich an Mrs. Flander. »Eine Frage habe ich an Sie. Sie wissen schon, als Lektion für meinen weiteren Weg als Helferin für diese untergehende Welt. Erinnern Sie sich noch an den Tag, an dem es Ihnen nichts mehr ausgemacht hat, über Leichen zu gehen?«

Mrs. Flander machte ein beleidigtes Gesicht, doch Annie erkannte, dass sie auch grübelte. Ließ sie sich die Frage durch den Kopf gehen?

Es kam keine Antwort, also wandte Annie sich zum Gehen um. Sie wünschte sich so sehr, dass sie selbst niemals zu solchen Mitteln greifen müsste.

»Warte!«, sagte Mrs. Flander unterkühlt. »Weißt du, meine Liebe, mir ist aufgefallen, dass Robin nicht mehr in unsere Küche kommt. Ich hoffe, sie verschmäht unser Essen nicht.« Jetzt klang die Stimme von Mrs. Flander nicht so süßlich, wie davor und Annie wusste, dass sie nun ihr wahres Gesicht zeigte. Sie wollte sie nicht mit ihrem Sohn verkuppeln. Das hier war eine Falle.

Es war nicht mehr nötig, zu behaupten, Annie kenne Robin nicht, also schwieg die Phönixmagierin und hielt dem herrischen Blick von Mrs. Flander stand.

»Robin hat die Stadt verlassen«, sagte Annie frei heraus, wobei sie ihr Gesicht nicht verzog. »Sieht so aus, als würden Sie Ihren Deal mit Mr. Gettson nicht einhalten können, Mrs. Flander.«

»Du lügst«, zischte die Frau und ihre Hand zuckte leicht. Wollte sie Annie eine Ohrfeige verpassen? Annie überlegte, wie oft die Frau ihre Kinder schon aus Kontrollverlust geschlagen hatte. Dass sie das überhaupt getan hatte, bewies Clodes Reaktion. Er trat zwischen Annie und seine Mutter.

»Mäßige dich, Mom«, sagte er ruhig aber mit Nachdruck.

Mrs. Flander schob ihren Sohn zur Seite und trat auf Annie zu, um sie an ihrem Oberteil zu packen.

»Robin ist nicht weg, habe ich recht?«, fragte sie mit einem selbstsicheren Lächeln auf den Lippen. Doch Annie sah Panik in den Augen der Frau aufsteigen.

»Wenn du und diese kleinen Biester vom Schrottplatz mir mein Projekt vermiesen, werdet ihr euch wünschen, nie geboren worden zu sein.«

Sie zog noch heftiger an Annies Kleidung, dann packte sie sie am Handgelenk und drückte zu. Annie wehrte sich nicht. Sie wusste, dass sie in diesem Spiel gerade die Oberhand gewann, da konnte ihr Clodes Mutter nicht wirklich Schmerz zufügen.

»Die Medikamente sind bereits unterwegs zur Phönixakademie und Mr. Gettson hat den Vertrag unterzeichnet. Jetzt werde ich nur noch Robin ausliefern.«

»Dazu müssen Sie sie erst finden«, blieb Annie ruhig.

Und da begannen die Nasenflügel der Frau wieder zu beben.

»Das wird ein Leichtes für mich sein. Bald stelle ich den Schrottplatz auf den Kopf und ich reiße alles nieder, was die Kinder da aufgebaut haben. Sie werden nicht mehr froh sein, dass ich vorbeigekommen bin. Das kannst du ihnen ruhig ausrichten. Die Schrottplatzkinder werden ihre Lektion schon lernen. Und du, kleine Annie, wirst einen großen Teil deiner Schuld daran tragen, dass alle im Waisenhaus landen. Mit dem Wissen, dass sie ihre Freiheit deinetwegen verlieren, wirst du leben müssen. Niemand legt sich mit mir an.«

»Mom, hör auf damit!«, schrie Clode sie plötzlich an und er versuchte, gleichzeitig Annies Handgelenk zu befreien, doch sie schob ihn bestimmt von sich und sah ihn zuversichtlich an.

»Ich kläre das, Clode.«

Mrs. Flander begann zu lachen.

»Das Mädchen ist perfekt für dich, mein Junge. Sie wird über dein Leben walten, so wie ich es immer getan habe.«

»Ihr Sohn benötigt keine Bestimmung einer Frau. Und die Windsegler können sich ganz gut selbst verteidigen. Sie können ihnen nichts anhaben, Mrs. Flander.«

Annie gab langsam Phönixfeuer an Mrs. Flanders Hand ab, die sie festhielt.

»Sie haben nicht die Macht, ihnen etwas anzutun und sollten Sie es doch wagen, werden Sie es bereuen, das schwöre ich Ihnen.«

Das Feuer, das sie abgab, wurde heißer. Mrs. Flander atmete schneller und begann heftig zu schwitzen, bis sie es doch nicht ertrug und Annies Handgelenk losließ. Schnell lief sie hinter ihren Schreibtisch. Sie hob ein Wasserglas vom Tisch und kippte das Wasser auf ihre Hand, die bereits Verbrennungsblasen warf.

»Sie haben zwei Phönixmagier im Haus und wissen immer noch nicht, dass Sie sich nicht mit ihren Kräften einlassen dürfen.«

Mrs. Flander starrte entsetzt auf ihre verbrannte Hand, die zitterte.

»Das wirst du bereuen«, flüsterte sie. »Das bereust du noch!«, schrie sie nun.

Clode berührte Annie an den Schultern, auch sein Gesicht war angestrengt.

»Komm mit, du musst von hier weg!«, forderte er sie auf. »Sie wird gleich das Sicherheitspersonal rufen.«

Annie ließ sich aus dem Büro bringen.

»Das war nicht klug, Annie«, flüsterte Clode und schleuste sie durch einen Seiteneingang aus dem Gebäude. »Ich warne die Windsegler vor, es könnte recht ungemütlich werden. Meine Mutter ist eine rachsüchtige, ehrgeizige, machtgeile Frau, die viele Köpfe zum Rollen gebracht hat.«

»Jetzt muss sie aufpassen, dass ihr Kopf nicht auch rollt. Sie wird Robin nicht ausliefern können, Clode. Sorg lieber dafür, dass deine Mutter sich versteckt und nicht ich.«

»Ich will nicht, dass du dich versteckst. Ich will, dass du auf der Stelle diese Stadt verlässt. Wenn du mit deinem Gleiter ohne Pausen fliegst, erreichst du Aves. Sein Flugschiff ist langsamer und er wird Zwischenlandungen machen. Du kannst ihn –«

»Was? Ich soll zurück zur Akademie? Ist es das, was du von mir erwartest?«

»In einer Sache hatte meine Mutter recht, Annie. Du bist eine Frau, die bestimmt. Deswegen habt ihr euch in die Haare gekriegt. Doch sie hat viele Männer, die sie gut bezahlt und die für sie Dinge erledigen. Du hast diese Unterstützung nicht. Aber wie ich verstanden habe, hat Mr. Gettson sie.«

Clode führte Annie immer noch, in dem er sie am Arm festhielt. Sie befreite sich aus seinem Griff und sah ihn nur geschockt an.

»Du willst, dass ich Schutz bei dem Mann suche, der angeblich *Jocksess* zerstören ließ? Der Mann, vor dem Robin so panische Angst hat, dass sie ihr Leben lang schon von ihm fortrennt?«

Clode sah zur Armenküche und nickte langsam.

»Dann wird er auch genug Beschützer haben. Vor meiner Mutter wärst du an der Akademie sicherer.«

»Ich kann nicht. Ich habe Robin versprochen, auf ihren Bruder aufzupassen.«

»Ich kümmere mich um Chest und die Windsegler, keine Sorge.«

»Und ich habe versprochen, auf Frederik und Robin hier zu warten.«

»Du wirst ihnen Bescheid geben. Das solltest du sowieso. Robin darf auf keinen Fall nach *Tirias* zurückkehren. Halte dich in der Phönixakademie an meine Schwester Viktoria. Sie hat viel Einfluss und jede Menge Freunde.«

Aus dem Gebäude erklangen laute Stimme.

»Verdammt, sie suchen bereits nach dir«, sagte Clode und drängte Annie, weiterzugehen. »Schnell zu deinem Gleiter.«

Sie erreichten die Flugmaschinen der Windsegler und Annie setzte sich sofort auf ihre Maschine, mit der sie aus der Phönixakademie gekommen war.

»Was ist mit Seds Gleiter, er hat ihn nicht mitgenommen.«

»Sed?«

»Ähm, Frederik.«

»Alle haben einen Funkenspiegel, wir klären das und jetzt hau endlich ab.«

Annie zog Clode an sich und küsste ihn auf die Lippen. Das verschlug ihm sofort die Sprache.

»Danke für alles«, hauchte sie und startete den Gleiter.

Sie sah sich nicht um. Sie wollte nicht wissen, was sie in Clode mit diesem Kuss ausgelöst hatte.

Und sie wollte auch nicht sehen, ob die Verfolger

sie bereits erblickt hatten. Sie würde einfach so schnell fliegen, als müsste sie ihnen entkommen.

Es war nicht das Versprechen an Robin oder die Sehnsucht nach Frederik, die sie in *Tirias* festhielt. Beide würde sie schon informieren können. Auch Clode war nicht derjenige, der sie an diesen Ort band. Es war das Wissen, dass sie Aves nun gegenübertreten und ihm beichten musste.

Sie wusste, er würde ihr die Sache mit den Fluch-Kapseln nicht verzeihen. Aber die Information war wichtig für ihn und je länger sie diese für sich behielt, desto schlimmer würde es zwischen ihnen werden. Selbst wenn Aves sie hassen würde, brauchte er doch ihre Hilfe. Und er hatte recht: Sie sollte ihm die Freundin sein, der er vertrauen konnte, auch wenn das, was sie ihm anvertrauen musste, die Freundschaft für immer beenden würde.

Annie wurde getäuscht, das hatte sie begriffen, als sie von der Zerstörung der Stadt *Jocksess* erfahren hatte. Ob Frederik dadurch ebenfalls verraten wurde oder ob er von der ganzen Sache bereits wusste, darüber wollte sie im Moment nicht nachdenken. Allerdings stand ihr ein langandauernder Flug bevor und ihre Gedanken würden unweigerlich in diese Richtung gleiten.

Viktoria

»Ehrlich? Annie Anderson war die ganze Zeit in *Tirias*?«, fragte Viktoria ihren Bruder, der in ihrem Funkenspiegel aussah, als hätte er mehrere Tage nicht geschlafen. »Wieso hast du mir das verschwiegen?«

»Sie wollte es so. Ich glaube, du solltest auch niemandem Bescheid geben, bis sie sich eine Geschichte ausgedacht hat, weswegen sie so lange fehlte.«

»Geht klar. Wieso war sie denn weg?«

»Frag sie das bitte selbst. Ich weiß nur, warum sie wieder fort ist. Sie ist in einem Gespräch mit Mom ausgetickt und hat sie bedroht.«

»Was? Die Kleine ist taffer, als ich dachte. Mom war sicher außer sich.«

»Und wie! Sie hat ihre Männer Annie gleich hinterhergeschickt. Sie hat mir aber vor einer Stunde gefunkt, dass sie keine Verfolger sieht. Sie hat einen ordentlichen Vorsprung.« Clode seufzte. »Tori, ich habe ihr versprochen, dass du auf sie aufpasst. Ich fürchte, dass sie in der Akademie Feinde hat.«

»Das stimmt vermutlich. Aber ja, ich werde mich um sie kümmern.«

Kurz dachte sie an den Hausmeister, den sie seit den schrecklichen Geschehnissen in *Jocksess* zu finden versuchte. Wenn der Zauber, den er ihrem Auge verpasst hatte, immer noch wirkte, dann war Viktoria keine Sekunde allein. Das Gespräch mit ihrem Bruder war demnach nicht geheim.

»Ist Robin auch da?«, fragte sie zaghaft.

»Nein«, antwortete ihr Zwilling. »Nicht mehr.«

»Clode!«, sagte sie empört. »Ich habe es doch gewusst, dass Robin die ganze Zeit in *Tirias* ist, du hast dich wirklich bedeckt gehalten. Auch sie ist jetzt weg? Was ist da passiert? Warum hatte ich von Mom so einen verrückten Funken erhalten?«

»Wieso, was hat sie gesagt? Ging es um Annie?«

»Annie? Nein. Sie wollte mir nur mitteilen, dass sie endlich dieses Projekt mit der Akademie angeleiert hat. Hier herrscht im Moment so ein Chaos. Die Schüler fliegen plötzlich auf Längus herum und liefern Medikamente an Bodenstädte aus. Es gab noch nie so viele Kratz- und Bisswunden auf den Krankenstationen. Die Welt scheint verrückt geworden zu sein.«

»Hier ist auch alles durcheinander, Tori. Mom hat Robin an die Phönixakademie verraten, damit sie ihr Projekt durchbringen kann. Und da haben wir es, sie hat ihre eiskalten Finger überall, jetzt tanzt sogar Mr. Gettson nach ihrer Pfeife.«

Viktoria lachte leise. Das klang wirklich nach ihrer Mutter.

»Unsinn, der Akademieleiter ist Mom überlegen. Wirst schon sehen, sie stolpert noch über ihre eigenen Füße.«

»Warte mal, hast du gesagt, die Schüler liefern bereits Medikamente aus?«

»Ja, seit gestern. Und heute waren wieder ein paar von ihnen draußen.«

Clode sah aus, als würde ihr nicht folgen können.

»Aber die Lieferung hat erst heute Morgen *Tirias* verlassen. Was wird bei euch denn ausgeliefert?«

Viktoria sah ihren Bruder nachdenklich an. Sie bekam ein mulmiges Gefühl.

»Hornelius Larsen ist mit dem Projekt betraut«, sagte sie leise. »Er war doch immer ein Freund für dich, Clode? Glaubst du, ich könnte ihn danach fragen? Traust du ihm?«

»Er ist einer von den Guten«, antwortete Clode, ohne zu zögern. »Geh zu ihm.«

»Clode? Wie geht es Mom?«

»Mit jedem Tag wirkt sie auf mich ein Stückchen wahnsinniger.«

Viktoria seufzte.

»Sie hat es mir unter die Nase gerieben, Clode. Dass sie mehr geschafft hat, als ich mit der *Feuerloge*. Warum geht Mom mit der großen Helferorganisation gegen einen kleinen Schulclub in einen Wettstreit?«

»Du bist eine jüngere Version von ihr, Tori. Ich sage es dir ja ungern, aber ich glaube, Mom hätte gerne deine Jugend und die Milliarde Möglichkeiten, die darauf warten, von dir ergriffen zu werden. Sie ist an Dad gekettet und sieht ihn nur ein paar Mal im Jahr. Sie ist eine frustrierte, alte Frau.«

»Sie ist immer noch unsere Mutter. Du solltest nicht so hinter ihrem Rücken reden, Clode.«

»Ich habe es ihr schon des Öfteren direkt ins Gesicht gesagt.«

»Dafür muss sie dich richtig lieben.«

»Na, ja, du kennst sie. Ich bin nur froh, dass ihre Schlagkraft mit dem steigenden Alter auch schwindet.«

»Halte durch, Clode. Bald bin ich mit der Schule fertig und dann bin ich wieder in *Tirias*.«

»Wenn du klug bist, gehst du lieber an eine Uni, die weit weg von Mom ist.«

Er wirkte mitgenommen.

»Obwohl. Mir wäre es lieber, wenn du im Moment in *Tirias* wärst, Tori«, sagte er schließlich. »Du bist viel zu mutig und könntest deine Nase in Angelegenheiten stecken, die dich den Hals kosten könnten. Ich hätte Annie eher darum bitten sollen, auf dich aufzupassen.«

»Alle sagen, Zwillinge haben oft ähnliche Gedanken und Charaktereigenschaften. Bevor du dir also Sorgen um mich machst, fasse dir selbst an deine Nase, Bruder.«

Clode lächelte und tippte sich leicht an die Nasenspitze.

»Pass auf dich auf, Tori.«

»Du auch auf dich.«

Mit einem nachdenklichen Lächeln klappte sie den Funkenspiegel zu, ging zu ihrem Schminkspiegel und besah sich das Auge, das der Hausmeister verzaubert hatte.

»Na komm schon. Das hat dich doch mit Sicherheit

interessiert. Wieso versteckst du dich vor mir?«

Sie erhielt keine Antwort, aber in ihren Gedanken stellte sie sich vor, wie der junge Untergrundmagier sie selbstsicher angrinste. Dabei musste sie selbst grinsen.

»Dann ein anderes Mal«, flüsterte sie dem Spiegel zu und verließ ihr Zimmer.

Als sie eine halbe Stunde später auf der Feuerwache auftauchte und die geschäftigen Schüler sah, die Medikamentenkisten Richtung Drachengehege trugen, erkannte sie die unsichtbaren Fäden, die ihre Mutter zog. Doch da waren auch die Stricke des Akademieleiters. Hatte nur Viktoria das Gefühl, er hätte etwas Schlimmes vor? Sie war zu lange in der *Feuerloge*, um zu wissen, wie Mr. Gettson solchen Helferprojekten gegenüberstand und wie schwer es war, überhaupt etwas bei ihm durchzubringen. Für den bevorstehenden Herbstball hatte Viktoria zwei Jahre hartnäckig gekämpft, bis die Veranstaltung in diesem Ausmaße genehmigt wurde.

»Was habt ihr nur vor?«, fragte sie sich selbst.

»Wir wollen zu Prüfungen zugelassen werden«, antwortete eine Schülerin, die sichtlich unter Anstrengungen eine Medikamentenkiste hochhob.

»Was ist denn da drin?«, wollte Viktoria skeptisch wissen. »Literweise Hustensaft? Quecksilber?«

»Hey, Tori!«, erklang Hornelius‘ amüsierte Stimme. »Schön, dass du mich hier besuchst, wir haben uns mindestens ein halbes Jahr nicht gesehen. Wie geht es deinem Bruder?«

»Schön, schön«, entgegnete sie mit einem Lächeln, dann zeigte sie auf die Kisten. »Horn, was ist da drin?«

»Medikamente für die Bodenstädte. Hast du noch nichts von dem Helferprojekt gehört? Das überrascht mich, da deine Mom es auf die Beine gestellt hat.«

»Wo habt ihr die Arzneimittel her? Meine Mutter hat die Lieferung erst heute Morgen in *Tirias* versandt. Das können unmöglich die richtigen Medikamente sein.«

»Sind sie auch nicht, Tori. Das sind Bestände der Phönixakademie. Wir haben die Anweisung, keine Bodenstadt, die wir anfliegen, auszulassen, und so greifen wir auf das zurück, was wir so haben.«

»Und ihr liefert das Zeug einfach so aus? Ihr müsst niemanden versorgen oder so?«

Viktoria fand das recht seltsam. Sie hatte den Vertrag, den ihre Mutter mit Mr. Gettson ausgearbeitet hatte, nicht gesehen, aber sie verstand nicht, warum es so *plötzlich* sein musste. Weil der Akademieleiter Robin so schnell wieder zurückhaben wollte? Aus welchem Grund? Auf zwei oder drei Tage kam es doch nun wirklich nicht mehr an. Sollte Robin vielleicht die Zerstörung weiterer Städte unterstützen?

»Ob die Auslieferung so *einfach* ist, kann ich nicht bestätigen. Das Fliegen auf den Längus ist eine Katastrophe. Sie haben so ihren eigenen Kopf. Manchmal glaube ich, die Akademieleitung will nur die faulen Schüler mit diesem Projekt abstrafen. Du weißt schon, damit sie sich das nächste Jahr mehr anstrengen, besser auf ihr Punktekonto zu schauen. Aber wenigstens gibt es von der Organisation deiner Mutter etwas Lohn.«

»Die Helfer von ‚*Brot für dich*' erhalten in den meisten Fällen eine finanzielle Entschädigung für ihre Arbeit.

Das stärkt den Helfergeist.«

Hornelius lehnte sich an die Wand und verschränkte seine muskulösen Arme locker vor seiner Brust, wobei seine Muskeln dadurch noch größer wirkten.

»Dann bist du sozusagen auch meine Chefin, Tori?«, fragte er flirtend.

»Vielleicht in deinem nächsten Leben«, sagte sie zuckerweich und tätschelte seinen Oberarm. »Ich lasse dich mit deiner Aufgabe allein.«

»Wie wäre es? Ich habe nur noch eine Tour für heute und dann lade ich dich auf einen Eisbecher ein.«

»Ich habe vermutlich bereits meinen Eisbecher-Freund, nichts für ungut, Horn. Deine Liebe wartet bestimmt schon irgendwo auf dich.«

Er zuckte mit den Achseln.

»Das ist deine letzte Chance, Tori. Sonst werde ich die Kleine bei der Poststelle einladen. Sie ist clever und wird nicht diese Möglichkeit ausschlagen.«

Er zeigte auf sich herab und brachte Viktoria zum Grinsen.

»Tu das, Horn. Sie wird sicher zusagen.«

Hornelius

Sobald Viktoria die Feuerwache verlassen hatte, fasste Hornelius den Entschluss, Lilia, dem Poststellen-Mädchen, einen kurzen Besuch abzustatten, bevor die Akademie die nächste Bodenstadt überflog.

An der Post angekommen, fand er Lilia jedoch nicht vor. Sie hatte schon Schluss für heute und ein pickeliger Schüler übernahm die restliche Nachmittagsschicht.

»Kannst du ihr eine Notiz von mir zukommen lassen?«, fragte Hornelius. »Sie hat zwar meine Funken-ID, da sie mir bereits eine Nachricht geschickt hatte, aber ich notiere sie lieber noch einmal für Lilia.«

Er beugte sich über den Tresen und nahm sich den Stift, den der Schüler gerade in der Hand hielt und seinen Notizblock.

»Liebe Lilia«, sagte er, während er die Zeilen schrieb. Er sah zu dem Poststellenjungen. »Das mögen die Mädels doch, oder? Dass man sie mit *liebe* Blablabla anspricht.«

Der Junge hob unschlüssig eine Schulter und senkte sie wieder.

»Ach, schon gut. Also *liebe Lilia. Willst du mit mir ein Eis essen gehen?* Hmm, klingt das plump?«

Hornelius tippte mit dem Stift gegen seine Lippen.

»Ich lasse das so. Das ist direkt, ich bin direkt, passt. Wenn ich herumeiere, versteht sie vielleicht nicht, was ich will. *Hier hast du meine Funken-ID, melde dich bitte. Dein Feuerwachmann, Hornelius Larsen.* Soll ich den vollen Namen schreiben? Ja, ich lasse das so.«

Er kritzelte noch seine Nummer hin und schob den Notizblock gemeinsam mit dem Stift über den Tresen zum Poststellenjungen.

»Danke, Mann!«

»Ja, gut«, antwortete der Pickeljunge gleichgültig und begann auf Hornelius‘ Notiz kleine Herzchen zu zeichnen.

»Hey, lass das!«, warnte er ihn, als er die Poststelle verließ.

***

In der Feuerwache schnappte er sich eine Kiste mit Medikamenten und wollte diese bereits zum Drachengehege schleppen, um ein Längu zu satteln. Dann fiel ihm aber eine schönere Idee ein. Warum konnte er nicht einfach seinen neuen Gleiter, den er von Lion erhalten hatte, benutzen? Die Fluggeräte der Phönixakademie waren für die Aufgabe nicht vorgesehen, aber seine private Maschine war nicht verboten.

Es wurde davor gewarnt, Gleiter für diese Missionen zu nehmen. Die Technik könnte durch einen unerwarteten Fluch Schaden nehmen. Doch die Akademie hatte keine Ausgangssperre für den kommenden Ort verhängt, also war er ungefährlich. Er dachte vorfreudig darüber nach, wie viel Zeit er sich sparen würde, wenn er nicht erst das launische Länguwesen in die Stadt manövrieren müsste.

Mit diesem Hochgefühl war das Tragen der Medikamentenkiste eine Leichtigkeit. Und so fand er sich bald im privaten Hanger des White-Areals wieder und gleich darauf flog er auf seinem Gleiter durch die abendliche Luft.

Es war so viel besser als auf dem bärigen Flugwesen zu fliegen. Sein Gleiter biss ihm nicht ins Bein und verlangte auch kein Futter oder reichliche Pausen am See.

Und die Technik des Gleiters, dachte Hornelius glücklich.

Da Längus keine technischen Karten in sich trugen, mussten die Helfer des Auslieferungsprogramms veraltete Mobilcomputer mitschleppen. Diese setzten oft aus oder zeigten die Karten unvollständig an, sodass Hornelius schon einmal in ein verbotenes Gebiet hineingeflogen war. Zum Glück hatte er das mit dem Computer schnell wieder hinbekommen, bevor ihn irgendwelche Zentauren vom Himmel schießen konnten.

Er streichelte über die glatte, silberne Oberfläche des Gleiters und sagte: »So etwas passiert diesem Schätzchen hier nicht.«

Der ruhige Flug zog Hornelius tief in seine Gedanken hinein. Ihm fiel das Gespräch mit Viktoria wieder ein. Sie war sichtlich über die bereits vorhandene Medizin verwundert. Und der Blick auf seinen Gleiter entlockte ihm eine weitere Frage: Warum lieferten die Schüler die so dringenden Medikamente nicht an wirklich verfluchte Bodenstädte aus? Vielleicht war die Sorge wegen der Technik in den Gleitern angesichts verfluchter Städte berechtigt, aber bis jetzt hatten sie noch keine Stadt passiert, die mit magischen Flüchen versetzt war.

Hornelius blickte über seine Schulter zu der Kiste, die er mit Halterungen auf dem Rücksitz des Gleiters befestigt hatte. Er hatte die Bodenstadt noch lange nicht erreicht und da er trotzdem schnell genug war, beschloss er, den Flug dezent abzubremsen. Somit konnte er sich in aller Ruhe an der Kiste zu schaffen zu machen. Es dauerte ein paar Minuten, bis er in seiner beinahe liegenden Position es schaffte, so hinter sich zu greifen, dass er das Klebeband von der Kiste ein Stück weit lösen konnte. Er klappte die Deckel beiseite. Ihm fielen die metallenen Kapseln sofort ins Auge. Sie waren zwischen Packungen mit stinknormalen Hustensaft verteilt. Hornelius holte eine Metallkapsel heraus und begutachtete sie. Sie war aktiv, das erkannte er an der diffusen, violetten Verfärbung der Außenhülle. Das bedeutete, dass sie irgendetwas beinhaltete. War das Hightech-Medizin? Das könnte erklären, warum das Projekt von so einer Wichtigkeit war.

Plötzlich gab die Kapsel einen leisen zischenden Ton von sich. Es klang, als würde die Luft aus dem Behältnis herauslassen. Dabei hatte Hornelius weder etwas gedrückt, noch abgeschraubt.

Die Kapsel schien auf Körperwärme zu reagieren! Aus welchem Grund?

Ein tiefer Schmerz durchzog ohne Vorwarnung seinen Körper. Er hatte das Gefühl, in Flammen zu stehen. Dieses Feuer gehörte nicht ihm selbst, es kam eindeutig aus dem Gefäß.

Der Gleiter machte einen plötzlichen Ruck nach vorn, dann fielen die Geräte aus. Hornelius konnte weder die Geschwindigkeit noch die Höhenmesser erkennen. Auch die Karte nicht. Das Display war ausgegangen und der rasche Sinkflug war die Folge vom ausfallenden Motor.

Unter starken Schmerzen versuchte Hornelius, die Maschine wieder anzuwerfen. Er ließ die Kapsel los und klammerte sich an seinen Gleiter, der nun schneller auf die Erde zuraste.

Eine Bruchlandung war nicht mehr abzuwenden, die Technik reagierte einfach nicht.

Es war ein Fluch!

In der Kapsel war ein Fluch verborgen! Die Technik wurde davon lahmgelegt.

Schnell wurden ihm die Auswirkungen dessen bewusst. Hornelius wurde klar, warum die Kapseln auf Körperwärme reagierten. Die Kisten sollten über den Städten abgeworfen werden und die Bewohner selbst mussten die Flüche aktivieren. Eine Falle, die auf die Neugier der Menschen abzielte. So viele Städte hatten bereits so eine Ladung magischer Katastrophen abbekommen.

Hornelius schrie vor Schmerz. Er hatte Angst davor, heute sein Ende zu finden. Er musste sein Phönixfeuer dazu nutzen, um ohne die Hilfe des Gleiters von allein fliegen zu können. Kurz bevor der Gleiter auf dem Boden aufschlug, gab Hornelius einen Impuls ab. So löste er sich von seiner Maschine und flog durch die Luft. Das kostete ihn viel Kraft und er wusste, sie würde nicht ausreichen, die Akademie zu erreichen. Aber es war die einzige Möglichkeit, nicht in den Tod zu stürzen.

Sobald der Gleiter endgültig auf der Erde ankam und explodierte, strengte er sich an, die Abwärtsbewegung in einen Aufstieg umzuwandeln. Dabei sausten Maschinenteile wie scharfe Geschosse an ihm vorbei und eines davon traf nicht nur seinen Oberschenkel, sondern änderte auch seine Flugbahn, zurück nach unten.

Hornelius wurde durchgewirbelt.

Bevor er sich wieder fasste, sah er am Boden neben der Explosion seines Gleiters weitere Dinge, die ihre Freiheit aus den Kapseln in der Kiste erlangt hatten: Flüche, die sich wie mächtige Kuppeln aus Rauch, magischem Glanz und bedrohlicher Anmut in alle Richtungen ausdehnten. Hornelius schaffte es nicht, seine Flugbahn zu ändern, da erreichte ihn schon der erste Fluch.

Er spürte, wie seine Lebensenergie ihn verließ. Der nächste Fluch füllte seine Lungen mit Wasser. Und der dritte Zauber zerriss Hornelius in winzige Partikeln, die mit seinem letzten Gedanken in die Welt verstreut wurden.

Ich will nicht einsam sterben.

PHÖNIX AKADEMIE

funke 10
machtlos

berry

Berry lief in einem ausladenden Kreis durch den Übungsraum. Sie spürte den kalten Boden unter ihren nackten Füßen. Immer, wenn sie an der langen Spiegelwand vorbeikam, senkte sie den Blick, weil das intensive Blau ihrer Augen sie vom Zauber ablenkte. Ihre Konzentration galt einzig und allein dem weißen Boden, der in dem kreisrunden Bereich, den Berry ablief, sich bereits violett verfärbte. Auch ihre Fußzehen hatten diese Farbe angenommen und glänzten, als wären sie mit magischem Zucker bestreut.

Bei kleinen Kreisen benötigte sie nicht so lange wie bei ihrem heutigen Versuch. Sie wusste nicht einmal, ob sie die notwendige Kraft aufbringen können würde, ihre Magie auf einen so großen Raum auszudehnen. Doch sie war fest entschlossen.

Die Energie pulsierte durch ihren Körper und floss durch ihre Zehen zum Fußboden. Sie spürte wie der Zauber sich in ihr immer weiter konzentrierte und eine starke Anspannung in ihr auslöste. Kurz vor Vollendung machte Berry einen minimalen Sprung und sah die Zeit um sich herum stehenbleiben. Sobald ihre Füße wieder den Boden berührten, gab es einen kurzen Ruck im magischen Kreis und dann zerbrach er in unzählige kleine Teilchen. Eine Druckwelle beförderte die winzigen Bruchteile in einer violetten, glitzernden Säule hinauf bis zur Raumdecke.

Berry betrachtete lächelnd die Bodenpartikel, wie sie hochstiegen, und verlangsamte mit einer sanften Handbewegung die Zeit, in der sich die Partikel durch den Raum bewegten, um alles genauer wahrzunehmen.

Untergrundmagie war gewaltig, fand sie.

Sie wischte sich mit dem Handrücken über die Stirn und berührte mit einem Zeh eines der winzigen Bodenstücke. Dabei brachte sie es in eine leichte Drehbewegung und nickte beim Anblick ihres Werkes zufrieden.

»Dafür, dass du ein gewöhnlicher Phönixmagier bist, machst du gerne Sachen kaputt«, erklang eine junge Männerstimme, die Berrys gute Laune augenblicklich ausradierte. »Es wäre aber nett, wenn du den Übungsraum wieder reparierst.«

Ein Junge in ihrem Alter trat in ihr Sichtfeld. Er hatte hochgegelte blonde Haare und trug die schwarze Uniform eines dunklen Phönixes. Ein brennender Flügel, umzüngelt von schwarzen Flammen, zierte seine Brust.

Er pickte aus der Partikelsäule ein Bodenstückchen heraus und betrachtete es schelmisch lächelnd. »Hübsch, Stilben. War dir die Farbe Rosa ausgegangen? Violett ist so –«

»Was willst du, Bird?« Berry verlangsamte den Zeitlauf ihres Zaubers noch stärker, ging auf Bird Shwed zu und streckte ihre Hand fordernd aus. Sie hielt den Arm solange ausgestreckt, bis der schwarze Phönix das eine Teilchen hineinlegte.

»Ich bin doch immer da«, sagte er und machte einen Gesichtsausdruck, als wäre er über Berrys Verwunderung verblüfft.

»Wir hatten ausgemacht, dass ich im Übungsraum nicht gestört werde. Ich muss mich konzentrieren.«

»In der Realität wird keiner darauf warten, bis du ihm einen Zauber auf die Brust jagst, gewöhne dich dran. Außerdem, reicht dir die Zeit nicht, in der du allein auf die Toilette gehen darfst? Und bedenke die viele Schlafenszeit, die du ungestört verbringen kannst.«

Er legte seinen Arm um ihre Schulter und zog sie kumpelhaft an sich, nur dass Berry das Bedürfnis hatte, diesen Jungen in ihre magische Säule zu stoßen.

»Du weißt doch, Stilben: Wenn du dich im White-Areal befindest, bin ich an deiner Seite.«

»Ich habe ja keine andere Wahl«, sagte sie und schob Bird mit dem Ellenbogen von sich. »Ich darf ja nicht einmal allein zum Unterricht gehen. Die ganze Zeit werde ich beschattet.«

Birds Blick veränderte sich: Aus schelmischen Lächeln wurde ein bedrohlicher Gesichtsausdruck. Berry bemerkte, dass sich eine schwarze Flamme um seine Finger bildete.

»Hast du das Gefühl, eingesperrt zu sein? Machst du Dinge, die deiner Meinung nach, so geheim sind, dass du dich gleich beschattet fühlst, wenn ich in der Nähe bin?«

Berry schnaubte leicht abfällig und wandte sich von Bird ab. Dabei beschleunigte sie gleichzeitig ihren Zauber. Dieser bekam so einen wuchtigen Antrieb, dass der dadurch entstandene Wind Berrys Frisur zerzauste.

Die Partikel stiegen zur Decke und rieselten langsam wieder zu Boden, wobei sie die violette Glitzerfarbe verloren. Die Magie, die mit der Färbung einherging, blieb an der Raumdecke hängen und verteilte sich in den vielzähligen, magieauflösenden Ausbuchtungen, die mit einer neutralisierenden Magieschicht bedeckt waren. Diese Öffnungen leiteten die aufgestaute Energie raus aus der Akademie und verhinderten somit eine hohe Ansammlung von Magie, die zu einem Smog führen könnte. Ein Magiesmog war gefährlich und störte die Elektronik, die für die Fortbewegung der Phönixakademie notwendig war. Aufgestaute Energie war fast genauso schlimm wie die hochverfluchten Gebiete auf der Welt – wie sämtliche Bodenstädte. Das war auch der Grund, warum es nicht erlaubt war, außerhalb der gekennzeichneten Bereiche Magie zu trainieren. In der Vorprüfungszeit war das ein nicht zu unterschätzendes Problem: Nicht nur die Feuerwache hatte durch die Feuerzauber mehr zu tun, sondern fielen zudem auch noch ständig das Licht und die Steuerung der Akademie aus.

Berry hatte neulich von einem neuen Helferprojekt gehört, bei dem einige Schüler aushalfen. Es wurden Medikamente an verfluchte Bodenstädte ausgeliefert und dabei waren keine Gleiter als Transportmittel zugelassen, weil die magischen Flüche deren Technik stören konnten.

Wenn man den Gerüchten glaubte, dann gab es durch das Gleiterverbot bei dieser Mission viele verletzte Schüler, die angeblich mit den gefährlichen Längus kämpfen mussten, bevor sie sie reiten konnten. Leider hatte Berry selbst keins dieser Opfer zu Gesicht bekommen, denn sie wurde ständig von schwarzen Phönixen begleitet, die sie weitab der Geschehnisse vorbeischmuggelten. Wenn Berry nicht im White-Areal war, dann bekam sie nur wenig Zeit, um sich mit ihren Klassenkameraden zu unterhalten.

Bird Shwed war so ein ständiger Begleiter.

Berry beobachtete, wie ihr Zauber von den Öffnungen an der Decke aufgesaugt wurde. Gleichzeitig behielt sie Bird im Auge. Sie erkannte, dass er wieder über beide Ohren grinste, was nie etwas Gutes zu bedeuten hatte.

Berrys Herz schlug auf einmal schneller und als sie sich dem Jungen zuwandte, kam auch schon die erste schwarze Flamme auf sie zugeschossen. Sie wich ihr aus, aber die Kälte, die nur ein paar Zentimeter von ihr entfernt vorbeiflog, ließ sie bereits zittern. Dass er sie angriff, war nichts Neues: So verliefen die meisten Übungsstunden, in denen Berry lieber allein sein wollte.

Sie versuchte, so viel Raum wie möglich zwischen ihnen zu gewinnen, doch Bird zauberte auf ihrem Weg Barrieren aus schwarzem Feuer. Er zwang sie, auf ihn zuzulaufen, während die Bodenpartikel ihres eigenen Zaubers wie Schnee auf beide herabschwebten und sich in Haar und Kleidung niederlegten.

Beim Anblick seines Grinsens musste auch Berry selbst lächeln, bis er sie gänzlich in schwarzen Flammen einkreiste. Sie umfasste ihren Körper mit den Armen, denn die Kälte drohte ihr Inneres für den Moment einzunehmen.

»Leg los, Blaubeere«, sagte er amüsiert und schon gab Berry eine kräftige Druckwelle von sich, die die Flammen erstickte und Bird drei Meter durch den Raum schleuderte.

Sie ging auf ihn zu und bereitete eine weitere Kraftwelle vor, die sie ihm zur Not noch entgegenwerfen würde. Er begrüßte sie jedoch mit einem lauten Lachen. Er setzte sich auf und beklatschte sie sogar.

»Damit habe ich nicht gerechnet, Stilben. Ich dachte, du würdest deine Untergrundmagie an mir üben, doch du nutzt die öde Phönixmagie.«

Berry hockte sich neben ihn und reichte ihm die Hand.

»Nur, weil man etwas Neues erlernt, bedeutet es nicht, dass man das längst Bewährte vernachlässigen sollte.«

»Das war wohl eine Lektion für mich«, sagte er und ergriff die dargebotene Hand. »Dafür hast du dir eine kleine birdfreie Zeit verdient. Ich würde sagen, zwanzig Minuten. Ich hole uns etwas zu Essen. Hast du einen besonderen Wunsch?«

Berry zog ihre Schultern hoch und betrachtete die noch immer langsam fallenden Bodenpartikel.

»Gut, dann bringe ich dir mit, was da ist. Genieß die Pause und bitte bleib hier, ich will dich nicht wieder einen halben Tag suchen müssen.«

Berry schnaubte lediglich.

»Vergiss nicht, den Boden wieder zu reparieren, wenn Carten das mitbekommt, wird er wütend«, rief Bird ihr zu, als er schon zur Tür raus war.

Berry schloss die Augen und zählte geduldig bis zehn, dann stellte sie mit einem Phönixzauber den Boden wieder her und setzte sich im Schneidersitz vor die Spiegelwand. Sie betrachtete ihr Gesicht: Sie sah trotz der vielen Trainingseinheiten vital und strahlend aus. Die Untergrundmagie belebte sie und machte sie fit.

Von Mr. Gettson hatte sie die Anweisung erhalten, sich nicht nur in der Unsterblichkeit auszuprobieren. Da sie eine Untergrundmagierin war, durfte sie keine Facette dieser großartigen Möglichkeit verpassen und sollte jeden Zauber probieren, dem sie begegnete. Und sie bekam eine Menge zu sehen. Der Akademieleiter hatte Berry Zugang zu allen Büchern im Lehrerbereich jedes Areals gewährleistet und so wie sie es zuvor vermutet hatte, wurden darin die rechtswidrige Magie beschrieben. Die Untergrundmagie und die Bücher über die Ausübung dieser Zauber waren verboten und somit durfte diese Lektüre gar nicht existieren. Durch Mr. Gettson als Akademieleiter hatte das Lehrpersonal jedoch die Möglichkeit, auch solche Bücher zu studieren. Berry lächelte beim Gedanken, dass die Lehrer glaubten, damit eine gewisse Macht an der Phönixakademie zu haben. Offiziell galt der Erhalt des Magieguts als Grund für dieses Vorgehen, dabei manipulierte der Akademieleiter lediglich sein Personal. Er erlaubte den anderen, so etwas zu besitzen, um eine Rechtfertigung für seine eigenen verbotenen Zwecke zu haben.

Berry liebte es, ihre Magiefähigkeiten zu trainieren, die keinen Schaden anrichten, aber gelegentlich sah sie gerne zu, wie etwas zu Bruch ging – so wie der Boden heute. Das geschah immer dann, wenn sie schlechte Laune hatte. Danach ging es ihr besser und sie übte andere Zauber. Mitunter probierte sie verschiedene Arten aus, ihr Äußeres zu verändern. Das gelang ihr nicht so gut, denn ihr mangelte es an Vorstellungskraft. Sie konnte sich einfach nicht vorstellen, wie sie anders aussehen könnte und für diese Art von Magie war das sehr wichtig. Sie musste dafür schon im Kopf wissen, wie sie später aussah, also schaffte sie es nicht einmal, ihr Haar umzufärben, weil sie sich nicht blond oder blauhaarig sah. Und da sie es nicht hinbekam, versuchte sie sich wenigstens vorzustellen, was Kathy Silberstein daran begeisterte, ständig die Haarfarbe zu verändern. Sie hatte keine Ahnung. Vielleicht hatte Berry ja zu viel Zeit mit Büchern verbracht und nicht mit Mädchensachen.

Ein weiteres interessantes Feld war die Gedankenmanipulation. Und so wie die Veränderung ihrer Gestalt, beherrschte sie auch dieses Gebiet nicht. Ihr fehlte schon im normalen Umgang mit Menschen die Überzeugungskraft, wer würde sie da erst in seine Gedanken eindringen lassen?

Berry senkte den Kopf und ihr Haar fiel wie ein schwerer Vorhang in ihr Gesicht.

»Übe häufiger destruktive Magie, sonst nutzt du mir wenig«, hörte sie die Stimme des Akademieleiters in ihren Gedanken. Mr. Gettson gab sich nicht einmal mehr die Mühe, ihr etwas vorzumachen. Er wusste, dass er

sie fest in der Hand hatte. Sie hatte inzwischen einiges gesehen und er hatte ihr eine ganze Menge beigebracht und viele Dinge ermöglicht, sodass sie keine Wahl hatte, als ihm Loyalität entgegenzubringen. Sie ahnte, wie der Mann mit Personen verfuhr, die sich von ihm abwandten. Wenn er keine Skrupel hatte, eine komplette Stadt zu zerstören, würde er eine einzelne Schülerin nicht verschonen. Sie musste sich nicht einmal gegen ihn stellen, allein ein Rückzug aus seinen Diensten könnte sie ihren Kopf kosten. Doch so etwas ließen ihre Bodyguards erst gar nicht zu.

Bird war da noch der nettere von den Jungs, auch wenn er sie am meisten nervte. Er war hartnäckig und immer in ihrer Nähe. Die anderen ließen sie wenigstens größtenteils in Ruhe, aber er provozierte sie und legte jedes ihrer Worte auf die Goldwaage. Nur in der Nacht hatte sie ein wenig Zeit für sich, obwohl sein Raum direkt neben ihrem war. Sobald sie in Mr. Gettsons Diensten war, musste sie in das White-Areal umziehen, auch wenn sie noch immer im Mint-Areal zum Unterricht ging. Um den Schein zu wahren, nahm sie noch aktiv am Schulgeschehen teil; stellte im Unterricht fleißig Fragen, machte ihre Hausaufgaben, bereitete sich für die anstehenden Prüfungen vor.

Sie teilte den Wohnbereich mit einigen schwarzen Phönixen und ein paar sonderbaren Zauberern, die Berrys Meinung nach Halbfeen oder so etwas waren – auf jeden Fall nicht ganz menschlich.

Bird wurde nur durch den dummen Zufall ihr Aufpasser, weil sein Raum so nah neben ihrem war. Blöderweise hatte der schwarze Phönix einen viel zu leichten Schlaf. Neulich konnte Berry nicht einschlafen und kehrte in ihr altes Quartier im Mint-Areal zurück. Bird hatte sie beschattet und holte sie mitten in der Nacht wieder ab.

Auch wenn die schwarzen Phönixe sie störten, hatte sie sich inzwischen an sie gewöhnt. Sie begriff, dass ihre anfängliche Sorge über Robins Aufnahme an der Phönixakademie unbegründet gewesen war. Sie hatte wirklich geglaubt, ein schwarzer Phönix würde mit einem Wimpernschlag die Bewohner der gesamten Akademie töten. Seit sie ihre Zeit mit Bird und den anderen verbrachte, wusste sie, dass das unmöglich war. Niemand war so stark. Ausgenommen Jenny Bish natürlich.

Es fiel Berry immer noch nicht leicht, die Augen zu schließen, ohne gleich die sterbende Bodenstadt zu sehen. Und es gab nicht nur diese Stadt. Nach Jocksess hatte sie bereits vier weiteren Siedlungen bei ihrer Auslöschung zusehen müssen. Bird sagte, das würde sie eines Tages abhärten, aber so etwas zu erleben oder allein es zu wissen und nichts dagegen ausrichten zu können, war niederschmetternd. Und all das hatte Berry nur ihrem untergrundmagischen Blut zu verdanken. Sie sah wieder auf und blickte in den Spiegel. Sie hatte Augen, die nie vergaßen, die sich jedes noch so kleinste Detail merkten, die ihr sämtliche Türen öffneten und die Geheimnisse auf ihre Schultern luden.

Beim längeren Betrachten wurden ihre Augen plötzlich ganz hell, bis Berry bemerkte, dass der gesamte Spiegel weiß wurde und so intensiv zu strahlen begann, dass sie nicht mehr hineinschauen konnte. Als sie sich mit schmerzverzerrtem Gesicht abwandte, zuckte sie zurück und spürte den Spiegel im Rücken.

Die flatternden Wolkenhaare fielen ihr als erstes auf, dann die strahlendgrünen Augen, die Berry zu verhöhnen schienen.

Jennys Blick durchbohrte ihre Gedanken und zunächst sträubte sie sich dagegen, doch das Mädchen drang sanft in ihren Kopf und streichelte ihre Angst fort. Jennys Gedanken umwoben Berrys zärtlich und alle Furcht fiel von ihr ab.

Das Mädchen setzte sich direkt vor sie und legte ihre winzigen Finger auf ihre Hand. Sie sah das Monster, das die verfluchten Städte ausgelöscht hatte, gleichzeitig wusste sie, dass Jenny nur eine Marionette war, so wie sie selbst.

»Wir können beide nicht zurück«, sagte das Kind, ohne seine Lippen zu benutzen. *»Wir müssen stark werden und unsere Kräfte bündeln. Wenn eine von uns jetzt schon etwas gegen ihn unternimmt, wird sie sinnlos sterben.«*

»Es ist verdammt schwer, dem Drang zu widerstehen, von hier wegzugehen und dir ständig zusehen zu müssen, wie du Leben zerstörst. Ich verstehe nicht einmal, wie du es schaffst, immer und immer wieder diese abscheuliche Magie zu wirken.«

»Du hast den Verstand eines Menschen. Ich könnte es dir erklären, aber du wirst es nicht nachvollziehen können.« Jenny sah zur Tür und erhob sich. *»Ich muss gehen.«*

Berry stand ebenfalls auf und packte die Hand des Mädchens, um es aufzuhalten. »Das war ein zu kurzes

Gespräch, ich will so viel wissen.«

Plötzlich verspürte sie einen elektrisierenden Schlag von Jennys Haut ausgehen und zog ihre Hand sofort zurück.

»Ich habe alles gesagt.«

Berry unternahm keinen weiteren Versuch, das Kind aufzuhalten und nur ein paar Sekunden, nachdem Jenny aus der Tür verschwunden war, betrat Bird den Raum. Sie atmete erleichtert aus. Wenn er das Mädchen hier gesehen hätte, hätte er Verdacht geschöpft und Mr. Gettson Bericht erstattet.

»Es freut mich, zu sehen, dass du dich über meine Rückkehr freust, Stilben.«

Er kam mit einem Karton Muffins und zwei Bechern Tee zu ihr, setzte sich auf den Boden und sah sie so lange an, bis auch sie wieder Platz nahm.

»Blaubeermuffins«, sagte er grinsend, als er die Pappschachtel öffnete. »Jedes Mal, wenn ich dich zaubern sehe, bekomme ich so richtig Lust auf Blaubeeren.« Er biss genüsslich in seinen Muffin. »Der schmeckt fast so gut wie du.«

»Was?«, fragte Berry entgeistert.

»Oh, zumindest in meinen Träumen.«

»Du bist widerlich«, sagte sie und schob den Karton mit dem Gebäck von sich. »Ich habe keinen Hunger.«

»Wir sind schon ein tolles Team«, sagte Bird zufrieden und rülpste ungeniert. »Findest du nicht auch?«

Berry schloss angewidert die Augen. In diesen Momenten vermisste sie ihre Freunde Lion, Aves und Annie.

frederik

Während des gesamten Fluges wechselte Frederik mehrmals seine Sitzposition. Ständig war er zu Feria Stilben ins Cockpit gegangen, doch ihre Aufregung war größer als seine, weswegen sie keine gute Gesprächspartnerin abgab. Sie sagte allerdings mehr als Robin, die seit dem Verlassen von *Tirias* noch nicht mit ihm gesprochen hatte.

Das Mädchen hatte seine Beine auf den Sitz gezogen, lehnte an der Fensterfront und blickte nach draußen, obwohl es bereits wieder Nacht war und nichts Aufregendes vor dem Fenster geschah.

Frederik hatte zuerst vermutet, dass sie ihm den Kuss zwischen ihm und Annie übel nahm, doch Robin gehörte nicht zu diesen eifersüchtigen Mädchen. Ihr Schmerz lag tiefer und hatte mit hoher Wahrscheinlichkeit etwas mit Lion zu tun. Frederik ließ Robin ihre Zeit für sich und erwähnte den Jungen nicht, denn ihr stand ein großes Ereignis bevor und er wollte sie nicht noch mehr in Aufregung versetzen.

»Schnallt euch an«, erklang Ferias Stimme aus den Lautsprechern. »In wenigen Minuten fliegen wir über eine verbotene Zone. Das ist der am meisten gemiedene Ort auf der Welt. Hier ist die magische Population extrem hoch, ihr würdet keine zwei Schritte machen können, ohne auf ein Magiewesen zu stoßen. Einzig lebensmüde Menschen kommen hier ohne weiteres vorbei, sie überleben den Besuch allerdings auch nicht. Nur genehmigte Flüge sind erlaubt, man muss sich mit einem bestimmten Zauber ausweisen. Versucht bitte nie auf eigene Faust hierherzugelangen. Ich will nicht, dass die magischen Wesen unsere Maschine runterholen, also verhaltet euch ruhig. Bis wir landen, will ich keinen Ton von euch hören. Schwarze Phönixe sind in dieser Gegend ungern gesehen.«

Frederik setzte sich sofort auf seinen Platz neben Robin und ergriff ihre Hand. Sie sah ihn zwar nicht an, aber sie klammerte sich mit den Fingern fest an seine. Er spürte ihre Aufregung: Ihre Brust hob und senkte sich schnell. Das Fenster an ihrer Seite beschlug durch ihren Atem.

Er blickte ebenfalls hinaus und erkannte in der Dunkelheit ein warmes Licht, das von Laternen kam. Sie flogen über einen dichten Bergwald und je weiter und tiefer Feria das Flugschiff in die verbotene Zone brachte, desto mehr tauchten diese Leuchten auf. Bald schon erreichten sie ein Tal, das statt Bäumen und Blumen einen gewaltigen Wald aus Laternen in allen Größen und Leuchtintensitäten hatte. Darunter befand sich eine Art Siedlung. Frederik erkannte ganz deutlich Gebäude und Wege, die allesamt erleuchtet waren. War das die Stadt, in der Robins Eltern sich versteckt hielten? Wie konnte dieser Ort nur als geheim gelten, wenn er so gut sichtbar war?

Feria landete das Flugschiff in einem dafür vorgesehenen Bereich. Hier ruhten ein paar andere Flugmaschinen.

Als sie zu dritt über den großen Platz zur Siedlung liefen, leuchteten kleine Lämpchen an der Position auf, auf der deren Füße aufkamen und gingen sofort wieder aus, sobald sie die Stelle verließen. Frederik fand das viele Licht übertrieben, doch Robins Augen schienen gierig alles in sich aufzunehmen. Das Grün ihrer Iris glänzte durch das warme Licht in einem dunkelgoldenen Ton.

Erst als Robin zum Himmel schaute und stehenblieb, folgte auch Frederik ihrem Blick und sah dabei in sein eigenes Spiegelbild. Es gab keinen Sternenhimmel oder einen Mond. Die Personen, die Umgebung, die Lichter, alles wurde nur knapp über seinem Kopf widergespiegelt. Robin und Frederik blickten sich durch die Spiegelung lange Zeit in die Augen. Er erkannte ihre Anspannung im Gesicht, aber auch die süßen, kindlichen Züge, die er noch aus ihren gemeinsamen Kindheitstagen kannte. Sie lächelten sich beide an und als er sie in den Arm nehmen wollte, durchzog ein heftiger Schmerz seinen Körper. Ihm wurde ganz schwarz vor den Augen.

robin

»Du hast uns verraten, Feria!«, schrie Robin, als sie Frederik bewusstlos zu Boden gehen sah und Männer und Frauen aus allen Richtungen auf die Gruppe zukamen.

Sie ließ ihre Finger längst von schwarzen Flammen umzüngeln, bereit, jedes bisschen Phönixfeuer freizugeben, sollte nur einer ihren Freund anfassen.

»Nein, das habe ich nicht«, schrie Feria und näherte sich Frederik, doch da warf Robin schwarze Flammen vor deren Füße, was die Untergrundmagierin zurückweichen ließ. »Robin, ich weiß nicht, was passiert ist. Glaube mir!«

»Das kann ich nicht«, sagte Robin und rüttelte Frederik. »Freddy, wach auf!« Er reagierte nicht darauf.

Noch immer hielt sie ihre Flamme fest, auch wenn es ihren Arm unangenehm frieren ließ. »Kommt mir jemand zu nahe, werde ich denjenigen vereisen!«, drohte sie. »Und es lohnt nicht, mir ebenfalls das Bewusstsein zu nehmen, dann lasse ich diese Flamme nämlich los und zerstöre damit eure Stadt. Zuerst werdet ihr frieren, dann sterben!« Sie wusste, dass sie das niemals schaffen würde, denn noch immer hatte sie keine Kontrolle über ihre Magie. Das Flämmchen würde wahrscheinlich nach ein paar Minuten ihre gesamte Energie verbrauchen und einen lächerlichen vereisten Fleck auf der Wiese hinterlassen. Zu ihrer Überraschung blieben die Fremden sogar stehen und tauschten verängstigte und fragende Blicke.

»Was für ein Unsinn«, sagte ein Mann lachend und kam auf Robin zu.

Sie hob ihren brennenden Arm in seine Richtung, während ihr Kopf angestrengt überlegte, woher sie ihn kannte. Das ließ sie zögern und schon packte er sie grob am Arm, zerrte sie von Frederik weg und entzog mit einer Berührung, die Energie der Flamme von ihrer Hand. Da begriff sie, dass dieser Mann ein schwarzer Phönix war und sie wusste sogar, wer genau er war.

»Hallo Robin, wir haben uns schon ewig nicht gesehen«, sagte er.

»Du bist mein Vater!«

»Bringt den Spion weg«, sagte er mit dem Kopf auf Frederik deutend und zerrte Robin unsanft mit sich.

»Nein, lass mich los! Und tut Freddy nichts!«, schrie sie und versuchte weitere Zauber gegen den Mann zu wirken, doch jedes Mal entzog er ihr die freigesetzte Energie. Auch die unkontrollierte Phönixkälte nahm er augenblicklich auf, so wie Frederik es sonst immer tat.

»Du hast absolut keine Kontrolle. Du bist wie alt? Siebzehn? Und du hast absolut nichts gelernt!«

Zuerst bedeuteten ihr diese Worte nichts, denn sie sorgte sich noch immer um Frederik, denn er wurde in diesem Augenblick von mehreren Männern von ihr fortgetragen. Als ihr jedoch dämmerte, was ihr Vater gerade gesagt hatte, verpasste sie ihm einen Schlag ins Gesicht. Darauf war er nicht vorbereitet, also traf Robin direkt seine Nase, die ein fieses Knacken von sich gab. Er fluchte leise und bedeckte seine Nase mit der Hand, während er Robin verärgert ansah. Etwas Blut floss ihm auf die Lippen, obwohl er die Nasenflügel mit den Fingern zusammendrückte.

»Ich hätte sicher mehr drauf, wenn mich meine Eltern nicht verkauft hätten!«, schrie sie ihn daraufhin an.

Sie hatte sich das Wiedersehen wirklich anders vorgestellt, vielleicht, dass Mutter und Vater sie in eine innige Umarmung schlossen. Doch so war es tausendmal besser. Dieser Schlag war nicht genug, auch wenn er ihr gutgetan hatte. Es war in der Vergangenheit einfach zu viel geschehen, um all die Wut, den Ärger, die Enttäuschung und Sehnsucht mit einer einzigen Umarmung auszudrücken.

Robins Gesicht war im Moment ein Tummelplatz für Emotionen: Ihr Mund lachte, ihre Augen weinten und die Stirn war in Sorgenfalten gelegt.

Ihr Vater führte sie trotz seiner Verletzung durch die Siedlung. Überall, wo sie vorbeikamen, wurde sie von allen Seiten skeptisch und besorgt beäugt. Zwei Frauen kamen angerannt, weil sie die Nase von Robins Vater verarzten wollten. Er scheuchte sie wieder fort und brachte seine Tochter in ein hohes Gebäude mit einer gewaltigen Eingangshalle, in der Robins Blick sofort auf die drei riesigen Bären fiel. Sie waren so groß wie dreistöckige Häuser und hatten monströse, lange Zähne und scharfe Krallen, die sie aufgrund ihrer Kampfposition zur Schau stellten. Panik kroch in Robins Glieder, bis sie feststellte, dass diese gewaltigen Wesen nur versteinert waren. So wurde aus Angst Bewunderung.

»Wenn du *Ryheid* verlässt, wirst du lebenden Exemplaren dieser Schattenbären begegnen«, sagte ihr Vater. »Das sind Wächter dieses Gebietes. Manchmal stoßen ein paar in die Siedlung vor und töten jeden auf ihrem Weg. Wir schaffen es nicht immer, sie sofort zu versteinern. An diesen Tagen gibt es leider viele Verluste.«

»Was ist *Ryheid*?«, fragte Robin.

Ihr Vater hatte sie losgelassen und nahm ein nasses Tuch von einer Frau entgegen, das er dann auf seine blutende Nase drückte.

»So heißt dieser Ort. Die Leute, die hier leben, hatten wohl irgendwann mal keine Lust mehr, *Versteck unter den vielen Laternen* zu sagen, also haben sie ihm einen kürzeren Namen gegeben. Ich glaube, *Ryheid* war eine Untergrundmagierin, die diese Siedlung mit den ersten Schutzbannen versehen hatte. Diese schützenden Zauber sind noch überall, in jedem Licht, in jeder Wand. Sie halten uns diese Bestien und einiges mehr vom Leib.« Er deutete auf die versteinerten Schattenbären.

Dieser Raum war wohl so etwas wie ein Versammlungsort. Zwischen den drei Bären befand sich ein massiver, großer Tisch, zusammengesetzt aus mehreren verschiedenen Hölzern, die auf unterschiedliche Weise behandelt worden waren: Die einen auf Hochglanz lackiert und poliert, ein Paar naturbelassen, andere mit bunten Stoffen umnäht. Erst als Robin einen kurzen Blick unter die Tischplatte riskierte, stellte sie fest, dass dieser aus mehreren kleineren Tischen bestand, denn da waren sehr viele Beine. Dennoch schien die Platte trotz unterschiedlicher Beschaffenheit der Einzelelemente zu einer Einheit verschmolzen zu sein.

Ihr Vater lächelte und schüttelte den Kopf. »Ich hätte nie gedacht, dass eines meiner magischen Kinder mich mit einem einfachen Faustschlag verletzen würde. Da bereitet man sich Jahre lang auf jeglichen Zauberangriff vor, doch dann bricht Robin mir einfach mal so die Nase.«

Ein paar der Anwesenden lachten, nur Robin fand das alles andere als witzig. »Wo habt ihr Frederik hingebracht?«, fragte sie.

»Keine Sorge, ihm geht es gut. Er ist ein dunkler Phönix so wie du und ich lasse schon nicht zu, dass ihm etwas passiert. Setz dich, ich muss jemanden finden, der meine Nase behandelt. Warte bitte kurz auf mich.«

Er verließ den Raum, doch Robin blieb nicht allein.

Viele Menschen waren in dieser Halle versammelt, hielten jedoch einen respektvollen Abstand zu Robin.

»Ich will zu meinem Freund, wo befindet er sich?«, verlangte Robin zu wissen, doch statt wenigstens schüchtern mit dem Kopf zu schütteln, bekam nicht einer eine Antwort zustande. Jetzt bemerkte sie, dass die anderen sie regelrecht anstarrten, als sei sie das erste Lebewesen, das sie jemals sahen. Diese Neugier war nicht vergleichbar mit der an der Phönixakademie. Damals waren alle darauf versessen gewesen, dass Robin etwas Gefährliches anstellte, hier jedoch waren die Blicke ehrfürchtiger.

Lange Zeit blieb Robin einfach nur stehen und versuchte, allen Blicken auszuweichen. Als ihr Vater dann wiederkam, war seine Nase ganz normal und nirgends war Blut zu sehen.

»Das ist der Vorteil, inmitten von Untergrundmagiern zu leben«, sagte er, setzte sich an den Tisch und deutete Robin, auf den Stuhl neben ihm Platz zu nehmen.

»Das sind alles Untergrundmagier?«, flüsterte sie. »Sie sind so ...«

»Du bist das erste Kind des Renaissance-Projektes, das sie zu Gesicht bekommen. Sie waren seit Tagen deinetwegen nervös. Feria hatte uns zwar vorgewarnt, doch keiner hat sich so richtig ein Bild von dir machen können. Dir und – wo ist eigentlich dein Bruder?«

»Chest – er ...« Robin stützte sich mit den Ellenbogen an der Tischkante ab und sah ihren Vater von der Seite an. »Er ist leider verhindert. Was interessiert es dich? Ich vermute, dass du nicht einmal sein Vater bist.«

»Das ist wahr, aber Giwa hätte ihn gern gesehen. Er ist ihr Sohn.«

»Wo ist sie?«

»Deine Mutter kommt gleich.«

Robin spürte die Aufregung in sich aufsteigen. »Bitte nenne sie nicht so.«

»Wie?«

»Meine *Mutter*.«

»Aber sie ist es. Und ich bin dein Dad.«

»Dad«, sagte sie fast lautlos. »Das hört sich noch seltsamer an. Alles hier ist eigenartig. Die gefürchteten Untergrundmagier benehmen sich wie schüchterne Schulkinder und du redest mit mir, als hätten wir uns nur eine Woche nicht gesehen.«

»Ich werde mich für mein Verhalten nicht entschuldigen. Dafür bist du sowieso nicht da, schätze ich. Du bist ein Renaissance-Kind, euer persönliches Wohl steht sowieso nie an erster Stelle.«

Die Kälte, die Robin erschütterte, stammt nicht von ihrer Phönixmagie. So etwas Niederschmetterndes von ihrem Vater zu hören, hatte sie sich in ihren dunkelsten Albträumen nicht vorgestellt.

»Wisch die Tränen aus dem Gesicht, sonst wird deine Mutter sie noch sehen.«

Seltsamerweise folgte sie seiner Anweisung, trocknete ihre Augen und schluckte den aufkommenden Kloß herunter.

»Was hat es mit den Renaissancekindern auf sich?«, fragte sie nach einem starken Räuspern. »Gehört Frederik auch dazu?«

»Nein, er ist keiner von euch. Er ist ein natürlicher schwarzer Phönix. Du dagegen bist gezüchtet worden. Das Projekt hat eine Menge Kinder hervorgebracht. Die Hälfte ist allerdings an der Instabilität der unnatürlichen Magie verstorben. Diejenigen, die überlebt haben, befinden sich größtenteils im Einflussbereich von Mr. Gettson.«

»Was ist mit Chest? Er hat keinerlei Kräfte.«

»Es ist erstaunlich, dass der Junge so lange überleben konnte. Durch seine Behinderung und der fehlenden magischen Kraft erweckt er wohl nicht genug Aufmerksamkeit, weswegen er bis heute unter uns weilt.«

Robin versetzte ihrem Vater einen Stoß, sodass er fast vom Stuhl fiel, sich jedoch noch am Tisch festhalten konnte.

»Du bist ein Schläger!«, rief er lachend aus und setzte sich wieder bequem hin.

»Du sollst nicht so abwertend über meinen Bruder reden. Er ist mir mehr Familie als du und Mutter es jemals wart!«

»Familie bedeutet nicht gleich Freundschaft«, sagte eine wunderschöne Stimme, die klang, als würden mehrere Menschen gleichzeitig sprechen. Sofort bekam Robin Gänsehaut und als die Frau, der die Stimme gehörte, an den Tisch kam, trieb ihr Antlitz Robin Tränen in die Augen: Ihr Wesen war von monumentaler Schönheit, die die gesamte Halle wie ein Häufchen Staub wirken ließ – unbedeutend, grau, anfällig gegen die Elemente. Das Wesen war kein Mensch, sondern pure Energie, die in einem zerbrechlichen Menschenkörper eingesperrt war. Um ihren Kopf schwebten Miniaturen von Planeten und Sternennebel. Ihre Haut war perfekt. Mehr als perfekt, sie war der Inbegriff der Perfektion. Bei näherer Betrachtung spiegelte die Haut den Glanz von Sternen wieder, die sich langsam in ihren Laufbahnen bewegten.

Zum allerersten Mal sah Robin ihre Mutter in ihrer wahren Gestalt, nicht verborgen von irgendwelchen Schutzzaubern.

Anstatt diesem Wesen in die Arme zu fallen, verließ Robin die Halle.

»Lauf nicht von mir weg«, hörte sie die Mehrstimmigkeit ihrer Mutter in ihrem Kopf widerhallen. So etwas hatte sie noch nie getan. Die Kindheit über hatte Robin mit einem unscheinbaren Wesen zu tun gehabt, das mehr einer Schattenprojektion ähnelte als einer Mutter.

Sie legte ihre Hände auf ihre Schläfen und rannte durch die hell erleuchtete Laternensiedlung: Weit weg von der Halle mit den Schattenbären, fort von den Stimmen und der Erscheinung des Sternenlichts.

»Verschwinde aus meinem Kopf!«, schrie sie wütend. »Hau endlich ab! Das bist du mir schuldig! Ich will dich nicht hören. *Geh doch einfach*!«

Erst als sie an einem ruhigen Ort abseits aller Häuser ankam, verstummten die Stimmen. Sie setzte sich auf einen Stein, legte ihr Gesicht auf die Knie und verbarg den Kopf unter ihren Armen.

»Das bist du mir schuldig«, schluchzte sie und begann zu weinen. Die Tränen flossen ungehindert auf ihre Beine und wollten lange Zeit nicht versiegen.

Natürlich hatte sich Robin dieses Treffen niemals leicht vorgestellt. Nicht ohne Grund hatte sie so viele Jahre gemieden, ihre Eltern aufzusuchen. Doch dass es sie so durcheinander brachte, hatte sie nicht ahnen können. Eigentlich wusste sie nicht, was sie erwartet hatte. In ihrem Kopf hatte sie so ein Treffen oft durchgespielt. Jedes Mal war ihre Mutter der Schatten, den sie stets vorgesetzt bekam oder sah so aus wie das Double, das sie beim Brand des Elternhauses entdeckt hatte. Es war nicht diese wunderschöne Sternenlichterscheinung, die Robin so verunsicherte und traurig machte, mehr waren es die Aussagen, die ihre Eltern gerade gemacht hatten. Nichts hatte sich Robin sehnlicher gewünscht, als irgendwo anzukommen, ihre Flucht zu beenden, Liebe zu empfangen. Doch sie bekam sie nicht hier, das spürte sie. Sie hatte ihre Liebe in *Tirias* mit den Schrottplatzkindern verlassen und ein wichtiger Teil von ihr befand sich vereist im Granais-Hospital. Und natürlich zählte Frederik inzwischen zu ihrer Familie und wo war er nun? Er wurde gefangengehalten von ihren Eltern. Immer mehr verwandelte sich ihre Traurigkeit in Wut.

Sie bekam vom vielen Weinen Schluckauf und richtete ihren Oberkörper auf. Erst jetzt bemerkte sie, dass es schneite. Sie stutzte, denn es war eine warme, vorsommerliche Nacht.

Nein, es war gar kein Schnee! Es waren weiche Flocken, die umherwirbelten und sich von einer Seite zur anderen, dann auch mal hoch und runter oder rings um Robin bewegten. Sie fing eine Flocke auf und erkannte, dass das ein klitzekleines Wesen war: Eine Art winziges Schäfchen. Es strampelte verzweifelt mit den Beinchen und so ließ Robin das Wesen frei. Durch die Panik des Schäfchens, verschwanden alle anderen Flockenwesen mit einem Mal und erst als Robin lange Zeit still blieb, kamen sie zurück und nahmen ihren Tanz wieder auf.

»Was mache ich hier nur?«, fragte Robin sich selbst.

Ihr wurde schlagartig bewusst, dass sie wiederholt vor ihren Problemen davongerannt war. Auch wenn das

Treffen mit ihren Eltern nicht so verlaufen war, wie sie es sich erhofft hatte, gab es wichtige Themen, die sie mit ihnen bereden wollte. Und das konnte sie nicht, wenn sie wie ein Kind wegrannte. Sie brauchte Antworten, also stand sie auf und kehrte zurück in die Halle mit den gewaltigen Schattenbären.

frederik

Frederik wachte in einem türkisfarbenem Raum auf. Zunächst brauchte er einen Moment, sich zu orientieren. Er hatte nicht erwartet, hier aufzuwachen, genaugenommen hatte er gar nicht damit gerechnet, überhaupt jemals wieder zu Bewusstsein zu gelangen. Das Letzte, an das er sich erinnerte, war das Spiegelbild von Robin und dass sie ihn angelächelt hatte. Dann folgte ein Schmerz und nun lag er auf einem weichen Bett, in einem runden Zimmer, mit türkisblauen Wänden, auf denen Kinderzeichnungen gemalt waren. Die Zeichnungen von Booten und kleinen Walen waren nicht einfach nur aufgemalt; sie bewegten sich und lenkten Frederik von dem Gedanken ab, er sei ein Gefangener. Sobald jedoch die Erkenntnis kam, verhöhnte ihn das hübsche Zimmer: Es zeigte ihm, dass er sich an einem Ort befand, an dem Magie für solche Kindereien nicht zu schade war. Nur jemand, der mächtige Magie beherrschte, konnte es sich leisten, seine kostbare Energie mit derartigen Nebensächlichkeiten zu verschwenden. Zauberei nur zum Spaß war Luxus. Das konnten Schüler, die noch lernten oder verwöhnte Meister, die sich langweilten.

»Hey, wo bin ich?«, rief er durch die Tür und hämmerte dagegen. »Nett habt ihr es hier. Kann ich den Verantwortlichen sprechen?« Er bekam keine Antwort, also begann er, gegen die Tür zu treten. »Wo sind Robin und Feria?«, rief er. »Hört mich jemand?«

Er legte das Ohr an die Holztür und lauschte.

Hastige Schritte kamen auf das Zimmer zu, weswegen er sofort zurücktrat. Gleich darauf schwang die Tür auf.

»Freddy«, sagte Feria und trat mit zwei Männern in den Raum. Ihr Gesicht sah besorgt aus. »Hör zu, ich entschuldige mich für diese Begrüßung, ich habe nicht damit gerechnet, dass sie dich festnehmen. Dabei hätte ich es zumindest ahnen müssen – mein Fehler.«

»Und wie willst du es wieder gutmachen? Wo ist Robin?«

Frederik musterte Ferias Begleiter. Sie sahen nicht sonderlich stark aus, vielleicht waren sie dafür fantastisch im Zaubern, was er auf keinen Fall unterschätzen wollte.

»Robin geht es gut, sie ist bei ihren Eltern. Ich habe den anderen erzählt, dass du nicht gefährlich bist. Das bist du doch nicht?« Sie hielt plötzlich seinen Funkenspiegel hoch und Frederik tastete seine Jackentasche ab, um bedauernd festzustellen, dass das wirklich sein Spiegel war.

»Deine Reaktion gefällt mir nicht, Freddy. Wir haben es konfisziert, um zu prüfen, welche Nachrichten du so austauschst.« Sie übergab ihm den Funkenspiegel.

»Dummerweise gab es einige gespeicherte Funken des Akademieleiters Mr. Gettson und ein paar Botschaften kamen von Carten Lumsk, dem berüchtigten schwarzen Phönix, dessen Ruf alle erzittern lässt. Nun, uns werden die Infos sogar etwas nutzen, aber wir sind unsicher, was dein freundschaftliches Auftreten betrifft.«

»Ja, es sind Funken dieser Personen darauf. Sie wollen herausfinden, wo ich mich befinde, aber ich habe ihnen nie geantwortet.«

Einer der Männer beugte sich zu Feria und flüsterte ihr ins Ohr.

»Ja richtig, es ist möglich, dass du nur deine Antworten gelöscht hast«, gibt Feria weiter.

»Wozu sollte das gut sein?«, fragte Frederik genervt. »Hätte ich da nicht auch die einkommenden Nachrichten löschen können?«

»Nicht, wenn du den Anschein erwecken wolltest, du hättest einfach nur nicht geantwortet«, meldete sich der Mann, der geflüstert hatte, selbst zu Wort.

»Was?«, fragte Frederik irritiert. »Ich bin ein schwarzer Phönix, ich brauche keine Psychospielchen. Ich hätte dich in der ersten Sekunde erledigen können, in der du dieses Zimmer betreten hast, aber offensichtlich bist du noch am Leben. Was sagt dir das?«

»Es reicht!«, ging Feria dazwischen. »Wie dem auch sei. Die Untergrundmagier sind dir gegenüber skeptisch. Weswegen wir dich für die Zeit, die du hier verbringst, mit einem Zauber unschädlich gemacht haben.«

»Ihr habt was?«, Frederik sah an sich herab und tastete über seine Brust und Bauch. »Was habt ihr getan?«

»Dein Blut ist mit einem Schutzzauber belegt, der die Magie, die du wirkst, auf deinen Körper überträgt, aber um das Vielfache verstärkt. Bei deiner Magie führt wahrscheinlich schon der kleinste Zauber dazu, dass dein Herz zum Eisklumpen wird und dein Gehirn gefriert.«

»Es ist also ein Todesurteil?«, fragte Frederik. »Gibt es denn überhaupt eine Möglichkeit, diesen Zauber wieder loszuwerden?«

»Vielleicht eines Tages.«

»Eines Tages? Was heißt das? Du sagtest doch gerade, solange ich hier bin.«

»Dass ich dich über diesen Schutzzauber unterrichte, zeigt, dass ich dich auf irgendeine Art mag, Freddy. Normalerweise gehen die Magier, die damit belegt werden, unwissend zugrunde. Es ist zu deinem Besten, wenn du dich beherrschst.«

»Verstanden«, sagte Frederik mit finsterer Miene. Was den Untergrundmagiern an Stärke mangelte, machten sie an Grausamkeit wieder wett.

robin

Das erneute Aufeinandertreffen mit den Eltern empfand Robin nicht entspannter als das erste Mal. Es verlief ebenso holprig und wurde während des Gesprächs nicht einfacher. Manchmal vergaß Robin sogar weiterzusprechen, weil sie von der Erscheinung ihrer Mutter überwältigt war. Robin musste zum Glück auch kaum etwas von sich aus sagen, Giwa Bish übernahm immer wieder den Gesprächsfaden und stellte die richtigen Fragen.

»Ich fühle die Vorwürfe, die dir am Herzen liegen. Und ich habe nichts anderes erwartet. Dich und deine Geschwister so auf Abstand zu halten, war niemals einfach. So starke Magier, wie ihr es seid, muss man mit Liebe überhäufen und nicht in Traurigkeit und Zweifel betten.«

Liebe? Robin konnte sich nicht daran erinnern, dass die Eltern jemals etwas Nettes für sie getan hätten. Und das war von Liebe so weit entfernt.

»Mr. Gettson hat nach beugsamen Kindern verlangt, die von der eisernen Hand geleitet wurden und nicht von Emotionen.

»Hat ja wohl nicht so richtig funktioniert«, sagte Robin eiskalt. »Ihr zwei passt perfekt zum Projekt. Selbst nach Jahren behandelt ihr eure Tochter wie ein seelenloses Experiment, wie eine Nummer aus dem Reagenzglas. Ihr seid so herzlos; kälter als meine Flammen. Erzähl mir nichts darüber, dass du gelitten hast, uns so auf Abstand zu halten. Und die?«, sie zeigte auf die Untergrundmagier, die noch immer in der Halle waren und Robin neugierig musterten. »Die sehen mich genauso an, wie ein Laborsubjekt. Als wäre ich ein Mensch ohne Empfindungen.«

Giwa Bish machte ein Handzeichen und bat die anderen, die Halle zu verlassen.

»Bist du so etwas wie ihre Königin?«, wollte Robin wissen.

»Nein. Ich würde genauso aus dem Zimmer gehen, würde einer von ihnen mit ihrem Kind reden wollen. Robin, dein Vater und ich haben nicht das Anrecht darauf, dich in unsere Arme zu schließen, nachdem, wie wir dich behandelt haben. Unser größter Fehler war es, überhaupt erst beim Renaissance-Projekt mitzumachen. Uns wurden andere Dinge versprochen.«

»Mehr Geld?«, fragte Robin.

Die Mutter blieb geduldig. »Die Welt sollte von den Flüchen befreit werden. Stattdessen soll die alte Welt gegen eine neue ersetzt werden. Eine Welt aus schwebenden Städten, die die ursprüngliche mit dem Schatten der Vergessenheit verdeckt.«

»Wir waren ein Teil eines Experiments, so wie viele andere Paare«, erklärte Robins Vater. »Man hat uns gesagt, dass unsere Hilfe zur Weltrettung beiträgt. Doch da stimmte etwas nicht. Einige Eltern verschwanden plötzlich, Kinder wurden entführt und Verträge, die wir mit Mr. Gettson hatten, verbrannt und für nichtig erklärt. Viele von uns haben sich zusammengeschlossen und versucht rauszufinden, was da vor sich ging. Wir wussten eine Menge und so hat die Hälfte den Tod durch den Akademieleiter und seine Männer gefunden. Teilweise auch durch deinen Freund Frederik. Deswegen halten wir ihn fest.«

Stille breitete sich über die Halle und Robin betrachtete die winzigen Planeten um Giwas Kopf. Robin wusste, dass Frederik Gegner des Akademieleiters beseitigt hatte und ihr erschien seine Festnahme als eine sehr milde Strafe. Er war ihr Freund, aber sie wusste, er hatte viel Schlimmeres verdient. Sie selbst hatte eine schlimme Bestrafung verdient. Sie hatte auch Menschen auf dem Gewissen.

Robin wollte Antworten haben und sie bekam diese. Die ganze Nacht sprachen ihre Eltern mit ihr. Sie erzählten, wie sie und andere Elternpaare der Renaissancekinder sich mit Untergrundmagiern zusammengeschlossen und *Ryheid* als Versteck ausgewählt hatten. Dass sich so viele in den Untergrund verzogen hatten, verkomplizierte die Pläne des Akademieleiters.

Eines davon beinhaltete die Lüge, Robin und ihre Geschwister seien verkauft worden. Damit wollte Mr. Gettson wohl erreichen, dass sich die Renaissancekinder verraten fühlten. Sie sollten keine Bindung zu ihrer Familie aufbauen oder später nach ihr suchen. Als Robins Eltern ihr das erzählten, lauschte sie auf ihre Gefühle. War da etwas, dass sie beruhigte oder ihrer Familie verzeihen ließ? Nein. Denn gleich im nächsten Satz erwähnte ihr Vater, dass sie für die Teilnahme am Projekt gut bezahlt wurden, was Robins Meinung nach auf dasselbe hinauslief.

»Dieses Programm hat fast allen Sternenlichtern das Leben genommen. Es existieren nur noch zwei – drei, wenn man Jenny hinzurechnet. Allerdings ist sie kein richtiges Sternenlicht. Ihre Fähigkeiten sind mit dem des schwarzen Phönixes verknüpft. Ich bin die Einzige, die bei dem Projekt noch übriggeblieben ist, wo sich das andere Licht befindet, weiß niemand, nicht einmal ich. Ich spüre nur, dass es noch am Leben ist.«

Robin versuchte sich vorzustellen, zwölf Wesen dieser Sorte in einem Raum zu sehen. So viel Magie würde bestimmt kein Mensch verkraften.

»Ich war die wichtigste Kraft für das Renaissance-Projekt«, sprach Giwa weiter. »Eine Sternenlichtmutter verleiht ihren Kindern eine unfassbare Macht. Alle meine Sprösslinge waren etwas besonders. Alle fünf.«

Robin lehnte sich über den Tisch und sah ihre Mutter fragend an. »Sagtest du, fünf? Ich habe neben Jenny und Chest weitere Geschwister?«

»Nein, hast du nicht«, sagte Giwa bedauernd. »Die Zwillinge Senna und Allan sind leider bei der Geburt verstorben. Ihre Körper haben die Magie nicht verkraftet.«

Zum ersten Mal während des gesamten Gesprächs nahm Robin so etwas wie Bedauern in der Stimme ihrer Mutter wahr. Vielleicht steckte doch hinter der sternenhellen Haut eine liebende Mutter, die auch bereit war, Robin Liebe entgegenzubringen.

»Und Jenny ist der Trumpf? Sie ist die perfekte Züchtung für Renaissance?«, fragte Robin nach kurzem Zögern.

»Nicht für den ursprünglichen Plan. Doch offensichtlich wollen sie sie trotzdem einsetzen.«

»Sie wurde bereits eingesetzt«, sagte Robins Vater. »Das hatte unser Informant berichtet. Er hat sich an eine Schülerin geheftet, die die Zerstörung einer Stadt miterlebt hat. Da war nichts mehr zu machen, es ging einfach alles sehr schnell.«

»Eine Schülerin hat das beobachtet? Wer war das, etwa eine Phönixmagierin?«

»Das Mädchen heißt Viktoria Flander. Unser Kontaktmann hat sie seitdem im Blick«, antwortete der Vater.

»Das ist Clodes Schwester!«, rief Robin aus. »Ihr habt jemanden in der Akademie, der aufpasst, was dort geschieht?«

»Wer ist Clode?«

»Ein Freund! Er hat mir geholfen. Er ist ein sehr guter Freund von Chest. Welche Rolle spielt mein Bruder eigentlich bei dieser Sache? Ich weiß, dass er keine magischen Fähigkeiten hat. Aber er war dazu bereit, herzukommen, weil er seinen Vater kennenlernen wollte. Ist er überhaupt in *Ryheid*?«

»Wir wissen nicht, wo sein Vater ist«, sagte Giwa. »Wir haben weder von seinem Tod, noch von seinem Aufenthaltsort etwas gehört. Schon lange nicht. Er war ein starker, roter Phönixmagier und ein Arzt. Er ist abgetaucht, seit die Verfolgung der Mitwisser begann. Seinen Sohn hatte er aber nie gesehen. Er hat nur sein Erbgut gespendet, wir hatten nie persönlichen Kontakt.«

Robin sah betrübt auf ihre Fingerkuppen. »Dieses Wissen hätte Chest traurig gemacht. Er hatte solche Hoffnungen.«

»Hast du etwas von seinem Adoptivvater gehört?«

Robin zuckte mit den Achseln. »Was spielt das für eine Rolle? Er hat ihn doch auch verlassen.«

Giwa erzählte, dass Chest eine der vielversprechendsten Züchtungen war, alle Forscher hatten auf ihn gesetzt. Chest hätte *die* Rettung sein sollen. Doch es kam anders. Der Junge hatte einige schwerwiegende Knochenfehlbildungen und absolut keine magische Potenz.

»Für die Geldgeber war Chest ein großer Fehlschlag«, sagte Giwa bedauernd.

Robins Augen füllten sich mit Tränen.

»Chest ist das Beste, was dieser verdammten Welt passieren konnte«, sagte sie und schluchzte so laut, dass es von den Wänden widerhallte.

frederik

Frederik hatte so lange über die Situation an diesem Ort nachgedacht und war gerade eingenickt, als das Schloss an der Tür klackte. Sofort sprang er auf und musste den Drang zu zaubern unterdrücken. Wenn es stimmte, dass auf ihm dieser besondere Schutzzauber lag, würde er sich bändigen müssen.

»Bist du zufrieden? Er lebt noch«, sagte ein Mann, der Robin in den Raum führte.

Das Mädchen atmete erleichtert auf. »Ein Glück, dir geht es gut. Freddy, darf ich dir meinen Vater vorstellen?«

»Sehr erfreut«, knurrte Frederik.

»Das glaube ich dir sofort«, sagte Mr. Bish. »Wie gefällt dir unser Zimmer?«

»Es ist prächtig.«

»Wurdest du wegen des Schutzzaubers unterrichtet?«

»Danke«, ging Robin dazwischen. »Ich denke, ab hier komme ich zurecht.«

»Sicher?«

»Ja. Allerdings habe ich noch etwas auf dem Herzen.

Ihr habt eine Frage nicht beantwortet: Habt ihr jemanden in der Akademie, der aufpasst?«

»Selbstverständlich«, antwortete Mr. Bish und beäugte Frederik misstrauisch. »Wir haben auch hier im Gang genug Aufpasser, falls du Hilfe benötigst.«

»Die brauche ich nicht. Ich vertraue ihm«, sagte sie und Frederik wurde es ganz warm ums Herz.

»Ich weiß nicht, ob ich das zulassen soll.«

»Ist ein wenig spät, jetzt die Vaterrolle zu übernehmen, findest du nicht?«, sagte sie spitz.

»Natürlich, es tut mir leid. Nur wäre ein eigenes Zimmer für die Nacht nicht besser geeignet?«

»Es ist längst keine Nacht mehr und ich möchte mit Frederik reden.«

»Dann sehen wir uns in den nächsten Tagen sicher noch häufiger.« Mr. Bish blieb einen Moment in der Tür stehen, dann formte Robin ihre Hand zu einer Faust und er lief kopfschüttelnd aus dem Raum.

»Was war denn das?«, fragte Frederik schmunzelnd. »Hat der große schwarze Phönix Angst vor dem kleinen Mädchen?«

Robin antwortete ihm nicht, sie kam auf ihn zu und lehnte sich mit ihrer Stirn an seine Brust. Er tätschelte ihren Kopf und nahm sie in die Arme.

»War es so schlimm?«

»Furchtbar!«, sagte sie gedämpft. Dann sah sie zu ihm hoch. »Ich habe allein eine Stunde gebraucht, um meinen Vater davon zu überzeugen, dass du in Ordnung bist und dass er mich zu dir führen soll. Mein Vater – wie das klingt! Mir schwirrt der Kopf. Ich habe heute Freude und Trauer, Wut und Erheiterung erlebt. Und ich denke, je länger ich an diesem Ort bleibe, desto heftiger werden diese entgegengesetzten Stimmungsschwankungen.«

»Dann lass uns von hier fortgehen.«

Robin wurde von etwas abgelenkt. »Was ist das hier für ein Zimmer? Was sollen die Kinderzeichnungen?«

»Na, ja, als deine Eltern dich das letzte Mal gesehen haben, warst du noch ein Kind. Vielleicht sollte das dein Raum werden, bevor sie mich hier eingesperrt haben«, sagte Frederik.

»Ha, ha!«, sagte Robin mürrisch, ging zum Bett und ließ sich hineinfallen. »Ist auch egal, ich bin so müde!«

Frederik betrachtete sie eine Weile und legte sich dann einfach neben sie.

»Es fühlt sich an wie früher«, sagte sie und kuschelte sich an ihn. Er zog sie fester an sich und strich ihr sanft über den Rücken.

»Nur die Umstände sind anders.«

»Die Umstände sind etwa gleich geblieben. Doch dieser Ort ist unheimlich. Spürst du das? Diese Magie. Ich meine nicht die Untergrundmagie, sondern die der magischen Wesen. Dieses Gebiet gehört ihnen und sie werden mit diesen Laternen von ihrem Zuhause ferngehalten.«

»Fühlst du dich unsicher hier? Die Siedlung hat viele Jahre gehalten.«

»Und sie wird die Erste sein, die fällt, wenn der magische Krieg ausbricht.«

Frederik nahm eine von Robins Haarsträhnen und wickelte sie nachdenklich um seinen Finger.

»Glaubst du, der Krieg bricht eines Tages wieder aus?«

»Nicht eines Tages. Bald. Hier reden alle davon, meine Eltern glauben das auch.«

»Jetzt wird er wohl heftiger ausfallen als beim letzten Mal.«

Lange Zeit sprachen sie nicht und Frederik glaubte, Robin sei eingeschlafen. Er war jedoch nicht mehr müde und lauschte in die Stille hinein. Robin hatte recht, dieser Ort hörte sich anders an. So als würde er elektrisieren, so gesättigt war die Luft mit Magie.

»Ich muss zugeben«, sagte Robin dann leise, »als es hieß, dass ich neben Jenny noch ein Geschwisterkind habe, habe ich für einen kurzen Augenblick wirklich gedacht, dass du mein Bruder bist. Und ich bin froh, dass es Chest ist.«

»Ich denke, wir haben es innerlich gespürt. Sonst wären wir niemals zusammengekommen.«

»Ich hoffe, du hast recht, alles andere ist eine gruselige Vorstellung.«

»Das stimmt.« Frederik schob Robin auf den Rücken und stützte seinen Kopf seitlich mit der Hand ab. So konnte er sie besser betrachten. »Allerdings hatte ich diesen Gedanken auch. Wir sind zusammen aufgewachsen. Wir sind quasi Geschwister, selbst wenn wir nicht blutsverwandt sind. So sehe ich es zumindest inzwischen. Da ist zwar eine gewisse Anziehung, Robin, aber …«

»Lass das«, flüsterte sie und formte eine leichte Zornesfalte auf der Stirn. »Ich möchte dieses Thema nicht wieder aufwärmen. Unsere Verbundenheit ist wie zwischen besten Freunden. Wir haben es mit Liebe versucht und es war seltsam. Außerdem bin ich in Lion verliebt und wie mir scheint, hast du etwas für Annie übrig. Vermischen wir die stattfindenden Ereignisse nicht mit den Gefühlen, die wir haben. Das führt nur wieder zu Chaos.«

»So sehe ich das auch.«

Robin schmunzelte. »Wirklich? Betrifft das alle Punkte?«

Nun zog Frederik Robin leicht an den Haaren.

»Wirst du frech?«

Robin lachte auf und gab ihm einen Klaps auf seinen Oberarm. »Schon klar! Der große Freddy ist zu ernst, um seine Gefühle für ein Mädchen zu gestehen. Ich verrate es keinem, du kannst dich auf mich verlassen.«

Frederik räusperte sich und nahm eine ernste Miene an, die er nur für ein paar Sekunden halten konnte. Dann grinste er doch über das ganze Gesicht und sah sogar verlegen zur Wand.

»Lass den Quatsch«, sagte er wieder grimmiger. »Wir müssen überlegen, wie wir einen der Untergrundmagier dazu bringen, mit uns nach *Granais* zu gehen, damit Lion von der Vereisung befreit wird.«

Jetzt sah Robin neugierig und gar nicht mehr müde aus.

»Du meinst, wir könnten das machen?«

»Sicher! Feria wurde ja auch geheilt. Ich dachte, das wäre einer der Gründe für diesen Besuch. Oder bist du wirklich nur wegen deiner Eltern da?«

»Du kennst mich zu gut.«

»Was dachtest du denn?«, fragte Frederik. »Also wie stellen wir es an?«

»Es ist vielleicht einfacher, Lion aus dem Hospital rauszuholen und hierher zu bringen«, sagte sie nachdenklich.

»Nur wenn Feria uns begleitet. Du hast doch gehört, was sie gesagt hat, man braucht einen Identifikationszauber. Und ehrlich gesagt sollten wir es vermeiden, zu oft an diesen Ort zu kommen. Wir müssen einen Untergrundmagier zu Lion mitneh-«

»Ich fasse es immer noch nicht, dass du ihn vereist hast«, unterbrach Robin ihn. »Es fällt mir nicht leicht, es dir gänzlich zu verzeihen.«

»Dann weiß ich, was zu tun ist. Ich kümmere mich um diese Angelegenheit. Es wird mir nicht leicht fallen, da ich zum Gegner zähle, aber ich habe Mist gebaut und ich stehe dafür gerade.«

»Freddy?«, fragte Robin.

»Ja?«

»Du hast sehr viel Mist gebaut. Das alles wiedergutzumachen wird dich mindestens zwanzig Jahre deines Lebens kosten.«

Er seufzte. »Ich hasse es, wenn du recht hast.« Er nahm sie wieder in den Arm und genoss ihre Wärme.

»Entschuldige.«

Ihm war seine Eifersucht in dem Moment, in dem er Lion vereist hatte, unangenehm. Aber an jenem Tag hasste er den Jungen. Frederik hatte Robin eine Ewigkeit gesucht und als er sie endlich gefunden hatte, trat ein anderer Mann in ihr Leben. Der zudem ihre Aufmerksamkeit auch noch mit Leichtigkeit gewann, während Frederik in diesem Spiel als Bösewicht dargestellt wurde.

Dennoch: Er hatte Unrechtes getan. Lion hatte Robin seit Jahren der Traurigkeit zum Lächeln gebracht. Er hatte das geschafft, zu dem Frederik nie imstande gewesen war: Robin war an einem Ort glücklich und er hatte es wieder einmal versaut. Wenn er es könnte, würde er die Vereisung ungeschehen machen.

Kurz vorm Einschlafen sprach Robin erneut: »Wird Mr. Gettson nicht irgendwann Verdacht schöpfen, weil du der Akademie so lange fernbleibst?«

»Es ist nicht das erste Mal, dass ich so lange nach dir fahnde. Ich bin früher oft Monate weggeblieben. Der einzige Unterschied zu jetzt ist, dass ich keine Berichterstattung mache.«

»Warum machst du keine?«

»Ich traue unserem Geldgeber nicht. Und ich möchte das Vertrauen der Untergrundmagier nicht missbrauchen. Sie beobachten mich sowieso schon die ganze Zeit. Auch wenn ich Mr. Gettson mit einer Lüge abspeise, wäre das an diesem Ort nicht günstig. Er oder die Untergrundmagier würden das bemerken und keinem wäre geholfen. Und wer weiß, vielleicht will ich jetzt zum Robin-Club gehören.«

»Robin-Club«, sagte sie schmunzelnd. »Hört sich fantastisch an.«

»Ich bin dein Fan Nummer Eins.«

Berry

Sie hatte es geschafft: Berry hatte ihre Aufpasser abgehängt und fiel erschöpft auf die Knie, während sie sich schweratmend aber glücklich in dem engen Gang umsah, in dem sie Schutz gefunden hatte. Erst als sie wieder aufstand und durch die gewaltige Scheibe sah, begriff sie, dass das der geheime Gang hinter der Spiegelwand war, durch die man Versammlungen belauschen konnte. Der Gang führte einmal um den runden Versammlungsraum des White-Areals.

»Wow«, sagte Berry ergriffen und betrachtete den Tisch, der für sehr viele Personen ausgelegt war. Vor einer Woche hatte hier sogar ein Meeting der *Feuerelite* stattgefunden. Das war eine Gruppe Magier, die Mr. Gettson als helfende Kraft zur Seite stand und zu der Berry inzwischen gehörte.

Im Augenblick war der Raum leer, also setzte sie sich im Geheimgang wieder auf den Boden und packte einen Müsliriegel und ein Buch aus ihrer Tragetasche aus. Ungestört zu lesen war in letzter Zeit kaum möglich; ständig war Bird in der Nähe und nervte mit seinen Gesprächen.

Etwa nach sechzig Seiten Lektüre über die magische Zeitkontrolle lenkten Stimmen Berry vom Lesen ab. Sie lauschte genauer hin: Jemand hatte den Versammlungsraum betreten.

Berry legte vorsichtig das Buch zur Seite und stand auf, um durch den durchsichtigen Spiegel zu blicken. Es waren zwei Männer, zum einen der Akademieleiter und zum anderen Carten Lumsk, der oberste schwarze Phönix der *Feuerelite*. Er war der Fieseste von allen, fand Berry. Er sah auch schon so aus: Seine Augenbrauen waren zu einer einzigen verwachsen, weswegen der Mann immer streng aussah. Von Anfang an konnte Berry ihn nicht ausstehen, von ihm ging eine unheimliche Aura aus und ein kurzer Blick von ihm reichte aus, um jeden in seiner Umgebung einzuschüchtern.

Als Cartens Augen durch den Raum streiften, duckte Berry sich sofort. Natürlich konnten die Männer sie durch den Spiegel nicht erkennen, aber das Gefühl, sie könnten ihre Anwesenheit spüren, ließ sie sofort flacher atmen. Wenn sie die Männer sprechen hörte, würden sie sie doch auch hören können.

Sie packte vorsichtig das Buch in ihre Tasche ein und verstaute anschließend die raschelnde Müsliriegelverpackung mit spitzen Fingern hinterher. Auf keinen Fall wollte sie hier erwischt werden und eigentlich auch sofort verschwinden. Doch im Gespräch zwischen den Männern fiel ein bekannter Name und so hielt Berry inne, um zu lauschen.

»Hornelius Larsen ist immer noch nicht von seiner

letzten Mission zurückgekehrt«, sagte Carten. »Ich habe bereits persönlich nach ihm gesucht. Auf dem Weg zu der Stadt, die er beliefern sollte, war ein Chaos aus Flüchen ausgebrochen. Ich konnte nicht nah genug heranfliegen, aber es sah nicht so aus, als wäre Mr. Larsen dort verunglückt. Vermutlich hat er seine Lieferung verloren und sobald er begriffen hat, was er da ausliefert, ist er abgetaucht.«

»Ein Jammer, dass er das Paket nicht direkt über der Stadt abgeworfen hat, so können wir sie Jenny nicht schmackhaft machen. Dann gehen wir diesen Ort eben später an«, sagte Mr. Gettson. »Wir müssen einen guten Grund benennen, weshalb Hornelius Larsen der Akademie fernbleibt. Er bekleidet zwei wichtige Positionen, er wurde bereits mehrfach als vermisst gemeldet. Die Schüler könnten Angst bekommen und aufhören, die Flüche auszuliefern. Und sollte das Auslieferungsprogramm ins Stocken geraten, ist die Renaissance gefährdet. Jenny Bish ist gefügiger, wenn eine Stadt bereits stark verflucht ist, wenn sie vor Ort ankommt. Sie reagiert emotionaler, wenn wir die Orte erst vor ihren Augen verfluchen. Bei einer gefühlsmäßigen Bindung zu den leidenden Menschen wird ihre Arbeit schlampig. Sorg also für eine Lösung des Problems mit Mr. Larsens Verschwinden. Sollte er tot sein, könnten wir alle ruhig schlafen, dann taucht sein Geist nicht eines Tages auf und bereitet uns keine Schwierigkeiten.«

»Ich kümmere mich darum, Mr. Gettson«, sagte Carten.

Berry wünschte sich, keinen Müsliriegel gegessen zu haben, denn sie schmeckte bereits Galle und musste tiefer durchatmen, um das Gefühl zu vertreiben, sich übergeben zu müssen. Sie kannte Hornelius gut, er war oft mit Lion unterwegs. Was hatte er mit dieser ganzen Renaissance-Sache zu tun? Berry wäre am liebsten sofort verschwunden, doch ihre Knie waren weich.

»Sind Sie schon weitergekommen, was Dr. Towers Fortbleiben angeht? Wir brauchen ihn lebend wieder an der Akademie. Er hat viele Subjekte, um die er sich zu kümmern hat«, sagte Mr. Gettson.

»Vermutlich hat er nur wenige Assistenten mit seinem Vorhaben vertraut gemacht, die anderen wissen nicht, wo er steckt. Meine Jungs haben festgestellt, dass drei seiner engsten Mitarbeiter in der gleichen Zeit die Akademie verlassen haben wie Dr. Tower. Keiner kann sie erreichen. Es wird vermutet, dass der Doktor insgeheim ein Labor aufgebaut hat, von dem nur wenige etwas wussten. Wir gehen alle seine Aufzeichnungen durch, vielleicht finden wir auf diese Weise, wo es sich befindet.«

»In letzter Zeit verschwinden zu viele Menschen aus der Akademie, Carten. Es muss ein strenges Ausflugsprotokoll eingeführt werden. Was ist mit Frederik? Auch von ihm gibt es keine Nachrichten?«

»Keine, Mr. Gettson.«

»Das sind nichts als schlechte Nachrichten, Carten. Gib ihm ein Ultimatum. Er soll in *Tirias* nach dem Mädchen suchen. Wenn er Robin findet, sie sich aber weigert zurückzukehren, muss er sie beseitigen.«

»Aber Mr. Gettson, sie ist –«

»Sie glaubt, sie kann mit uns machen, was ihr beliebt. Wir haben schon enorm viel Energie und Geld in sie investiert und sie ist undankbar. Wenn sie nicht aus freien Stücken kommt, wird sie mir sowieso nie loyal sein. Räumt sie aus dem Weg, das erspart uns in Zukunft eine Menge Ärger. Hauptsache, wir bekommen Frederik zurück. Dass er so lange fernbleibt, ist ein großer Verlust.«

Es kam zu einer kurzen Schweigepause, dann war Cartens Stimme leiser: »Sie können Frederik den Befehl nicht geben, Robin zu beseitigen. Sie sind enge Freunde, fast wie Geschwister. Sie werden Ihren fähigen Mann verlieren, wenn Sie diese Anordnung aussprechen.«

»Dann wirst du das erledigen. Übernimm du diese Aufgabe.«

Wieder entstand Stille.

»Verstanden«, sagte Carten schließlich und Berry schüttelte enttäuscht den Kopf. Gerade hatte sie dem Mann noch etwas Menschlichkeit zugetraut, doch die Loyalität gegenüber Mr. Gettson war wohl stärker.

»Rekrutier ein paar neue schwarze Phönixe, wir brauchen in nächster Zeit Verstärkung. Wenn es sein muss, hol dir fähige Phönixe von anderen Geldgebern.«

»Aber verärgert das nicht die Geldgeber?«

»Nicht, wenn sie einen guten Platz in der Neuen Welt haben wollen. Sobald sie von der Renaissance erfahren, geben sie freiwillig ihre besten Kämpfer her.«

»Mr. Gettson, ist es nicht voreilig, den anderen jetzt schon Land zu versprechen? Jenny Bish erweckt in mir nicht den Eindruck, dass sie ihre Aufgabe lange genug ausüben wird, um das Programm abzuschließen.«

»Carten, ich schätze dich und deine ehrliche Meinung. Aber du brauchst dich nicht um das Projekt zu sorgen. Jenny Bish würde nichts machen, was gegen ihre Natur ist. Sie wurde genau für diese Aufgabe gezüchtet und vorbereitet. Sie weiß, dass die Flüche, die wir aussenden, sich rasch ausbreiten und das gesamte Leben auslöschen werden, wenn sie ihre Magie nicht einsetzt. Sie hat keine andere Wahl. Zudem muss sie sich nach einer Fluchbeseitigung immer ausruhen und während sie einige Tage schläft, verfluchen meine Schüler mindestens fünf weitere Bodenstädte. Jenny befindet sich seit heute Morgen auch nicht mehr in der Phönixakademie. Ihr Flugschiff fliegt zwischen den Himmelsstädten, um nah genug an den verfluchten Bodenstädten zu sein.«

Jenny ist weg, dachte Berry panisch. Jetzt war die Schülerin auf sich selbst gestellt!

»Dann hat die Renaissance so richtig begonnen? Wollten Sie nicht Dr. Towers Einschätzung wissen, bevor Sie in die Vollen gehen?«

»Das ist nicht nötig. Es hält uns nichts mehr auf. Gestern erst habe ich Bestellungen für Neuland unterzeichnet – Reservierungen von reichen, hoch angesehenen Männern, denen wir das Exklusivkaufrecht zugestanden haben. Sie beginnen noch diese Woche mit den Landvermessungen und der Städteplanung.«

»Sehr lukrativ«, sagte Carten. »Dann ist es an mir, Ihnen zu gratulieren.«

»Danke, Carten. Es freut mich, dich an meiner Seite zu wissen.«

»Eine Frage hätte ich noch. Es ist reine Neugier und soll nicht als Kritik verstanden werden.«

»Was liegt dir auf dem Herzen, Carten?«

»Wenn in den Bodenstädten die Menschen – nun, wie soll ich es ausdrücken – ausgelöscht werden, wer wird dann in den neuen Himmelsstädten leben?«

Berrys Herz raste unregelmäßig. Die Vorstellung, dass alle Bodenstädte auf die gleiche Weise zerstört werden sollten, wie Jocksess, war grausam.

»Es wird keine neuen Himmelsstädte geben. Nach und nach werden die Lücken zwischen dem schwebenden Land geschlossen. Eines Tages wird das die neue Erdhülle sein, die die verfluchte Welt unter sich bedeckt. Eine zweite Erde entsteht. Und was den Populationsmangel angeht, mach dir mal keine Gedanken, die Menschheit vermehrt sich rasch und irgendwann wird auch die neugewonnene Welt kaum Platz für alle haben.«

Berry schloss die Augen und spitzte die Ohren. Wie konnte sie hier nur sitzen? Wieso war sie noch in der Akademie? Sie müsste fort von hier. Weit, weit weg! Bevor die Akademieleitung wirklich stärkere Ausflugskontrollen einführte. Sie hatte den Drang, jemandem von diesen schrecklichen Dingen zu erzählen, doch all ihre Freunde hatten die Akademie verlassen, selbst Aves war seit Tagen nicht mehr da.

Kopflos und mit zittrigen Knien verließ sie den Geheimgang hinter dem Spiegel und irrte durch die Korridore des White-Areals. Immer wieder kamen ihr die Gesprächsfetzen in den Sinn.

Eine neue Welt sollte über die alte gelegt werden!

***

Berry verließ das White-Areal und lief zum Hangar der Akademie. Sie wollte alles hinschmeißen: Ihre Schule, ihre Träume und diese schreckliche Lage, in die sie geraten war. Im Hangar angekommen, sah sie sich hastig nach Flugschiffen um. Doch bei einem Flugschiff musste man seine Zugangsdaten eingeben und das würde dem Akademieleiter sofort verraten, dass sie geflohen war.

Und wohin sollte sie überhaupt gehen? Zu ihrer kaputten Familie? Sie wusste nicht einmal, wo sie gerade steckte. Man würde sie sowieso verfolgen, sie musste sich also augenblicklich und weise entscheiden.

Sie entschied sich also für einen Gleiter als Transportmöglichkeit und rannte zu dem Exemplar, das sie sonst immer benutzte. Sie überlegte es sich dann doch anders und wählte die Maschine gleich daneben.

In diesem Moment flog ein Flugschiff durch die Tore und Berry hockte sich hinter den Gleiter. Eine Schülerin rannte an ihr vorbei, beachtete sie aber nicht weiter. Sie steuerte direkt auf das ankommende Schiff zu und Berry erkannte sie: Es war Viktoria Flander, ein Mitglied der *Feuerloge.* Sie war kurz vor der Zerstörung von *Jocksess* zu Berry gekommen und hatte sich nach Annies Verbleib erkundigt. Sorge und Aufregung stand in Viktorias Gesicht. Wen erwartete sie?

Als Berry dann Aves und Annie aus dem Flugschiff aussteigen sah, zog ein tiefer Schmerz durch ihre Brust. Sie wollte auf der Stelle zu ihnen und alles erzählen. Sie stand sogar auf und ging direkt auf ihre Freunde zu.

Doch sobald Viktoria Aves in den Arm nahm und die Umarmung innig wurde, blieb Berry stehen und huschte hinter ein größeres Flugschiff. Sie war überrascht über diese Vertrautheit der beiden und dass es Annie offensichtlich nichts auszumachen schien.

Eifersucht auf Viktoria stieg in Berry hoch. Wurde sie bei ihren Freunden wirklich so schnell durch ein anderes Mädchen ersetzt? Nein, das glaubte sie nicht. Wenn sie jetzt dorthin ginge, würden Aves und Annie sie ebenfalls in die Arme schließen. Vielleicht könnte sie die beiden sogar dazu überreden, gemeinsam wieder in das Luftschiff zu steigen und aus der Akademie fortzugehen.

»Bleib im Versteck«, hörte Berry plötzlich Jennys Stimme im Kopf. *»Du kannst nicht zu deinem unbeschwerten Leben zurück. Du hast einen wichtigen Posten und die Möglichkeit, stark zu werden. Wenn du jetzt dorthin gehst, wirst du keinen Einfluss mehr haben.«*

Berry legte ihre Stirn auf das Metall des Flugschiffes, hinter dem sie sich versteckte. Kommunizierte Jenny gerade wirklich mit ihr?

»Pass auf! Hinter dir!«, hörte sie Jenny sagen und drehte sich ruckartig um.

»Überraschung!«, sagte Bird und stützte seine Arme am Flugschiff ab, rechts und links von Berrys Kopf. Er war so plötzlich da, dass sie verängstigt blinzelte. »Wenn jemand, auf den ich aufpassen muss, fehlt, schaue ich immer zuerst hier nach. Wolltest du fliehen?«

»Ich? Nein – ich –«

Bird schaute zu Aves und den anderen. »Ich verstehe, warum du ständig in deine Vergangenheit flüchten willst.«

»Nichts kapierst du«, gab Berry zurück und schob Bird grob von sich.

»Dir fehlen deine Freunde«, sagte Bird nun mit sanftem Bedauern in der Stimme.

»Bist du so sentimental?«

»Berry, auch ich hatte ein Leben vor diesem hier. Ich kann deinen Kummer verstehen. Aber sollten dir diese Menschen wichtig sein, vergisst du sie lieber. Wenn es nicht um Unterrichtsaufgaben geht, wirst du dich nicht mit ihnen unterhalten.«

»Ich kenne die Regeln«, sagte Berry und wandte sich zum Gehen.

Bird nahm ihre Hand und brachte sie wieder zum Stehen.

»Was ist?«, wollte sie wissen.

»Ich bin nicht der Buhmann. Ich spreche aus Erfahrung. Man hat meine Freunde und Familie bedroht, weil ich es gewagt habe, mich vor meinen neuen Aufgaben zu drücken.«

»Was? Und du bist immer noch hier und hilfst bei dieser grotesken Mission mit?«

Bird legte die Hand auf ihre Lippen und flüsterte ihr weiterhin ins Ohr. »Man beobachtet uns die ganze Zeit. Wir haben im Moment nur uns und ich finde, daraus sollten wir das Beste machen. Die Aufpasser, von denen du immer so genervt bist, haben das gleiche Los gezogen. Jetzt sind wir deine Freunde.«

Er ließ von ihr ab und trat einen Schritt zurück. »Du gehörst zur *Feuerelite*. Ob du es willst oder nicht. Und jetzt komm gefälligst mit, es sieht nie gut aus, wenn wir in einem Hangar herumlungern. Da gibt es dann immer gleich misstrauische Gerüchte.«

Der schwarze Phönix ging voran und Berry sah ihm eine Weile nach. Sie wagte einen kurzen Blick zu Aves, doch er und die Mädchen waren bereits weitergegangen. Bird hatte recht, sie gehörte nicht mehr in ihre vergangene Welt.

»Kommst du?«, rief er ungeduldig – da war sie wieder, seine provokante, freche Stimme, die Berry sogar für einen kurzen Augenblick zum Lächeln brachte.

»Lust auf Blaubeermuffins?«, fragte sie, als sie ihm nachrannte.

***

Sie bemühte sich, freundschaftlich zu Bird zu sein und unter anderen Umständen hätte sie sich wirklich mit ihm angefreundet, aber sie hatte im Hinterkopf die leise Stimme, die sie davor warnte, schwarzen Phönixen zu vertrauen. Vielleicht war sie auch zu streng mit ihm, schließlich teilten sie inzwischen das gleiche Schicksal.

Sie verbrachte den restlichen Tag mit ihm und empfand sogar ein wenig Spaß dabei. Sobald sie dann in ihren Zimmern waren, lauschte Berry hinter ihrer Tür. Mehrfach überlegte sie, ob sie es wirklich wagen sollte und ob heute der richtige Zeitpunkt für ihr Vorhaben war.

»Jetzt kannst du gehen«, ertönte Jennys Stimme erneut in ihrem Kopf und Berry begann, dieser zu vertrauen. Sofort lief sie in den Korridor und verließ das White-Areal auf Wegen, die sonst kaum einer benutzte.

Sollte Bird mitbekommen, dass sie fehlte, würde er sie schon wieder im Hangar suchen, doch da lief sie gar nicht hin. Sie wollte zur Feuerwache. Sie musste die Sache mit den Lieferungen prüfen.

Dort angekommen, stellte sie fest, dass im Lager mit den Medikamentenkisten keiner Wache hielt. Wären es Süßigkeiten gewesen, gäbe es eine Reihe von komplizierten Sicherheitsschlössern, wie sie in den Vorratslagern genutzt wurden. Offensichtlich war diese Aufgabe so unbeliebt, dass niemand außerhalb der Auslieferungszeiten herkam.

»Öffne sie«, tauchte Jenny wieder in ihren Gedanken auf.

Berry griff nach einem Messer, durchschnitt das Klebeband und klappte den Deckel auf. Sie stutzte, denn neben den Medikamenten lagen in der Kiste noch seltsame Metallkapseln, die bläulichviolett schimmerten.

Berry wollte gerade so eine Kapsel herausholen, da bekam sie einen stechenden Schmerz in ihrem Kopf und legte ihre Hände an die Schläfen.

»Das darfst du nicht anfassen«, warnte Jennys Stimme und die Kopfschmerzen verschwanden sofort. *»Das sind Flüche. Die Kapseln reagieren auf Körperwärme. Verstehst du, warum du nicht fliehen kannst?«*

»Ich verstehe«, antwortete Berry.

Mit zittrigen Händen klebte sie den Karton mit einem frischen Band zu und verließ die Feuerwache. Sie war gerade drei Schritte gegangen, da stieß sie beinahe mit Kathy Silberstein zusammen.

»Berry! Welche Überraschung. Dich sieht man kaum

noch. Was wolltest du in der Feuerwache? Bist du nicht ins White-Areal aufgestiegen?« Die letzte Frage klang missgönnend.

»Ich habe einen Freund gesucht – Hornelius.«

Kathy nahm einen besorgten Gesichtsausdruck an und strich sich eine kanariengelbe Strähne hinter ihr Ohr. »Er wird vermisst. Vielleicht erzählst du das lieber niemandem, es soll keine Panik entstehen. Es wird vermutet, dass er dem Druck der Zusatzaufgaben nicht standhalten konnte.«

»Ja, das wird es wohl sein«, sagte Berry. »Dann, gute Nacht!«

»Hey, warte. Wie ist es so im White-Areal?«

Berry wollte hier schnell weg. Sie konnte sich gar nicht auf das Mädchen konzentrieren, vor ihrem inneren Auge erschienen immer wieder diese Fluch-Kapseln. Wenn Hornelius so eine Kiste fallengelassen und die Flüche dadurch aktiviert hatte, was würde passieren, sollte innerhalb der Akademie jemand unvorsichtig mit dieser Ladung vorgehen? Das könnte in kürzester Zeit tausende Phönixmagier auslöschen. Und natürlich auch den Akademieleiter selbst! Konnte er das denn wirklich verantworten? Wurde Jenny deswegen aus der Schule fortgeschafft?

»Ich beneide dich ja so sehr. Entschuldige die Meinungsverschiedenheit zwischen uns, ich vermisse meine ‚*Kathy informiert*', das verstehst du doch«, sprach Kathy währenddessen weiter.

»Nein.«

»Was nein?«

»Ich verstehe das absolut nicht. Dein Format war das Letzte!«

Kathys Gesicht erstarrte. »Es ist schade, dass du so darüber denkst. Ich wollte dir gerade ein Exklusivinterview anbieten – für die Zeit, in der ich mein Format wiederhabe, versteht sich. An deiner Geschichte bin ich schon sehr interessiert. Ein unscheinbares Mädchen mit eisblauen Augen erklimmt die Karrierestufe noch während ihrer Schulzeit. Das schaffen nicht viele.«

»Du solltest lieber kein Interesse an meiner Story zeigen«, sagte Berry und schob Kathy aus dem Weg.

»Jetzt übertreibst du aber. Selbst deine Geschichte kann nicht so großartig sein. Wieso spielst du dich so auf?«

»Selbstüberschätzung ist wohl deine hervorstechende Eigenschaft. Menschen wie du bekommen immer das, was sie verdienen.« Berry ließ die Schülersprecherin stehen.

»Und das ist genau das, was ich will!«, rief Kathy ihr nach.

frederik

Robin verbrachte auch weitere Nächte an Frederiks Seite und an den Tagen durfte er sogar frei durch die Siedlung laufen. Sie blieb am Tage genauso hell erleuchtet wie in der Nacht. Obwohl Robin versuchte, ihn an allen Gesprächen teilhaben zu lassen, blieb er oft draußen, um das Kennenlernen zwischen Tochter und Eltern nicht zu stören.

Bis auf Feria mieden die anderen Untergrundmagier Frederiks Anwesenheit. Er durfte sich zwar überall frei bewegen, doch sobald er ein Gebäude oder einen Platz betrat, verstummten die Gespräche und alle verließen nach und nach seine Nähe. Es gab sogar Magier, die vermieden, ihn anzusehen oder in seiner Gegenwart sichtbar Schutzzauber auslösten.

Selbst als Feria ihm Robins Vaterdouble vorgestellt hatte, blieb jener Mann nur für zwei höfliche Sätze und gab dann vor, zu wichtigen Treffen gehen zu müssen.

»Dieser Ort ist sehr verschlossen«, hatte Feria erklärt. »Deswegen übernehme ich gerne Aufgaben, die mich weit von hier wegführen.«

»Robin und ich hätten da so einen Auftrag in *Granais*. Allerdings glauben wir, dass wir noch einen Untergrundmagier mitnehmen müssen, der sich mit der Lösung von Vereisungen auskennt.«

»Verstehe, ihr wollt diesen Jungen heilen, der jetzt im Hospital liegt?«

»Er ist Robin wichtig. Zudem ist er auch Annies Cousin und so wie ich es verstanden habe, ist er ein sehr guter Freund deiner Tochter.«

»Willst du etwa Mutterinstinkte in mir wecken?« Feria stemmte die Fäuste in die Hüften und sah hinauf zu ihrem Spiegelbild. »Von mir aus, ich werde mich umhören, wer bereit ist, zwei schwarze Phönixmagier zu begleiten.«

Sobald Feria ihn wieder allein gelassen hatte, kam ein junger Untergrundmagier vorbei und änderte sofort die Richtung, sobald er Frederik erkannte.

Das war doch unnötig, fand er.

Die Magier übertrieben eindeutig oder waren so verängstigt von der Außenwelt, dass sie nicht fähig waren, irgendeinen Krieg gegen die Renaissance zu führen. Sie versteckten sich, wollten niemanden hier haben, waren eingeschüchtert. Er spürte keinerlei Energie der Rebellion. Diese Magier vermieden um jeden Preis, gefangen zu werden; kaum einer bereitete sich auf einen Kampf vor. Und ein Krieg stand bevor, das war Frederik klar.

Dieser Ort der Untergrundmagier zeigte nicht nur deren Magie, sondern auch die der magischen Wesen, die

die hiesigen Bewohner aussperrten. Diese Macht durchschüttelte seinen Körper. Sie war überall, er atmete sie mit der Luft ein und fühlte sich durch sie gestärkt, selbst wenn er es leid war, seine dunklen Fähigkeiten nicht nutzen zu können.

Es wunderte ihn, dass man ihn als schwarzen Phönix so mied. Ihm war es nicht entgangen, dass er an diesem Ort nicht der einzige Phönixmagier war und nicht alle waren nur rot. Das waren alles ehemalige Eltern von Renaissancekindern und die schwarzen Magier an diesem Ort waren in die Gemeinschaft integriert.

Angesichts der vielen Phönixe fragte Frederik sich, ob nicht auch er für das Projekt gezüchtet worden war. Oder ob er einfach wie die meisten schwarzen Phönixe auf natürliche Weise geboren wurde und man ihn bereits als Kleinkind verkauft hatte. Er erinnerte sich nicht an die Zeit vor der Phönixakademie und er kannte nicht einmal seinen Nachnamen. Man hatte ihn stets mit seinem Vornamen angesprochen, selbst in der Höflichkeitsform.

Wenn er Robin mit deren Eltern sah, fragte er sich, wo seine eigenen waren. Er sprach diese Frage jedoch nie in Robins Gegenwart aus. Er wollte für sie immer der taffe Frederik bleiben und ein großer Bruder sein, zu dem sie aufblicken und bei dem sie Trost und Stärke finden konnte.

Kurz vor dem Abendessen des dritten Tages verließ er erneut ein vertrautes Gespräch zwischen Robin und ihren Eltern. Er wollte die Zeit bei den fliegenden Mini-Schäfchen totschlagen, als sein Funkenspiegel eine einkommende Nachricht verkündete. Es war kein Direktfunke, deswegen öffnete er diese.

»Hey Freddy«, sagte das kleine Hologramm von Carten Lumsk, der neben Frederik der wichtigste schwarze Phönix an Mr. Gettsons Seite war. Offensichtlich übernahm er mehr von Frederiks Aufgaben, was nicht unbedingt von Vorteil war.

»Du bist wirklich schwer zu erreichen, alter Junge. Habe einen Befehl vom Boss: Er sagt, du sollst nach Tirias *fliegen. Dort wird deine süße Freundin vermutet. Finde sie und überzeuge sie, in die Akademie zurückzukommen. Andererseits springe ich für dich ein. Meine Befehle um Robin Bish sind etwas radikaler. Du verstehst, was ich meine. Schaff die Puppe hierher oder sage ihr Lebewohl.«*

Das Hologramm verschwand.

***

Ein Ultimatum.

Und eine eindeutige Botschaft.

Frederik klappte den Funkenspiegel zu und lief zurück zu Robin. Das fröhliche Wiedersehen war somit vorbei, er würde das Mädchen schnappen und mit ihr sofort von hier verschwinden. Hier war sie vielleicht in Sicherheit, aber nicht sehr lange. An diesem Ort voller Feiglinge würde sie nichts ausrichten können und Frederik wusste, dass Robin ihrer Schwester helfen wollte.

Sobald er den Raum mit den Schattenbären betrat und gleichzeitig viele Untergrundmagier mit seinem energischen Auftreten verscheuchte, legte er seinen Funkenspiegel auf den Tisch und spielte das letzte Hologramm ab.

»Dann ist es gut, dass du hier bist«, sagte Mr. Bish. »Hier bist du in Sicherheit.«

»Nein, das ist nicht gut«, sagte Robin. »Wir müssen Clode und Annie warnen. Die Kinder sollen sich verstecken und wir werden Lion holen und mit ihm gemeinsam nach *Tirias* zurückkehren. Oder gleich zur Phönixakademie gehen.«

»Phönixakademie? Kommt nicht in Frage! Wieso willst du dich der Gefahr aussetzen?«, fragte Giwa Bish mehrstimmig.

»Weil ich zuvor nicht wusste, wovor ich weggelaufen bin. Und durch die Gespräche mit euch ist mir klar geworden, dass keiner davor weglaufen kann. Wir sind alle betroffen. Ich könnte hierbleiben und darauf warten, dass die Lichter in dieser Siedlung ausgehen oder ich gehe raus und versuche, dieses Renaissance-Projekt zu stoppen.«

»Das schaffst du nicht«, sagte Giwa.

»Seltsam«, entgegnete Robin und stand auf. »Noch vor ein paar Tagen hätten mich deine Worte verletzt. Und heute fühle ich mich in meinem Vorhaben sogar bestärkt. Doch, Mutter. Ich bekomme das hin.«

»Das ist jugendlicher Leichtsinn.«

»Und wenn schon! Dann werde ich daraus eben lernen. Ihr könnt mich nicht aufhalten.«

Und niemand hielt sie auf. Feria organisierte mithilfe von Robins Vater sogar einen passenden Magier, der sich bereiterklärte, die Gruppe nach *Granais* zu begleiten. Er war nicht gerade redselig und besprach alles stets nur mit Feria, was Frederik jedoch nicht störte. Hauptsache, er würde Lions Vereisung aufheben.

Nachdem die Reisevorbereitungen abgeschlossen waren, kamen Giwa Bish und ihr Mann zum Landeplatz, um ihre Tochter zu verabschieden.

»Hoffentlich artet das nicht in leidenschaftlichen Umarmungen aus«, flüsterte er Robin zu, die ihn mit einem Lächeln bedachte und dann auf ihre Mutter zuging.

»Es hat mich gefreut, dir nach den vielen Jahren wieder begegnet zu sein, Robin«, sagte Giwa. »Auch wenn wir keine familiäre Beziehung aufgebaut haben, so habe ich unseren Austausch sehr genossen. Sicher gibt es schon in Kürze ein großes Wiedersehen.«

»Ehrlich gesagt weiß ich nicht, ob ich so bald wieder herkomme«, sagte Robin.

»Das wirst du. *Seinetwegen.*« Giwa blickte zu Frederik und er verstand sofort.

»Es geht um den Zauber? Wer löst ihn jetzt?«, fragte er.

»Niemand. Er bleibt bis auf Weiteres bestehen.«

»Was?«, fragten Robin und Frederik zur gleichen Zeit.

»Solange du mit meiner Tochter unterwegs bist, wirst du das als ein einfacher Mensch tun. Ich will nicht, dass du ihr schadest.«

»Wieso müsst ihr uns solche Steine in den Weg legen? Ohne ihn könnte ich mich selbst verletzen! Er ist derjenige, der meine Kontrollverluste mit der schwarzen Phönixkraft in die richtigen Bahnen lenkt. Ich bin ohne seine Fähigkeiten verloren!«, schrie Robin verzweifelt. Schnell entlud sie ihre aufsteigenden Flammen gegen den Boden, woraufhin sie einige der kleinen Lämpchen unter ihren Füßen zerstörte. »Seht ihr das?«

»Diese Lichter müssen sofort ersetzt werden, wir dürfen nicht riskieren, dass sich die magischen Wesen hierher verirren«, sagte Robins Vater.

Daraufhin zertrat Robin einige weitere Lämpchen.

»Es reicht mit dem Versteckspiel«, sagte sie. »Geht da raus und stoppt die Renaissance! Und zuvor befreit Frederik vom Zauber.«

»Was die Renaissance angeht, lass das mal unsere Sorge sein, Robin. Du sagst zwar, du schaffst es, deine Schwester aufzuhalten, aber da ist viel Macht vonnöten, die du nicht besitzt. Und was den Zauber betrifft: Wir tun dir damit einen Gefallen. Du musst die Magie kontrollieren lernen. Wenn er dir jedes Mal die Möglichkeit nimmt, dich selbst aus deiner misslichen Lage zu befreien, wirst du es nie beherrschen«, sagte Giwa.

»Er sollte froh sein, dass wir ihn gehen lassen«, sagte Mr. Bish. »Wir hätten ihn auch hierbehalten oder töten können.«

»Wie hebt man den Zauber auf?«, fragte Robin erhitzt. »Wie löst man ihn?«

Frederik nahm Robin in die Arme und versuchte, sie von ihren Eltern wegzuziehen. »Lass es gut sein, wir werden eine Lösung finden. Komm, Feria wartet bereits«, redete er auf sie ein. »Bestimmt weiß sie einen Ausweg.«

Robin ließ sich nur mit Gewalt in das Luftschiff bringen und sich auf einen Platz setzen.

»Sie können uns so nicht behandeln!«, rief sie, während Frederik sie anschnallte.

»Robin, du musst jetzt ruhig sein, sonst werden wir diese verbotene Zone nicht lebend verlassen.« Frederik nahm Robins Gesicht zwischen seine Hände und zwang sie, ihm in die Augen zu sehen. »Wir wollen doch Lion retten.«

Der Name des Phönixmagiers schien sie augenblicklich zu beruhigen. Sie nickte hastig und atmete tief durch.

»Wir retten Lion. Und dann werde ich meine Schwester suchen.« Sie wiederholte diese Worte mehrmals und wurde schließlich ganz still, damit Feria das Flugschiff sicher aus der Zone bringen konnte. Aus dem Augenwinkel sah Frederik, dass Robin ihre Sätze immer noch aufsagte, dieses Mal bewegte sie jedoch nur die Lippen.

Sobald Feria Entwarnung gab, sprudelte es aus Robin einfach nur raus: »Ich verstehe nicht, warum meine Eltern solche Idioten sind! Ich hatte mir vom Treffen wirklich viel erhofft. Liebe, Verständnis, Vertrauen! Aber in den Augen meiner Mutter bin ich bloß eine weitere Jenny, der übrigens auch nie Zuneigung entgegengebracht wurde. Sollte ich sie finden, ändere ich es. Ich werde die beste Schwester sein, die die Welt je gesehen hat.« Robin redete sich in Rage. »Was sind das für schreckliche Eltern? Ich bin nur froh, dass Chest diese grausame Distanz nicht miterleben musste.«

»Wenn du dich noch mehr aufregen willst, Robin, dann habe ich eine weitere schlechte Nachricht«, sagte Feria über die Lautsprecher. »Genaugenommen betrifft die negative Botschaft eher Frederik.«

»Klasse«, sagte er entgeistert.

»Der Zauber, der auf dir liegt, kann nur von drei Untergrundmagiern gleichzeitig gelöst werden. Deswegen wurden nur zwei in diese Maschine gesetzt.«

»Somit haben sie kampflos einen schwarzen Phönix ausgeschaltet«, sagte er. Seine Laune sank augenblicklich. Vor ein paar Tagen war er noch der gefürchtete dunkle Magier und heute ein gewöhnlicher Mensch.

»Warum vertrauen die Magier aus *Ryheid* Frederik nicht?«, wollte Robin wissen. Ferias Botschaft hatte sie nicht weiter angestachelt, sondern nachdenklich werden lassen. »Er hat doch inzwischen gezeigt, auf wessen Seite er ist.«

Jetzt war es der Untergrundmagier, der neben Robin und Frederik saß, der den Mund öffnete und zum ersten Mal mit ihnen sprach: »Wir glauben nicht daran, dass Frederiks Absichten wirklich so sind, wie er sie darstellt. Vermutlich bist du noch immer Mr. Gettsons Marionette. Die schlimmen Dinge, die du getan hast, werden nicht einfach vergessen.«

Frederik konnte die Worte des Mannes nicht entkräften. Es stimmte. Er war eine Marionette des Akademieleiters. Das war ihm zwar bewusst, aber sonst dachte er, er würde wie jeder normale schwarze Phönix für einen machtbesessenen Geldgeber arbeiten. Ihm wurde erst in den letzten Tagen bewusst, dass der Mann, für den er arbeitete, nicht nur intrigierte, sondern auch noch zum großen Übel geisteskrank war. Mr. Gettson wollte tatsächlich die Welt zerstören, um die Privilegierten reicher zu machen.

Frederik hatte sich zwar vorgenommen, immer der taffe Phönix zu sein, der Robin beschützte, doch nie fühlte er sich verletzlicher als in diesem Augenblick. Robin schien das irgendwie gespürt zu haben, denn sie schnallte sich ab und kam zu ihm, setzte sich auf seinen Schoß und umarmte ihn. Sie teilten ihren Schmerz, ihre Verwundbarkeit und gegenseitige Schuldgefühle.

robin

Frederik war eingeschlafen und Robin nahm seinen Funkenspiegel, um Annie und Clode in seinem Namen eine Nachricht zu schreiben. Sie informierte sie, dass sie nicht bald nach *Tirias* zurückkommen würden und dass sich alle verstecken sollten. Robin nutzte gleichzeitig die Gelegenheit, um Carten Lumsk ein weiteres Mal anzusehen. Seine zusammengewachsenen Augenbrauen ließen ihn fies aussehen. An ihn erinnerte sich Robin noch ganz gut. Er war fünf Jahre älter als sie und gehörte früher zu den stärksten schwarzen Phönixen, der Robin nie ernst nahm. Frederik und sie konnten ihn nicht leiden, aber dem Funken nach zu urteilen, hätte Carten auch ein Freund von Freddy sein können. Vielleicht hatten die zwei sich inzwischen angefreundet und die Rivalitäten beigelegt.

Robin verstaute den Funkenspiegel wieder in Frederiks Tasche und musste sich plötzlich an seinem Arm festhalten, weil das Flugschiff einen Ruck zur Seite machte. Eine Sirene erklang und Sauerstoffmasken kamen von der Decke.

»Was ist passiert?«, fragte Frederik. Aus seinem Schlaf gerissen, stand er auf und blickte sich orientierungslos um. »Feria, was ist los?«

»Leute, das müsst ihr euch ansehen!«, kam es aus den Lautsprechern.

Sofort eilten Robin und Frederik ins Cockpit.

»Ich habe es beinahe nicht gesehen«, sagte die Untergrundmagierin und deutete auf eine Felswand vor ihnen.

»Ein Berg?«, fragte Robin.

»Seht nach unten.«

Und da erkannte Robin es: Das massive Landstück, das mehrere hundert Meter über dem Boden schwebte. »Das ist kein Berg«, sagte sie.

»Das ist die Renaissance«, sagte Frederik ergriffen. »Das ist genau wie damals mit Jenny und der verfluchten Pflanze.«

»Verfluchte Pflanze?«, wollte Robin wissen.

»Das Land ist auf jeden Fall neu«, ging Feria dazwischen. »Laut meiner Karten befindet sich die Stadt Jocksess an dieser Stelle. Aber seht ihr da unten? Da ist nichts. Alles nur Asche.«

Robin setzte sich auf den Sitz des Copiloten und betrachtete die Überreste der Stadt, über der ein gewaltiges Stück Land schwebte. Ascheflocken flogen durch die Luft und legten sich auf die Glasscheiben nieder. Gänsehaut kroch über Robins Rücken. Wer oder was war dieses Stück Asche mal gewesen?

»Das hier hat meine Schwester getan?«

»Und ich habe ihr geholfen«, sagte Frederik verzweifelt. »Ich bin der Inbegriff einer Marionette! Ich habe genau gesehen, wie Jenny diesen Zauber in der Akademie geübt hat. Womöglich hat Mr. Gettson sogar die Fluchproben, die ich mit Annie gesammelt habe, hierfür verwendet. Robin, ich habe mich geirrt: Wir hätten *Ryheid* nie verlassen dürfen.«

»Nein, Freddy. Wir hätten nie so lange dortbleiben dürfen. Ich wusste, dass etwas Schlimmes passiert, nur war mir nicht bewusst, dass es so gewaltig sein würde.«

»Und plant ihr jetzt eine Kursänderung?«, fragte Feria.

Robin und Frederik wechselten einen geschockten Blick und betrachteten dann erneut das neue Land.

»Wir bleiben dabei. Flieg uns nach *Granais* zu Lion«, sagte Robin.

der Vergessene

Er konnte nicht einschätzen, wie viel Zeit vergangen war, in der er schon in dieser kargen, eiskalten Schneelandschaft wanderte. Überall wo er hinging, folgten ihm schwarze Flammen, sodass er ihnen andauernd ausweichen musste und auf der ständigen Suche nach dem geeigneten Schutz war.

Es gab ihn nicht.

Lion war verdammt, durch eine Welt zu wandern, die aus leeren, heruntergekommenen Häusern bestand: Anlagen, wie Theater, Bahnhöfe, Bibliotheken – alle monumental groß und prächtig, doch leider auch gefüllt mit Einsamkeit. Alle diese Gebäude waren durch Schienen miteinander verbunden, über die sich Lion vorwärtsbewegte, damit er sich nicht verlief. Das Gelände war unüberschaubar und riesig und er hatte es ganz für sich allein.

Es war ein dunkler, trostloser Ort, an dem die Zeit stehenzubleiben schien. In der Bibliothek schwebten die Buchseiten durch die Luft, nur dass sie nicht in Bewegung, sondern erstarrt waren. Draußen gab es einen Wind, der Staubmassen hochwirbelte, doch auch hier sah es aus, als gäbe es keine Bewegung – der Sand war in der Luft fixiert. Genauso wie an einigen Stellen der Regen erstarrt war: Wenn Lion hindurchlief, wurde er nass, aber die Tropfen machten keinerlei Regung. Die Einzigen, das sich an diesem Ort bewegte, waren Lion und die schwarzen Flammen, die ihn verfolgten.

Er wusste nicht mehr, wie er hierhergelangt war, er hatte nur den Drang, Robin wiederzufinden. Das Mädchen mit den grünen Augen, das sein Leben umgekrempelt hatte und dessen Geheimnis er immer noch nicht kannte. Doch dieses Rätsel musste gravierend sein, denn er war vermutlich deswegen hier gelandet.

Lion war die ganze Zeit vollkommen allein, gelegentlich besuchten ihn Erinnerungen. Er begegnete Berry, die versuchte, ihn aus diesem Ort hinauszugeleiten. Als Nächstes tauchte seine Cousine Annie auf, die immer wieder beteuerte, dass er für sie gestorben wäre. Seine Eltern waren da, auch Aves. Selbst Kathy Silberstein hatte in seiner Gegenwart ihr Haar gefärbt und sich dabei in unzähligen Spiegeln betrachtet.

In den dunkelsten Stunden erschienen ihm Frederik und Robin. Nie kam Robin allein zu ihm, immer tauchte sie in der Nähe der dunklen Flammen auf und jedes Mal an der Seite von Frederik. Stets befanden sich die beiden im Schatten direkt neben dem eiskalten Feuer.

Der schwarze Phönix ließ Robin auf so viele Arten

sterben. Deswegen rannte Lion immer von den Flammen fort. Er konnte Robin nicht retten und er wollte ihren Tod nicht jedes Mal erleben müssen.

Auch wenn sich alles real anfühlte, war Lion klar, dass er in einer Art Albtraum gefangen war. Er schaffte es jedoch nicht, aufzuwachen oder um Hilfe zu schreien. An diesem Ort war er ein stimmloser Wanderer, umgeben von der unerträglichen Kälte.

Es gab auch keine Farben. Robins grüne Augen, waren der einzige Farbakzent, der ihn weitermachen ließ.

Er wusste nicht, wie lange er schon hier gefangen war – es gab weder Tage noch Nächte, alles war gleichgrau und still. Es fühlte sich an wie die Ewigkeit.

Eines Tages jedoch veränderte sich dieses Gefühl.

Zuerst hörte sein Zittern augenblicklich auf, dann wurde der Himmel heller und nahm die Farbe von gelblichrotem Sonnenaufgang an – ein Phänomen, das Wärme spendete. Lion begegnete an diesem Tag keiner einzigen schwarzen Flamme und begann zu hoffen.

Er hörte die Buchblätter in der Bibliothek rauschen, roch den frischen Regen und aus der Ferne sah er den Wind, der den Staub von den Gebäuden wegtrieb, weg von den Schienen.

Weg von den Schienen, dachte Lion.

Er wollte schon lange die Schienen verlassen, doch heute war der perfekte Zeitpunkt dafür, das spürte er. Zunächst lief er parallel an dem Eisenbahnwege entlang, dann entfernte er sich immer weiter von ihnen, bis er nur noch rannte. Fort von der einsamen Stadt, weg von den Schienen, hin zu diesem Hoffnungsschimmer, den er in der Ferne verspürte.

Er folgte lange Zeit lediglich einem Gefühl, dann hörte er ein Geräusch – eine Stimme.

Ihre Stimme!

Sie sprach zu ihm, nur verstand er ihre Worte nicht, aber sie hüllten ihn in Wärme.

Unterwegs wurde die graue Landschaft bunter. Es begann mit ein paar Grasbüscheln, dann einer weiten Wiese und irgendwann kämpfte sich Lion durch dichtes Gestrüpp, das seine Haut aufkratzte und seine Kleidung zerriss.

Robins Stimme wurde deutlicher. Sie rief Lions Namen. Zunächst nur leise und unbeteiligt, dann lauter und dringender. Immer und immer wieder.

Er kämpfte sich durch das Dickicht, bis ihm die Sonne so hell vorkam, dass er seine Augen abwandte. Die Sonne hüllte die Bäume, die Wiese, das Gestrüpp und ihn selbst in weißes Licht. Bald war alles weiß und jeglicher Druck fiel von Lion ab. Er fühlte sich schwerelos, von Robins zarter Stimme getragen.

Er schloss die Augen und sobald er sie wieder öffnete, verschwand das Licht. Auch die Kälte war fort, genauso wie die Stille.

Das Erste, was er wahrnahm, waren Robins grüne Augen und dann ihr Lächeln.

»Lion«, sagte sie.

Ende Staffel 1

Liebe Leserin, lieber Leser,

ich hoffe, dir hat die zweite Hälfte der ersten Staffel der Phönixakademie-Fantasyserie gefallen. Es wäre großartig, wenn du mich mit einer **kurzen Rezension auf Amazon** unterstützt.
Solltest du Fragen und Anregungen haben, kannst du mir gerne eine **Mail an anna.moffey@gmail.com** oder eine Nachricht auf Facebook schreiben.

Möchtest du tiefer in die Welt der Phönixe eintauchen, dann tritt unbedingt meiner Facebookgruppe **Silberphönix-Akademie – Welt von Nebelring und Phönixakademie** bei. In dieser Gruppe verpasst du nie wieder Informationen, Gewinnspiele, Veranstaltungen und Buchveröffentlichungen.

Auch möchte ich dir meinen **Newsletter** ans Herz legen, denn hier erhältst du exklusive Informationen und Einblicke hinter den Geschichten und darfst als erstes an speziellen Aktionen teilnehmen.
Hier geht es zum Newsletter: http://eepurl.com/chdZaX

Hier bin ich auch hier zu finden
Webseite: ireenbow.de
Facebook: I. Reen Bow
Instagram: i_reen_bow

Printed in Poland
by Amazon Fulfillment
Poland Sp. z o.o., Wrocław

63363984R00233